O MAGO

{ *Os Segredos de* NICOLAU FLAMEL }

Michael Scott

O MAGO

{ Os Segredos de NICOLAU FLAMEL }

Tradução
MARIA BEATRIZ BRANQUINHO DA COSTA

ROCCO
JOVENS LEITORES

Título original
THE MAGICIAN
The Secret of THE IMMORTAL
NICHOLAS FLAMEL

Esta é uma obra de ficção. Todos os incidentes e diálogos, e todos os personagens, com exceção de alguns conhecidos historicamente e figuras públicas, são produtos da imaginação do autor e não foram criados como reais. Quando fatos históricos são relatados ou figuras públicas aparecem, as situações, incidentes e diálogos concernentes às pessoas são totalmente ficcionais e sem intenção de retratar acontecimentos reais ou alterar a natureza ficcional da obra. Em todos os outros aspectos, qualquer semelhança com pessoas vivas ou não é mera coincidência.

Copyright © 2008 by Michael Scott

Todos os direitos reservados.

Edição brasileira publicada mediante acordo com a
Random House Children's Books, uma divisão da Random House, Inc.

Direitos para a língua portuguesa reservados
com exclusividade para o Brasil à
EDITORA ROCCO LTDA.
Av. Presidente Wilson, 231 – 8º andar
20030-021 – Rio de Janeiro – RJ
Tel.: (21) 3525-2000 – Fax: (21) 3525-2001
e-mail: rocco@rocco.com.br | www.rocco.com.br

Printed in Brazil/Impresso no Brasil

Preparação de originais
GABRIEL PEREIRA
TÁRSIO ABRANCHES

CIP-Brasil. Catalogação na fonte.
Sindicato Nacional dos Editores de Livros, RJ.

S439m
Scott, Michael, 1959-
O mago / Michael Scott; tradução de Maria Beatriz Branquinho.
– Rio de Janeiro: Rocco Jovens Leitores, 2012. (Os segredos de Nicolau Flamel; 2)

Tradução de: The Magician
ISBN 978-85-7980-118-1

1. Flamel, Nicolas, m.1418 – Literatura infantojuvenil.
2. Dee, John, 1527-1607 – Literatura infantojuvenil.
3. Machiavelli, Niccolò, 1469-1527 – Literatura infantojuvenil.
4. Alquimistas – Literatura infantojuvenil. 5. Magia – Literatura infantojuvenil. 6. Sobrenatural – Literatura infantojuvenil.
7. Literatura infantojuvenil inglesa. I. Branquinho, Maria Beatriz II. Título. III. Série.

12-1589
CDD – 028.5
CDU – 087.5

O texto deste livro obedece às normas do Acordo Ortográfico.

Para Courtney e Piers
Hoc opus, hic labor est

Estou morrendo.

Perenelle também está morrendo.

O feitiço que nos manteve vivos ao longo desses seiscentos anos está esmorecendo, e, agora, envelhecemos um ano inteiro a cada dia que passa. Preciso do Códex, o Livro de Abraão, o Mago, para recriar o feitiço da imortalidade; sem ele, temos menos de um mês de vida.

Mas muito pode ser conquistado em um mês.

Dee e seus Mestres Sombrios mantêm minha amada Perenelle prisioneira. Finalmente obtiveram o Livro, e sabem que não conseguiremos sobreviver por muito mais tempo.

Mas não dormirão em paz.

Eles não têm o Livro completo. As duas páginas finais continuam conosco, e a essa altura Dee e seus companheiros já devem saber que Sophie e Josh Newman são os gêmeos descritos na profecia: gêmeos com uma aura de ouro e prata, irmão e irmã com poder tanto para salvar o mundo... quanto para destruí-lo. Os poderes da menina foram Despertados e seu treinamento na magia dos elementos começou. Entretanto, lamentavelmente, o mesmo não ocorreu com o menino.

Neste momento, estamos em Paris, minha cidade natal, onde pela primeira vez encontrei o Códex e comecei a longa empreitada de traduzi-lo. A jornada, no fim das contas, levou-me a descobrir a existência da Raça dos Antigos e revelou o mistério da pedra filosofal — e, finalmente, o segredo da imortalidade. Amo esta cidade. Ela guarda muitos segredos e é o lar de mais de um humano imortal e Antigo ancestral. Aqui, encontrarei uma forma de Despertar os poderes de Josh e continuar a educação de Sophie.

Eu devo.

Pelo bem deles — e pela sobrevivência da raça humana.

Do Diário de Nicolau Flamel, Alquimista
Escrito hoje, sábado, 2 de junho, em
Paris, a cidade de minha juventude

SÁBADO, 2 de junho

Capítulo Um

O leilão beneficente não havia começado até bem depois da meia-noite, quando o jantar de gala terminara. Eram quase quatro da manhã e somente agora o evento se encaminhava para o fim. O contador digital atrás do célebre leiloeiro – um ator que interpretara James Bond no cinema por muitos anos – mostrava o total de mais de um milhão de euros.

– Lote número 210: um par de máscaras Kabuki japonesas do início de século XIX.

Uma agitação percorreu a sala lotada. Incrustadas com lascas de jade sólida, as máscaras Kibuki representavam o ponto alto do leilão e a expectativa era de que fossem vendidas por um preço superior a meio milhão de euros.

Na parte de trás da sala, o homem alto e magro com cabelos bem curtos e brancos como a neve estava disposto a pagar o dobro disso.

Nicolau Maquiavel permaneceu isolado do restante da aglomeração, os braços cruzados de leve sobre o peito, tomando cuidado para não amassar seu terno preto de Savile Row. Olhos cinzentos como pedra fizeram uma varredura pelos demais arrematantes, analisando e avaliando. Havia de fato somente cinco outros com quem se preocupar: dois colecionadores particulares, como ele, um membro de menos destaque da realeza europeia, um ator americano que já fora famoso e um antiquário canadense. O restante da plateia estava cansado, gastara seu orçamento ou não estava disposto a dar um lance em máscaras de aparência vagamente perturbadora.

Maquiavel amava todos os tipos de máscaras, e as vinha colecionando havia muito tempo. Desejava este par em particular para completar sua coleção de figurinos de teatro japonês. Estas máscaras tinham estado à venda pela última vez em 1898, em Viena, e, na ocasião, seu lance fora superado por um dos príncipes Romanov. Maquiavel apostara pacientemente daquela vez; as máscaras voltariam ao mercado quando o príncipe e seus descendentes morressem. Ele sabia que ainda estaria por aqui para adquiri-las; era uma das muitas vantagens em ser imortal.

– Devemos começar os lances em cem mil euros?

Maquiavel levantou o olhar, atraiu a atenção do leiloeiro e assentiu.

O leiloeiro vinha esperando o lance dele e assentiu de volta.

– Tenho um lance de cem mil euros do sr. Maquiavel. Sempre um dos mais generosos incentivadores e patrocinadores da caridade.

Uma salva de aplausos percorreu o recinto, e várias pessoas se viraram para olhar para ele e erguer suas taças. Nicolau as saudara com um sorriso cordial.

– Tenho cento e dez mil? – perguntou o leiloeiro.

Um dos colecionadores particulares ergueu ligeiramente a mão.

– Cento e vinte? – O leiloeiro olhou novamente para Maquiavel, que imediatamente assentiu.

Durante os três minutos seguintes, uma torrente de lances elevou o valor a duzentos e cinquenta mil euros. Restavam somente três arrematantes sérios: Maquiavel, o ator americano e o canadense.

Os lábios finos de Maquiavel se torceram em um raro sorriso; sua paciência estava prestes a ser recompensada, e finalmente as máscaras seriam dele. Então, o sorriso se esvaiu quando sentiu o celular vibrar silenciosamente. Por um momento, sentiu-se tentado a ignorá-lo; dera instruções rigorosas a seus empregados para que não o perturbassem a não ser que a situação fosse absolutamente crítica. Ele também sabia que eles o temiam tanto que só telefonariam se o assunto se tratasse de uma emergência. Metendo a mão no bolso, puxou um celular ultrafino e olhou para baixo.

A imagem de uma espada pulsava suavemente na larga tela de LCD.

O sorriso de Maquiavel desapareceu. Naquele segundo, soube que não seria possível arrematar as máscaras naquele século. Virando-se, andou com passos largos para fora da sala e levou o telefone ao ouvido. Atrás de si, podia ouvir o martelo do leiloeiro bater no púlpito.

– Vendido por duzentos e sessenta mil euros...

– Estou aqui – disse Maquiavel, recorrendo ao italiano de sua juventude.

A linha estalou e uma voz com sotaque inglês respondeu no mesmo idioma, usando um dialeto que não era ouvido na Europa havia mais de quatrocentos anos.

– Preciso de sua ajuda.

O homem do outro lado da linha não se identificou, nem precisava; Maquiavel sabia que era dr. John Dee, o mago imortal e necromante, um dos homens mais poderosos e perigosos do mundo.

Nicolau Maquiavel saiu apressadamente do pequeno hotel para o largo quarteirão pavimentado do Place Du Tertre e parou para inspirar e expirar um pouco do ar frio da noite.

– O que posso fazer por você? – perguntou cuidadosamente. Detestava Dee e sabia que o sentimento era recíproco, mas ambos serviam aos Antigos Sombrios, o que significava que haviam sido forçados a trabalhar juntos ao longo dos séculos. Maquiavel também nutria ligeiramente uma inveja por Dee ser mais jovem do que ele – e aparentar isso. Nascera em Florença em 1469, o que o tornava cinquenta e oito anos mais velho que o mago inglês. A história registrava seu *falecimento* no mesmo ano em que Dee nascera, 1527.

– Flamel voltou para Paris.

Maquiavel se endireitou.

– Quando?

– Agora mesmo. Ele chegou lá por um pórtico. Não faço ideia de até onde leva. Scathach está com ele...

Os lábios de Maquiavel se retorceram em uma careta horrorosa. Na última vez em que encontrara a Guerreira, ela o empurrara através de uma porta. Estava fechada, e ele passara semanas catando estilhaços em seu peito e ombros.

– Há dois humanídeos com eles. Crianças americanas – disse Dee, sua voz ecoando e sumindo na ligação internacional. – São gêmeos – acrescentou.

– Pode repetir? – pediu Maquiavel.

– Gêmeos – esclareceu Dee –, com auras de ouro e prata puros. Você sabe o que isso significa – rosnou ele.

– Sim – resmungou Maquiavel. Problemas. Então, o menor dos sorrisos surgiu em seus lábios finos. Também significa oportunidade.

A estática provocou um estalo e, então, a voz de Dee prosseguiu.

– Os poderes da garota foram Despertados por Hécate antes da destruição da Deusa e de seu Reino de Sombras.

– Sem treinamento, a garota não representa nenhuma ameaça – murmurou Maquiavel, avaliando rapidamente a situação. Respirou fundo e acrescentou: – Exceto, talvez, a si mesma e aos que a cercam.

– Flamel levou a garota para Ojai. Lá, a Bruxa de Endor a ensinou a magia do Ar.

– Sem dúvida você tentou detê-los. – Havia um tom de perplexidade na voz de Maquiavel.

– Tentei. E fracassei – admitiu Dee amargamente. – A garota tem algum conhecimento, mas não tem habilidade.

– O que você quer que eu faça? – perguntou cautelosamente Maquiavel, embora já tivesse uma boa ideia do que seria preciso.

– Descubra onde estão Flamel e os gêmeos – ordenou Dee. – Se puder, capture os três e mate Scathach. Estou indo embora de Ojai, mas levarei catorze ou quinze horas para chegar a Paris.

– O que aconteceu com o pórtico? – Maquiavel se perguntou em voz alta. Se um pórtico conectava Ojai e Paris, então por que Dee não...?

– Foi destruído pela Bruxa de Endor – enfureceu-se Dee –, e ela quase me matou, também. Tive sorte em escapar com uns poucos cortes e arranhões – acrescentou, e então encerrou a ligação sem se despedir.

Nicolau Maquiavel fechou o telefone cuidadosamente e o encostou em seu lábio inferior. De algum jeito, duvidava que a sobrevivência de Dee tivesse sido um golpe de sorte – se a Bruxa de Endor o quisesse morto, então mesmo o lendário dr. Dee não teria conseguido escapar. Maquiavel se virou e caminhou pelo quarteirão até onde o motorista o esperava pacientemente no carro. Se Flamel, Scathach e os gêmeos americanos tinham chegado em Paris por um pórtico, então havia poucos lugares na cidade onde poderiam ter emergido. Seria relativamente fácil achá-los e capturá-los.

E, se os capturasse esta noite, teria bastante tempo para trabalhar neles antes da chegada de Dee.

Maquiavel sorriu; precisaria apenas de umas poucas horas, e nesse tempo eles lhe diriam tudo o que sabiam. Meio milênio nessa terra ensinara-o, de fato, a ser bem persuasivo.

Capítulo Dois

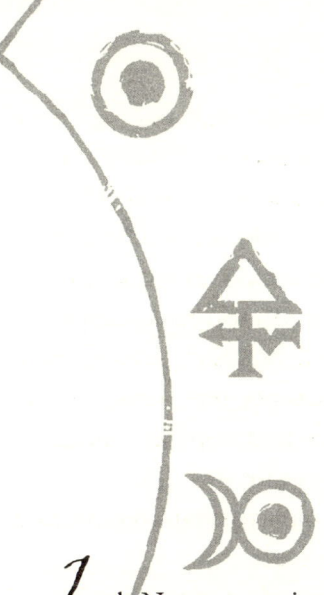

Josh Newman esticou o braço e pressionou a mão direita contra a parede de pedra gelada para se acalmar.

O que havia acabado de acontecer?

Em um momento estava de pé na loja da Bruxa de Endor em Ojai, Califórnia. Sophie, Scathach e o homem que agora ele sabia ser Nicolau Flamel tinham estado *dentro* do espelho olhando para ele. Quando se deu conta, Sophie, sua irmã, saíra do vidro, pegara sua mão e o puxara *através* do espelho. Fechou os olhos com força e sentiu algo gelado tocar sua pele e eriçar os cabelinhos de sua nuca. Ao abrir os olhos novamente, estava no que parecia ser uma pequena sala de estoque. Potes de tinta, escadas empilhadas, pedaços quebrados de cerâmica e trouxas de roupas sujas tinham sido amontoados em volta de um grande espelho encardido de aspecto comum preso à parede de pedra. Uma única lâmpada de baixa voltagem lançava um brilho amarelado e turvo no recinto.

– O que aconteceu? – perguntou, sua voz falhando. Engoliu em seco com dificuldade e tentou outra vez. – O que aconteceu? Onde estamos?

– Estamos em Paris – respondeu Nicolau Flamel encantadoramente, esfregando as mãos empoeiradas contra o jeans escuro. – Minha cidade natal.

– Paris? – sussurrou Josh. Ele ia dizer "Impossível", mas começava a entender que essa palavra não fazia mais sentido. – Como? – perguntou em voz alta. – Sophie? – Ele olhou para a irmã gêmea, mas ela pressionara o ouvido contra a única porta da sala e se concentrava em ouvir. Fez um gesto para que ele não a incomodasse. Virou-se para Scathach, mas a guerreira de cabelos vermelhos apenas balançou a cabeça, ambas as mãos cobrindo a boca. Parecia prestes a vomitar. Josh finalmente se voltou para o lendário Alquimista, Nicolau Flamel. – Como chegamos aqui? – perguntou.

– Este planeta é entrecruzado por linhas invisíveis de poder, às vezes chamadas de pórticos ou cursus – explicou Flamel. Ele cruzou os indicadores. – Onde há interseção entre duas ou mais linhas, existe um portal. Portais são incrivelmente raros agora, mas em tempos longínquos a Raça dos Antigos os usava para viajar de um lado do mundo para o outro em um instante, da mesma forma como fizemos. A Bruxa abriu um pórtico em Ojai e acabamos aqui, em Paris. – Ele fez com que isso soasse muito normal.

– Como eu odeio esses pórticos – murmurou Scatty. Na luz brilhante, sua pele pálida e sardenta parecia verde. – Você nunca ficou enjoado em viagens de barco?

Josh sacudiu a cabeça.

– Nunca.

Sophie levantou a vista de onde se apoiava contra a porta.

– Mentiroso! Ele fica enjoado até em piscinas. – Ela deu um sorrisinho forçado e pressionou novamente um dos lados do rosto contra a madeira fria.

– Enjoo de barco – murmurou Scatty. – É exatamente essa a sensação. Só que pior.

Sophie virou a cabeça novamente para olhar para o Alquimista.

– Você tem alguma ideia de onde estamos, em Paris?

– Em algum lugar antigo, suponho – disse Flamel, juntando-se a ela. Pôs um lado de sua cabeça contra a porta e escutou.

Sophie deu um passo para trás.

– Não tenho tanta certeza – falou de forma hesitante.

– Por que não? – perguntou Josh. Ele deu uma olhada geral no pequeno e desarrumado recinto. Certamente, parecia pertencer a um edifício antigo.

Sophie sacudiu a cabeça.

– Não sei... apenas não me parece assim tão antigo. – Ela tocou a parede com a palma de sua mão ao esticá-la. Então, imediatamente a recolheu.

– O que há de errado? – sussurrou Josh.

Sophie pôs a mão contra a parede novamente.

– Consigo ouvir vozes, música e algo que soa como um órgão.

Josh deu de ombros.

– Não consigo ouvir nada. – Ele parou, abruptamente consciente da enorme diferença entre ele e sua irmã gêmea. O potencial mágico de Sophie fora Despertado por Hécate, e agora ela era hipersensível a visões, sons, cheiros, toques e gostos.

– Eu consigo. – Sophie tirou a mão da parede de pedra e os sons em sua mente desapareceram.

– Você está ouvindo o som dos fantasmas – explicou Flamel. – São apenas barulhos absorvidos pelo edifício, gravados em sua própria estrutura.

– É uma igreja – disse Sophie com um tom decidido, então franziu o cenho. – Uma igreja nova... moderna, do final do século XIX, início do XX. Mas está construída em um terreno muito, muito mais antigo.

Flamel tirou o ouvido da porta de madeira e deu uma olhada por cima de seu ombro. Na difusa luz sobre eles, seus traços de repente ficaram pontudos e angulosos, perturbadoramente parecidos com os de um crânio, seus olhos completamente sombrios.

– Há muitas igrejas em Paris, embora haja apenas uma, creio, que combina com essa descrição. – Ele esticou a mão até a maçaneta.

– Espere um segundo – disse rapidamente Josh. – Você não acha que pode haver algum tipo de alarme?

– Ah, eu duvido – respondeu Nicolau, cheio de confiança. – Quem instalaria um alarme na sala de estoque de uma igreja? – perguntou, puxando a porta de uma vez e abrindo-a.

Um alarme imediatamente soou pelos ares, o som ecoando repetidas vezes nas pedras achatadas das paredes. Luzes de segurança vermelhas giravam e piscavam.

Scatty suspirou e murmurou algo em uma antiga linguagem céltica.

– Você não me disse uma vez para esperar antes de me mover, para olhar antes de pisar e observar tudo? – reclamou.

Nicolau sacudiu a cabeça e suspirou diante do erro estúpido que cometera.

– Estou ficando velho, acho – respondeu ele na mesma língua. Mas não havia tempo para pedidos de desculpa. – Vamos! – gritou ele, mais alto do que o estridente barulho do alarme, e disparou corredor abaixo. Sophie e Josh o seguiram bem de perto, enquanto Scatty ficou na retaguarda, movendo-se lentamente e resmungando a cada passo.

A porta se abriu para um estreito corredor de pedra que levava a outra porta de madeira. Sem parar, Flamel empurrou-a – e imediatamente um segundo alarme começou a soar. Ele virou à esquerda e adentrou um enorme espaço que cheirava a incenso antigo, assoalho polido e cera. Bancadas cobertas de velas acesas espalhavam uma luz dourada pelas paredes e pelo chão. Combinadas às luzes de segurança, revelaram um par de portas imensas com a palavra "saída" acima delas. Flamel correu na direção delas, seus passos ecoando.

– Não toque... – começou Josh, mas Nicolau Flamel agarrou as maçanetas e empurrou a porta com força.

Um terceiro alarme – muito mais alto do que os demais – disparou, e uma luz vermelha começou a piscar acima da porta.

– Eu disse para você não tocar – falou Josh.

– Não entendo. Por que não está aberta? – perguntou Flamel, gritando para ser ouvido através do barulho. – Esta igreja está sempre aberta. – Ele se virou e olhou ao redor. – Onde está todo mundo? Que horas são? – perguntou, enquanto um pensamento lhe ocorria.

– Quanto tempo leva para se viajar de um lugar a outro pelo pórtico? – indagou Sophie.

– É instantâneo.

– E você tem certeza de que estamos na França, em Paris?

– Absoluta.

Sophie olhou seu relógio e fez um cálculo rápido.

– Paris tem um fuso horário de nove horas à frente de Ojai?

Flamel assentiu, de repente entendendo.

– Devem ser mais ou menos quatro horas da manhã; é por isso que a igreja está fechada – concluiu Sophie.

– A polícia logo chegará aqui – apontou Scatty com desânimo. Ela esticou a mão e alcançou seus nunchaku. – Odeio lutar quando não estou me sentindo bem – murmurou.

– O que faremos agora? – insistiu Josh, o pânico crescendo em sua voz.

– Eu poderia tentar escancarar as portas com vento – Sophie sugeriu de forma hesitante. Não estava certa se teria a energia para convocar o vento assim tão cedo. Usara seus poderes mágicos para batalhar contra os mortos-vivos em Ojai, mas o esforço a exaurira por completo.

– Proíbo você de fazer isso – gritou Flamel, sua face pintada com nuances de carmim e sombras. Ele se virou e apontou, cruzando as fileiras de bancos de madeira, para um altar ornamentado escolhido em meio às esculturas de mármore branco. A luz das velas atingia um intrincado mosaico em azul e dourado brilhantes no domo acima do altar. – Este é um monumento nacional; não permitirei que você o destrua.

– Onde estamos? – perguntaram juntos os gêmeos, olhando o edifício. Agora que seus olhos haviam se acostumado à escuridão, perceberam que o lugar era gigantesco. Conseguiam distinguir colunas disparando para o alto dentro das sombras acima e eram capazes de perceber as formas de pequenos altares laterais, estátuas em recantos e incontáveis bancadas de velas.

– Esta – anunciou orgulhosamente Flamel – é a igreja de Sacré-Coeur.

Sentado no banco traseiro de sua limusine, Nicolau Maquiavel digitou coordenadas em seu laptop e observou um mapa em alta resolução de Paris ganhar vida na tela. Era uma cidade incrivelmente antiga. Os primeiros habitantes se instalaram ali havia mais de dois mil anos, embora já houvesse humanos vivendo na ilha do Sena gerações antes disso. E como muitas das cidades mais antigas do mundo, fora situada num encontro de grupos de linhas.

Maquiavel pressionou uma tecla que exibiu um complicado padrão de linhas invisíveis de poder sobre o mapa da cidade. Procurava uma que fizesse conexão com os Estados Unidos. Finalmente, conseguiu reduzir o número de possibilidades para seis. Com sua unha impecavelmente manicurada, traçou duas linhas que ligavam diretamente a Costa Oeste da América a Paris. Uma terminava na grande catedral de Notre Dame, a outra na mais moderna mas igualmente famosa basílica de Sacré-Couer em Montmartre.

Mas qual delas?

De repente, a noite parisiense foi interrompida por uma série de alarmes. Maquiavel apertou o controle elétrico da janela e um vidro escurecido se recolheu. O ar fresco da noite espiralou para dentro do carro. A distância, surgindo alta, acima dos telhados no lado oposto ao Place du Tertre, estava a Sacré-Couer. A imponente construção com um domo estava sempre acesa à noite com uma luz completamente branca. Esta noite, contudo, luzes vermelhas de alarme pulsavam ao redor do edifício.

Aquela. O sorriso de Maquiavel era apavorante. Ele acionou um programa no computador e aguardou enquanto ele abria.

Digite a senha.

Os dedos voaram sobre o teclado ao digitar *Discorsi sopra la prima deca di Tito Livio*. Ninguém desvendaria aquela senha. Não era um de seus livros mais conhecidos. Um documento de texto de aparência comum apareceu, escrito em uma combinação de latim, grego e italiano. Antes, os magos costumavam manter seus feitiços e encantamentos em livros escritos à mão chamados Grimoires, mas Maquiavel sempre usara a mais avançada tecnologia. Preferia guardar seus feitiços em discos rígidos. Agora precisava somente de alguma coisinha para manter Flamel e seus amigos ocupados enquanto reunia suas forças.

A cabeça de Josh moveu-se rapidamente.
– Estou ouvindo sirenes.
– Há vinte carros de polícia vindo para cá – disse Sophie, a cabeça inclinada para um lado, olhos fechados enquanto ouvia atentamente.
– Vinte? Como você sabe?
Sophie olhou para seu irmão gêmeo.
– Consigo distinguir as diferentes localizações das sirenes.
– Você pode saber onde está cada uma separadamente? – perguntou Josh. Viu-se novamente impressionado com o novo alcance dos sentidos de sua irmã.
– Cada uma – respondeu.
– Não podemos ser pegos pela policia – interrompeu Flamel bruscamente. – Não temos nem passaportes nem álibis. Temos que sair daqui!
– Como? – perguntaram os gêmeos simultaneamente.
Flamel balançou a cabeça.
– Tem que haver outra entrada... – começou e, então, parou, as narinas dilatando.

Josh observou desconfortável enquanto tanto Sophie quanto Scatty de repente reagiram a algo cujo odor ele não conseguia sentir.

– O que... o que é? – perguntou, e de repente ele captou um odor fugidio de algo almiscarado e rançoso. Era o tipo de cheiro que ele associaria a um zoológico.

– Encrenca – disse Scathach severamente, guardando os nunchaku e pegando as espadas. – Encrenca das grandes.

Capítulo Três

— O quê? – exigiu saber Josh, olhando em volta. O odor estava mais forte agora, envelhecido e azedo, quase familiar...

— Serpente – disse Sophie, respirando fundo. – É uma serpente.

Josh sentiu o estômago se remexer. Serpente. Por que tinham que ser serpentes? Ele tinha pavor de serpentes, embora nunca tivesse admitido o fato a ninguém, em especial a sua irmã.

— Serpentes... – começou, mas sua voz soou estridente e estrangulada. Ele deu uma tossidinha e tentou novamente. – Onde? – perguntou, olhando em volta com desespero, imaginando-as por todos os lugares, deslizando debaixo dos bancos, enrolando-se nos pilares, caindo das instalações de luz.

Sophie sacudiu a cabeça e franziu o cenho.

— Não ouço nenhuma... Só estou... sentindo o cheiro delas. – As narinas dela se dilataram quando respirou fundo. – Não, há somente uma...

– Ah, você está sentindo o cheiro de uma serpente, é verdade... mas uma que anda em duas pernas – falou Scatty asperamente. – Você está sentindo o odor rançoso de Nicolau Maquiavel.

Flamel se ajoelhou no chão, de frente para as maciças portas principais e correu as mãos nas fechaduras. Anéis de fumaça verde encaracolados saíam de seus dedos.

– Maquiavel – falou rispidamente. – Dee não perdeu tempo para entrar em contato com seus aliados, pelo que vejo.

– Você pode dizer quem é pelo cheiro? – perguntou Josh, ainda surpreso e um pouco confuso.

– Cada pessoa tem um odor mágico distinto – explicou Scatty, postando-se de costas para o Alquimista, protegendo-o.

– Vocês dois têm cheiro de sorvete de baunilha e laranjas, Nicolau, de hortelã...

– E Dee tinha um cheiro de ovos podres... – acrescentou Sophie.

– Súlfur – disse Josh.

– Também conhecido como enxofre – disse Scatty. – Bem apropriado ao dr. Dee. – A cabeça dela se movia de um lado para o outro enquanto prestava especial atenção às sombras profundas atrás das estátuas. – Bem, Maquiavel tem cheiro de serpente. Apropriado também.

– Quem é ele? – Josh tinha a sensação de que deveria reconhecer o nome, quase como se o tivesse ouvido antes. – Um amigo de Dee?

– Maquiavel é um imortal aliado aos Antigos Sombrios – explicou Scatty –, e não é amigo de Dee, embora eles estejam do mesmo lado. Maquiavel é mais velho que o Mago, muito mais perigoso e certamente mais astuto. Eu deveria tê-lo matado quando tive chance – disse ela, com amargura. – Pelos últimos quinhentos anos, ele esteve no coração da política europeia, o senhor dos fantoches trabalhando nas sombras. Na última vez em que ouvi falar dele, fora designado para chefiar o DGSE, o *Direction Générale de la Sécurité Extérieure*.

– Isso é uma espécie de banco? – perguntou Josh.

Os lábios de Scatty se torceram em um pequeno sorriso que expunha seus grandes caninos de vampira.

– Significa Diretório Geral para Segurança Externa. É o serviço secreto francês.

– O serviço secreto! Ah, isso é ótimo! – exclamou Josh sarcasticamente.

– O cheiro está ficando mais forte – disse Sophie, seus sentidos Despertados cientes do odor por completo. Com muita concentração, permitiu que um pouco de seu poder penetrasse na aura, que floresceu em uma sombra fantasmagórica ao redor dela. Estalidos de fios lustrosos cor de prata brilhavam em seus cabelos louros, e seus olhos se transformaram em moedas de prata refletivas.

Quase inconscientemente, Josh se afastou da irmã. Ele a vira assim antes, e se assustara.

– Isso significa que ele está bem perto. Está trabalhando em alguma magia – disse Scatty. – Nicolau...?

– Só preciso de mais um minuto. – As pontas dos dedos de Flamel cintilavam em um verde-esmeralda, soltando fumaça ao traçar um padrão em volta da fechadura. Um clique sólido veio de lá, mas quando o Alquimista tentou manejar, a porta não se mexeu. – Talvez mais do que um minuto.

– Tarde demais – sussurrou Josh, levantando um braço e apontando. – Tem alguma coisa aqui.

Na extremidade oposta da grande basílica, as bancadas de vela tinham desaparecido. Era como se uma brisa despercebi-

da vagasse pela nave da igreja, varrendo as brilhantes luzes circulares da noite e as velas mais grossas ao passar, deixando anéis de fumaça branco-acinzentada no ar. Abruptamente, o cheiro de cera de vela se tornou mais forte, muito, muito mais forte, quase suprimindo o odor de serpente.
– Não consigo ver nada... – começou Josh.
– Está aqui! – gritou Sophie.
A criatura que surgiu das frias pedras achatadas era apenas remotamente humana. Mais alta do que um homem, larga e grotesca, era uma forma gelatinosa branca com apenas um vago sinal de uma cabeça pousada diretamente sobre ombros largos. Não havia traços visíveis. Conforme observavam, dois enormes braços se separaram do tronco com um baque e deles cresceram formas semelhantes a mãos.
– Golem! – gritou Sophie aterrorizada. – Um Golem de cera. – Ela abriu a mão e sua aura cintilou. Um vento gelado emergiu das pontas de seus dedos para golpear a criatura, mas a pele branca de cera simplesmente se agitou e flutuou em meio à brisa.
– Protejam Nicolau! – ordenou Scathach, disparando para frente, seu par de espadas tremeluzindo, investindo contra a criatura sem surtir nenhum efeito. A cera molenga prendeu as espadas, e foi necessária toda a força de Scatty para libertá-las. Ela atacou novamente e lascas de cera respingaram pelo ar. A criatura investiu contra ela, que teve que soltar suas armas ao retroceder para evitar o golpe esmagador. Um punho bulboso trovejou no chão aos pés dela, espalhando glóbulos de cera branca em todas as direções.
Josh agarrou uma das cadeiras de madeira empilhadas do lado de fora da loja de suvenires, nos fundos da igreja. Segurando-a por duas pernas, usou-a para golpear o peito da cria-

tura... onde rapidamente ficou presa. Conforme a forma de cera se virou na direção de Josh, a cadeira foi arrancada de suas mãos. Ele apanhou outra cadeira, disparou para se posicionar atrás da criatura e a golpeou. A cadeira se destroçou nos ombros do monstro, deixando marcas inchadas de estilhaços que o deixaram parecido com um porco-espinho.

Sophie ficou paralisada. Tentou desesperadamente se lembrar de algum dos segredos da magia do Vento que a Bruxa de Endor lhe ensinara havia algumas horas. A Bruxa dissera que aquela era a mais poderosa das magias – e Sophie vira o efeito que tivera sobre o exército de mortos-vivos, formado por humanos havia muito tempo falecidos e bestas que Dee invocou em Ojai. Mas não tinha ideia do que funcionaria contra o monstro de cera diante dela. Sabia como criar um minitornado, mas não podia arriscar fazer isso no espaço confinado da basílica.

– Nicolau! – chamou Scatty. Com suas espadas presas, a Guerreira usava seus nunchaku – duas toras de madeira ligadas por uma pequena corrente – para atacar o Golem. Deixaram ondulações profundas na pele do monstro, mas não pareciam afetá-la. Ela deu um golpe particularmente forte que cravou a madeira polida na lateral da criatura. Cera envolveu os nunchaku, prendendo-os. Quando o Golem se virou na direção de Josh, a arma foi arrancada das mãos da Guerreira, com uma força que fez com que ela caísse girando ao longo da sala.

Uma mão que era apenas polegar e dedos fundidos, como uma luva gigante, pegou o ombro de Josh e apertou. A dor era inacreditável e fez com que o menino caísse de joelhos.

– Josh! – gritou Sophie, o som ecoando na enorme igreja.

Ele tentou se desvencilhar da mão, mas a cera era muito escorregadia e seus dedos afundaram na geleca branca e pegajosa. Cera morna começou a sair da mão da criatura, então a se espiralar e se enrolar em volta do ombro dele e descer por seu peito, apertando tanto que era difícil respirar.

— Josh, abaixe-se!

Sophie pegou uma cadeira de madeira e a arremessou. Ela passou com um zunido acima da cabeça de seu irmão, o vento bagunçando seu cabelo, e foi lançada para baixo, com a parte pontuda primeiro, no grosso braço de cera, no local em que deveria estar o cotovelo. A cadeira penetrou pela metade no braço da criatura, mas o movimento a distraiu e ela abandonou Josh, deixando-o ferido e coberto por uma camada de cera. De onde estava ajoelhado no chão, Josh assistiu horrorizado quando duas mãos gelatinosas se dirigiram à garganta de sua irmã gêmea.

Apavorada, Sophie gritou.

Josh observou os olhos de sua irmã cintilarem, o azul ser substituído por prateado, e então a aura dela se incendiar no momento em que as patas do Golem se aproximaram de sua pele. Imediatamente, as mãos céreas começaram a se tornar líquidas e respingar no chão. Sophie esticou a própria mão, os dedos espalmados, e a pressionou contra o peito do Golem, onde afundou, chiando e sibilando, dentro da massa de cera.

Josh se agachou no chão, perto de Flamel, suas mãos erguidas para proteger os olhos da brilhante luz prateada. Viu sua irmã se aproximar da criatura, sua aura agora dolorosamente cintilante, os braços bem abertos, um invisível e imperceptível calor derretendo a criatura, reduzindo a cera a líquido. As espadas e nunchaku de Scathach caíram com estrépito no chão de pedra, seguidas, segundos depois, pelos vestígios da cadeira de madeira.

A aura de Sophie tremeluziu e Josh se postou nas pontas dos pés ao lado dela para apanhá-la conforme oscilava.

– Estou tonta – disse a menina de forma arrastada ao desmoronar nos braços do irmão. Estava quase inconsciente e muito gelada, o usual odor doce de baunilha de sua aura agora acre e amargo.

Scatty tratou de tirar suas armas do monte de cera semilíquida que agora parecia um boneco de neve derretido. Limpou meticulosamente as lâminas de suas espadas antes de deslizá-las nas bainhas que mantinha nas costas. Removendo anéis de cera branca de seus nunchaku, guardou-os novamente no coldre em seu cinto; então se virou para Sophie.

– Você salvou a gente – disse solenemente. – É uma dívida que não esquecerei.

– Consegui – disse de repente Flamel. Ele chegou para trás e Sophie, Josh e Scathach observaram os anéis de fumaça verde saírem da fechadura. O Alquimista empurrou a porta e ela se abriu com um clique, ar fresco da noite entrando, dispersando o odor intenso de cera derretida.

– Uma ajudinha teria sido útil, sabe – resmungou Scatty.

Flamel deu um sorrisinho forçado e secou os dedos em seus jeans, deixando traços de luz verde na roupa.

– Eu sabia que vocês tinham tudo sob controle – respondeu Flamel, saindo da basílica. Scathach e os gêmeos o seguiram.

Os sons das sirenes de polícia estavam mais altos agora, mas a área diretamente em frente à igreja estava vazia. Sacré-Couer se situava em uma colina, um dos pontos mais altos de Paris, e de onde estavam tinham uma vista de toda a cidade. O rosto de Nicolau Flamel se iluminou com satisfação.

– Lar, doce lar!

– O que os magos europeus têm com os Golens? – perguntou Scatty, seguindo Flamel. – Primeiro Dee, agora Maquiavel. Eles não têm imaginação?

Flamel pareceu surpreso.
– Aquilo não era um Golem. Golens precisam ter um feitiço em seu corpo que os traga à vida.
Scatty assentiu. Ela sabia disso, claro.
– Então, o quê?
– Aquilo era um tulpa.
Os olhos verde-claros de Scatty se arregalaram surpresos.
– Um tulpa! Então, Maquiavel é tão poderoso assim?
– Claro.
– O que é um tulpa? – perguntou Josh a Flamel, mas foi sua irmã quem respondeu, e Josh mais uma vez foi recordado do grande abismo que se abriu entre eles no momento em que os poderes dela foram Despertados.
– Uma criatura criada e animada inteiramente pelo poder da imaginação – explicou casualmente Sophie.
– Exato – disse Nicolau Flamel, respirando fundo. – Maquiavel sabia que haveria cera na igreja. Então, ele a trouxe à vida.
– Mas certamente ele sabia que isso não seria capaz de nos deter? – perguntou Scatty.
Flamel saiu de debaixo do arco central que emoldurava a frente da basílica e parou na beira do primeiro dos 221 degraus que levavam à rua lá embaixo.
– Ah, ele sabia que não conseguiria nos deter – disse pacientemente. – Queria apenas nos retardar, manter-nos por aqui até sua chegada. – Ele apontou.
Ao longe, as estreitas ruas de Montmartre ganharam vida com os sons e luzes de uma frota de carros da polícia francesa. Dúzias de gendarmes – militares franceses – se reuniam no início dos degraus, e mais chegavam das estreitas ruas laterais

para formar um cordão ao redor do edifício. Surpreendentemente, nenhum deles começara a subir.

    Flamel, Scatty e os gêmeos ignoraram a polícia. Estavam observando o homem magro e alto de cabelos brancos no terno elegante subir os degraus na direção deles. Parou quando os viu emergirem da basílica, apoiou-se no baixo corrimão de metal e ergueu a mão direita em uma saudação preguiçosa.

    – Deixa eu adivinhar – disse Josh –, este deve ser Nicolau Maquiavel.

    – O mais perigoso imortal da Europa – acrescentou sinistramente o Alquimista. – Acredite: este homem faz com que Dee pareça um amador.

Capítulo Quatro

— Bem-vindo a Paris, Alquimista.

Sophie e Josh deram um pulo. Maquiavel ainda estava muito longe para ser ouvido com tanta clareza. Estranhamente, a voz dele pareceu vir de algum lugar atrás deles, e ambos se viraram para olhar, mas havia somente duas estátuas de metal acima dos três arcos na frente da igreja: uma mulher em um cavalo à direita deles, com o braço erguendo uma espada, e um homem segurando um cedro à esquerda.

— Estava esperando por você. — A voz parecia vir da estátua do homem.

— É um truque barato — disse Scatty com indiferença, removendo tiras de cera das pontas de ferro de suas botas de combate. — Não é nada além de ventriloquismo.

Sophie sorriu envergonhada.

— Pensei que a estátua estivesse falando — admitiu, constrangida.

Josh começou a rir de sua irmã e imediatamente reconsiderou.

— Acho que não me surpreenderia se ela estivesse mesmo falando.

– O bom dr. Dee manda saudações. – A voz de Maquiavel continuava suspensa no ar ao redor deles.

– Então ele sobreviveu à batalha em Ojai – disse Flamel casualmente, sem erguer a voz. Mantendo-se ereto e com a postura impecável, uma vez ou outra colocava as mãos atrás das costas e dava uma olhada para o lado, para Scatty. Então, os dedos de sua mão direita começaram a dançar contra a palma e os dedos da mão esquerda.

Scatty afastou os gêmeos de Flamel e lentamente recuou para debaixo dos arcos sombrios. Entre eles, pôs os braços em volta dos ombros de cada um – as almas de ambos crepitando prata e ouro com o toque dela – e juntou suas cabeças.

– Maquiavel. O mestre das mentiras. – O sussurro de Scatty era meramente um hálito contra os ouvidos deles. – Ele não deve nos ouvir.

– Não posso dizer que estou feliz em ver você, Signor Machiavelli. Ou seria Monsieur Machiavel nesta era? – perguntou o Alquimista calmamente, apoiando-se contra a balaustrada, olhando pelos degraus brancos até onde Maquiavel ainda estava pequeno devido à distância.

– Neste século sou francês – replicou Maquiavel, sua voz claramente audível. – Amo Paris. É minha cidade favorita na Europa; depois de Florença, é claro.

Enquanto conversava com Maquiavel, Nicolau Flamel mantinha as mãos atrás das costas, fora da vista do outro imortal. Os dedos dele se moviam em uma intrincada série de tapinhas e batidas.

– Ele está lançando um feitiço? – disse Sophie em um sussurro, observando as mãos dele.

– Não, está falando comigo – respondeu Scatty.

– Como? – sussurrou Josh. – Magia? Telepatia?

– Linguagem de sinais.

Os gêmeos rapidamente trocaram olhares um com o outro.

– Linguagem de sinais? – perguntou Josh. – Ele sabe linguagem dos sinais? Como?

– Você parece continuar esquecendo que ele está vivo há muito tempo – disse Scathach com um sorrisinho sarcástico que mostrou seus dentes de vampira. – E ele ajudou a criar a linguagem francesa de sinais no século XVIII – acrescentou casualmente.

– O que ele está dizendo? – perguntou Sophie, sem paciência. Em nenhum lugar de sua memória de bruxa ela podia encontrar o conhecimento necessário para traduzir os gestos do velho.

Scathach franziu o cenho, seus lábios se movendo conforme ela pronunciava uma palavra.

– Sophie... *brouillard*... névoa – traduziu ela, que sacudiu a cabeça. – Sophie, ele está pedindo que você produza uma neblina. Isso não faz sentido.

– Faz para mim – respondeu Sophie enquanto uma dúzia de imagens de névoa, nuvens e fumaça atravessavam sua mente.

Nicolau Maquiavel parou nos degraus e respirou fundo.

– Minha gente cercou toda a área – disse, movendo-se lentamente na direção do Alquimista. Estava ligeiramente sem fôlego e seu coração martelava; realmente precisava voltar para a academia.

Criar o tulpa de cera o exaurira. Nunca fizera um tão grande antes, e nunca do banco traseiro de um carro ao longo das ruas estreitas e sinuosas de Montmartre. Não era uma solução elegante, mas tudo que ele precisava fazer era manter Flamel e seus companheiros aprisionados na igreja até sua chegada, e funcionou. Agora, a igreja estava cercada, mais oficiais estavam a caminho e ele convocara todos os agentes disponíveis. Como chefe do DGSE, seus poderes eram quase ilimitados, e emitira uma ordem para que fosse imposto um bloqueio à mídia. Ele se orgulhava de ter controle total sob suas emoções, mas tinha que admitir que neste momento sentia-se um pouco empolgado: em breve teria Nicolau Flamel, Scathach e as crianças sob seu domínio. Triunfaria onde Dee falhara.

Mais tarde, alguém em seu departamento vazaria uma história para a imprensa de que ladrões foram capturados invadindo o monumento nacional. Perto do amanhecer – bem a tempo para os primeiros noticiários matinais –, um segundo relatório vazaria, revelando como os desesperados prisioneiros dominaram os guardas e escaparam no trajeto para a delegacia. Nunca mais seriam vistos novamente.

– Agora você é meu, Nicolau Flamel.

O alquimista veio se postar na beirada dos degraus e enfiou as mãos no fundo dos bolsos de seus jeans gastos.

– Acredito que, da última vez que você fez essa declaração, estava prestes a violar meu túmulo.

Maquiavel parou, em choque.

– Como você sabe disso?

Aproximadamente seiscentos anos atrás, na calada da noite, Maquiavel violara os túmulos de Nicolau e Perenelle, procurando provas de que o Alquimista e sua esposa estavam de fato mortos e tentando determinar se eles tinham sido enterrados com o Livro de Abraão, o Mago. O italiano não ficou completamente surpreso ao descobrir que os caixões estavam cheios de pedras.

– Perry e eu estávamos lá, bem atrás de você, nas sombras, perto o bastante para tocá-lo quando ergueu a tampa de nossa tumba. Eu sabia que alguém viria... Só nunca imaginei que seria você. Admito que fiquei desapontado, Nicolau – acrescentou.

O homem de cabelos brancos continuou a subir os degraus para Sacré-Couer.

– Você sempre pensou que eu fosse uma pessoa melhor do que eu era, Nicolau.

– Acredito que há bondade em todos – sussurrou Flamel –, até mesmo em você.

– Não em mim, Alquimista, não mais, e não por muito, muito tempo. – Maquiavel parou e indicou a polícia e os homens das forças especiais francesas, vestidos de preto e pesadamente armados, organizando-se ao pé da escadaria. – Agora vamos. Entregue-se. Nenhum mal será feito a você.

– Não consigo dizer a você quantas pessoas já me falaram o mesmo – disse tristemente Flamel. – E sempre estavam mentindo.

A voz de Maquiavel se tornou mais dura.

– Você pode lidar comigo ou com o dr. Dee. E você sabe bem que o mago inglês nunca teve muita paciência.

– Há outra alternativa – provocou Flamel com um dar de ombros. Seus finos lábios se torceram em um sorriso. – Eu poderia não lidar com nenhum dos dois. – Ele deu meia-volta, mas quando olhou para Maquiavel, a expressão no rosto do Alquimista fez com que o imortal italiano desse um passo para trás, chocado. Por um instante algo antigo e implacável brilhou nos olhos pálidos de Flamel, que tremeluziram em um brilhante verde-esmeralda. Agora a voz de Flamel que se tornara um sussurro, ainda claramente audível para Maquiavel.

– Seria melhor se eu e você nunca tivéssemos que nos encontrar de novo.

Maquiavel teve a intenção de dar uma gargalhada, mas ela saiu trêmula.

– Isso me parece uma ameaça... e acredite em mim, você não está em posição de fazer ameaças.

– Não é uma ameaça – respondeu Flamel, e deu passos para trás nos degraus do alto. – É uma promessa.

O frio e úmido ar da noite parisiense foi repentinamente tocado pelo rico odor de baunilha, e Nicolau Maquiavel soube, então, que havia algo muito errado.

Ereta, com olhos fechados, os braços ao lado do corpo, palmas voltadas para fora, Sophie Newman respirou fundo, com a intenção de acalmar seu coração trovejante e permitir que sua mente vagasse. Quando a Bruxa de Endor a envolvera com bandagens de ar sólido, como uma múmia, transmitira milhares de anos de sabedoria para a garota em questão de segundos. Sophie imaginara que sentiria sua cabeça girar ao ter o cérebro preenchido pelas memórias da Bruxa. Desde então, seu crânio pulsava por causa de uma dor de cabeça, a base de seu pescoço estava dura e tensa e havia uma dor incômoda atrás de seus olhos. Há dois dias era uma adolescente americana comum, sua mente tomada por coisas rotineiras: deveres de casa e projetos da escola, as últimas músicas e clipes, os garotos de quem gostava, números de celular e endereços de internet, blogs e urls.

Agora, tinha um conhecimento sobre o qual ninguém deveria jamais saber.

Sophie Newman possuía as memórias da Bruxa de Endor; sabia tudo o que esta vira e fizera ao longo dos milênios. Era um caos: uma mistura de pensamentos, observações, temores e desejos, uma confusão de visões bizarras, imagens aterrorizadoras e sons incompreensíveis. Era como se mil filmes tivessem sido mixados e editados juntos. E dispersos por todo o emaranhado de memórias havia incontáveis ocasiões em que a Bruxa de fato usara seu poder especial, a magia do Ar. Tudo que Sophie precisava fazer era encontrar uma oportunidade na qual a Bruxa tivesse usado névoa.

Mas quando e onde localizar tal ocasião?

Ignorando a voz de Flamel, que gritava para Maquiavel, tornando-se indiferente ao cheiro azedo do temor de seu irmão e ao tinido das espadas de Scathach, Sophie se concentrou em seus pensamentos acerca de neblina e névoa.

São Francisco estava frequentemente cercada por névoa, e ela vira a ponte Golden Gate surgindo de uma espessa camada de nuvens. E apenas no último outono, quando a família estivera na catedral de St. Paul, em Boston, pararam em Tremont Street para descobrir que uma úmida névoa encobrira completamente o Common. Outras memórias intrusas surgiram: neblina em Glasgow, névoa úmida serpenteando em Viena; espessa e fétida névoa amarelada em Londres.

Sophie franziu o cenho; *ela* jamais estivera em Glasgow, Viena ou Londres. Mas a Bruxa estivera... e todas elas eram memórias da Bruxa de Endor.

Imagens, pensamentos e memórias – como os fragmentos de névoa que via em sua mente – mudavam de lugar e se embaralhavam. E então, de repente, clarearam. Sophie se lembrou com clareza de estar ao lado de uma figura vestida à maneira formal do século XIX. Podia vê-lo em sua mente, um homem com um grande nariz e um testa alta coberta com um cabelo encaracolado acinzentado. Ele estava sentada em uma cadeira alta, uma grossa pilha de papéis cor de creme diante de si, mergulhando uma caneta simples em um tinteiro. Levou um momento para perceber que não era uma de suas próprias memórias, nem algo que vira na tevê ou nos filmes. Estava se *lembrando* de algo que a Bruxa de Endor fizera ou vira. Ao virar para olhar a figura mais de perto, as memórias da Bruxa a inundaram: o homem era um famoso escritor inglês e estava prestes a começar a trabalhar em um novo livro. O escritor deu uma olhada e sorriu para ela; então seus lábios se mexeram, mas não havia som. Inclinando-se sobre o ombro dele, ela o viu escrever as palavras *Névoa por toda a parte. Névoa rio acima. Névoa rio abaixo* em uma elegante escrita rebuscada. Do lado de fora da janela do escritório do escritor, névoa, espessa e opaca, rolava como fumaça contra o vidro sujo, cobrindo o chão em um manto impenetrável.

E debaixo do pórtico de Sacré-Couer, em Paris, o ar se tornou frio e úmido, repleto pelo odor de sorvete de baunilha. Uma gota branca pingou de cada um dos dedos esticados de Sophie. Os ralos fios se espiralaram na poça a seus pés. Por meio de seus olhos fechados, observou o escritor mergulhar sua caneta no tinteiro e continuar. *Névoa rastejando... névoa se deitando... névoa se pendurando... névoa nos olhos e nas gargantas...*

Uma névoa branca e espessa saiu dos dedos de Sophie e se espalhou pelas pedras, movendo-se como uma fumaça pesada, fluindo em linhas torcidas e fios pegajosos. Enrolando-se e se movendo, fluiu pela pernas de Flamel e desceu os degraus, crescendo, tornando-se mais espessa, escurecendo.

De pé nos degraus de Sacré-Couer, Nicolau Maquiavel viu a névoa se derramar pelos degraus como leite sujo, observou quando se condensou e cresceu ao prosseguir, e soube, naquele momento, que Flamel o iludiria. Quando a névoa o alcançou, já batia na altura de seu peito, úmida e com cheiro de baunilha. Ele respirou fundo, reconhecendo o odor de magia.

– Impressionante – disse, mas a névoa abafou sua voz, enfraquecendo seu sotaque francês cuidadosamente cultivado, revelando o italiano por trás dele.

– Nos deixe em paz – explodiu a voz de Flamel em meio à neblina.

– Isso me parece outra ameaça, Nicolau. Acredite quando digo que você não tem ideia das forças reunidas contra você. Seus truques baratos não o salvarão. – Maquiavel pegou seu celular e apertou um número em discagem direta. – Ataquem. Ataquem agora! – Ele disparou pelos degraus acima enquanto falava, movendo-se silenciosamente com seus caríssimos sapatos de sola de couro, enquanto muito longe, abaixo, pés em botas batiam em pedras conforme a polícia subia a escadaria.

– Eu sobrevivi por um tempo bem longo. – A voz de Flamel não veio de onde Maquiavel esperava, e ele parou, virando-se para a esquerda e para a direita, tentando distinguir formas na neblina.

– O mundo evoluiu, Nicolau – disse Maquiavel. – Você não. Pode ter escapado de nós na América, mas aqui, na Europa, há Antigos demais, um número muito grande de imortais que sabem quem você é. Você não será capaz de se esconder por muito tempo. Nós o encontraremos.

Maquiavel subiu correndo os degraus que restavam, que o levavam diretamente à entrada da igreja. Não havia névoa aqui. A névoa artificial começava no segundo degrau e fluía para baixo, fazendo com que a igreja flutuasse como uma ilha em um mar de nuvens. Mesmo antes de correr para dentro da igreja, Maquiavel soube que não os encontraria lá: Flamel, Scathach e os gêmeos tinham escapado.

Por enquanto.

Mas Paris não era mais a cidade de Flamel. A cidade que uma vez tornara a ele e a esposa patronos dos doentes e pobres, a cidade que nomeara ruas em sua homenagem, não existia havia muito tempo. Paris agora pertencia a Maquiavel e aos Antigos Sombrios a quem ele servia. Olhando a cidade antiga, Nicolau Maquiavel jurou que transformaria Paris em uma armadilha – até mesmo uma tumba – para o lendário Alquimista.

Capítulo Cinco

Os fantasmas de Alcatraz despertaram Perenelle Flamel.

A mulher estava deitada, imóvel, na estreita cama dobrável na diminuta e gelada cela debaixo da prisão abandonada e os ouviu sussurrarem e murmurarem nas sombras a sua volta. Havia uma dúzia de idiomas que entendia, muitos mais que podia identificar e poucos que lhe eram completamente incompreensíveis.

Mantendo os olhos fechados, Perenelle se concentrou nos idiomas, tentando distinguir as vozes de cada um, imaginando se reconheceria alguém. E, então, um pensamento repentino se abateu sobre ela: como ela era capaz de ouvir fantasmas?

Do lado de fora da cela havia uma esfinge, um monstro com o corpo de um leão, as asas de águia e a cabeça de uma bela mulher. Um de seus poderes especiais era a capacidade de absorver as energias mágicas de outro ser vivo. Ela drenara Perenelle, deixando-a sem escapatória, trancafiando-a nesta terrível cela.

Um sorrisinho torceu os lábios de Perenelle quando se deu conta de algo: era a sétima filha de uma sétima filha;

nascera com a habilidade de ouvir e ver fantasmas. Já fazia isso por muito tempo antes de aprender como treinar e concentrar sua aura. Seu dom nada tinha a ver com mágica, portanto a esfinge não tinha poder sobre ele. Ao longo dos séculos de sua longa vida, Perenelle usara sua habilidade em magia para se proteger de fantasmas, para revestir e proteger sua aura com cores que lhe permitiam ficar invisível para as aparições. Mas conforme a esfinge absorvera suas energias, essas proteções foram aos poucos retiradas, revelando-a para o reino dos espíritos.

E, agora, eles estavam vindo.

Perenelle Flamel vira seu primeiro fantasma – o de sua amada avó Mamom – aos sete anos de idade. Sabia que não havia nada a temer em relação aos fantasmas; podiam ser chatos, com certeza, e com frequência eram irritantes, às vezes até mesmo rudes, mas não possuíam presença física. Havia uns poucos que chegara, inclusive, a chamar de amigos. Durante os séculos, certos espíritos retornavam a ela repetidas vezes, trazidos até Perenelle porque sabiam que ela podia ouvi-los, vê-los ou ajudá-los – e, frequentemente, Perenelle pensava, simplesmente porque se sentiam sozinhos. Mamom vinha a cada década ou algo assim para dar uma olhada nela.

Porém, ainda que não tivessem presença física no mundo real, fantasmas não eram seres sem poderes.

Abrindo os olhos, Perenelle se concentrou na parede de pedras lascada diretamente à frente de seu rosto. Pela parede corria uma água tingida de verde que cheirava a ferrugem e sal, os dois elementos que, por fim, destruíram a prisão de Alcatraz. Dee cometera um erro, como ela sabia que cometeria. Se o dr. John Dee tinha uma grande falha, era a arrogância. Ele obviamente pensou que, se ela fosse aprisionada nas profundezas de Alcatraz e vigiada por uma esfinge, ficaria sem poderes. Não poderia estar mais errado.

Alcatraz era um lugar repleto de fantasmas.

E Perenelle Flamel mostraria a ele como era poderosa.

Fechando os olhos, relaxando, Perenelle ouviu os fantasmas de Alcatraz, e então, lentamente, com a voz quase reduzida a um sussurro, começou a conversar com eles, a chamá-los e a reunir todos a seu redor.

Capítulo Seis

— Estou bem – murmurou Sophie, sonolenta –, estou mesmo.
— Você não parece estar bem – resmungou Josh, rangendo os dentes. Pela segunda vez naqueles dias, Josh carregava sua irmã no colo, um braço atrás de suas costas, o outro debaixo das pernas. Ele descia cuidadosamente os degraus de Sacré-Couer, com muito medo de deixar a irmã cair. – Flamel disse à gente que cada vez que você usar magia isso roubará um pouco de sua energia – acrescentou. – Você parece exausta.
— Estou bem... – murmurou Sophie. – Me ponha no chão. – Mas então seus olhos se fecharam mais uma vez.
O pequeno grupo se moveu silenciosamente pela névoa com odor de baunilha, Scathach na frente e Flamel tomando a traseira. Por toda a volta eles podiam ouvir botas caminhando pesadamente, o tilintar das armas e os silenciosos comandos da polícia francesa e das forças especiais ao subirem a escadaria. Alguns deles chegaram perigosamente perto, e, por duas vezes, Josh fora forçado a se abaixar quando uma figura uniformizada veio em sua direção.

De repente, Scathach saiu da espessa névoa, um pequeno e atarracado dedo pressionado nos lábios dela. Gotas de água congelavam seu cabelo vermelho arrepiado, e sua pele branca parecia mais pálida do que de costume. Ela apontou para a direita com os nunchaku ornamentados e esculpidos. A névoa redemoinhou e, de um segundo para outro, um gendarme estava de pé quase diretamente na frente deles, perto o bastante para tocá-los. Seu uniforme negro cintilava com pequenas bolhas de umidade. Atrás dele, Josh conseguia distinguir um grupo de policiais franceses se aproximando do que parecia ser um antigo carrossel. Estavam todos olhando para cima, e Josh ouviu a palavra *brouillard* ser murmurada repetidas vezes. Sabia que eles estavam falando da estranha névoa que de repente surgira sobre a igreja. O militar segurava sua pistola oficial na mão, o cano apontado para o céu, mas seu dedo estava ligeiramente dobrado sobre o gatilho. Josh lembrara-se, mais uma vez, do tamanho perigo em que se encontravam – não apenas por causa dos inimigos inumanos de Flamel, mas também pelos outros adversários, humanos até demais.

Eles deram cerca de dez passos... e então a névoa parou. E um momento, Josh carregava sua irmã pelo espesso nevoeiro; depois, como se tivesse atravessado uma cortina, estava de pé em frente a uma pequena galeria de arte, um café e uma loja de suvenires. Para olhar o que havia a suas costas, virou-se e descobriu que estava cara a cara com uma sólida parede de névoa. Os policiais nada mais eram do que formas indistintas na névoa branco-amarelada.

Scathach e Flamel sugiram da névoa.

– Permita-me – disse Scathach, segurando Sophie e erguendo dos braços de Josh. Ele tentou protestar, afinal Sophie era sua irmã gêmea e sua responsabilidade, mas estava exausto. Sentia câimbras na parte de trás das panturrilhas, e os músculos dos braços queimavam devido ao esforço de carregar a irmã na descida do que pareciam infinitos degraus.

Josh olhou bem dentro dos olhos verde-claros de Scathach.

– Ela vai ficar bem?

A antiga guerreira celta chegou a abrir a boca para responder, mas Nicolau Flamel balançou a cabeça, silenciando-a. Pousou sua mão esquerda no ombro de Josh, mas o menino afastou o ombro, fazendo a mão de Flamel cair. Se ele notou o gesto, ignorou-o.

– Ela só precisa dormir. O esforço de criar a névoa logo depois de ter derretido o tulpa drenou completamente o que restava de sua força física – disse Flamel.

– Você pediu a ela que criasse a neblina – respondeu Josh de forma rápida e acusadora.

Nicolau abriu os braços.

– O que mais eu poderia fazer?

– Eu... eu não sei – admitiu Josh. – Devia haver algo que você pudesse fazer. Vi você disparar lanças de energia verde.

– A névoa nos permitiu escapar sem ferir ninguém.

– Só a Sophie – argumentou Josh amargamente.

Flamel olhou para ele por um longo momento e, então, virou-se.

– Vamos. – Com a cabeça, o mago indicou uma rua lateral que desembocava diretamente abaixo. Então se apressou noite adentro, com Scathach carregando Sophie sem muito esforço e Josh lutando para acompanhá-la. Ele não sairia do lado da irmã.

– Aonde vamos? – perguntou Scathach.

– Precisamos sair das ruas – murmurou Flamel. – Parece que cada gendarme da cidade foi chamado para a Sacré-Couer. Também vi as forças especiais e polícia à paisana que imagino ser do serviço secreto. Quando perceberem que não estamos na igreja, provavelmente formarão um cordão de isolamento da área e farão uma busca minuciosa, rua por rua.

Scathach sorriu rapidamente, seus longos caninos ligeiramente visíveis contra os lábios.

– E vamos combinar: não somos exatamente discretos.

– Precisamos achar um lugar para... – começou Nicolau Flamel.

O oficial de polícia que veio correndo da esquina não parecia ter mais do que dezenove anos – alto, magro e desengonçado –, com bochechas rosadas e o felpudo prenúncio de um bigode acima do lábio superior. Uma mão estava no coldre; a outra segurava o chapéu. Ele derrapou até parar diretamente na frente deles e deu um rápido grito de surpresa ao sacar a arma de seu coldre.

– Ei! *Arrêtez!*

Nicolau se jogou para frente e Josh viu de fato a névoa verde fluir em volta da mão do Alquimista antes que seus dedos tocassem o tórax do gendarme. Uma luz esmeralda reluziu ao redor do corpo do policial, contornando-o em um verde brilhante, e então o homem simplesmente caiu no chão.

– O que você fez? – perguntou Josh em um sussurro horrorizado. Olhou para o jovem oficial de polícia no chão, que, de uma hora para outra, parecia frio e adoentado. – Você não... você não... matou o guarda?

– Não – respondeu Flamel, cansado. – Apenas sobrecarreguei a aura dele. Algo como um choque elétrico. Ele acordará em pouco tempo com dor de cabeça. – Ele pressionou as pontas dos dedos em sua testa, massageando a área acima de seu olho esquerdo. – Espero que não seja tão forte quanto a minha – acrescentou.

– Você sabe – disse Scathach soturnamente – que sua pequena demonstração alertará Maquiavel sobre nossa localização. – As narinas dela se abriram e Josh respirou fundo; o ar em volta deles estava repleto do odor de hortelã, o cheiro específico do poder de Nicolau Flamel.

– O que mais eu poderia ter feito? – protestou Nicolau. – Você estava com as mãos ocupadas.

Scatty torceu os lábios com desgosto.

– Eu poderia ter cuidado dele. Ou esqueceu quem o livrou da prisão Lubianka com ambas as mãos algemadas nas costas?

– Do que vocês estão falando? Onde é Lubianka? – perguntou Josh, confuso.

– Moscou. – Nicolau deu um olhar de soslaio para Josh. – Não pergunte, é uma longa história – murmurou.

– Ele ia ser fuzilado como espião – disse Scathach, orgulhosa.

– Uma história *muito* longa – repetiu Flamel.

Seguindo Scathach e Flamel pelas sinuosas ruas de Montmartre, Josh recordou de como John Dee descrevera Nicolau Flamel para ele apenas um dia antes: *Ele foi muitas coisas em sua época: um médico e um cozinheiro, um livreiro, um soldado, um professor de línguas e um farmacêutico, um oficial da lei e em certa ocasião um ladrão. Mas ele é agora, como sempre foi, um mentiroso, um charlatão e um escroque.*

E um espião, acrescentou Josh. Imaginava se Dee sabia disso. Ele examinou o homem de aparência comum: com seu cabelo cortado rente e seus olhos opacos, em seus jeans escuros e camiseta sob uma surrada jaqueta de couro preta, passaria despercebido por qualquer rua em qualquer cidade do mundo. E ainda assim ele era tudo menos comum: nascido em 1330, alegava estar trabalhando pelo bem da humanidade, mantendo o Códex longe de Dee e das sombrias e aterrorizantes criaturas a quem ele servia, os Antigos Sombrios.

Mas a quem Flamel servia? Essa pergunta povoava a mente de Josh. Quem era, de fato, o imortal Nicolau Flamel?

Capítulo Sete

Mantendo seu temperamento sob rígido controle, Nicolau Maquiavel desceu correndo a escadaria de Sacré-Couer, a névoa se espiralando e redemoinhando atrás dele como um manto. Embora a névoa estivesse começando a se desfazer, o ar ainda estava tomado pelo odor de baunilha. Maquiavel jogou a cabeça para trás e respirou fundo, sugando o cheiro para dentro de suas narinas. Ele se lembraria dessa essência; era tão peculiar quanto uma impressão digital. Todos, no planeta, possuíam uma aura – o campo elétrico que circunda o corpo humano –, e quando o campo elétrico era concentrado e direcionado, interagia com o sistema endócrino e com as glândulas suprarrenais para produzir um odor distintivo, único para aquela pessoa: uma assinatura em forma de cheiro. Maquiavel deu uma última inspirada. Podia quase sentir o gosto da baunilha no ar, fresca, clara e pura: essência de poder primitivo destreinado.

E naquele momento, Maquiavel soube, sem dúvida nenhuma, que Dee estava certo: era o odor de um dos gêmeos lendários.

– Quero toda a área cercada e isolada – ordenou Maquiavel, furioso, ao semicírculo de policiais altamente qualificados que se reuniu ao pé da escadaria, no Square Willette. – Isolem cada rua, cada beco e cada travessa da Rue Custine até a Rue Caulaincourt, do Boulervard de Clichy ao Boulevard de Rochechouart e a Rue de Clignancourt. Quero que essas pessoas sejam encontradas!

– Você está sugerindo que fechemos Montmartre? – disse um oficial de polícia extremamente bronzeado em meio ao silêncio que se seguiu. Ele olhou para os colegas em busca de apoio, mas não encontrou o olhar de nenhum deles. – Estamos na alta temporada de turismo – protestou, voltando-se para Maquiavel.

Este fez a volta até o capitão, sua face tão inexpressiva quanto as máscaras que colecionava. Seus frios olhos acinzentados atravessaram o homem, mas ao falar sua voz estava constante e controlada, um pouco mais do que um sussurro.

– Você sabe quem eu sou? – perguntou brandamente.

O capitão, um condecorado veterano da legião estrangeira francesa, sentiu algo gelado e azedo se assentar nas profundezas de seu estômago ao olhar para os olhos de pedra do homem. Umedecendo lábios subitamente secos, disse:

– Você é Monsieur Machiavel, o novo chefe do Diretório Geral para Segurança Externa. Mas este é um assunto da polícia, senhor, não um assunto de segurança externa. O senhor não tem autoridade.

– Estou tornando esta situação um assunto do DGSE agora mesmo – interrompeu Maquiavel suavemente. – Meus poderes vêm diretamente do presidente. Isolarei toda esta cidade, se necessário. Quero que essas pessoas sejam encontradas. Esta noite, uma catástrofe foi evitada. – Ele fez um gesto vago com a mão na direção de Sacré-Couer, agora começando a aparecer em meio à névoa que principiava a dispersar. – Quem sabe que outros atos terroristas eles planejaram? Quero um relatório de progresso a cada hora, pontualmente – concluiu, e sem esperar por uma resposta, virou-se e marchou até seu carro, onde o motorista de terno preto aguardava com os braços cruzados sobre o tórax avantajado. O motorista, com o rosto meio escondido atrás de óculos de sol espelhados, abriu a porta. Fechou-a gentilmente depois que Maquiavel embarcara no veículo. Depois de entrar no carro, o motorista se sentou pacientemente, as mãos com luvas pretas pousadas no volante de couro, aguardando instruções. O vidro que separava a cabine do motorista da parte traseira do carro foi abaixado. – Flamel está em Paris. Para onde ele iria? – perguntou Maquiavel sem cerimônia.

A criatura conhecida como Dagon servia Maquiavel por quase quatrocentos anos. Era o nome pelo qual era chamado havia milênios, e apesar de sua aparência, nunca fora nem remotamente humano. Virando-se no assento, tirou os óculos. No escuro interior do carro, seus olhos eram bulbosos e parecidos com os de um peixe, enormes e líquidos por detrás de uma camada clara e cristalina: ele não tinha pálpebras. Quando falava, duas colunas de pequenos dentes desiguais podiam ser vistos atrás dos lábios finos.

– Quem são os aliados dele? – perguntou Dagon, mudando de um deplorável francês para um italiano apavorante antes de voltar à borbulhante, liquida linguagem de sua juventude há muito tempo perdida.

– Flamel e sua esposa sempre foram solitários – respondeu Maquiavel. – Esse é o motivo para sobreviveram durante tanto tempo. Até onde vai meu conhecimento, eles não vivem nesta cidade desde o fim do século XVIII. – Ele puxou seu laptop fino e preto e correu o indicador no identificador de impressão digital. A máquina emitiu um *bip* e o monitor ligou.

– Se eles chegaram por um pórtico, então vieram despreparados – disse umidamente Dagon. – Estão sem dinheiro, sem passaportes, sem roupas a não ser as que estão vestindo.

– Exatamente – sussurrou Maquiavel. – Então precisarão encontrar um aliado.

– Humanoide ou imortal?

Maquiavel precisou de um momento para considerar.

– Um imortal – disse finalmente. – Não sei se eles conhecem humanoides nesta cidade.

– Então, quais imortais estão atualmente vivendo em Paris?

Os dedos do italiano executaram uma complicada série de comandos no teclado e a tela rolou para revelar um diretório chamado Temp. Havia dúzias de arquivos .jpg, .bmp e .tmp no diretório. Maquiavel selecionou um e pressionou "Enter". Uma janela apareceu no centro da tela.

Digite a senha.

Seus dedos delgados clicaram ao longo do teclado conforme digitavam a senha *Del modo di trattare i popoli della Valdichiana ribellati*, e um banco de dados codificado com um inviolável AES de 256 bits criptografado, a mesma criptografia usada pela maioria dos governos em seus arquivos ultrassecretos, abriu-se. Ao longo de sua vida, Nicolau Maquiavel acumulara uma enorme fortuna, mas considerava este único arquivo seu tesouro mais valioso. Era um dossiê completo sobre cada humano imortal ainda vivo no século

XXI, produzido por sua rede de espiões espalhada pelo mundo – a maioria deles não sabia que trabalhava para Maquiavel. Ele rolou pelos nomes. Nem mesmo seus próprios mestres entre os Antigos Sombrios sabiam que ele possuía esta lista, e ele tinha certeza de que alguns ficariam bem desapontados se descobrissem que também sabia a localização e os atributos de quase todos os Antigos e Antigos Sombrios que ainda andavam pela terra ou nos Reinos de Sombras que margeavam esse mundo.

Conhecimento, como Maquiavel sabia bem, era poder.

Embora houvesse três telas dedicadas a Nicolau e Perenelle Flamel, informação realmente importante era escassa. Havia centenas de entradas, cada uma reportando quando os Flamel foram avistados desde sua suposta morte, em 1418. Foram vistos em quase todos os continentes do mundo, exceto a Oceania. Nos últimos cento e cinquenta anos, viveram no continente norte-americano, com a primeira aparição confirmada e verificada do último século tendo lugar em Buffalo, Nova York, em setembro de 1901. Ele pulou para a seção marcada como *Aliados Imortais Conhecidos*. Estava em branco.

– Nada. Não tenho registros dos Flamel se associando a outros imortais.

– Mas ele está de volta a Paris – disse Dagon, bolhas de líquido formando-se em seus lábios conforme ele falava. – Ele procurará velhos amigos. As pessoas se comportam de forma diferente em casa – acrescentou –, baixam a guarda. E não importa por quanto tempo Flamel tenha vivido longe desta cidade, ele ainda a considerará seu lar.

Nicolau Maquiavel olhou por cima da tela do computador. Lembrara-se mais uma vez do quão pouco sabia sobre seu devotado empregado.

– E onde é sua casa, Dagon? – perguntou.
– Se foi. Há muito tempo. – Uma pele translúcida cintilou ao redor dos enormes globos de seus olhos.
– Por que você continuou comigo? – Maquiavel perguntou. – Por que não procurou por outros de sua espécie?
– Eles também se foram. Sou o último da minha espécie, e, além disso, você não é assim tão diferente de mim.
– Mas você não é humano – disse Maquiavel com suavidade.
– Você é? – perguntou Dagon, olhos arregalados e sem piscar.

Maquiavel levou um longo momento antes de finalmente assentir e retornar à tela.

– Então estamos procurando por alguém que os Flamel conhecessem quando ainda moravam aqui. E sabemos que não são vistos na cidade desde o século XVIII, então vamos limitar nossa busca aos imortais que estavam por aqui naquela época. – Os dedos dele digitaram, filtrando os resultados. – Apenas sete. Cinco são leais a nós.

– E os outros dois?

– Catarina de Médici vive na Rue du Dragon.

– Ela não é francesa – murmurou pegajosamente Dagon.

– Bem, ela foi mãe de três reis da França – disse Maquiavel, exibindo um sorriso raro. – Mas é leal a si mesma... – À voz dele falhou e ele se recompôs. – Mas o que temos aqui?

Dagon continuou imóvel.

Nicolau Maquiavel virou a tela do computador para que seu servo pudesse ver a fotografia de um homem olhando diretamente para a câmera em uma pose no que era obviamente uma foto publicitária. Grossos cabelos encaracolados caíam em seus ombros, emoldurando um rosto arredondado. Seus olhos azuis eram brilhantes como estrelas.

– Não conheço esse homem – disse Dagon.
– Ah, mas eu conheço. Conheço muito bem. Este é o humano imortal uma vez conhecido como conde de Saint-Germain. Era um mago, um inventor, um músico... e um alquimista. – Maquiavel fechou o programa e desligou o computador. – Saint-Germain era também um aprendiz de Nicolau Flamel. E atualmente vive em Paris – terminou triunfantemente.

Dagon sorriu, sua boca formando um "O" perfeito, preenchido com dentes cortantes como lâminas.

– Flamel sabe que Saint-Germain está aqui?
– Não faço ideia. Ninguém sabe até onde vai o conhecimento de Nicolau Flamel.

Dagon recolocou os óculos no rosto.

– E eu que pensei que você soubesse de tudo.

Capítulo Oito

— Precisamos descansar – disse Josh, finalmente. – Não consigo mais continuar. – Ele parou e se apoiou em um prédio, curvando-se ofegante. Cada respiração era um esforço, e começava a ver pontos pretos dançando na frente dos olhos. A qualquer momento poderia vomitar. Sentia-se assim, às vezes, após o treino de futebol, e sabia, por experiência própria, que precisava se sentar e pôr um pouco de líquido para dentro do organismo.

— Ele tem razão. – Scatty se virou para Flamel. – Precisamos repousar, nem que seja rapidinho. – Ela ainda carregava Sophie nos braços, e vislumbres cinza de luz iluminavam o início da manhã nos telhados parisienses ao leste. Os primeiros trabalhadores, aqueles que pegavam no batente bem cedo, começavam a aparecer. Eles se mantiveram nas escuras ruas laterais, e até então ninguém prestara nenhuma atenção ao estranho grupo, mas isso poderia mudar rapidamente quando as ruas se enchessem de gente, primeiro os parisienses, depois os turistas.

Nicolau permaneceu na esquina de uma rua estreita. Deu uma olhada geral antes de se virar e olhar por cima de seu ombro.

– Temos que nos esforçar – protestou. – Cada segundo que demoramos traz Maquiavel para mais perto de nós.

– Não conseguimos – disse Scatty. Ela olhou para Flamel, e por um único instante, seus olhos verde-claros brilharam. – Os gêmeos precisam descansar – disse ela, e então acrescentou suavemente: – E você também, Nicolau. Você está exausto.

O Alquimista considerou as palavras de Scatty e assentiu, baixando os ombros.

– Você está certa, claro. Farei como disser.

– Quem sabe poderíamos nos hospedar em um hotel? – sugeriu Josh. Estava dolorosamente cansado, seus olhos e garganta desidratados, a cabeça latejando.

Scatty balançou a cabeça.

– Eles pediriam nossos passaportes... – Sophie esticou os braços, e Scathach gentilmente a pousou no chão e a apoiou contra a parede.

Josh se postou de imediato ao lado da irmã.

– Você está acordada – disse, com alívio na voz.

– Eu não estava dormindo realmente – respondeu Sophie, com a sensação de que sua língua era grande demais para a boca. – Sabia o que estava acontecendo, mas era como se eu estivesse olhando de fora. Como assistir a um programa de tevê. – Ela pressionou suas mãos contra as costas e empurrou com força enquanto girava o pescoço. – Ai. Isso dói.

– O que dói? – perguntou Josh, ansioso.

– Tudo. – Ela tentou se endireitar, mas os músculos doloridos protestaram e uma dor de cabeça doentia pulsou atrás de seus olhos.

– Tem alguém aqui a quem você pode ligar para pedir ajuda? – Josh olhou de Nicolau para Scathach. – Há outros imortais ou Antigos?

– Existem imortais e Antigos por todos os lados – disse Scatty. – Porém, poucos são tão amigáveis quanto nós – acrescentou com um sorriso sem muito humor.

– Haverá imortais em Paris – concordou lentamente Flamel –, mas não tenho a menor ideia de onde encontrar um, e mesmo que tivesse, não teria como saber quais são suas alianças. Perenelle saberia – acrescentou, uma ponta de tristeza na voz.

– Sua avó saberia? – perguntou Josh a Scatty.

A Guerreira deu uma olhada para ele.

– Tenho certeza que sim. – Ela se virou e olhou para Sophie. – Em meio a todas as suas novas memórias, você se lembra de alguma coisa sobre imortais ou Antigos morando em Paris?

Sophie fechou os olhos e tentou se concentrar, mas as cenas e imagens que passaram em sua mente – fogo chovendo de um céu vermelho como sangue, uma enorme pirâmide de topo plano prestes a ser coberta por uma onda gigante – eram caóticas e terríveis. Começou a sacudir a cabeça, então parou. Até mesmo os movimentos mais simples doíam.

– Não consigo pensar – suspirou. – Minha cabeça está tão cheia que parece que vai explodir.

– A Bruxa provavelmente sabe – disse Flamel –, mas não temos como entrar em contato com ela. Ela não tem telefone.

– E os vizinhos dela, amigos? – perguntou Josh. Ele se virou para a irmã. – Sei que você não quer pensar sobre isso, mas precisa. É importante.

– Não consigo pensar... – começou Sophie, desviando o olhar e balançando a cabeça.

– Não pense, apenas responda – disse Josh com aspereza. Ele inspirou rapidamente e baixou o tom de sua voz, falando devagar. – Mana, quem é o melhor amigo da Bruxa de Endor em Ojai?

Os olhos azul-claros de Sophie se fecharam novamente e ela oscilou como se estivesse prestes a desmaiar. Quando seus olhos se abriram, sacudiu a cabeça.

– Ela não tem amigos lá. Mas todos a conhecem. Talvez pudéssemos ligar para a loja ao lado da dela... – sugeriu. Então, balançou a cabeça em negativa. – É muito tarde lá.

Flamel assentiu.

– Sophie tem razão. Tudo estará fechado a esta hora da noite.

– Estará fechada, certo – concordou Josh, um toque de empolgação se infiltrando em sua voz –, mas quando deixamos Ojai, o lugar estava um caos. E não se esqueçam, eu enfiei um Hummer na fonte do parque Libbey; isso deve ter chamado a atenção de alguém. Aposto que a polícia e a imprensa estão lá agora mesmo. E a imprensa pode responder algumas dúvidas se soubermos fazer as perguntas certas. Quero dizer, se a loja da Bruxa sofreu danos, com certeza eles estão procurando uma história.

– Pode funcionar... – começou Flamel. – Eu só preciso saber o nome do jornal.

– *Ojai Valley News*, 646-1476 – respondeu imediatamente Sophie. – É tudo de que me lembro... ou a Bruxa se lembra – acrescentou, e então deu de ombros. Havia tantas memórias em sua mente, tantos pensamentos e ideias... e não apenas as aterrorizantes e fantásticas imagens de pessoas e lugares que nunca deveriam ter existido, mas também pensamentos mundanos comuns: números de telefones e receitas, nomes e endereços de gente sobre quem nunca ouvira falar, imagens de velhos programas de tevê, pôsteres de filmes. Ela sabia até mesmo o nome de cada música de Elvis Presley.

Mas todas eram memórias da Bruxa. E neste momento, ela tinha que lutar para se lembrar do número de seu próprio celular. O que aconteceria se as memórias da Bruxa se tornassem tão vivas que substituíssem as suas? Ela tentou se concentrar nos rostos dos pais, Richard e Sara. Centenas de rostos atravessaram rapidamente sua mente, imagens de figuras esculpidas em pedra, as cabeças de estátuas gigantes, pinturas emplastradas nas laterais de edifícios, formas minúsculas entalhadas em cacos de cerâmica. Sophie começou a ficar frenética. Por que não conseguia se lembrar dos rostos de seus pais? Fechando os olhos, concentrou-se muito para recordar a última vez em que vira seu pai e sua mãe. Acontecera havia cerca de três semanas, logo antes de eles viajarem para a escavação em Utah. Mais rostos surgiram atabalhoadamente atrás dos olhos fechados de Sophie: imagens de fragmentos de pergaminhos, restos de manuscritos ou pinturas a óleo rachadas; rostos em fotografias em sépia gastas, em jornais borrados...

– Sophie?

E então, em um lampejo de cor, as faces de seus pais pipocaram em sua mente, e Sophie sentiu as memórias da Bruxa sumirem e as suas voltarem à superfície. De repente, sabia seu próprio número de telefone.

– Mana?

Ela abriu os olhos e piscou para seu irmão. Ele estava bem em frente, o rosto perto do dela, os olhos aflitos pela preocupação.

– Estou legal – sussurrou Sophie. – Só estou tentando me lembrar de uma coisa.

– O quê?
Ela tentou sorrir.
– Meu número de telefone.
– Seu número de telefone? Por quê? – Ele parou, e depois acrescentou: – Ninguém se lembra de seu próprio telefone. Quando foi a última vez em que você ligou para si mesma?

Com as mãos em torno de suculentas canecas de chocolate quente, Sophie e Josh sentaram um de frente para o outro, em um vazio café vinte e quatro horas, próximo à estação de metrô Gare du Nord. Havia apenas um funcionário atrás do balcão, um cara carrancudo de cabeça raspada que usava uma plaquinha de cabeça para baixo com o nome ROUX.

– Preciso de um banho – disse Sophie, enojada. – Preciso lavar meu cabelo, escovar os dentes e mudar de roupa. Parece que meu último banho foi há dias.

– Acho que realmente foi há dias. Você parece horrível – concordou Josh. Ele esticou a mão e puxou um fio solto de cabelo louro que se prendera à bochecha da irmã.

– Eu me sinto horrível – sussurrou Sophie. – Lembra aquela vez no último verão em que estávamos em Long Beach e eu comi aquele tanto de sorvete, depois cachorro-quente com chilli e anéis de cebola e tomei aquele refrigerante extragrande?

Josh deu um sorriso forçado.

– E você ainda comeu o que sobrou de minhas asinhas de frango. E meu sorvete! Vôlei não foi uma boa ideia.

Sophie deu um sorriso ao se lembrar da ocasião, mas logo a expressão se desfez. Embora naquele dia a temperatura estivesse muito elevada, ela começara a tremer, gotas frias de suor escorrendo por suas costas enquanto uma bola de ferro se assentava na boca de seu estômago. Por sorte, não tinha fechado seu cinto de segurança antes de vomitar, mas os resultados, ainda assim, foram espetacularmente desastrosos, e o carro ficou impróprio para uso por pelo menos uma semana após o incidente.

– É exatamente como me sinto agora: gelada, tremendo, com dores pelo corpo todo.

– Bem, tente não vomitar aqui – murmurou Josh. – Não acho que isso causaria uma boa impressão a Roux, nosso simpático atendente.

Roux trabalhava no café havia quatro anos, e nesse tempo fora assaltado duas vezes e sofrera ameaças com frequência, porém, nunca fora ferido. O café vinte e quatro horas via todo tipo de gente estranha, e às vezes perigosa, atravessar a porta, e Roux decidiu que aquele quarteto incomum certamente se qualificava no primeiro grupo, se não em ambos. Os dois adolescentes estavam sujos e fedorentos, pareciam aterrorizados e exaustos. O homem mais velho – talvez avô dos jovens, como achava Roux –, não estava em condições muito melhores. Apenas o quarto elemento do grupo – a jovem mulher de cabelos vermelhos e olhos verdes, que usava uma blusa preta, calça cargo preta e coturnos pesados – parecia desperta e alerta. Roux imaginou qual era a relação dela com os demais; certamente não parecia parente de nenhum deles, mas o menino e a menina eram parecidos o bastante para serem gêmeos.

Roux hesitou quando o velho apresentou um cartão de crédito para pagar pelos dois chocolates-quentes. As pessoas costumavam pagar em dinheiro uma conta tão pequena, e se perguntou se o cartão era roubado.

– Estou sem euros – disse o velho, com um sorriso. – Você poderia registrar vinte e me dar o troco?

Roux achou que ele falava francês com um ritmo peculiar, antiquado, quase formal.

– Isso é estritamente proibido por nosso regulamento... – começou Roux, mas uma outra olhada na garota de cabelos vermelhos e olhar duro fez com que reconsiderasse. Ele tentou sorrir ao dizer: – Claro, acho que posso fazer isso. – Se o cartão fosse roubado, não passaria na máquina, de qualquer forma.

– Eu ficaria muito agradecido. – O homem sorriu. – E você poderia me dar algumas moedas? Preciso fazer uma ligação.

Roux calculou oito euros pelos dois chocolates quentes e registrou vinte euros no Visa de Flamel. Surpreendeu-se por ser um cartão americano; teria jurado, pelo sotaque, que o homem era francês. Houve um atraso e então o cartão passou, ele deduziu o custo dos dois drinques e devolveu o troco a Flamel em moedas de um e dois euros. Roux voltou ao livro de matemática que tinha embaixo do balcão. Estivera enganado a respeito do grupo. Não era a primeira vez e nem seria a última. Deviam ser visitantes desembarcados de um dos primeiros trens da manhã; o que não era nada fora do comum.

Bem, talvez não todos eles. Mantendo a cabeça abaixada, ergueu a vista para olhar a jovem de cabelos vermelhos. Ela estava de costas para ele, conversando com o velho. Então, lenta e deliberadamente, se virou para olhá-lo. Sorriu, uma mera torção em seus lábios, e Roux de repente achou seu livro muito interessante.

Flamel permaneceu no balcão do café e olhou para Scathach.

– Quero que você fique aqui – disse suavemente, mudando de francês para latim. Seus olhos cintilaram para onde os gêmeos bebiam sentados seu chocolate quente. – Cuide deles. Vou achar um telefone.

A Sombra assentiu.

– Tenha cuidado. Se algo acontecer e nos separarmos, vamos nos reencontrar em Montmartre. Maquiavel nunca imaginará que retornemos. Esperaremos do lado de fora de um dos restaurantes, talvez l'Auberge du Village, por cinco minutos ao soar de cada hora.

– Combinado. Mas se eu não voltar até o meio-dia – continuou Flamel muito gentilmente –, quero que você pegue os gêmeos e vá embora.

– Não vou abandonar você – argumentou Scathach no mesmo tom.

– Se eu não voltar, é porque Maquiavel me encontrou – disse seriamente o Alquimista. – Scathach, nem mesmo você seria capaz de me resgatar do exército dele.

– Já enfrentei exércitos antes.

Flamel esticou o braço e pousou a mão no ombro da Guerreira.

– Os gêmeos são nossa prioridade agora. Devem ser protegidos a todo custo. Continue o treinamento de Sophie; encontre alguém para Despertar Josh e treiná-lo. E resgate minha querida Perenelle, se puder. Se eu morrer, diga a ela que meu fantasma a encontrará – acrescentou. Antes que Scatty pudesse dizer mais qualquer coisa, ele se virou e adentrou apressadamente no fresco ar do despertar da manhã.

– Volte logo... – sussurrou Scatty, mas Flamel já tinha ido embora. Se ele fosse capturado, decidira, não importava o que ele dissera, ela viraria a cidade de cabeça para baixo até encontrá-lo. Respirando fundo, olhou por sobre seu ombro e viu o assistente de cabeça raspada a encarando. Havia uma teia de aranha tatuada em um dos lados do pescoço dele, e todo o comprimento de suas duas orelhas tinha pelo menos uma dúzia de bastonetes. Ela imaginava o quão doloroso havia sido. Sempre quis pôr piercings nas orelhas, mas sua carne simplesmente cicatrizava rápido demais e ela não teria terminado de aplicar o piercing quando o buraco se fechasse.

– Algo para beber? – perguntou Roux, sorrindo nervosamente, com a língua pesada.

– Água – respondeu Scatty.

– Claro. *Perrier*? Com gás? Sem gás?

– Sem gás e sem gelo – acrescentou, e se virou para se juntar aos gêmeos na mesa. Ela girou uma cadeira e a ocupou, apoiando os antebraços na cabeceira e repousando o queixo sobre eles.

– Nicolau partiu para tentar entrar em contato com minha avó e ver se ela conhece alguém por aqui. Não sei ao certo o que faremos se ele não conseguir.

– Por quê?

Scatty balançou a cabeça.

– Precisamos sair das ruas. Tivemos sorte em escapar de Sacré-Couer antes do cordão de isolamento da polícia. Não tenho dúvidas de que, a essa altura, já encontraram o oficial atordoado, então a busca deles se expandirá, e as patrulhas terão nossa descrição. É apenas uma questão de tempo até sermos achados.

– O que acontecerá se formos achados? – Josh se perguntou em voz alta.

O sorriso de Scathach foi atemorizador.

– Aí veremos porque me chamam "a Guerreira".
– Mas o que vai acontecer se formos pegos? – insistiu Josh. Ele ainda considerava a ideia de ser caçado pela polícia praticamente incompreensível. Era quase mais fácil imaginar ser caçado por criaturas míticas ou humanos imortais. – O que aconteceria conosco?
– Vocês seriam entregues a Maquiavel. Os Antigos Sombrios considerariam vocês dois um baita prêmio.
– O quê... – Sophie olhou rapidamente para o irmão. – O que eles fariam com a gente?
– Você não quer realmente saber – respondeu Scathach sinceramente –, mas acredite em mim quando digo que não será agradável.
– E quanto a você? – perguntou Josh.
– Não tenho amigos entre os Antigos Sombrios – disse suavemente Scathach. – Tenho sido inimiga deles por mais de dois mil e quinhentos anos. Imagino que eles tenham uma prisão bem especial preparada para mim no Reino de Sombras. Algo frio e úmido. Sabem que odeio isso. – Ela sorriu, as pontas dos dentes pressionadas contra os lábios. – Mas eles ainda não nos pegaram – disse, de forma leve – e não nos pegarão facilmente. – Ela se virou para olhar Sophie com mais atenção. – Você está horrível.
– Já me disseram isso – disse Sophie, passando ambas as mãos em torno da fumegante caneca de chocolate e trazendo-a aos lábios. Respirou fundo. Podia sentir cada sutileza no rico aroma de cacau e seu estômago fez um ruído surdo, lembrando-a de que fazia muito tempo desde que haviam comido. O chocolate quente tinha um sabor amargo em sua língua, tão forte que encheu seus olhos de água, e ela recordou ter lido em algum lugar que o chocolate europeu con-

tinha mais cacau do que o americano com o qual ela estava acostumada.

Scatty se inclinou para frente e baixou a voz.

— Vocês precisam dar a si mesmos tempo para se recuperar de todo o estresse pelo qual passaram. Viajar de um lado do mundo para outro por um pórtico causa um estrago na gente; parece um jet lag concentrado, pelo que me disseram.

— E imagino que você não sofra de jet lag? — resmungou Josh. Havia uma gozação na família de que ele poderia sentir jet lag em uma viagem de carro de um estado ao próximo.

Scatty balançou a cabeça.

— Não, não sofro de jet lag. Não viajo de avião — explicou. — Você nunca me enfiará dentro de uma dessas coisas. Apenas criaturas com asas próprias para o voo devem cruzar os céus. Embora eu já tenha andado em um Lung, uma vez.

— Um Lung?

— Ying lung, um dragão chinês — respondeu Sophie.

Scathach se virou para olhar para a menina.

— Invocar a névoa deve ter queimado um bocado da energia de sua aura. É importante que você não use seus poderes novamente pelo maior tempo possível.

O trio se sentou novamente quando Roux surgiu de detrás do balcão com um grande copo de água. Ele o pousou na beira da mesa, tentou dar um sorrisinho nervoso para Scatty e então se afastou.

— Acho que ele gosta de você — disse Sophie com um risinho forçado fraco.

Scatty se virou para dar uma olhada no assistente novamente, mas os gêmeos viram seus lábios se torcerem em um sorriso.

– Ele tem piercings – respondeu ela, alto o bastante para que ele ouvisse. – Não gosto de meninos com piercings.

Ambas as garotas sorriram quando a nuca de Roux ficou vermelha.

– Por que é importante que Sophie não use seus poderes? – perguntou Josh, trazendo a conversa de volta ao comentário anterior de Scatty. Um alarme soara no fundo de sua mente.

Scathach se inclinou para frente pela mesa, e tanto Sophie quanto Josh se moveram para ouvi-la.

– Uma vez que uma pessoa usa toda sua energia áurica natural, o poder começa a se alimentar de sua carne como combustível.

– E então, o que acontece? – perguntou Sophie.

– Você já ouviu falar de combustão humana espontânea?

A expressão de Sophie era um vazio, mas Josh assentiu.

– Eu já. Gente se transformando em chamas sem nenhum motivo: é uma lenda urbana.

Scatty balançou a cabeça.

– Não é lenda. Muitos casos foram registrados ao longo da história – disse ela mantendo o mesmo tom de voz. – Eu mesma testemunhei dois. Pode acontecer em um segundo, o que normalmente começa pelo estômago e pelos pulmões, queima com tanta força que deixa pouco mais do que cinzas para trás. Você tem que tomar cuidado agora, Sophie: na verdade, eu gostaria que você me prometesse não usar seus poderes de novo, não importa o que aconteça.

– E Flamel sabia disso – disse rapidamente Josh, incapaz de manter a raiva longe de sua voz.

– Claro – respondeu Scatty, com calma.

– E ele não achou que valia a pena contar isso para a gente? – comentou Josh de forma ríspida. Roux olhou na direção da voz aumentada, e Josh respirou fundo e continuou em um sussurro rouco. – O que mais ele não está nos contando? – exigiu. – O que mais vem com esse *dom*? – Ele quase cuspiu a última palavra.

– Tudo aconteceu tão rápido, Josh – disse Scatty. – Simplesmente não houve tempo para treinar ou instruir vocês apropriadamente. Mas quero que você se lembre de que Nicolau deseja o melhor para vocês, de coração. Ele está tentando mantê-los em segurança.

– Nós estávamos em segurança até encontrarmos ele – respondeu Josh.

A pele engrossou ao longo dos ossos da bochecha de Scatty e os músculos no pescoço dela e nos ombros se contraírem. Algo escuro e feio cintilou por detrás de seus olhos verdes.

Sophie se esticou e pôs a mão nos braços de Scatty e de Josh.

– Chega – disse ela, cansada. – Não devemos brigar.

Josh estava prestes a responder, mas a expressão no rosto cansado de sua irmã o assustou, e ele assentiu.

– Tá bom. Por agora – acrescentou.

Scatty também assentiu.

– Sophie tem razão. – Ela se virou para olhar para Josh. – É um infortúnio que tudo recaia sobre Sophie no momento. É uma pena que seus poderes não tenham sido Despertados.

– Você nem imagina – respondeu o menino, incapaz de manter a amargura longe de sua voz. Apesar de tudo o que vira, e mesmo sabendo dos perigos, queria ter os mesmos poderes da sua irmã gêmea. – Mas ainda não é tarde demais, é? – perguntou rapidamente.

Scatty balançou a cabeça.

– Você pode ser Despertado a qualquer momento, mas não sei quem teria o poder de Despertar você. Precisa ser feito por um Antigo, e há apenas um punhado deles com essa habilidade em particular.

– Como quem? – insistiu ele, olhando para Scathach, mas foi sua irmã quem respondeu, sonhadoramente.

– Na América, Annis Negra ou Perséfone poderiam fazer isso.

Josh e Scatty se viraram para olhar para ela.

Sophie piscou, surpresa.

– Eu sei os nomes, mas sequer sei quem são. – De repente, seus olhos se encheram de lágrimas. – Eu tenho todas essas memórias... que sequer são minhas.

Josh pegou a mão da irmã e a apertou gentilmente.

– São todas memórias da Bruxa de Endor – disse suavemente Scathach. – E agradeça por não saber quem são Annis Negra ou Perséfone. Especialmente Annis Negra – acrescentou com um sorrisinho. – Fico surpresa que, sabendo minha avó onde ela estava, tenha deixado-a viver.

– Ela está nas Catskills – começou Sophie, mas Scathach beliscou a palma da sua mão. – Ai!

– Só queria distrair você – explicou Scathach. – Nem sequer *pense* em Annis Negra. Há alguns nomes que não devem nunca ser pronunciados.

– Isso é como dizer "não pense em elefantes" – disse Josh –, e aí tudo em que você consegue pensar são elefantes.

– Então me deixe te dar algo mais para pensar – disse Scathach com suavidade. – Há dois policias na janela olhando para nós. Não olhem – acrescentou, em tom de urgência.

Tarde demais. Josh se virou para olhar, e qualquer que tenha sido a expressão a atravessar seu rosto – choque, horror, culpa ou medo –, trouxe ambos os oficiais correndo para dentro do café. O primeiro puxava a automática do coldre, o outro falava com urgência em seu rádio, sacando o cassetete.

Capítulo Nove

Com as mãos enfiadas bem no fundo dos bolsos de sua jaqueta de couro, ainda usando seus não muito limpos jeans escuros e botas de caubói arranhadas, Nicolau Flamel não se destacava nem dos primeiros trabalhadores da manhã ou dos sem-teto que começavam a aparecer nas ruas de Paris. Os gendarmes que se reuniam nas esquinas e falavam urgentemente em seus rádios nem sequer lhe direcionavam uma segunda olhada.

Não era a primeira vez em que era caçado nessas ruas, mas era a primeira que não tinha aliados nem amigos para ajudá-lo. Ele e Perenelle retornaram para sua cidade natal no fim da Guerra dos Sete Anos, em 1763. Um velho amigo precisava da ajuda deles, e os Flamel nunca se recusaram a ajudar um amigo. Infelizmente, contudo, Dee descobrira suas trajetórias e os perseguira pelas ruas com um exército de assassinos vestidos de preto, nenhum deles completamente humanos.

Haviam escapado naquela ocasião. Fazer o mesmo agora provavelmente não seria tão fácil. Paris mudara completamente. A reforma feita pelo Barão Haussmann, no século XIX, destruíra uma enorme porção da parte medieval da cidade, aquela com a qual Flamel era tão familiarizado. Todos os esconderijos e casas seguras do Alquimista, os cofres secretos e sótãos escondidos se foram. Ele conhecera cada travessa tortuosa e pátio oculto em Paris; agora ele sabia tanto quanto um turista comum.

E, naquele momento, não apenas Maquiavel os perseguia, mas toda a polícia francesa. Além disso, Dee estava a caminho. E Dee, como Flamel sabia bem, era capaz de tudo.

Nicolau inspirou o ar fresco do despertar da manhã parisiense e olhou o relógio digital barato que usava no pulso esquerdo. Ainda estava ajustado no horário do Pacífico, onde, agora, eram oito e vinte da noite, o que significava – ele calculou rapidamente de cabeça – que eram cinco e vinte da manhã em Paris. Pensou ligeiramente em zerar o relógio para o fuso de Greenwich, mas rapidamente decidiu não fazer isso. Havia cerca de dois meses, quando tentara ajustar o relógio para o horário de verão, o acessório começou a mostrar pequenos pontos de luz e a piscar. Concentrara-se naquilo por quase uma hora e nada; Perenelle levou trinta segundos para dar jeito. Ele só usava o relógio porque vinha com um cronômetro. Todo mês, quando ele e Perenelle produziam uma nova reserva da poção da imortalidade, ele ajustava o cronômetro para 720 horas e deixava que a contagem recomeçasse do zero. Ao longo dos séculos, descobriram que a poção era calculada por um ciclo lunar e seus efeitos duravam aproximadamente trinta dias. Durante o decorrer de um mês, envelheceriam lentamente, quase imperceptivelmente, mas uma vez que tivessem bebido a poção, os efeitos do processo de envelhecimento seriam rapidamente revertidos – o cabelo escureceria, rugas se suavizariam e desapareceriam, articulações doloridas e músculos retesados se tornariam flexíveis novamente, a visão e a audição ficariam mais aguçadas.

Infelizmente, não era uma receita que pudesse ser copiada; a cada mês a fórmula era única, e cada receita funcionava apenas uma vez. O Livro de Abraão, o Mago, fora escrito em uma linguagem mais antiga que a humanidade, e em um roteiro sempre novo, sempre em movimento, para que bibliotecas completas de conhecimento fossem erguidas a partir do delgado volume. Mas todo mês, na sétima página do manuscrito costurado com fios de cobre, o segredo da Vida Eterna aparecia. A escrita arrastada permanecia estática por menos de uma hora antes de mudar, tornar-se confusa e intrincada.

Na primeira e única vez em que os Flamel tentaram usar a mesma receita duas vezes, ela, na verdade, acelerara o processo de envelhecimento. Por sorte, Nicolau tomara apenas um gole da poção incolor e de aspecto ordinário quando Perenelle notou que linhas estavam aparecendo ao redor dos olhos dele e que os pelos de sua barba sempre volumosa estavam caindo de seu rosto. Ela deu um tapa no copo que estava nas mãos dele antes que bebesse seu conteúdo de novo. Entretanto, as linhas permaneceram gravadas em seu rosto, e a espessa barba de que ele tinha tanto orgulho nunca mais cresceu.

Nicolau e Perenelle tinham produzido a mais recente dose da poção à meia-noite do último domingo, uma semana atrás. Ele pressionou o botão do relógio na mão esquerda e acionou a função de cronômetro: 116 horas e 21 minutos haviam se passado. Outra pressionada no botão exibiu o tempo restante: 603 horas e 39 minutos, ou cerca de 25 dias. Enquanto observava, outro minuto se foi: 38 minutos. Ele e Perenelle envelheceriam e se enfraqueceriam, e, é claro, a cada vez que um dos dois usasse seus poderes, isso apenas aceleraria a chegada da velhice. Se ele não recuperasse o Livro antes do fim do mês e criasse uma nova dose da poção, então ambos envelheceriam rapidamente e morreriam.

E o mundo morreria com eles.

A não ser...

Um carro de polícia estrondou ao passar, a sirene aos berros. Era seguido por um segundo e um terceiro. Como todos na rua, Flamel se virou para seguir o trajeto deles. A última coisa de que precisava era atrair atenção para si mesmo ao se destacar da multidão.

Ele tinha que recuperar o Códex. O *restante* do Códex, lembrou a si mesmo, sua mão tocando distraída o peito. Escondida sob sua camisa, pendurada em um cordão de couro, usava uma simples bolsinha quadrada de algodão que Perenelle costurara para ele havia meio milênio, quando ele encontrara o Livro pela primeira vez. Ela a criara para abrigar o antigo volume; agora tudo o que continha eram as duas páginas que Josh conseguira arrancar. O livro ainda era incrivelmente perigoso nas mãos de Dee, mas eram as duas últimas, que continham o feitiço conhecido como Apelo Final, de que Dee precisava para trazer seus mestres Antigos Sombrios de volta a este mundo.

E Flamel não permitiria isso – não podia permitir.

Dois policiais viraram uma esquina e vieram lentamente pelo meio da rua. Encaravam muito alguns dos pedestres e vasculhavam por janelas de lojas, mas passaram por Nicolau sem dar uma segunda olhada nele.

Nicolau sabia que sua prioridade agora era achar um refúgio seguro para os gêmeos. E isso significava que tinha que encontrar um imortal vivendo em Paris. Cada cidade no mundo tinha sua parcela de humanos com vidas cuja duração se estendia por séculos e até mesmo milênios, e Paris não era exceção. Ele sabia que imortais gostavam das grandes cidades anônimas, onde era mais fácil desaparecer em meio à população sempre em transformação.

Havia muito tempo, Nicolau e Perenelle tinham chegado à conclusão de que o cerne de todo mito ou lenda era uma semente de verdade. E cada raça contava histórias sobre pessoas que viveram vidas excepcionalmente longas: os imortais.

Ao longo dos séculos, os Flamel entraram em contato com três tipos completamente diferentes de humanos imortais. Havia os Antigos – dos quais agora talvez restassem não mais do que um punhado ainda vivos –, nativos de um passado remoto da terra. Alguns presenciaram toda a história humana, o que fez deles mais, ou menos, humanos.

Então, havia uns poucos outros que, como Nicolau e Perenelle, descobriram por si mesmos como se tornar imortais. Ao longo do milênio, os segredos da alquimia foram descobertos, perdidos e reencontrados inúmeras vezes. Um dos maiores segredos era a fórmula da imortalidade. E toda alquimia – e possivelmente até mesmo a ciência moderna – tinha uma única fonte: o Livro de Abraão, o Mago.

Também havia aqueles que receberam o dom da imortalidade, humanos que, acidental ou deliberadamente, despertaram a atenção de um ou outro dos Antigos restantes neste mundo após a Queda de Danu Talis. Os Antigos estavam sempre à procura de pessoas com excepcional ou incomum habilidade para recrutar para sua causa. E, em pagamento por seus serviços, os Antigos garantiam um vida estendida a seus seguidores. Era um presente que poucos humanos recusariam. Era também algo que assegurava absoluta e irrevogável lealdade... porque poderia ser retomado tão rápido quanto fora dado. Nicolau sabia que se encontrasse imortais em Paris – mesmo que os tivesse conhecido no passado –, haveria agora um risco bem real de que estivessem a serviço dos Antigos Sombrios.

Ele estava passando por uma locadora de vídeos 24 horas que anunciava internet de alta velocidade quando notou a placa na janela, escrita em dez idiomas: LIGAÇÕES NACIONAIS E INTERNACIONAIS. AS TAXAS MAIS BARATAS. Abrindo a porta, de repente, sentiu o cheiro azedo de corpos não lavados, perfume vencido, comida gordurosa e o ozônio de muitos computadores agrupados extremamente juntos. A loja estava surpreendentemente cheia: um grupo de estudantes que parecia ter virado a noite se amontoava em volta de três computadores exibindo a logo de World of Warcraft, enquanto a maioria das outras máquinas estava ocupada por jovens homens e mulheres de expressão séria que olhavam fixamente para a tela. Ao se dirigir até o balcão nos fundos da loja, Nicolau podia ver que a maior parte dos jovens estava mandando e-mails e mensagens instantâneas. Sorriu ligeiramente; havia apenas alguns dias, na tarde de segunda-feira, quando a livraria estava tranquila, Josh passara uma hora explicando a ele a diferença entre os dois métodos de comunicação. Josh até mesmo criara para ele um conta pessoal de e-mail – a qual Nicolau duvidou que chegaria a usar –, embora conseguisse ver certa utilidade nos programas de mensagens instantâneas.

A garota chinesa atrás do balcão vestia roupas esfarrapadas e rasgadas que Nicolau pensou serem apropriadas para o lixo, mas imaginou que provavelmente custavam uma fortuna. Estava fortemente maquiada e ocupada pintando suas unhas quando Nicolau se aproximou da bancada.

– Três euros por quinze minutos, cinco por trinta, sete por quarenta e cinco, dez por uma hora – matraqueou a garota em um francês atroz sem olhar para cima.

– Quero fazer uma ligação internacional.

– Em dinheiro ou cartão de crédito? – Ela ainda não levantara a cabeça, e Nicolau percebeu que a garota pintava as unhas não com esmalte, mas com um marcador de texto.

– Cartão de crédito. – Ele queria conservar o pouco dinheiro que tinha para comprar algo para comer. Embora raramente comesse, e Scathach nunca comesse, precisaria alimentar as crianças.

– Use a cabine número um. As instruções estão na parede.

Nicolau entrou na cabine, cuja parte da frente era de vidro, e fechou a porta atrás de si. Os gritos dos estudantes desapareceram, mas a cabine tinha um cheiro muito forte de comida estragada. Leu rapidamente as instruções enquanto pescava o cartão que usara para comprar os chocolates quentes do fundo de sua carteira. Estava em nome de Nick Fleming, aquele que vinha usando nos últimos dez anos, e se perguntou brevemente se Dee ou Maquiavel tinham os recursos para rastreá-lo por meio do cartão. Ele sabia que obviamente tinham, mas um rápido sorriso torceu os lábios de Flamel: o que isso importava? Tudo o que diria era que estava em Paris, e eles já sabiam disso. Seguindo as instruções na parede, discou o código de discagem internacional e o número de que Sophie se recordara a partir das memórias da Bruxa de Endor.

A linha deu um estalo e vários cliques por causa da estática transatlântica, e, então, a mais de oito mil e oitocentos quilômetros de distância, o telefone começou a tocar. Foi atendido no segundo toque.

– *Ojai Valley News*, como posso ajudar? – A voz da jovem mulher estava surpreendentemente clara.

Nicolau simulou deliberadamente um carregado sotaque francês.

– Bom dia... ou melhor, boa tarde para você. Fico feliz que ainda a tenha encontrado no escritório. Quem fala é Monsieur Montmorency, e estou ligando de Paris, França. Sou repórter do jornal *Le Monde*. Acabei de ler na internet que vocês tiveram uma noite bem agitada por aí.

– Nossa, as notícias realmente correm rápido, senhor...

– Montmorency.

– Montmorency. Sim, tivemos uma noite e tanto. Como podemos ajudar?

– Gostaríamos de incluir uma nota no jornal da noite. Estava me perguntando: vocês têm algum repórter trabalhando no local?

– Na verdade, todos os nossos repórteres estão no centro no momento.

– Você acha que seria possível me pôr em contato? Posso conseguir uma rápida descrição do local e um comentário. – Quando não houve uma resposta imediata, ele acrescentou: – Haveria, é claro, um crédito apropriado a seu jornal.

– Deixe eu ver se consigo pôr o senhor em contato com algum de nossos repórteres na rua, sr. Montmorency.

– *Merci*. Fico muito agradecido.

Mais um clique na linha, e houve uma longa pausa. Nicolau supôs que a recepcionista estivesse falando com o repórter antes de transferir a ligação. Houve outro clique, e a garota disse:

– Estou passando o senhor...

Ele estava a meio caminho de agradecer quando houve uma resposta no telefone.

– Michael Carroll. *Ojai Valley News*. Pelo que entendi, você está ligando de Paris, na França? – Havia um certo tom de incredulidade na voz do homem.
– De fato estou, Monsieur Carroll.
– As notícias correm rápido – comentou o repórter, fazendo eco com a recepcionista.
– Internet – respondeu Flamel vagamente, acrescentando. – Há um vídeo no YouTube. – Ele não tinha dúvida nenhuma de que havia vídeos da cena em Ojai na rede. Virou-se para dar uma olhada geral no café com acesso a internet. De onde estava, conseguia ver uma dúzia de telas; cada uma expunha uma página em um língua diferente. – Me pediram para conseguir uma nota para nossa página de artes e cultura. Um de nossos editores visitava sua bela cidade frequentemente e comprava várias peças de cristal em um antiquário na avenida Ojai. Não sei se você a conhece: a loja vende apenas espelhos e cristais – acrescentou Flamel.
– Antiquário Witcherly – respondeu imediatamente Michael Carroll. – Conheço bem. Infelizmente foi completamente destruída por uma explosão.
De repente, Flamel ficou sem ar. Hécate morrera porque ele trouxera os gêmeos para o Reino de Sombras dela; teria a Bruxa de Endor enfrentado o mesmo destino de Hécate? Umedeceu os lábios ressecados e engoliu em seco.
– E a proprietária, a Sra. Witcherly? Ela...?
– Ela está bem – respondeu o repórter, e Flamel sentiu uma onda de alívio percorrer seu corpo. – Acabei de pegar uma declaração dela. Está notoriamente bem-humorada para alguém cujo negócio foi pelos ares. – Ele gargalhou e acrescentou: – Ela disse que, quando se vive tanto quanto ela, não há muito que surpreenda.

– Ela ainda está no local? – perguntou Flamel, tentando conter o entusiasmo em sua voz. – Será que ela gostaria de prestar uma declaração à imprensa francesa? Diga a ela que é Nicholas Montmorency. Já nos falamos uma vez; tenho certeza de que ela se lembrará de mim – acrescentou Nicolau.

– Vou perguntar...

A voz sumiu e Flamel ouviu o repórter chamando por Dora Witcherly. Ao fundo, também ouviu o som de inúmeras sirenes de polícia, bombeiros e ambulâncias e os gritos e lamentos distantes de pessoas estressadas.

E era tudo culpa dele.

Balançou rápido a cabeça. Não, não era culpa *dele*. Era resultado das ações de Dee, que desconhecia senso de proporção. Quase incendiara Londres inteira em 1666, devastara a Irlanda com a Grande Fome em 1840, destruíra a maior parte de São Francisco em 1906 – e agora esvaziara os cemitérios próximos a Ojai. Sem dúvida, as ruas estavam repletas de ossos e cadáveres. Nicolau ouviu a voz muda do repórter e, depois, o som do telefone celular mudando de mão.

– Monsieur Montmorency? – disse educadamente Dora, em um francês perfeito.

– Madame. Você está bem?

A voz de Dora se resumiu a um sussurro e ela começou a falar em uma forma arcaica da língua francesa que seria incompreensível a qualquer abelhudo contemporâneo.

– Não é tão fácil assim me matar – respondeu rapidamente. – Dee escapou, cheio de cortes e feridas, espancado e muito, muito aborrecido. Vocês estão todos a salvo? Scathach também?

– Scatty está salva. Contudo, tivemos um encontro com Nicolau Maquiavel.

– Então, ele ainda está por aí. Dee deve tê-lo avisado. Tome cuidado, Nicolau. Maquiavel é mais perigoso do que você imagina. E ainda mais astuto do que Dee. Agora tenho que me apressar – acrescentou ela com tom de urgência na voz. – O repórter está desconfiando. Provavelmente pensa que estou dando a você uma história melhor do que a que dei a ele. O que você quer?

– Preciso de sua ajuda, Dora, para saber em quem posso confiar em Paris. Tenho que tirar as crianças da rua, estão exaustas.

– Hum. – A linha estalou com o som de farfalhar de papel. – Não sei quem está em Paris nesse momento. Mas vou descobrir – disse de modo decidido. – Que horas são aí?

Ele deu uma olhada no relógio e fez as contas.

– Cinco e meia da manhã.

– Vá para a Torre Eiffel. Esteja lá às sete da manhã e espere por dez minutos. Se eu conseguir localizar alguém confiável, pedirei que o encontre lá. Se ninguém que você reconheça aparecer, volte às oito e então às nove. Se ninguém estiver lá neste horário, então você saberá que não há ninguém em Paris em quem você possa confiar, e terá que se virar.

– Obrigado, Madame Dora – disse Flamel, baixinho. – Tenho uma dívida de gratidão com a senhora da qual não me esquecerei.

– Não há dívidas entre amigos – respondeu. – Ah, e Nicolau, tente e consiga manter minha neta longe de apuros.

– Farei o melhor que puder. Mas você sabe como ela é: parece atrair problemas. Entretanto, neste momento, está cuidando dos gêmeos em um café não muito longe daqui. Pelo menos lá ela não arranjará nenhuma confusão.

Capítulo Dez

Scathach levantou a perna, pressionou a sola do pé contra o assento de uma cadeira e a empurrou com força. A cadeira de madeira deslizou pelo chão e acertou em cheio os dois policiais quando eles passaram pela porta. Caíram no chão, um rádio voando da mão de um deles, um cassetete da mão do outro. O rádio, chiando, derrapou até parar aos pés de Josh. Ele se inclinou e jogou seu chocolate quente no aparelho, que foi irreversivelmente danificado com uma efervescência de fagulhas.

Scathach se levantou. Sem virar a cabeça, ergueu um braço e apontou para Roux.

– Você. Fique exatamente onde está. E nem sonhe em ligar para a polícia.

Com o coração martelando, Josh agarrou Sophie e a puxou da mesa em direção aos fundos da loja, protegendo-a com seu próprio corpo dos policias na porta.

Um dos policiais sacou uma arma. O nunchaku de Scatty bateu no cano com força o bastante para curvar o metal e arrancar a arma, que voou aos giros da mão do homem.

O segundo policial se levantou, puxando um longo cassetete negro. O ombro direito de Scathach declinou e o nunchaku mudou de direção no meio do caminho, os cinquenta centímetros de madeira maciça atingindo o cassetete do policial bem acima de seu pequeno cabo. O cassetete se despedaçou em estilhaços pontudos. Scathach recolheu o nunchaku e ele veio parar em sua mão esticada.

– Eu realmente estou de mau humor – disse em um francês perfeito. – Acreditem quando digo que vocês não vão querer brigar comigo.

– Scatty... – sibilou Josh em alerta.

– Agora não – respondeu a Guerreira rapidamente em inglês. – Você não vê que estou ocupada?

– Sim, bem, você está prestes a ficar ainda mais ocupada – gritou Josh. – Muito mais ocupada. Olhe lá fora.

Um pelotão de polícia, de armadura preta, capacetes de face inteira e escudos, armado de cassetetes e rifles de assalto, corria pela rua, em direção ao café.

– É a RAID – sussurrou, horrorizado, o atendente da loja.

– Igual à SWAT – disse Scathach em inglês –, só que mais durões. – O tom de sua voz era quase de satisfação. Olhando de lado para Roux, perguntou rapidamente em francês: – Aqui tem uma porta dos fundos?

O atendente estava imóvel, em estado de choque, olhando fixamente para o pelotão que se aproximava, e não reagiu até que Scathach sacou o nunchaku e a ponta arredondada passou assobiando direto por seu rosto, a brisa fazendo-o piscar.

– Aqui tem uma porta dos fundos? – perguntou ela de novo, mas em inglês.

– Sim, sim, claro.
– Então tire meus amigos daqui.
– Não... – começou Josh.
– Deixe eu fazer alguma coisa – disse Sophie, uma dúzia de feitiços de vento em sua mente. – Eu posso ajudar...
– Não! – protestou Josh, alcançando sua irmã no momento em que seu cabelo loiro começava a balançar, derramando prata.
– Fora! – gritou Scatty, e, de repente, era como se os planos e ângulos de sua face tivessem se alterado, os ossos das bochechas e do queixo se tornando proeminentes, olhos verdes transformados em um vidro refletivo. Por um instante, havia algo antigo, primitivo e totalmente estranho em seu semblante. – Eu posso cuidar disso. – Ela começou a girar o nunchaku, criando um escudo impenetrável entre ela e os dois policiais. Um deles pegou uma cadeira e a atirou contra ela, mas o nunchaku a estraçalhou. – Roux, tire-os daqui *agora*! – rosnou Scatty.
– Por aqui – disse o apavorado funcionário em um inglês com sotaque americano. Passou pelos gêmeos e os conduziu por um corredor frio e estreito até um pátio fétido com pilhas altas de latas de lixo, alguns fragmentos de mobília de restaurante quebrada e o esqueleto de uma árvore de Natal abandonado. Atrás deles, ouvia-se o som de madeira se quebrando.
Roux apontou para um portão vermelho e continuou em inglês. Tinha o rosto da cor de giz.
– Ele leva ao atalho para o beco. Virem à esquerda para chegar à Rue de Dunkerque; à direita para alcançar a estação de metrô Gare du Nord. – Atrás dele houve um estouro tremendo, seguido pelo som de vidro sendo quebrado. – A amiga de vocês... Ela está bem encrencada – gemeu misera-

velmente. – E a RAID vai destruir a loja. Como vou explicar isso ao dono? Houve outra explosão vinda do interior do estabelecimento. Um pedaço de ardósia deslizou do telhado e se espatifou no pátio.

– Vão, vão agora. – Ele girou a combinação da tranca e abriu o portão.

Sophie e Josh o ignoraram.

– O que fazemos? – perguntou Josh à irmã. – Vamos ou ficamos?

Sophie balançou a cabeça. Deu uma olhada em Roux e diminuiu o tom de sua voz para um sussurro.

– Não temos para onde ir. Não conhecemos ninguém em Paris, a não ser Scatty e Nicolau. Não temos nenhum dinheiro nem passaportes.

– Podemos ir para a embaixada americana. – Josh se virou para Roux. – Tem alguma embaixada americana em Paris?

– Sim, claro, na Avenue Gabriel, ao lado do Hotel de Crillon. – O jovem de cabeça raspada se encolheu quando um colossal estrondo sacudiu o prédio todo, enchendo o ar com partículas mínimas de poeira. O vidro na janela diante deles se partiu de cima a baixo, e mais pedaços deslizaram do telhado para choverem no pátio.

– E o que diremos na embaixada? – argumentou Sophie. – Eles vão querer saber como chegamos aqui.

– Sequestrados? – sugeriu Josh. E então um súbito pensamento o atingiu e fez com que se sentisse mal. – E o que diremos a papai e mamãe? Como vamos explicar essa situação a eles?

Cerâmica tilintou e se despedaçou, e então houve um estrondo tremendo.

Sophie tombou a cabeça para um lado e tirou o cabelo da orelha.

– Foi a janela principal. – Deu um passo de volta em direção à porta. – Eu devia ajudá-la. – Anéis de neblina saíam dos dedos dela ao esticar a mão para a maçaneta.

– Não! – Josh agarrou a mão dela, e a estática estalou entre eles. – Você não pode usar seus poderes – sussurrou de maneira urgente. – Você está muito cansada; lembre-se do que Scatty disse. Você poderia virar um monte de chamas.

– Ela é nossa amiga, não podemos abandoná-la – respondeu asperamente Sophie. – *Eu* não vou, de qualquer jeito. – Seu irmão era um solitário e nunca fora bom em fazer amigos na escola, enquanto ela era intensamente leal aos seus, e começara a ver Scatty como mais do que uma amiga. Embora amasse profundamente seu irmão, sempre quisera uma irmã.

Josh pegou nos ombros de Sophie e a virou para que ficassem frente a frente. Ele já era uma cabeça mais alto do que ela e teve que olhar para baixo para encarar os olhos azuis iguais aos seus.

– Ela *não* é nossa amiga, Sophie. – A voz dele estava baixa e séria. – Ela nunca será nossa amiga. Ela é... *alguma coisa* de dois mil e quinhentos anos. Admitiu para a gente que é uma vampira. Você viu o jeito como o rosto dela se transformou lá dentro: ela nem sequer é humana. E... e não sei ao certo se ela é tudo isso que Flamel diz. Eu sei que *ele* não é!

– O que você quer dizer? – Sophie exigiu uma explicação. – O que você está tentando dizer?

Josh abriu a boca para responder, mas uma série de baques estridentes vibrou por todo o edifício. Choramingando de medo, Roux disparou pelo beco. Os gêmeos o ignoraram.

– O que você quer dizer? – perguntou novamente Sophie.

— Dee falou...
— *Dee!*
— Eu conversei com ele em Ojai. Quando você estava na loja com a Bruxa de Endor.
— Mas ele é nosso inimigo.
— Apenas porque Flamel *diz* que ele é – respondeu rapidamente Josh. – Sophie, Dee me contou que Flamel é um criminoso e Scathach é, basicamente, uma capanga contratada. Ela foi amaldiçoada, pelos crimes que cometeu, a ter o corpo de uma adolescente pelo resto da vida. – Ele sacudiu a cabeça rapidamente e se apressou, sua voz baixa e desesperada. – Mana, não sabemos quase nada sobre essas pessoas... Flamel, Perenelle e Scathach. A única coisa que *sabemos* é que eles tornaram você diferente. Perigosamente diferente. Atravessaram meio mundo conosco, e olhe onde estamos agora. – Mesmo enquanto ele falava, o prédio tremeu, e uma dúzia de outras telhas despencou do telhado e se quebrou no chão do pátio, espalhando fragmentos afiados pelos ares em volta deles. Josh gritou de surpresa quando um pedaço espetou seu braço. – Não podemos confiar neles, Sophie. Não devíamos.

— Josh, você não tem ideia dos poderes que eles me deram... – Sophie pegou o braço do irmão e o ar, que estava tomado com o fedor de comida estragada, foi tocado pelo odor de baunilha, e, um momento depois, pelo odor de laranjas, conforme a aura de Josh se inflamava levemente dourada. – Ah, Josh, as coisas que eu poderia te contar! Eu sei tudo que a Bruxa de Endor sabe...

— E isso está te deixando doente! – gritou raivosamente Josh. – E não se esqueça, se você usar seus poderes mais uma vez, pode, literalmente, explodir.

As auras dos gêmeos brilhavam dourada e prateada. Sophie espremeu seus olhos bem fechados quando um jorro de impressões, pensamentos vagos e ideias aleatórias golpearam sua consciência. Seus olhos azuis piscaram, momentaneamente prateados, e de repente percebeu que estava captando os pensamentos de seu irmão. Tirou rápido a mão do braço dele, e os pensamentos e sensações desapareceram na mesma hora.

– Você está com inveja! – sussurrou, achando a situação divertida. – Inveja de meus poderes!

As bochechas de Josh ficaram rosadas, e Sophie enxergou a verdade nos olhos dele mesmo antes que seu irmão pronunciasse a mentira.

– Não estou!

De repente, um policial todo vestido de preto emergiu pela porta para o pátio. Havia uma enorme rachadura em seu visor, e faltava uma de suas botas pretas. Sem parar, passou por eles e correu para o beco. Podiam ouvir os passos de seu pé nu e o atrito da sola de couro sumindo aos poucos.

Então, Scatty entrou vagarosamente no pátio. Girava seu nunchaku como se fosse Charlie Chaplin balançando uma bengala. Não havia nenhum fio de cabelo fora do lugar ou marca em seu corpo, e seus olhos verdes estavam claros e alertas.

– Ah, meu humor está muito melhor agora – anunciou.

Os gêmeos olharam para trás dela, no corredor. Ninguém se movia na escuridão.

– Mas havia uns dez deles... – começou Sophie.

Scathach encolheu os ombros.

– Na verdade, vinte.

– Armados... – disse Josh. Deu uma olhada para a irmã e, então, de volta para a Guerreira. Engoliu em seco. – Você não... os matou, matou?

Madeira estalou e algo colapsou no restaurante.

– Não, eles estão só... dormindo – sorriu Scatty.
– Mas como você... – começou Josh.
– Eu sou a Guerreira – disse simplesmente Scatty.

Sophie percebeu um movimento e abriu sua boca para gritar bem no momento em que a forma apareceu no corredor e uma mão com dedos longos pousou no ombro de Scathach. A Guerreira não reagiu.

– Não posso deixar você sozinha por dez minutos – disse Nicolau Flamel, saindo das sombras. Indicou com a cabeça o portão aberto. – É melhor irmos andando – acrescentou, conduzindo-os em direção ao beco.

– Você perdeu o combate – contou Josh. – Havia dez deles...

– Vinte – corrigiu Scathach rapidamente.

– Eu sei – acrescentou o Alquimista com um sorriso irônico –, só vinte. Eles não tinham chance.

Capítulo Onze

— Fugiram! – rosnou dr. John Dee ao celular. – Você os tinha cercado. Como pode tê-los deixado escapar?

Do outro lado do Atlântico, a voz de Nicolau Maquiavel permaneceu calma e controlada, apenas a contração dos músculos de sua mandíbula revelando sua irritação.

— Você está notavelmente muito bem informado.

— Eu tenho minhas fontes – respondeu Dee num estalo, seus lábios finos se contorcendo em um sorriso feio. Ele sabia que Maquiavel enlouqueceria sabendo que havia um espião em seu campo.

— Você também os tinha nas mãos em Ojai, pelo que sei – continuou Maquiavel com tranquilidade –, cercados por um exército de mortos-vivos. E, ainda assim, eles escaparam. Como você permitiu isso?

Dee se recostou em seu assento macio de couro da limosine veloz. Seu rosto era iluminado apenas pela luz do celular, o brilho tocando as maçãs do rosto e contornando seu cavanhaque pontudo à luz fria, deixando seus olhos nas sombras. Não contara a Maquiavel que usara necromancia para despertar um exército de humanos e bestas mortas. Era essa a forma sutil que o italiano usava para que Dee soubesse que ele tinha um espião em seu território?

– Onde você está agora? – perguntou Maquiavel.

Dee deu uma olhada pela janela da limusine, tentando ler as placas que passavam em disparada pela estrada.

– Em algum lugar na 101, em direção a Los Angeles. Meu avião particular está abastecido e pronto para levantar voo, e estamos autorizados a decolar tão logo eu chegue.

– Eu posso tê-los sob minha custódia antes que você chegue a Paris – disse Maquiavel. A linha estalou com fúria, e ele fez uma pausa antes de acrescentar: – Acredito que eles tentarão entrar em contato com Saint-Germain.

Dee se sentou ereto na mesma hora.

– O conde de Saint-Germain? Ele está em Paris de novo? Ouvi dizer que ele morrera na Índia procurando pela cidade perdida de Ofir.

– Obviamente não morreu. Ele mantém um apartamento em Champs-Elysées e duas casas no subúrbio, até onde sabemos. Todas estão sob vigilância. Se Flamel entrar em contato, nós saberemos.

– Não deixe que eles escapem dessa vez – gritou Dee. – Nossos senhores não gostarão nada disso. – Fechou o telefone antes que Maquiavel pudesse responder. Então, seus dentes apareceram rapidamente num sorriso breve. A teia se fechava mais e mais.

– Ele é tão infantil às vezes – resmungou Maquiavel em italiano. – A última palavra sempre tem que ser dele. – Diante das ruínas do café, fechou cuidadosamente o telefone e deu uma olhada na devastação. Era como se um tornado tivesse entrado no café. Cada item da mobília fora quebrado, as janelas foram estraçalhadas e havia rachaduras até no teto. Os vestígios de xícaras e pires reduzidos a pó, misturados aos grãos de café por todos os lados, as folhas de ervas espalhadas e doces partidos no chão. Maquiavel se abaixou para pegar um garfo. Fora entortado em uma forma de S perfeita. Jogando-o de qualquer jeito para o lado, seguiu seu caminho em meio aos escombros. Scathach derrotara, sozinha, vinte homens da RAID altamente treinados e armados. Ele esperara vagamente que ela tivesse perdido um pouco da habilidade em artes marciais ao longo dos anos que se passaram desde seu último encontro, mas parecia que tal esperança fora em vão. A Sombra estava mais mortal do que nunca. Aproximar-se de Flamel e dos gêmeos seria difícil com a Guerreira por perto. Em sua longa vida, Nicolau a encontrara pelo menos uma meia dúzia de vezes, e mal sobrevivera a cada uma delas. A última vez fora nas ruínas gélidas de Stalingrado, no inverno de 1942. Se não fosse por ela, as forças dele teriam tomado a cidade. Na ocasião, jurou que a mataria: talvez agora fosse hora de cumprir a promessa.

Mas como matar algo imortal? O que poderia enfrentar a guerreira que treinara todos os grandes heróis da história, que lutara em cada grande conflito e cujo estilo de luta estava no cerne de quase todas as artes marciais?

Saindo da loja demolida, Maquiavel respirou fundo, limpando os pulmões do amargo, agridoce odor de café espalhado e leite azedo que ficara no ar. Dagon abrira rapidamente a porta do carro quando ele se aproximou, e o italiano viu a si mesmo refletido nas lentes escuras dos óculos de seu motorista. Deu uma parada antes de entrar no carro e observou a polícia que fechava as ruas, o pelotão pesadamente armado se reunindo em pequenos grupos e os oficiais à paisana em seus carros anônimos. A polícia secreta francesa era dele para o que quisesse, podia mandar nas forças policiais gerais e tinha acesso a um exército privado de centenas de homens e mulheres que obedeceriam suas ordens sem pensar duas vezes. E ainda assim sabia que nenhum deles era páreo para a Guerreira. Tomou uma decisão e olhou para Dagon antes de embarcar no veículo.

– Encontre as Disir.

Dagon se retesou, demonstrando um raro sinal de emoção.

– Isso é sábio? – perguntou.

– É necessário.

Capítulo Doze

— A Bruxa disse que deveríamos estar na Torre Eiffel às sete, e esperar por dez minutos – contou Nicolau Flamel enquanto eles corriam pelo beco estreito. – Se ninguém aparecer nesse horário, temos que voltar às oito e depois às nove.

— Quem estará lá? – perguntou Sophie, quase correndo para acompanhar os passos largos de Flamel. Ela estava exausta, e os poucos momentos sentados no café apenas serviram para enfatizar o quão cansada estava. Sentia as pernas pesadas e havia uma pontada aguda em seu lado esquerdo.

O alquimista deu de ombros.

— Não sei. Quem quer que a Bruxa consiga contatar.

— Isso é presumir que exista alguém em Paris disposto a correr o risco de ajudá-lo – disse, com leveza, Scathach. – Você é um inimigo perigoso, Nicolau, e provavelmente um amigo ainda mais perigoso. Morte e destruição sempre seguiram você muito de perto.

Josh olhou para o lado, para sua irmã, ciente de que ela estava ouvindo. Ela deliberadamente desviou o olhar, mas ele sabia que ela não estava confortável com aquela conversa.

– Bem, se ninguém aparecer – disse Flamel –, nós lançamos mão do plano B.

Os lábios de Scathach se contorceram em um sorriso sem humor algum.

– Não sabia nem que tínhamos um plano A. Qual é o plano B?

– Ainda não cheguei a tanto. – Flamel deu um risinho forçado que, então, se desfez. – Só queria que Perenelle estivesse aqui. Ela saberia o que fazer.

– Nós deveríamos nos separar – disse Josh, subitamente.

Flamel, que estava na frente, deu uma olhada por sobre o ombro.

– Eu discordo.

– Nós precisamos – disse Josh com firmeza. – Isso faz sentido. – Mas ao dizer isso, imaginou por que o Alquimista não queria que eles separassem.

– Josh tem razão – disse Sophie. – A polícia está procurando por nós quatro. Tenho certeza de que eles já têm uma descrição: dois adolescentes, uma garota ruiva e um homem velho. Não é, de fato, um grupo muito comum.

– Velho! – Nicolau pareceu levemente insultado, seu sotaque francês acentuado. – Scatty é dois mil anos mais velha do que eu!

– Sim. Mas a diferença é que eu não aparento ser – implicou a Guerreira com um sorrisinho. – A gente se separar é uma boa ideia.

Josh parou na extremidade do beco estreito e olhou para todas as direções. Sirenes de polícia formavam uma confusão enorme por toda volta.

Sophie permaneceu ao lado do irmão e, enquanto a similaridade de suas feições era óbvia, ele subitamente percebeu que havia linhas na testa dela agora, e seus olhos azuis claros haviam se tornado nebulosos, as íris adquirindo um tom prata.

– Roux disse que deveríamos dobrar a esquerda para chegar à Rue de Dunkerque ou à direita para a estação de metrô.

– Não sei se nos separarmos... – hesitou Flamel.

Josh girou.

– Nós temos que nos separar – disse, decidido. – Sophie e eu iremos – começou, mas Nicolau sacudiu a cabeça, interrompendo-o.

– Tudo bem. Concordo que devemos nos separar. Mas a polícia deve estar procurando por gêmeos...

– Nós não parecemos tanto gêmeos – disse rapidamente Sophie. – Josh é mais alto do que eu.

– E ambos têm cabelo louro comprido e olhos azuis claros, e nenhum dos dois fala francês – acrescentou Scatty. – Sophie, você vem comigo. Duas garotas juntas não chamam muita atenção. Josh e Nicolau podem ir juntos.

– Não vou sair de perto de Sophie... – protestou Josh, subitamente apavorado com o mero pensamento de se separar de sua irmã nessa cidade desconhecida.

– Estarei segura com Scatty – disse Sophie com um sorriso. – Você se preocupa demais. E sei que Nicolau cuidará de você.

Josh não parecia certo disso.

– Prefiro ficar com minha irmã – disse convictamente.

– Deixe as garotas irem juntas; é melhor assim – disse Flamel. – Mais seguro.

– Mais seguro? – disse Josh incredulamente. – Nada nesta situação é seguro.

– Josh! – censurou Sophie, no mesmo tom que a mãe deles usava às vezes. – Chega! – Ela se virou para a Guerreira. – Você precisará fazer alguma coisa com seu cabelo. Se a polícia tem a descrição de uma garota ruiva com botinas pretas de combate...

– Você tem razão. – A mão esquerda de Scathach se moveu com um giro e de repente ela segurava uma faca de lâmina curta entre os dedos. Virou-se para Flamel. – Vou precisar de algumas roupas. – Sem esperar por uma resposta, ela fez com ele desse uma volta e tirou sua jaqueta de couro usada. Com movimentos limpos e precisos, cortou um quadrado das costas da blusa preta e folgada de Flamel. Então, fez com ele vestisse de novo a jaqueta e transformou o pedaço de tecido em uma bandana, amarrando-a na nuca e cobrindo seu cabelo tão incomum.

– Era minha blusa favorita – resmungou Flamel. – É vintage. – Mexeu os ombros, desconfortável. – E agora minhas costas estão geladas.

– Não aja como um bebezinho. Comprarei uma nova para você – disse Scathach, e pegou a mão de Sophie. – Venha. Vamos. Vemos vocês na Torre.

– Você sabe o caminho? – gritou Nicolau para ela.

Scatty riu.

– Vivi aqui por quase sessenta anos, lembra? Estava aqui quando a torre foi construída.

Flamel assentiu.

– Bem, tente não chamar muita atenção.

– Eu tentarei.

– Sophie... – Josh começou.

– Eu sei – respondeu sua irmã –, tome cuidado. Ela se virou e abraçou rapidamente o irmão, as auras rachando. –

Vai ficar tudo bem – disse ela suavemente, lendo o medo nos olhos dele.

Josh se forçou a sorrir e assentiu.

– Como você sabe? Mágica?

– Eu só sei – disse ela, simplesmente. Seu olhos prateados piscaram brevemente. – Tudo isso está acontecendo por um motivo. Lembre-se da profecia. Tudo vai dar certo.

– Eu acredito em você – falou ele, embora não acreditasse. – Tome cuidado e lembre-se – acrescentou –, nada de vento.

Sophie deu outro abraço rápido no irmão.

– Nada de vento – sussurrou no ouvido dele e, então, girou e se foi.

Nicolau e Josh observaram Scatty e Sophie desaparecerem rua abaixo, indo em direção ao metrô. Então viraram para a direção contrária. Exatamente quando iam contornar uma esquina, Josh olhou para trás por cima de seu ombro e viu que sua irmã tinha feito o mesmo. Ambos ergueram as mãos e acenaram uma despedida.

Josh esperou até que ela se virasse e, então, baixou a mão. Agora estava verdadeiramente sozinho, em uma cidade que desconhecia, muito longe de casa, com um homem em quem não confiava e que começara a temer.

– Pensei que você tivesse dito que conhecia o caminho – disse Sophie.

– Já faz um tempo desde a última vez em que estive aqui – admitiu a Guerreira –, e as ruas mudaram um bocado.

– Mas você falou que estava aqui quando a Torre Eiffel foi construída. – Ela parou por um segundo, de repente se dando conta do que acabara de dizer. – E quando foi isso exatamente? – perguntou.

– Em 1889. Parti uns dois meses depois.

Scathach parou do lado de fora da estação de metrô e pediu orientação a uma vendedora de jornais e revistas. Como a pequena mulher chinesa falava muito pouco francês, Scathach rapidamente mudou para outro idioma. Sophie abruptamente percebeu que reconhecia a linguagem – era mandarim. A sorridente funcionária saiu de trás do balcão e apontou rua abaixo, falando tão rápido que Sophie não conseguia pescar sequer palavras isoladas, apesar do conhecimento da Bruxa daquele idioma. Soava como se ela estivesse cantando. Scathach agradeceu, baixou a cabeça e, em seguida, a mulher fez o mesmo.

Sophie pegou o braço da Guerreira e a arrastou.

– Tanto trabalho para não chamar atenção – murmurou. – As pessoas estavam começando a reparar.

– O que estava chamando a atenção? – perguntou Scatty, genuinamente intrigada.

– Ah, provavelmente apenas uma garota branca falando fluentemente chinês e baixando a cabeça – disse Sophie com um sorrisinho. – Foi uma performance e tanto.

– Um dia todo mundo vai falar mandarim, e abaixar a cabeça é apenas sinal de bons modos – disse Scathach, andando rua abaixo, seguindo as direções fornecidas pela mulher.

Sophie caminhou ao lado dela.

– Onde você aprendeu mandarim? – perguntou.

– Na China. Na verdade, falei mandarim com a mulher, mas também sou fluente em Wu e cantonês. Passei muito tempo no Oriente ao longo dos séculos. Adorava aquele lugar.

Elas caminharam em silêncio, e então Sophie perguntou:

– Então quantos idiomas você fala?

Scathach franziu o cenho, os olhos se fechando levemente enquanto considerava a pergunta.

– Seis... ou sete...

Sophie assentiu.

– Seis ou sete; é impressionante. Meus pais querem que aprendamos espanhol, e papai está nos ensinando grego e latim. Mas eu adoraria, mesmo, aprender japonês. Quero muito conhecer o Japão – acrescentou.

– ...seiscentos ou setecentos – continuou Scathach, então gargalhou da expressão perplexa no rosto de Sophie. Entrelaçou o braço no de Sophie. – Bem, acredito que alguns deles sejam línguas mortas, então não sei ao certo se contam, mas lembre-se de que estou por aqui há um tempo.

– Você viveu mesmo por dois mil e quinhentos anos? – indagou Sophie, olhando de lado para a garota que não aparentava ter mais do que dezessete anos. Subitamente deu um sorrisinho: nem uma vez sequer se imaginara fazendo uma pergunta como essa. Era apenas mais um exemplo do quanto sua vida havia mudado.

– Dois mil, quinhentos e dezessete anos humanos – Scathach deu um sorriso de lábios bem cerrados, que escondia seus dentes de vampira. – Hécate uma vez me abandonou num Reino de Sombras do Submundo. Levei séculos para encontrar um jeito de sair de lá. E quando eu era mais jovem, passei muito tempo nos Reinos de Sombras de Lyonesse, Hy-Brasil e Tir na Nog, em que o tempo passa em um ritmo diferente. O tempo no Reino de Sombras não é como o dos humanos, então conto meus anos mesmo nessa terra. E, quem sabe, você não descobre por si mesma. Você e Josh são únicos e poderosos, e se tornarão ainda mais poderosos quando dominarem a magia elementar. Se vocês não descobrirem por si sós o segredo da imortalidade, alguém o oferecerá como um presente. Venha, vamos atravessar. – Pegando a mão de Sophie, puxou-a por uma rua estreita.

Embora fossem apenas seis da manhã, o tráfego começava a se intensificar. Vans faziam entregas em restaurantes, e o ar fresco do amanhecer começava a ser preenchido com os odores apetitosos de pão fresco, massas e café sendo coado. Sophie inspirou os cheiros familiares: croissants e café recordavam-na de que há apenas dois dias ela os servia no Xícara de Café. Piscou para espantar as alfinetadas que as lágrimas repentinas produziam em seus olhos. Tanto acontecera, tanto mudara nos últimos dois dias.

– Como será que é viver por tanto tempo? – perguntou-se em voz alta.

– Solitário – respondeu Scatty, baixinho.

– Por quanto tempo... por quanto tempo você viverá? – perguntou cautelosamente à Guerreira.

Scatty encolheu os ombros e sorriu.

– Quem sabe? Se eu tomar cuidado, exercitar-me regularmente e controlar meus hábitos alimentares, posso viver por mais uns dois mil anos. – Então o sorriso desvaneceu. – Mas não sou invulnerável, nem invencível. Posso ser morta. – Percebeu o semblante perplexo de Sophie e apertou o braço dela. – Mas não vai acontecer. Você sabe quantos humanos, imortais, Antigos, criaturas do além e tipos de monstros já tentaram me matar?

A garota sacudiu a cabeça.

– Bem, nem eu, na verdade. Mas houve milhares. Talvez mesmo dezenas de milhares. E ainda estou aqui; o que isso diz a você?

– Que você é boa?

– Rá! Eu sou mais do que boa. Sou a melhor. Sou a Guerreira. – Scathach parou e olhou pela vitrine de uma livraria, mas Sophie notou que quando ela se virou para falar, seus olhos verdes claros olhavam em todas as direções, vasculhando tudo ao redor delas.

Resistindo à tentação de olhar para trás, Sophie baixou seu tom de voz para um sussurro.

– Estamos sendo seguidas? – Surpreendeu-se ao descobrir que não estava amedrontada; sabia, instintivamente, que nada lhe faria mal enquanto estivesse com Scatty.

– Não, acho que não. Apenas velhos hábitos. – Scathach sorriu. – Os mesmos hábitos que me mantiveram viva ao longo dos séculos. – Ela se afastou da loja e Sophie deu o braço a ela.

– Nicolau te chamou por outros nomes quando conhecemos você... – Sophie franziu o cenho, tentando lembrar como haviam sido apresentados a Scathach, em São Francisco, apenas dois dias atrás. – Ele te chamava de a Jovem Guerreira, a Sombra, a Matadora de Demônios, a Criadora de Reis...

– São apenas nomes – murmurou Scathach, parecendo envergonhada.

– Parecem mais do que nomes – insistiu Sophie. – Soam como títulos... títulos que você conquistou?

– Bem, eu tive um monte de nomes – disse Scathach –, nomes que meus amigos me deram, nomes pelos quais meus inimigos me chamavam. Primeiro fui a Jovem Guerreira, e então me tornei a Sombra, por causa de minha habilidade em ficar oculta. Aperfeiçoei a primeira roupa de camuflagem.

– Falando assim, você parece uma ninja – riu Sophie. Ouvindo à Guerreira falando, imagens das memórias da Bruxa brotaram em sua cabeça, e ela soube que Scathach estava dizendo a verdade.

– Tentei ensinar a ninjas, mas eles nunca foram tão bons, acredite. Passei a ser a Matadora de Demônios quando matei Raktabija. E fui chamada de Criadora de Reis quando ajudei Arthur a assumir o trono – acrescentou, com a voz soturna. Balançou rapidamente a cabeça. – Isso foi um erro. E não foi nem mesmo o primeiro que cometi. – Ela riu, mas a risada saiu tremida e soou forçada. – Cometi muitos erros.

– Meu pai diz que podemos aprender com nossos erros.

O riso de Scatty soou como um latido.

– Não é meu caso. – Era incapaz de afastar o tom de amargura da voz.

– Parece que você teve uma vida difícil – disse calmamente Sophie.

– Tem sido difícil – admitiu a Guerreira.

– Já houve um... – Sophie parou, procurando a palavra certa. – Você já teve um... um namorado?

Scathach olhou muito rapidamente para ela e, então, virou o rosto novamente para uma vitrine de loja. Por um momento, Sophie pensou que ela estava observando a vitrine de sapatos, mas logo percebeu que a Guerreira olhava seu próprio reflexo no vidro. A menina se perguntou o que ela vira.

– Não – admitiu finalmente Scatty. – Nunca houve ninguém nem próximo, ninguém especial. – Sorriu com os lábios bem cerrados. – Os Antigos me temem e me evitam. E tento não me aproximar muito dos humanos. É muito doloroso acompanhá-los envelhecendo e morrendo. Essa é a maldição de ser imortal: observar o mundo mudar, ver todos que você conhece perecerem. Lembre-se disso, Sophie, se al-

guém oferecer a você o dom da imortalidade. – Ela fez com que a última palavra soasse como uma maldição.
– Parece tão solitário – disse cuidadosamente Sophie.
Nunca pensara sobre como deveria ser a imortalidade antes: continuar vivendo enquanto tudo que é familiar muda e todos que você conhece o deixam. Andaram uma dúzia de passos em silêncio antes que Scatty falasse de novo.
– Sim, tem sido solitário – admitiu. – Bem solitário.
– Sei o que é solidão – disse Sophie pensativamente. – Com mamãe e papai tanto tempo longe ou fazendo com que nos mudemos de cidade a cidade, é difícil fazer amigos. É quase impossível mantê-los. Imagino que seja por isso que Josh e eu tenhamos sempre sido tão próximos; nunca tivemos mais ninguém. Minha melhor amiga, Elle, está em Nova York. Conversamos no telefone o tempo todo, e trocamos e-mails e mensagens instantâneas, mas não a vejo desde o Natal. Ela me manda fotos do celular toda vez que troca a cor do cabelo, para que eu saiba como ela está – acrescentou com um sorriso. – Josh, no entanto, nem mesmo tenta fazer amigos.
– Amigos são importantes – concordou Scathach, apertando de leve o braço de Sophie. – Mas enquanto amigos vêm e vão, você sempre terá a família.
– E sua família? A Bruxa de Endor mencionou sua mãe e seu irmão. – Até mesmo enquanto Sophie falava, imagens das memórias da Bruxa brotavam na mente dela: uma mulher de rosto fino, mais velha, com olhos vermelho-sangue, e um jovem rapaz, pálido e com cabelos vermelhos flamejantes.
A Guerreira deu de ombros, desconfortável.
– Não nos falamos muito hoje em dia. Meus pais são Antigos, nascidos e criados na ilha de Danu Talis. Quando minha

avó Dora deixou a ilha para ensinar aos primeiros humanos, nunca a perdoaram. Como muitos Antigos, consideravam os humanos um pouco melhores do que bestas. "Coisinhas curiosas", meu pai os chamava. – Um traço de desgosto cruzou o rosto dela. – Preconceito sempre nos acompanhou. Minha mãe e meu pai ficaram ainda mais chocados quando anunciei que ia trabalhar com os humanos, lutar por eles, protegê-los quando pudesse.

– Por quê? – perguntou Sophie.

A voz de Scatty tornou-se mais suave.

– Era evidente para mim, mesmo então, que os humanos eram o futuro e que os dias das Raças Antigas chegavam a um fim. – Ela olhou de lado para Sophie, que se surpreendeu ao encontrar os olhos de Scathach claros e brilhantes, quase como se houvesse lágrimas neles. – Meus pais me avisaram que, se eu deixasse minha casa, mancharia o nome da família e eles me deserdariam. – A voz de Scatty se encaminhou ao silêncio.

– Mas ainda assim você foi embora – adivinhou Sophie.

A Guerreira assentiu.

– Fui. Não nos falamos por um milênio... até que eles se meteram em problemas e precisaram de minha ajuda – acrescentou com um sorriso sombrio. – Conversamos uma vez ou outra agora, mas lamentavelmente creio que ainda me consideram uma vergonha.

Sophie apertou a mão dela gentilmente. Sentiu-se sem jeito com o que a Guerreira acabara de contar, mas percebeu também que Scatty partilhara algo inacreditavelmente pessoal com ela, algo que Sophie duvidava que a guerreira antiga tivesse contado a mais alguém.

– Sinto muito. Não queria te aborrecer.

Scathach deu de ombros.
– Você não me aborreceu. Eles me aborreceram, na verdade, há mais de dois mil anos, e eu ainda consigo me lembrar disso como se tivesse acontecido ontem. Já faz muito tempo desde a última vez em que alguém se deu o trabalho de perguntar sobre minha vida. E, acredite, não foi tão ruim. Vivi algumas aventuras maravilhosas – disse ela animadamente. – Já te contei sobre a época em que eu era a vocalista de uma banda só de garotas? Tipo Spice Girls góticas e punks, mas apenas fazíamos covers da Tori Amos. Éramos bem conhecidas na Alemanha. – Ela baixou a voz. – O problema era que éramos todas vampiras...

Nicolau e Josh viraram na Rue de Dunkerque e descobriram que havia policiais em todos os lugares.
– Continue andando – disse Nicolau em tom urgente quando Josh diminuiu o passo. – E aja naturalmente.
– Naturalmente – murmurou Josh. – Não sei nem mais o que isso significa.
– Ande rápido, mas não corra – explicou Nicolau com paciência. – Você é completamente inocente, um estudante a caminho da aula ou do emprego de verão. Olhe para os policiais, mas não encare. Se um deles olhar para você, não se vire muito rápido, só deixe seu olhar passar à próxima pessoa. É o que um cidadão comum faria. Se formos parados, deixe que eu falo. Ficaremos bem. – Ele viu o semblante cético do menino e seu sorriso se alargou. – Acredite em mim, tenho feito isso por um longo tempo. O truque é se mover como se você tivesse todo o direito do mundo em estar aqui. Os policiais são treinados para procurar por gente que parece suspeita e age dessa forma.

— Você não acha que nos encaixamos em ambas as categorias? – perguntou Josh.

— Nossa aparência é a de quem pertence, e isso nos torna invisíveis.

Um grupo de três policiais não lhes deu uma segunda olhada ao passar. Cada um usava um tipo diferente de uniforme, e os homens pareciam discutir.

— Bom – disse Nicolau quando eles estavam fora do campo de audição.

— O que é bom?

Nicolau inclinou sua cabeça na direção da qual tinham acabado de vir.

— Você reparou nos uniformes diferentes?

O menino assentiu.

— A França tem um sistema de polícia complicado; e Paris, mais ainda. Existem a Polícia Nacional, a Gendarmaria e a Chefia de Polícia de Paris. Maquiavel obviamente lançou mão de todos os recursos para nos encontrar, mas sua maior falha sempre foi pressupor que todas as pessoas são tão friamente calculistas quanto ele. É claro que ele pensa que se colocar todo esse efetivo policial nas ruas, eles não farão nada além de procurar por nós. Mas há um grande problema de rivalidade entre as várias unidades, e sem dúvida todos querem o crédito pela captura dos perigosos criminosos.

— Foi nisso que você nos transformou agora? – perguntou Josh, incapaz de disfarçar a súbita amargura em sua voz. — Há dois dias, Sophie e eu éramos pessoas normais e felizes. E agora olhe para nós: mal reconheço minha própria irmã. Fomos caçados, atacados por monstros e estamos na lista dos mais procurados pela polícia. Você nos tornou criminosos, sr. Flamel. Mas esta não é a primeira vez em que você é considerado um, é? – atacou. Enfiou as mãos no fundo dos bolsos e as fechou em punhos para evitar que tremessem. Estava assustado e revoltado, e o medo o tornava precipitado. Nunca falara com um adulto dessa forma antes.

– Não – respondeu Nicolau com brandura, seus olhos pálidos começando a brilhar perigosamente. – Já fui chamado de criminoso. Mas apenas por meus inimigos. A impressão que tenho – acrescentou após uma longa pausa – é que você conversou com o dr. Dee. E o único lugar em você poderia tê-lo encontrado é Ojai, já que esta foi a única vez em que você esteve longe de minha vista.

Josh nem mesmo pensou em negar.

– Encontrei Dee quando vocês três estavam ocupados com a Bruxa – admitiu em tom desafiador. – Ele me contou muita coisa a seu respeito.

– Estou bem certo de que contou – murmurou Flamel. Ele aguardou no meio-fio enquanto uma dezena de estudantes em bicicletas e motocicletas passavam rapidamente; então atravessou velozmente a rua. Josh se apressou atrás dele.

– Ele disse que você nunca conta a ninguém toda a verdade.

– Verdade – concordou Flamel. – Se você conta tudo às pessoas, tira delas a oportunidade de aprender.

– Ele disse que você roubou o Livro de Abraão do Louvre.

Nicolau deu uns doze passos antes de assentir.

– Bem, creio que isso seja verdade também – disse ele –, embora não seja tão preto no branco quanto ele gosta de pintar. Certamente, no século XVII, o livro caiu nas mãos do cardeal Richelieu.

Josh balançou a cabeça.

– Quem é esse?

– Você nunca leu *Os três mosqueteiros*? – perguntou Flamel, atônito.

– Não. Nem vi o filme.

Flamel balançou a cabeça.

– Eu tenho uma cópia na loja... – começou e depois parou. Quando deixaram a loja, na quinta-feira, tudo que restava eram ruínas. – Richelieu aparece nos livros, e nos filmes também. Foi uma pessoa real e conhecido como l'Eminence Rouge, a Eminência Vermelha, por causa de suas túnicas vermelhas de cardeal – explicou. – Ele era o primeiro-ministro de Luís XIII, mas na verdade governava o país. Em 1632, Dee preparou uma armadilha para que eu e Perenelle fôssemos pegos em uma região da antiga cidade. Os agentes inumanos dele nos haviam cercado, havia ghouls na terra sob nossos pés, corvos enormes no céu, e Baobhan Sith nos perseguiam pelas ruas. – Nicolau deu de ombros, pouco à vontade com a recordação, e olhou ao redor, quase como se esperasse que as criaturas aparecessem novamente. – Eu começava a achar que teria que destruir o Códex para que ele não caísse nas mãos de Dee. Então, Perenelle sugeriu uma última opção: poderíamos esconder o livro à vista de todos. Era simples e brilhante!

– O que você fez? – perguntou Josh, agora curioso.

Os dentes de Flamel apareceram de relance em um rápido sorriso.

– Consegui uma audiência com o Cardeal Richelieu e o presenteei com o livro.

– Você *deu* o livro a ele? Ele sabia o que era?

– Claro que sabia. O Livro de Abraão é famoso, Josh. Ou talvez *infame* seja uma palavra mais apropriada. Na próxima vez que você entrar na internet, pesquise.

– O Cardeal sabia quem você era? – perguntou. Ouvindo Flamel falar, era fácil – tão fácil – acreditar em tudo o que ele dizia. E então ele lembrou o quão crível Dee fora em Ojai.

Flamel sorriu, recordando-se.

– O cardeal Richelieu acreditava ser um dos descendentes de Nicolau Flamel. Portanto, nós o presenteamos com o Livro de Abraão e ele o guardou em sua biblioteca. – Nicolau sorriu suavemente enquanto balançava a cabeça. – O lugar mais seguro de toda a França.

Josh franziu o cenho.

– Mas certamente, quando ele deu uma olhada no livro, viu que o texto se movia?

– Perenelle pôs um feitiço sobre o livro. É um tipo específico de feitiço, inacreditavelmente simples, pelo que parece, embora eu nunca o tenha dominado, então quando o cardeal olhou o livro, viu o que esperava ver: páginas de escrita Grega e Aramaica ornada.

– Dee pegou vocês?

– Quase. Escapamos pelo Sena em uma barcaça. Dee em pessoa se posicionou na Pont Neuf com uma dúzia de mosqueteiros e disparou centenas de tiros em nossa direção. Todos erraram; apesar da reputação dos mosqueteiros, eram terríveis atiradores – acrescentou. – E então, umas duas semanas depois, Perenelle e eu voltamos a Paris, invadimos a biblioteca e resgatamos nosso livro. Suponho que possa dizer que Dee tem razão – concluiu. – Sou um ladrão.

Josh caminhou em silêncio; não sabia no que acreditar. *Queria* acreditar em Flamel; trabalhar na livraria com ele o fez aprender a gostar do homem e respeitá-lo. *Queria* confiar nele... e ainda assim não conseguia perdoá-lo por expor Sophie ao perigo.

Flamel olhou para frente e para trás na rua; depois, pousando a mão no ombro de Josh, guiou o garoto pelo tráfego intenso e pela Rue de Dunkerque.

– Só para o caso de estarmos sendo seguidos – disse suavemente, os lábios mal se mexendo, enquanto ambos seguiam em meio ao tráfego do início da manhã.

Quando chegaram ao outro lado da rua, Josh fez um movimento com o ombro para que a mão de Flamel saísse de cima dele.

– O que Dee contou fez muito sentido – continuou.

– Tenho certeza que sim – disse Flamel com uma risada. – O dr. John Dee já foi muitas coisas em sua longa e colorida vida, um mago e um matemático, um alquimista e um espião. Mas deixe que eu te diga, Josh, frequentemente foi um trapaceiro e sempre um mentiroso. Ele é o mestre das mentiras e das meias-verdades, e praticou e aperfeiçoou sua habilidade nisso no mais perigoso dos tempos, a Era Elisabetana. Ele sabe que a melhor mentira é aquela que envolve um núcleo de verdade. – Ele fez uma pausa, seus olhos percorrendo a multidão que passava por ele. – O que mais ele disse a você?

Josh hesitou por um momento antes de responder. Estava tentado a não revelar toda a conversa com Dee, mas se deu conta de que provavelmente já havia falado demais.

– Dee disse que você só usa os feitiços do Códex em benefício próprio.

Nicolau assentiu.

– É um argumento justo. Uso o feitiço da imortalidade para manter a mim e a Perenelle vivos. E uso a fórmula da Pedra Filosofal para transformar metal comum em ouro e carvão em diamante. Não se ganha muito no negócio de livros, devo dizer. Mas fabricamos a riqueza de que precisamos, não somos gananciosos.

Josh se apressou e tomou a dianteira, então se virou para encarar Flamel.

– A questão não é o dinheiro – redarguiu. – Há tantas outras coisas que você poderia fazer com o que está naquele livro. Dee disse que poderíamos tornar o mundo um paraíso, que poderíamos curar todas as doenças, até mesmo reparar os estragos feitos ao meio ambiente. – Ele achou incompreensível que alguém pudesse *não* querer fazer isso.

Flamel parou na frente de Josh. Seus olhos estavam no mesmo nível que os do menino.

– Sim, há feitiços no Livro que poderiam fazer muito, muito mais – disse ele seriamente. – Já vi no Livro feitiços que poderiam reduzir este mundo a cinzas, outras que fariam desertos florescerem. Mas Josh, mesmo que eu pudesse executar esses feitiços, coisa que não posso, o material no Livro não está a minha disposição. – Os olhos pálidos de Flamel se fixaram nos de Josh, e ele não teve dúvida de que o Alquimista estava dizendo a verdade. – Perenelle e eu somos apenas os guardiões do Livro. Estávamos simplesmente mantendo-o em segurança até que possamos passá-lo para seus donos por direito. Eles saberão como usá-lo.

– Mas quem são os donos por direito? Onde estão?

Nicolau Flamel pôs ambas as mãos nos ombros de Josh e olhou bem fundo, dentro de seus olhos azuis claros.

– Bem, minha esperança – disse, muito suavemente – é de que sejam você e Sophie. Na verdade, estou apostando tudo, minha vida, a de Perenelle, a sobrevivência de toda raça humana, que são vocês.

Parado na Rue de Dunkerque, olhando nos olhos do Alquimista, enxergando neles a verdade, Josh sentiu as pessoas sumirem até que fosse como se os dois estivessem sozinhos na rua. Engoliu em seco.

— E você acredita nisso?

— Com todo meu coração — disse Flamel, simplesmente. — E tudo que fiz foi para proteger você e Sophie e prepará-los para o que está por vir. Você tem que acreditar em mim, Josh. Precisa. Sei que você está com raiva por causa do que aconteceu com Sophie, mas eu jamais permitiria que ela sofresse qualquer mal.

— Ela poderia ter morrido ou entrado em coma — murmurou Josh.

Flamel balançou a cabeça.

— Se ela fosse uma humana comum, então sim, isso poderia ter acontecido. Mas eu sabia que ela não era comum. Nem você é — acrescentou.

— Por causa de nossas auras? — perguntou Josh, tentando conseguir toda informação possível.

— Porque vocês são os gêmeos da profecia.

— E se você estiver errado? Você já pensou sobre isso, no que acontecerá se você estiver errado?

— Então os Antigos Sombrios voltarão ao poder.

— Isso seria tão ruim? — Josh se perguntou em voz alta.

Nicolau abriu a boca para responder e rapidamente pressionou os lábios firmemente juntos, contendo com sua mordida qualquer coisa que estivesse a ponto de dizer, mas não antes que Josh visse o lampejo de raiva que atravessou seu rosto. Finalmente, Nicolau forçou um sorriso. Gentilmente, virou Josh para que fitasse a rua.

— O que você vê? — perguntou.

Josh balançou a cabeça e deu de ombros.

– Nada... apenas um monte de gente indo pro trabalho. E a polícia a nossa procura – acrescentou.

Nicolau pegou o ombro de Josh e o conduziu rua abaixo.

– Não os tome como um monte de gente – advertiu Flamel rapidamente. – É como Dee e a espécie dele veem os humanos: os que eles chamam humanídeos. Eu vejo indivíduos, com preocupações e cuidados, família e pessoas amadas, amigos e colegas. Vejo pessoas.

Josh balançou novamente a cabeça.

– Não estou entendendo.

– Dee e os Antigos a quem ele serve olham para essas pessoas e veem apenas escravos. – Ele fez uma pausa e, então, calmamente, acrescentou: – Ou comida.

Capítulo Treze

Deitada de costas, Perenelle Flamel olhava fixamente para o teto de pedra manchado diretamente acima de sua cabeça e se perguntou quantos outros prisioneiros encarcerados em Alcatraz haviam feito o mesmo. Quantos outros traçaram linhas e rachaduras na pedra, viram formas nas marcas pretas de água, imaginaram figuras na umidade amarronzada? Quase todos eles, ela imaginava.

E quantos ouviram vozes?, perguntou-se. Tinha certeza de que muitos dos prisioneiros pensaram ter escutado sons na escuridão – palavras sussurradas, frases quietas –, mas, a menos que possuíssem o dom especial de Perenelle, o que ouviram fora fruto de sua imaginação.

Perenelle ouvia as vozes dos fantasmas de Alcatraz.

Prestando atenção, podia distinguir centenas de vozes, talvez mesmo milhares. Homens e mulheres – crianças também – protestando e gritando, murmurando e chorando, chamando por seus entes amados perdidos, repetindo seus nomes exaustivamente, proclamando sua inocência, amaldiçoando seus carcereiros. Perenelle franziu o cenho; eles não eram o que estava procurando.

Permitindo que as vozes jorrassem por ela, vasculhou por entre os sons até escolher uma voz mais alta do que as demais: forte e confiante, sobressaiu-se do balbucio, e Perenelle se concentrou nela, focando nas palavras, identificando a linguagem.

– *Esta é minha ilha.*

Era um homem falando espanhol com um sotaque bem antigo e formal. Concentrando-se no telhado, Perenelle se desvencilhou das outras vozes.

– Quem é você?

Na umidade fria da cela, as palavras fluíam de sua boca como fumaça, e a miríade de fantasmas caiu em silêncio.

Houve uma longa pausa, como se o fantasma estivesse surpreso com o fato de alguém se dirigir a ele; então disse orgulhosamente:

– *Fui o primeiro europeu a navegar nesta baía, o primeiro a ver esta ilha.*

Uma criatura começou a se formar no telhado diretamente acima da cabeça dela, o contorno tosco de um rosto aparecendo em meio às rachaduras e teias de aranha, a umidade negra e o musgo verde concedendo-lhe forma e definição.

– *Eu batizei este lugar de Isla de los Alcatraces.*

– A ilha dos Pelicanos – disse Perenelle, suas palavras uma mera respiração sussurrada.

O rosto no telhado se solidificou rapidamente. Era de um homem bonito com um rosto longo e fino, e olhos escuros. Gotículas de água se formaram e os olhos piscaram com lágrimas.

– Quem é você? – perguntou Perenelle de novo.

— *Sou Juan Manuel De Ayala. Eu descobri Alcatraz.*

Garras produziram um estalido nas pedras do lado de fora da cela, e o odor de cobra e carne rançosa soprou pelo corredor. Perenelle permaneceu em silêncio até que o cheiro e as pegadas se afastassem, e quando olhou para o teto novamente, a face adquirira mais um detalhe, as rachaduras nas pedras criando as profundas rugas na testa do homem e ao redor de seus olhos. O rosto de um marinheiro, ela concluiu, as rugas causadas pelos olhos semicerrados tentando vislumbrar horizontes distantes.

— Por que você está aqui? — Perenelle questionou em voz alta. — Você morreu aqui?

— *Não. Aqui não.* — Lábios finos se torceram em um sorriso. — *Voltei porque me apaixonei por este lugar no momento em que pus os olhos nele. Foi, no ano de nosso senhor, 1775, e eu estava a bordo do* San Carlos. *Lembro até o mês, agosto, e a data, dia cinco.*

Perenelle assentiu. Cruzara com fantasmas como Ayala antes. Homens e mulheres que haviam sido tão influenciados ou afetados por um lugar que retornavam a ele repetidas vezes em seus sonhos, e, eventualmente, quando morriam, seu espírito voltava para o mesmo local e se tornava o Fantasma Guardião.

— *Tomei conta dessa ilha por gerações. Sempre vou cuidar dela.*

Perenelle levantou o olhar em direção ao rosto.

— Deve ter sido triste para você ver sua linda ilha se tornar um lugar de dor e sofrimento — sondou.

Algo se torceu na forma da boca, e uma única gota de água escorreu do olho dele para se espatifar na bochecha de Perenelle.

– *Dias sombrios, dias tristes, mas passado, agora... ainda bem, passado.* – Os lábios do fantasma se moveram e as palavras foram sussurradas na mente de Perenelle. – *Não há um humano prisioneiro em Alcatraz desde 1963, e a ilha tem estado em paz desde 1971.*

– Mas agora há um novo prisioneiro em sua amada ilha – disse Perenelle serenamente. – Um prisioneiro mantido aqui por um carcereiro mais terrível do que qualquer um que esta ilha tenha conhecido.

A face no teto se alterou, os olhos aquosos se estreitaram, piscando.

– *Quem? Você?*

– Estou sendo mantida aqui contra minha vontade – disse Perenelle. – Sou a última prisioneira de Alcatraz, e sou vigiada não por um guarda humano, mas por uma esfinge.

– *Não!*

– Veja você mesmo!

O emboço rachou e uma umidade poeirenta choveu no rosto de Perenelle. Quando ela abriu os olhos novamente, o rosto no teto partira, deixando nada além de uma mancha se formando.

Perenelle se permitiu um sorriso.

– De que você acha graça, humanídea? – A voz era um sibilo serpenteante, e a linguagem era anterior à raça humana.

Balançando-se até ficar sentada, Perenelle se concentrou na criatura que se postara no corredor, a menos de dois metros dela.

Gerações de humanos antigos tentaram capturar a imagem dessa criatura em paredes de cavernas e em cerâmicas, entalhando sua forma em pedra, reproduzindo seu retrato em pergaminhos. E nenhum deles chegou nem perto do real horror da esfinge.

O corpo era o de um leão enorme e musculoso, o pelo cheio de cicatrizes e cortes, o que evidenciava antigas feridas. Um par de asas de águia saía enrolado de seus ombros e se esparramava contra suas costas, as penas esfarrapadas e imundas. E a pequena e quase delicada cabeça era a de uma bela e jovem mulher.

A esfinge se aproximou das barras da cela, e uma língua preta bifurcada oscilou no ar diante de Perenelle.

– Você não tem motivo para sorrir, humanídea. Soube que seu marido e a Guerreira estão cercados em Paris. Em breve serão aprisionados, e dessa vez dr. Dee se assegurará de que nunca mais escapem. Pelo que sei, os Antigos deram ao doutor permissão para finalmente matar o lendário Alquimista.

Perenelle sentiu algo se revirar no fundo de seu estômago. Por gerações os Antigos Sombrios tentavam capturar Nicolau e Perenelle vivos. Se acreditasse na esfinge e eles estivessem dispostos a matar Nicolau, então tudo mudara.

– Nicolau vai escapar – disse com confiança.

– Não desta vez. – A cauda de leão da esfinge chicoteava agitadamente para a frente e para trás, levantando colunas de poeira. – Paris pertence ao italiano, Maquiavel, e em breve o mago inglês se juntará a ele. O Alquimista não conseguirá fugir dos dois.

– E as crianças? – perguntou Perenelle, os olhos se estreitando perigosamente. Se qualquer coisa acontecesse a Nicolau ou às crianças...

As penas da esfinge se alvoroçaram, exalando um cheiro bolorento de azedo.

– Dee acredita que as crianças humanídeas são poderosas, que podem até mesmo ser os gêmeos da profecia e da lenda.

Também crê que eles possam ser convencidos a nos servir, em vez de seguir as incoerências do louco e velho livreiro. – A esfinge respirou fundo, estremecendo de emoção. – Mas se não fizerem o que lhes for ordenado, então também serão mortos.

– E eu?

A linda boca da esfinge se abriu para revelar uma bocarra de dentes selvagens e afiados. Sua longa língua negra oscilou ferozmente no ar.

– Você é minha, feiticeira – sibilou. – Os Antigos me deram você como um presente por meu milênio de serviços a eles. Quando seu marido for capturado e massacrado, então receberei permissão para devorar suas memórias. Que banquete será. Pretendo saborear cada pedacinho. Quando eu terminar, você não será capaz de se lembrar de nada, nem mesmo de seu próprio nome. – A esfinge começou a gargalhar, o som sibilado e debochado ressoando nas paredes de pedra maciça.

E então uma porta de cela bateu.

O som repentino fez com que a esfinge caísse em um silêncio chocado. Sua pequena cabeça se virou, sua língua vagando, experimentando o ar.

Outra porta se fechou com estrondo.

E outra.

A esfinge girou, as garras produzindo faíscas no chão.

– Quem está aí? – Sua voz guinchou pelas pedras úmidas.

Abruptamente, todas as portas das celas da galeria superior se abriram e fecharam em uma rápida sucessão, o som, uma detonação estrondeante que vibrava fundo no coração da prisão, fazendo com que chovesse poeira do teto.

Rosnando e sibilando, a esfinge foi embora, procurando pela fonte do barulho.

Com um sorriso gélido, Perenelle girou os pés e se encaminhou para o colchão, deitou e descansou a cabeça em seus dedos entrelaçados.

A ilha de Alcatraz pertencia a Juan Manuel De Ayala, e era quase como se ele anunciasse sua presença. Perenelle ouvira portas de cela batendo, pancadas na madeira e paredes tremendo, e soube o que De Ayala se tornara: um *poltergeist*.

Um fantasma barulhento.

Ela também sabia o que ele estava fazendo. A esfinge se alimentava da energia mágica de Perenelle; tudo o que o poltergeist tinha que fazer era manter a criatura longe da cela por pouco tempo e as forças de Perenelle começariam a se regenerar. Erguendo sua mão esquerda, concentrou-se com força. Uma minúscula faísca branca de gelo dançou entre seus dedos, então se desfez.

Em breve.

Em breve.

A Feiticeira fechou sua mão em um punho. Quando suas forças se regenerassem, ela faria Alcatraz ruir ao redor dos ouvidos da esfinge.

Capítulo Catorze

A lindamente intrincada Torre Eiffel avultava-se a mais de 270 metros acima da cabeça de Josh. Houve uma ocasião em que teve que formular uma lista para um projeto de escola das Dez Maravilhas do Mundo Moderno. A torre de metal fora o número dois, e ele sempre se prometera que algum dia a veria.

E agora que finalmente estava em Paris, nem sequer olhou para cima.

Postado quase diretamente sob o centro da torre, ergueu seus dedos, virando sua cabeça para a esquerda e para a direita, procurando por sua irmã gêmea em meio ao surpreendentemente grande número de turistas madrugadores. Onde ela estava?

Josh estava assustado.

Não, mais do que assustado, estava apavorado.

Os últimos dois dias lhe ensinaram o real significado do medo. Antes dos eventos de quinta-feira, Josh só tivera medo realmente de não se sair tão bem em uma prova ou de ser publicamente humilhado na sala de aula. Tinha outros temores também, esses vagos, arrepiantes pensamentos que vinham no cair da noite, quando se descobria deitado imaginando o que poderia acontecer se seus pais sofressem um acidente. Sara era arqueologista e Richard Newman era paleontologista, e por mais que não fossem as profissões mais perigosas do mundo, o trabalho deles, às vezes, levava-os a países que se encontravam em meio a agitações religiosas ou políticas, ou conduziam escavações em áreas do mundo devastadas por furacões ou em zonas de terremotos ou próximas a vulcões ativos. Os movimentos repentinos da crosta terrestre costumavam revelar achados arqueológicos extraordinários.

Mas seu mais profundo, sombrio medo era de que algo acontecesse a sua irmã. Embora Sophie fosse 28 segundos mais velha do que ele, por ser maior e mais forte sempre pensou nela como sua irmãzinha. Era sua função protegê-la.

E agora, de certa forma, algo terrível *acontecera* a ela.

Sophie mudara de tal maneira que ele não conseguia nem começar a entender. Tornara-se mais como Flamel, Scathach e sua espécie do que como ele: era mais do que humana.

Pela primeira vez em sua vida, sentiu-se sozinho. Estava perdendo sua irmã. Mas havia uma forma de se igualar a ela novamente: ele precisava ter seus próprios poderes Despertados.

Josh se virou bem no momento em que Sophie e Scathach apareceram, correndo por uma larga ponte que levava diretamente à torre. O alívio percorreu todo seu corpo.

– Elas estão aqui – disse a Flamel, que estava olhando na direção oposta.

– Eu sei – disse Nicolau, seu sotaque francês soando mais estranho do que o normal. – E não estão sozinhas.

Josh desviou o olhar da irmã que se aproximava e de Scathach.

– O que você quer dizer?
Nicolau inclinou de leve a cabeça e Josh se virou. Dois ônibus lotados de turistas haviam acabado de chegar ao Place Joffre e seus passageiros desembarcavam. Os turistas – americanos, Josh presumiu pelas roupas – moviam-se de maneira confusa, conversando e gargalhando, câmeras e filmadoras já zumbindo enquanto seus guias tentavam mantê-los juntos. Um terceiro ônibus, de um amarelo chamativo, chegou, despejando dúzias de empolgados turistas japoneses na calçada. Confuso, Josh olhou para Nicolau: ele estava falando dos ônibus?

– De preto – disse enigmaticamente Flamel, erguendo o queixo para indicar.

Josh localizou o homem de preto descendo a Le Champ de Mars, movendo-se rápido em meio à multidão de turistas. Nenhum dos visitantes sequer olhou para o estranho que cruzava o caminho deles, seu corpo girando e virando como um dançarino, tomando cuidado para, no máximo, encostar neles. Josh julgou que o homem provavelmente media tanto quanto ele, mas era impossível distinguir sua forma física porque ele usava um sobretudo de couro preto que se abria enquanto andava. A gola estava para cima, e suas mãos, enfiadas bem fundo dentro dos bolsos. Josh sentiu seu coração afundar: e agora?

Sophie se apressou e deu um soquinho no braço do irmão.

– Você conseguiu chegar aqui – disse, sem ar. – Algum problema?

Josh inclinou a cabeça na direção do homem de casaco de couro que se aproximava.

– Não sei ao certo.

Scathach apareceu ao lado dos gêmeos. Sequer respirava com dificuldade, notou Josh. Na verdade, ela não estava respirando.

– Encrenca? – perguntou Sophie, olhando para Scathach. A guerreira sorriu, os lábios firmemente cerrados.

– Depende do que você entende por encrenca – murmurou.

– Pelo contrário – disse Nicolau, com um sorriso largo. – É um amigo. Um velho amigo. Um bom amigo.

O homem no casaco preto estava bem perto agora, e os gêmeos puderam ver seu rosto pequeno e quase redondo, sua pele profundamente bronzeada e olhos azuis penetrantes. Cabelos grossos e negros na altura dos ombros estavam penteados para trás de sua testa alta. Percorrendo os degraus, tirou ambas as mãos dos bolsos e abriu os braços, anéis de prata brilhando em cada dedo, inclusive nos polegares. Em ambas as orelhas, bastões de prata que combinavam com os anéis. Um amplo sorriso revelou dentes disformes e levemente amarelados.

– Mestre – disse ele, envolvendo Nicolau com os braços e beijando-o depressa nas bochechas. – Você voltou. – O homem piscou, olhos úmidos, e por um instante as pupilas pareceram vermelhas. Houve um súbito odor de folhas queimadas no ar.

– E você nunca saiu daqui – disse calorosamente Nicolau, separando-se do homem, segurando-o pelos braços e, a essa distância, olhando de forma crítica. – Você parece bem, Francis. Melhor do que na última vez em que te vi. – Ele virou, passando o braço no ombro do homem. – Você conhece Scathach, claro.

– Como eu esqueceria a Sombra? – O homem de olhos vermelhos deu um passo à frente, segurou a mão pálida da Guerreira na sua e a trouxe para seus lábios, em um gesto de corte à maneira antiga.

Scathach se inclinou para frente e beliscou a bochecha do homem com força o bastante para deixar uma marca vermelha.

– Eu disse da última vez; não faça isso comigo.

– Admita, você adora isso. – Ele deu um sorrisinho maldoso. – E esses devem ser Sophie e Josh. A Bruxa me contou sobre eles – acrescentou. Os olhos azul-claros do homem permaneceram bem abertos e sem piscar enquanto olhavam em turnos para os gêmeos. – Os gêmeos da lenda – murmurou, franzindo um pouco o cenho ao observá-los fixamente. – Você tem certeza?

– Tenho – respondeu Flamel com firmeza.

O estranho assentiu e baixou de leve a cabeça.

– Os gêmeos da lenda – repetiu. – É uma honra conhecê-los. Permitam que me apresente: sou o conde de Saint-Germain – anunciou dramaticamente, e então fez uma pausa, quase como se esperasse que eles o conhecessem por nome.

Os gêmeos não demonstraram nenhuma emoção ao olhar para ele, expressões idênticas em seus rostos.

– Mas vocês devem me chamar de Francis. Todos os meus amigos me chamam assim.

– Meu aluno favorito – acrescentou Nicolau com afeto. – Certamente meu melhor aluno. Conhecemo-nos há muito tempo.

– Há quanto tempo? – perguntou automaticamente Sophie, embora mesmo enquanto formulava a pergunta a resposta já brotasse em sua mente.

– Há cerca de trezentos anos ou algo assim – respondeu Nicolau. – Francis treinou para se tornar alquimista comigo. Superou-me rapidamente – acrescentou. – Especializou-se em criar joias.

– Aprendi tudo que sei sobre alquimia com o mestre Nicolau Flamel – disse rapidamente Saint-Germain.
– No século XVIII, Francis era também um músico e cantor muito conhecido. E o que você é neste século? – perguntou Nicolau.
– Bem, tenho que expressar meu desapontamento por você não ter ouvido falar de mim – disse o homem em um inglês sem sotaque. – Você não deve estar acompanhando as paradas de sucesso. Tive cinco hits no topo das paradas nos Estados Unidos e três na Alemanha, e ganhei um prêmio na MTV europeia como melhor artista revelação.
– Melhor *revelação*? – Nicolau riu, enfatizando a palavra *revelação*. – Você!
– Você sabe que eu sempre fui um músico, mas neste século, Nicolau, sou um astro do rock! – disse com orgulho. – Sou Germain! – Olhou para os gêmeos ao falar, as sobrancelhas erguidas, assentindo, esperando que reagissem ao anúncio.
Eles sacudiram a cabeça simultaneamente.
– Nunca ouvi falar de você – disse Josh com franqueza.
Saint-Germain deu de ombros e pareceu desapontado. Trouxe a gola do casaco até as orelhas.
– Cinco músicas no topo das paradas – murmurou.
– Que tipo de música? – perguntou Sophie, mordendo a bochecha por dentro para evitar rir da expressão de desânimo no rosto do homem.
– Dance... eletrônica... tecno... esse tipo de coisa.
Sophie e Josh sacudiram a cabeça de novo.
– Não escuto isso – respondeu Josh, mas Saint-Germain não os olhava mais. Sua cabeça girara na direção da Avenue Gustave Eiffel, para onde um grande Mercedes preto polido

se misturara ao tráfego. Três vans pretas simples surgiram atrás do veículo.

– Maquiavel! – disse Flamel depressa. – Francis, você foi seguido.

– Mas como... – começou o conde.

– Lembre-se, estamos lidando com Maquiavel. – Flamel olhou em volta com ansiedade, avaliando a situação. – Scathach, pegue os gêmeos, vá com Saint-Germain. Protejam-nos com suas vidas.

– Podemos ficar, posso lutar – disse Scathach.

Nicolau balançou a cabeça. Gesticulou na direção dos turistas reunidos.

– Muita gente. Alguém poderia ser morto. Mas Maquiavel não é Dee. Ele é sutil. Não usará mágica, não se puder evitar. Podemos usar isso a nosso favor. Se nos separarmos, ele vai me seguir. É a mim que ele quer. E não apenas a mim. – Pondo a mão por debaixo da blusa, puxou uma pequena bolsinha quadrada de tecido.

– O que é isso? – perguntou Saint-Germain.

Nicolau respondeu à pergunta, mas olhou para os gêmeos enquanto falava.

– Um dia todo o Códex já esteve aqui, mas agora Dee o tem. Josh conseguiu rasgar duas páginas do fim do livro. Elas estão aqui. Estas páginas contêm o Apelo Final – acrescentou enfaticamente. – Dee e seus Antigos precisam destas páginas. – Ele alisou o tecido e de repente passou a bolsinha para Josh. – Mantenha em segurança – disse.

– Eu? – Josh olhou da bolsinha para o rosto de Flamel, mas não fez nenhum movimento no sentido de pegá-la da mão do homem.

– Sim, você. Pegue – ordenou Flamel.

Relutante, o garoto estendeu a mão para pegar a bolsinha, o tecido estalando e soltando faíscas enquanto o acomodava embaixo de sua camisa.

– Por que eu? – perguntou. Olhou depressa para sua irmã. – Quero dizer, Scathach ou Saint-Germain seriam mais indicados...

– Você salvou estas páginas, Josh. É mais do que certo que as proteja. – Flamel apertou os ombros de Josh e olhou o menino nos olhos. – Sei que posso confiar em você para cuidar delas.

Josh pressionou a mão na barriga, sentindo o tecido contra sua pele. Quando Josh e Sophie começaram a trabalhar na livraria e no café, respectivamente, o pai deles usara uma frase quase idêntica em relação a Sophie.

– Sei que posso confiar em você para cuidar dela.

Naquele momento, sentira-se orgulhoso e um pouco temeroso. Agora, só se sentia temeroso.

A porta do motorista do Mercedes se abriu e um homem, em um terno preto, saiu; lentes espelhadas refletiram o sol da manhã, fazendo com que parecesse que ele tinha dois buracos no rosto.

– Dagon – rosnou Scathach, os dentes afiados subitamente visíveis, e esticou a mão para pegar uma arma em sua mochila, mas Nicolau pegou o braço dela e o apertou.

– Essa não é a hora.

Dagon abriu a porta do passageiro e Nicolau Maquiavel saiu. Embora ele estivesse a pelo menos noventa metros de distância, podiam ver claramente o semblante de triunfo em seu rosto.

Atrás do Mercedes, as portas das vans deslizaram simultaneamente e policiais pesadamente armados e vestidos surgiram e começaram a correr em direção à torre. Um turista gritou, e as dúzias de pessoas que estavam na base da Torre Eiffel imediatamente viraram as câmeras naquela direção.

– É hora de ir – disse rapidamente Flamel. – Atravessem o rio, vou levá-los na outra direção. Saint-Germain, meu amigo – Nicolau sussurrou suavemente –, precisaremos de uma distração para nos ajudar a escapar. Algo espetacular.

– Aonde você vai? – exigiu Saint-Germain.

Flamel sorriu.

– Esta era minha cidade muito antes de Maquiavel vir para cá. Talvez alguns de meus velhos refúgios ainda estejam inteiros.

– A cidade mudou muito desde a última vez em que você esteve aqui – alertou Saint-Germain. Conforme falava, pegou a mão esquerda de Flamel com ambas as mãos, virou-a e pressionou o polegar no centro da palma do Alquimista. Sophie e Josh estavam perto o bastante para ver que, quando ele tirou a mão, havia uma imagem de uma minúscula borboleta de asas negras na pele de Flamel. – Ela me levará de volta a você – disse misteriosamente Saint-Germain. – Deu um sorriso forçado e arregaçou as mangas de seu casaco de couro para revelar braços desnudos. Sua pele estava coberta por dúzias de pequenas borboletas tatuadas que envolviam seus pulsos como braceletes, então se espiralavam por seu braço até a curva de seu cotovelo. Entrelaçando os dedos de ambas as mãos, torceu os pulsos e os alongou para fora com um estalo audível, como um pianista se preparando para tocar. – Você já viu o que Paris fez para celebrar o milênio?

– O milênio? – Os gêmeos olharam para ele com o rosto sem demonstrar conhecimento do que ele falava.

– O milênio. O ano 2000. Embora a virada do milênio devesse ter sido celebrada em 2001 – acrescentou ele.
– Ah, esse milênio – disse Sophie. Ela olhou confusa para o irmão. O que o milênio tinha a ver com isso?
– Nossos pais nos levaram para o Times Square – disse Josh. – Por quê?
– Então você perdeu algo realmente espetacular aqui em Paris. Na próxima vez em que ficar online, veja as imagens. – Saint-Germain esfregou rapidamente seus braços e então, postando-se abaixo da imensa torre de metal, ergueu as mãos bem alto e, de repente, o aroma de folhas queimadas impregnou o ar.

Sophie e Josh observaram as borboletas tatuadas se movendo em espasmos, então tremeram e pulsaram nos braços de Saint-Germain. Asas diáfanas vibravam, antenas se contraíram... Então, as tatuagens deixaram a carne do homem.

Uma onda sem fim de pequenas borboletas vermelhas e brancas se desprendeu da pele pálida de Saint-Germain e se espiralou no frio ar parisiense. Elas circularam para cima, saindo do pequeno homem em espirais, uma aparente espiral sem fim de pontos carmim e cinzentos. As borboletas circulavam os suportes e barras, rebites e parafusos da torre de metal, cobrindo-os com uma camada brilhante e iridescente.

– *Ignis* – sussurrou Saint-Germain, jogando a cabeça para trás e batendo as mãos.

E a Torre explodiu em um estouro, uma fonte de luz cintilante.

Ele riu deliciado com a expressão no rosto dos gêmeos e disse:

– Conheçam-me: sou o conde de Saint-Germain. Sou o Mestre do Fogo!

Capítulo Quinze

— Fogos de artifício – sussurrou Sophie, espantada.
A Torre Eiffel se iluminou com uma espetacular exibição de fogos de artifício. Padrões azuis e dourados de luz percorreram todos os 324 metros até o topo da torre, onde floresceram em fontes de globos azuis. Faiscantes e sibilantes fios coloridos como o arco-íris ondularam pelas estruturas, explodindo e estalando. Os grossos rebites da torre espocaram com fogo branco, enquanto as vergas arqueadas choveram em geladas gotas azuis na rua lá embaixo.

O efeito foi dramático, mas se tornou realmente espetacular quando Saint-Germain estalou os dedos de ambas as mãos e toda a Torre Eiffel se tornou bronze, então dourada, então verde e, finalmente, azul ao sol da manhã. Fantásticos padrões de luz dispararam para cima e para baixo pelo metal. Rodas de Catarina e foguetes, fontes e velas romanas, roletas voadoras e serpentes saíam de cada andar. O mastro no topo da torre virou uma fonte de faíscas vermelhas, brancas e azuis que cascatearam como líquido borbulhante pelo centro da torre abaixo.

A multidão estava perplexa.

As pessoas se reuniram na base, fazendo "oh" e "ah", aplaudindo a cada nova explosão, suas câmeras clicando furiosamente. Motoristas pararam nas ruas e saíram de seus carros, segurando celulares com câmera para capturar as deslumbrantes imagens. Em poucos momentos, as dúzias de pessoas ao redor da torre haviam se tornado uma centena, e, então, em uma questão de minutos, dobrou, e dobrou de novo enquanto as pessoas corriam de lojas e de casa para observar a extraordinária exibição.

E Nicolau Flamel e seus companheiros foram engolidos pela multidão.

Em uma rara demonstração de emoção, Maquiavel bateu tão forte na lateral do carro que machucou sua mão. Observou a multidão crescente e soube que seus homens não seriam capazes de se infiltrar a tempo de evitar a fuga de Flamel e os demais.

O ar chiava e chuviscava com fogos de artifício; foguetes zumbiam alto no ar, onde explodiram em esferas e serpentinas de luz. Bombinhas e velas em formato de estrela chocalharam em volta de cada uma das quatro pernas gigantes de metal.

– Senhor! – Um jovem capitão de polícia postou-se diante de Maquiavel e fez continência. – Quais são suas ordens? Podemos forçar passagem pela multidão, mas é possível que deixemos feridos.

Maquiavel fez que não com a cabeça.

– Não, não faça isso. – Dee faria, ele sabia. Dee não hesitaria em derrubar a torre inteira, matando centenas de pessoas apenas para capturar Flamel. Levantando-se em sua altura máxima, Nicolau podia distinguir a forma de Saint-Germain vestido em couro e a letal Scathach arrebanhando os jovens para longe. Misturaram-se à agora imensa multidão e desapareceram. Mas surpreendentemente, de forma chocante, quando ele olhou de volta, Nicolau Flamel permanecera onde o vira da primeira vez, postando-se quase abaixo do centro da torre.

Flamel ergueu sua mão direita em uma saudação atrevida, o bracelete de corrente de prata que usava refletindo a luz.

Maquiavel pegou o ombro do capitão de polícia, girou o homem com força surpreendente e apontou com seus longos e finos dedos.

– Aquele ali! Se você não fizer mais nada hoje, traga-me aquele ali. E o quero vivo e sem ferimentos.

Sob o olhar de ambos, Flamel se virou e se apressou para a perna oeste da Torre Eiffel, em direção à Pont d'Iéna, mas enquanto os outros correram e cruzaram a ponte, Flamel virou a direita, para o Quai Branly.

– Sim, senhor! – O capitão se posicionou em um ângulo, determinado a interceptar Flamel. – Sigam-me – gritou, e suas tropas se espalharam em uma fila atrás dele.

Dagon se aproximou de Maquiavel.

– Você quer que eu siga Saint-Germain e a Sombra? – Sua cabeça virou, narinas dilatando com um som úmido pegajoso. – Posso me guiar pelo cheiro deles.

Nicolau Maquiavel balançou a cabeça de leve enquanto entrava novamente no carro.

– Tire-nos daqui antes que a imprensa apareça. Saint-Germain é extremamente previsível. Com certeza está se dirigindo para uma de suas casas, e temos todas sob vigilância. Tudo o que podemos esperar é capturar Flamel.

O rosto de Dagon estava impassível quando bateu a porta do carro atrás de seu mestre. Virou na direção para a qual Flamel correra e o viu desaparecer em meio à multidão. A polícia estava muito próxima, movendo-se depressa apesar de carregar muito peso por causa das armaduras e das armas. Mas Dagon sabia que ao longo dos séculos Flamel escapara tanto de caçadores humanos como de inumanos, desvencilhara-se de criaturas que foram mito antes da evolução dos macacos e superara monstros que não tinham direito de existir fora dos pesadelos. Dagon duvidava que a polícia pudesse apanhar o Alquimista.

Então, inclinou a cabeça, as narinas expandidas novamente, sentindo o cheiro de Scathach. A Sombra retornara!

A inimizade entre Dagon e a Sombra remontava um milênio. Ele era o último de sua espécie... porque ela destruíra toda sua raça em uma terrível noite havia dois mil anos. Por detrás de seus óculos de sol espelhados, os olhos da criatura se encheram com lágrimas grudentas e incolores e ele jurou que, não importava o que acontecesse entre Maquiavel e Flamel, dessa vez ele se vingaria da Sombra.

– Andem, não corram – ordenou Scathach. – Saint-Germain, vá na frente, Sophie e Josh no meio, eu fico na retaguarda. – O tom de Scatty não deixava lugar para argumentação.

Eles dispararam pela ponte e viraram à direita na Avenue de New York. Uma série de esquerdas e direitas os levou a uma rua lateral estreita. Ainda era cedo, e a rua estava completamente sombria. A temperatura caiu dramaticamente, e os gêmeos imediatamente notaram que os dedos da mão esquerda de Saint-Germain, que gentilmente roçavam a parede, deixavam um rastro de pequenas faíscas ao toque.

Sophie franziu o cenho, vasculhando suas memórias – as memórias da Bruxa de Endor, ela lembrou a si mesma – a respeito do conde de Saint-Germain. Pegou seu irmão a olhando de lado e ergueu as sobrancelhas em uma indagação silenciosa.

– Seus olhos ficaram prateados, por um segundo – disse Josh.

Sophie olhou por cima de seu ombro para trás, onde Scathach seguia, e então olhou para o homem no casaco de couro. Ambos estavam fora do campo de audição, pensou.

– Eu estava tentando lembrar o que eu sabia... – Ela sacudiu a cabeça. – O que *a Bruxa* sabia a respeito de Saint-Germain.

– O que tem ele? – disse Josh. – Eu nunca ouvi falar dele.

– Ele é um famoso alquimista francês – sussurrou Sophie – e, como Flamel, provavelmente um dos mais misteriosos homens da história.

– Ele é humano? – perguntou-se em voz alta Josh, mas Sophie continuou.

– Ele não é um Antigo nem da Geração Posterior. É humano. Mesmo a Bruxa de Endor não sabia muito a respeito dele. Ela o conheceu pela primeira vez em Londres, em 1740. Soube na mesma hora que era um humano imortal, e ele declarava ter descoberto o segredo da imortalidade enquanto era aluno de Nicolau Flamel. – Ela sacudiu a cabeça. – Mas não acho que a Bruxa tenha acreditado muito nisso. Ele disse a ela que, enquanto viajava pelo Tibet, aperfeiçoara a fórmula da imortalidade para que não precisasse ser renovada a cada mês. Mas quando pediu a ele uma cópia, ele alegou ter perdido. Dizia falar fluentemente todas as línguas do mundo, era um músico brilhante e tinha reputação como joalheiro. – Os olhos dela brilhavam, outra vez prateados conforme as memórias se desfaziam. – E a Bruxa não gostava nem confiava nele.

– Então nós também não devemos – sussurrou Josh em tom urgente.

Sophie assentiu, concordando.

– Mas Nicolau gosta dele, e é óbvio que confia nele – disse ela devagar. – Por que será?

O semblante de Josh estava austero.

– Já te falei antes: não acho que devemos confiar em Nicolau Flamel também. Há alguma coisa nele que não bate, estou convencido.

Sophie guardou para si sua resposta e olhou em volta. Ela sabia por que Josh estava furioso com o Alquimista; seu irmão invejava os poderes Despertados dela, e ela sabia que ele culpava Flamel por tê-la posto em perigo. Mas isso não significava que ele estivesse errado.

A estreita rua lateral levava a uma ampla avenida enfileirada por árvores. Embora ainda fosse muito cedo para a hora do rush, a luz espetacular e a exibição de fogos de artifício ao redor da Torre Eiffel paralisou qualquer tráfego na área. O ar estava repleto pela algazarra das buzinas dos carros e as sirenes de polícia. Um carro dos bombeiros estava preso no engarrafamento, sua sirene aumentando e diminuindo, ainda que não houvesse lugar algum para ir. Saint-Germain atravessou a rua sem olhar nem para a direita nem para a esquerda enquanto pegava em seu bolso um fino celular preto. Abriu o flip e escolheu um número na discagem rápida. Então, falou em francês fluente.

– Você está ligando para alguém para pedir ajuda? – perguntou Sophie quando ele fechou o telefone.

Saint-Germain balançou a cabeça.

– Pedindo café da manhã. Estou faminto. – Ele dobrou o polegar na direção da Torre Eiffel, que ainda lançava fogos. – Criar algo assim, se você perdoar o trocadilho, queima várias calorias.

Sophie assentiu, entendendo agora porque o estômago dela vinha estrondeando de fome desde que ela criara a neblina.

Scathach alcançou os gêmeos e andou ao lado de Sophie enquanto eles se apressavam na direção da American Cathedral.

– Não acho que estejam nos seguindo – disse, soando surpresa. – Eu esperava que Maquiavel mandasse alguém atrás de nós. – Ela esfregou a ponta do polegar contra seu lábio superior, roendo a unha.

Sophie deu um tapinha automático na mão de Scatty.

– Não roa as unhas.

Scathach piscou, surpresa, então tirou, por vontade própria, a unha da boca.

– Um hábito antigo – murmurou. – Um hábito bem antigo.

– E agora? – perguntou Josh.

– A gente sai das ruas e descansa – disse com sobriedade Scathach. – Temos que andar muito ainda? – gritou para Saint-Germain, que ainda estava na frente.

– Mais uns minutinhos – respondeu, sem virar a cabeça. – Uma de minhas menores residências urbanas é nas redondezas.

Scathach assentiu.

– Quando chegarmos lá, vamos chamar o menos possível de atenção até que Nicolau volte, descansar um pouco e trocar de roupa. – Ela enrugou o nariz na direção de Josh. – E tomar banho, também – acrescentou de forma enfática.

As bochechas do jovem coraram.

– Você está insinuando que estou fedendo? – perguntou, envergonhado e revoltado.

Sophie pousou a mão no braço do irmão antes que a Guerreira pudesse responder.

– Provavelmente todos estamos.

Josh olhou em volta, visivelmente chateado, então mirou Scathach de novo.

– É provável que você nem tenha cheiro – falou com agressividade.

– Não – respondeu Scathach. – Não tenho glândulas sudoríparas. Os Vampiros são uma espécie bem mais evoluída do que os humanídeos.

Eles continuaram em silêncio até que a Rue Pierre Charron se abriu na ampla Champs-Elysées, a principal via pública de Paris. À esquerda deles, podiam ver o Arco do Triunfo. O tráfego em ambos os lados da rua estava parado, com motoristas de pé ao lado de seus carros conversando animadamente, gesticulando com selvageria. Todos os olhos estavam voltados para a onda de fogos de artifício explodindo acima da Torre Eiffel.

– Como você acha que os jornais vão divulgar essa notícia? – disse Josh. – A Torre Eiffel começou, de súbito, uma erupção de fogos de artifício.

Saint-Germain deu uma olhada por cima do ombro.

– A verdade é que isso não é assim tão incomum. A torre é iluminada com fogos com frequência, como na noite de ano-novo ou no dia da Queda da Bastilha, por exemplo. Imagino que dirão que os fogos do dia da Queda da Bastilha, que deveriam estourar só no mês que vem, estouraram prematuramente. – Ele parou e olhou em volta, ouvindo alguém chamar seu nome.

– Não olhe... – Scatty começou, mas era tarde demais: os gêmeos e Saint-Germain já haviam virado na direção dos gritos.

– Germain...

– Ei, Germain...

Dois homens jovens que estavam de pé do lado de fora de seu carro estacionado estavam apontando para Saint-Germain e gritando seu nome.

Ambos vestiam jeans e camisetas e se pareciam, com cabelos lambidos para trás e óculos de sol grandes demais. Abandonando seus carros no meio da rua, se moveram em meio ao tráfego paralisado, ambos segurando o que Josh pensou serem longas e finas lâminas em suas mãos.

– Francis – alertou Scatty em tom de urgência, suas mãos se fechando em punhos. Ela se moveu para frente no mesmo momento em que o primeiro homem alcançou Saint-Germain –, deixe que eu...

– Senhores. – Saint-Germain se virou na direção dos dois homens, sorrindo largamente, embora os gêmeos, que estavam atrás dele, tivessem visto chamas amarelo-azuladas dançando entre seus dedos.

– Grande show ontem à noite – disse o homem quase sem ar, falando inglês com um forte sotaque germânico. Tirou seus óculos escuros e estendeu a mão direita, e Josh percebeu que o que à primeira vista imaginara ser uma faca nada mais era do que uma caneta grossa. – Será que você poderia me dar um autógrafo?

As chamas nos dedos de Saint-Germain se apagaram.

– Claro – respondeu, sorrindo deliciado, pegando a caneta e puxando um bloco com espiral de um bolso interno. – Você já tem o novo CD? – perguntou, abrindo o bloco.

O segundo homem, que usava óculos idênticos, puxou um iPod preto e vermelho do bolso traseiro de seus jeans.

– Comprei na iTunes ontem – respondeu com o mesmo sotaque.

– E não se esqueçam de conferir o DVD do show quando ele for lançado, daqui a um mês. Tem uns extras legais, dois remixes e uma ótima mistura – acrescentou Saint-Germain ao assinar seu nome com floreios elaborados e arrancar as páginas do bloco. – Adoraria conversar, rapazes, mas estou com pressa. Obrigado por me cumprimentarem, gosto disso.

Eles apertaram as mãos rapidamente e os dois homens correram de volta para seu carro, comemorando enquanto comparavam os autógrafos.

Sorrindo largamente, Saint-Germain respirou fundo e se virou para olhar para os gêmeos.

– Eu disse a vocês que era famoso.

– E em breve você será um famoso morto se não sairmos dessa rua – lembrou-lhe Scathach. – Ou talvez apenas morto.

– Já estamos chegando – murmurou Saint-Germain. Ele os guiou pela Champs-Elysées e uma rua lateral abaixo, então enfiou-se em uma travessa pavimentada estreita e de paredes altas que dava para os fundos de alguns edifícios. Parando a meio caminho andado no beco, deslizou uma chave na fechadura de uma porta oculta pela parede. A porta de madeira foi lascada e marcada, tinta verde descascada em longas listras revelando uma superfície cheia de falhas embaixo; a parte inferior estava lascada e rachada por causa do atrito com o chão.

– Posso sugerir um novo portão? – disse Scathach.

– Esse *é* o novo portão. – Saint-Germain sorriu. – A madeira é apenas um disfarce. Embaixo dela há uma camada de metal maciço com fechadura de cinco pontas. – Ele chegou para trás e permitiu que os gêmeos seguissem na frente pelo portão. – Entrem livremente e por sua própria vontade – disse, formal.

Os gêmeos avançaram e ficaram um pouco desapontados com o que encontraram. Atrás do portão havia um pequeno jardim e um edifício de quatro andares. À esquerda e à direita, muros altos com espetos separavam a casa de suas vizinhas. Sophie e Josh esperavam algo exótico ou mesmo dramático, mas tudo o que viram foi um desleixado jardim de fundos, cheio de folhas espalhadas. Havia uma enorme e horrenda fonte para pássaros bem no centro do jardim, porém, em vez de água, a bacia estava cheia de folhas mortas e vestígios de ninhos de pássaros. Todas as plantas nos vasos e cestas que circundavam a fonte estavam mortas ou morrendo.

– O jardineiro está fora – disse Saint-Germain sem um pingo de vergonha – e sou mesmo péssimo com plantas. – Ele ergueu sua mão direita e separou bem os dedos. Cada um se acendeu com uma chama de cor diferente. Forçou um sorrisinho e as chamas coloriram sua face com sombras bruxuleantes. – Não são minha especialidade.

Scathach parou no portão, olhando o beco de cima a baixo, a cabeça inclinada para um lado, ouvindo. Quando se convenceu de que não estavam sendo seguidos, fechou a porta e virou a chave na fechadura. As cinco pontas da fechadura deslizaram de volta para o lugar com um satisfatório som oco.

– Como Flamel nos encontrará? – perguntou Josh. Embora desconfiasse e temesse o Alquimista, sentia-se ainda mais nervoso perto de Saint-Germain.

– Dei a ele um pequeno guia – explicou Saint-Germain.

– Ele vai ficar bem? – perguntou Sophie a Scathach.

– Tenho certeza que sim – disse ela, embora o tom de sua voz e o temor em seu olhar entregassem seu medo. Ela estava virando as costas para o portão quando se enrijeceu, a mandíbula agitada, dentes de vampiro subitamente, terrivelmente, visíveis.

A porta para os fundos da casa se abriu de repente, e uma figura entrou no jardim. De forma abrupta, a aura de Sophie virou uma labareda branco-prateada, o choque levando-a de volta a seu irmão, trazendo a aura crepitante dele à vida também, contornando seu corpo em dourado e bronze. E quando os gêmeos abraçaram um ao outro, cegos pela luz prateada e dourada de suas próprias auras, ouviram Scathach gritar. Foi o som mais horripilante que jamais escutaram.

Capítulo Dezesseis

— Pare!

Nicolau Flamel continuou correndo, virando à direita, disparando pela Quai Branly.

— Pare ou eu atiro!

Flamel sabia que a polícia não atiraria — eles não podiam. Maquiavel não o queria ferido.

O bater do couro no concreto e o som repetitivo dos armamentos estavam mais próximos agora, e ele podia ouvir até mesmo a respiração de seus perseguidores. A respiração de Nicolau também começava a vir em grandes engasgos pesados, e havia uma pontada na lateral de seu corpo bem abaixo das costelas. A receita no Códex o mantivera vivo e saudável, mas ele não podia, de forma alguma, superar em velocidade de corrida este policial altamente treinado e obviamente em forma.

Nicolau Flamel parou tão repentinamente que o capitão de polícia quase passou por ele. Imóvel, o Alquimista virou a cabeça para olhar por cima de seu ombro esquerdo. O capitão de polícia puxara uma feia pistola preta e a segurava com um aperto firme das duas mãos.

– Não se mova. Levante as mãos.

Nicolau se virou lentamente para olhar no rosto do policial.

– Bem, resolva, o que vai ser? – perguntou brandamente.

Por trás de seus óculos protetores, o homem piscou, surpreso.

– É para eu não me mover? Ou é para eu levantar as mãos?

O policial fez um gesto com o cano da arma e Flamel ergueu as mãos. Mais cinco policiais do RAID vieram correndo. Miraram uma variedade de armas no Alquimista e se espalharam em fila ao lado de seu capitão. Com as mãos ainda levantadas, Nicolau virou lentamente a cabeça para olhar para cada um deles. Em seus uniformes negros, capacetes, balaclavas e óculos protetores, pareciam insetos.

– Deite no chão. Deite, deite agora! – ordenou o capitão. – Mantenha as mãos para cima.

Nicolau dobrou lentamente os joelhos.

– Deitado! Cabeça para baixo!

O Alquimista se deitou na rua parisiense, sua bochecha contra a pavimentação fria e arenosa.

– Estique os braços bem abertos.

Nicolau esticou os braços. Os policias mudaram de posição, logo cercando-o, mas ainda mantendo distância.

– Nós o pegamos. – O capitão falava no microfone posicionado na frente de seus lábios. – Não, senhor. Não tocamos nele. Sim, senhor. Imediatamente.

Nicolau desejou que Perenelle estivesse com ele naquele momento; ela saberia o que fazer. Mas se a Feiticeira estivesse com ele, para começar, eles não teriam se metido nessa confusão. Perenelle era uma lutadora. O quanto ela suplicara a ele que parasse de fugir, que usasse o conhecimento de meio século de alquimia e sua feitiçaria e magia e enfrentasse os

Antigos Sombrios? Ela queria que ele reunisse os imortais, os Antigos e a Geração Posterior que apoiavam a espécie humanídea e declarasse guerra contra os Antigos Sombrios, Dee e seus semelhantes. Mas ele não podia; esperara a vida toda pelos gêmeos profetizados no Códex.
"*Os dois que são um, o um que é tudo.*"
Nunca duvidara, em momento algum, que descobriria o paradeiro deles. As profecias no Códex nunca se enganavam, mas, como tudo mais no livro, as palavras de Abraão nunca eram claras e estavam escritas em uma variedade de línguas arcaicas ou esquecidas.

Os dois que são um, o um que é tudo.
Virá um tempo em que o Livro será levado
E o homem da Rainha se aliará ao Corvo.
Então o Antigo sairá das Sombras
E o imortal deve treinar o mortal. Os dois que são um devem se tornar o um que é tudo.

E Nicolau soube – sem nenhuma sombra de dúvida – que ele era o imortal mencionado na profecia: o homem com a mão de gancho dissera a ele.

Meio milênio atrás, Nicolau e Perenelle Flamel viajaram pela Europa em uma tentativa de entender o enigmático livro encadernado com metal. Finalmente, na Espanha, conheceram um misterioso homem que os ajudou a traduzir partes do texto, que sempre mudava. O homem de uma mão só revelara que o segredo da Eternidade sempre aparecia na página sete do Códex na lua cheia, enquanto a receita da transmutação, para modificar a composição de qualquer substância, aparecia somente na página catorze. Quando o homem de uma mão só traduziu a primeira profecia, olhou para Nicolau com olhos negros como carvão e esticou a mão para dar um tapinha no peito do francês com o gancho que substituía sua mão esquerda.

– Alquimista, aqui está seu destino – sussurrara.

As palavras enigmáticas sugeriam que um dia Flamel encontraria os gêmeos... a profecia não revelara que ele acabaria deitado com braços e pernas abertas em uma suja rua parisiense, cercado por policiais armados e bem nervosos.

Flamel fechou os olhos e respirou fundo. Pressionando seus dedos separados contra as pedras, relutantemente invocou sua aura. Um fio minimamente fino de energia douradoesverdeada saiu de seus dedos e encharcou as pedras. Nicolau sentiu o fio de sua energia áurica se enrolar pela pavimentação, então pelo solo embaixo. O fio da grossura de um cabelo serpenteou pelo solo, olhando... procurando... e, assim, finalmente, encontrou o que procurava: uma agitada massa de vida fervilhante. Era uma simples questão de usar a transmutação, o princípio básico mais importante da alquimia, para criar glicose e frutose, então juntá-los com uma ligação glicosídica para criar sacarose. A vida se misturava, mudava, fluía por meio da doçura.

O capitão de polícia falou mais alto.

– Algemem-no. Revistem-no.

Nicolau ouviu a aproximação arrastada de dois policiais, um de cada lado. Diante de seu rosto, viu botas de couro extremamente polidas com solado grosso.

Então, aumentada pela proximidade com seu rosto, Nicolau viu uma formiga. Surgira de uma rachadura no pavimento, as antenas se mexendo. Foi seguida por uma segunda, e uma terceira.

O Alquimista pressionou os polegares contra o terceiro dedo de cada mão e os estalou. Minúsculas faíscas dourado-esverdeadas com cheiro de menta giraram no ar, cobrindo os seis policiais com infinitesimais partículas de força.
Ele transmutou as partículas em açúcar.
De repente, a calçada em volta de Flamel se tornou preta. Uma massa de pequenas formigas surgiu de debaixo da rua, das rachaduras na pedra. Como um espesso xarope pegajoso, elas se espalharam pela calçada, acumulando-se sobre as botas antes de subitamente escalarem as pernas dos policiais, envolvendo-os com um pesado enxame de insetos. Por um momento, os homens ficaram imóveis, de tão chocados. Seus trajes e luvas protegeram os policiais por mais um instante, e então um deles se contraiu, e outro, e outro, enquanto as formigas encontravam a menor das aberturas nas roupas dos homens e disparavam para dentro, as pernas coçando, mandíbulas beliscando. Os homens começaram a se sacudir, dobrar, virar, batendo em si mesmos, deixando cair as armas, tirando suas luvas, arrancando os capacetes, jogando de lado seus trajes e balaclavas conforme milhares de formigas rastejavam por seu corpo.

O capitão de policia observou enquanto seu prisioneiro – que estava completamente intocado pelo pesado cobertor de formigas – se sentou e fastidiosamente removeu a poeira de seu corpo antes de se levantar. O capitão tentou apontar sua arma para o homem, mas as formigas metiam as patinhas em seus pulsos, fazendo com que as palmas de suas mãos coçassem, beliscando sua carne, e ele não pôde segurar a arma com firmeza. Quis ordenar ao homem que se sentasse, mas havia formigas rastejando por seus lábios, e ele sabia que se abrisse a boca elas entrariam. Esticando a mão, tirando o capacete da cabeça, sacudiu a balaclava e a jogou no chão, arqueando as costas enquanto os insetos percorriam sua espinha. Correu a mão por seu cabelo raspado bem rente e sentiu que removia pelo menos uma dúzia de formigas. Elas caíram em seu rosto e ele espremeu os olhos, fechando-os com força. Quando os abriu novamente, o prisioneiro seguia vagarosamente em direção à estação de trem de Pont de l'Alma, as mãos nos bolsos, como se não tivesse nada nesse mundo com que se preocupar.

Capítulo Dezessete

Josh se forçou a abrir os olhos. Manchas negras dançavam na frente deles, e quando levou sua mão ao rosto, pôde ver o fantasma de sua própria aura ainda visível em volta de sua carne. Esticando a mão, encontrou a de sua irmã e pegou-a. Ela apertou gentilmente, e ele se virou para vê-la abrir os olhos, piscando-os.

— O que aconteceu? — murmurou Josh, chocado e paralisado demais para até mesmo sentir medo.

Sophie sacudiu a cabeça.

— Foi como uma explosão...

— Ouvi Scathach gritar — acrescentou ele.

— E pensei ter visto alguém vindo da casa... — disse Sophie.

Ambos se viraram para a casa. Scathach estava na porta, seus braços envolvendo uma jovem mulher, abraçando-a bem firme, balançando-a em círculo. Ambas as mulheres riam e guinchavam de satisfação, gritando uma para a outra em francês fluente.

— Acho que elas se conhecem — disse Josh ao ajudar a irmã a se levantar.

Os gêmeos se viraram para olhar para o conde de Saint-Germain, que se postara ao lado, os braços cruzados no peito, sorrindo deleitado.

– Elas são velhas amigas – explicou ele. – Não se encontravam havia um longo tempo... muito longo mesmo. – Saint-Germain tossiu. – Joana – disse educadamente.

As duas mulheres se separaram e aquela a quem ele chamou Joana se virou para olhar para Saint-Germain, sua cabeça inclinada em um ângulo perplexo. Era impossível adivinhar a idade dela. Vestida com um jeans e uma camiseta branca, tinha a altura de Sophie, era tão esbelta que quase não parecia natural, e sua pele muito bronzeada e impecável enfatizava seus enormes olhos cinza. Seu cabelo castanho-avermelhado estava cortado bem curto, estilo menininho. Havia lágrimas em suas bochechas, que ela limpou com um rápido movimento da palma de sua mão.

– Francis? – perguntou.

– E estes são nossos visitantes.

Segurando a mão de Scathach, a jovem mulher caminhou na direção de Sophie. Conforme ela se aproximava, Sophie sentiu uma súbita pressão no ar entre elas, como se alguma força invisível a empurrasse para trás, e então, abruptamente, sua aura se dilatou prateada a seu redor e o ar foi tomado pelo doce aroma de baunilha. Josh agarrou o braço da irmã e sua própria aura veio estalando à vida, acrescentando o aroma de laranjas ao ar.

– Sophie... Josh... – começou Saint-Germain. O rico, doce aroma de lavanda se espalhou pelo jardim enquanto uma sibilante aura prateada crescia ao redor da jovem mulher de cabelo curto. Ela se endureceu e se solidificou, tornando-se metálica e reflexiva, moldando-se em um peitoral e arma-

dura para as pernas, luvas e botas, antes de finalmente se tornar uma armadura medieval completa. – Eu gostaria de apresentar minha esposa, Joana...
– Sua esposa! – guinchou Scatty, chocada.
– ... a quem vocês, e a história, conhecem como Joana D'Arc.

O café da manhã fora posto em uma grande mesa de madeira polida na cozinha. O ar estava repleto do odor de pão recém-assado e café fresco. Pratos estavam dispostos em pilhas altas com frutas frescas, panquecas e bolinhos, enquanto salsichas e ovos chiavam em uma panela no antiquado fogão de ferro.

O estômago de Josh começou a roncar no momento em que ele adentrou o recinto e viu a comida. Sua boca se encheu de saliva, o que o lembrou que fazia muito tempo desde sua última refeição. Tomara apenas dois goles do chocolate quente no café, mais cedo, antes da chegada da polícia.

– Comam, comam – disse Saint-Germain, pegando um prato com uma das mãos e um croissant com a outra. Deu uma mordida no pão, espalhando pequenos flocos de massa folheada no chão de azulejos. – Vocês devem estar famintos.

Sophie se inclinou para se aproximar de seu irmão.

– Você poderia pegar algo para mim? Quero falar com Joana. Preciso perguntar uma coisa a ela.

Josh olhou rapidamente a mulher de aparência jovem que estava tirando xícaras do lava-louça. Seu corte curto de cabelo fazia com que fosse impossível adivinhar a idade dela.

– Você realmente acha que ela é Joana d'Arc?

Sophie apertou o braço do irmão.

– Depois de tudo que vimos, o que você acha? – Ela apontou a mesa com a cabeça. – Só quero frutas e cereal.

– Não vai comer salsichas? Nem ovos? – perguntou, surpreso. Sua irmã era a única pessoa que Josh conhecia que conseguia comer mais salsichas do que ele mesmo.

– Não. – Ela franziu o cenho, seus olhos azuis nebulosos. – Engraçado, mas mesmo pensar em comer carne me dá enjoo. – Ela pegou um bolinho e se virou antes que ele pudesse comentar, aproximando-se de Joana, que estava servindo café em uma grande xícara de vidro. As narinas de Sophie se dilataram.

– Café de Kona havaiano? – perguntou.

Os olhos cinza de Joana piscaram, demonstrando sua surpresa, e ela inclinou sua cabeça.

– Estou impressionada.

Sophie forçou um sorrisinho e deu de ombros.

– Trabalhei em um café. Reconheceria o cheiro de Kona em qualquer lugar.

– Me apaixonei por ele quando estivemos no Havaí – disse Joana. Ela falava inglês com um pequeno resquício de sotaque americano. – Tenho sempre um pouco para fazer um agrado especial.

– Eu adoro o cheiro, mas detesto o gosto. Muito amargo.

Joana tomou um pouco mais de café.

– Aposto que você não veio falar sobre café.

Sophie balançou a cabeça.

– Não, não vim. Eu só... – Ela parou. Acabara de conhecer a mulher, e ainda assim estava prestes a fazer uma pergunta muito pessoal. – Posso te perguntar uma coisa? – disse rapidamente.

– Qualquer coisa – respondeu sinceramente Joana, e Sophie acreditou nela. Respirou fundo e as palavras saíram, aos tropeços, depressa.

– Scathach me contou uma vez que você era a última pessoa a ter uma aura prateada pura.

– O motivo pelo qual sua aura reagiu a minha – disse Joana, envolvendo a xícara com ambas as mãos e encarando a menina por cima da borda. – Me desculpe. Minha aura sobrecarregou a sua. Posso ensinar você a evitar que isso aconteça. – Ela sorriu, revelando dentes perfeitamente brancos. – Embora as chances de encontrar outra aura prateada pura durante sua vida sejam inacreditavelmente pequenas.

Sophie mordiscou nervosamente o bolinho de arando.

– Por favor, me perdoe por perguntar, mas você é mesmo... de fato Joana d'Arc, *a* Joana d'Arc?

– Sim, realmente sou Jeanne d'Arc. – A mulher fez uma pequena reverência. – La Pucelle, a louca, a donzela de Orleans, a seu dispor.

– Mas eu pensei... quero dizer, sempre li a respeito de sua morte...

Joana baixou a cabeça e sorriu.

– Scathach me salvou. – Ela esticou a mão, tocando o braço de Sophie, e imediatamente imagens tremeluzentes de Scathach em um grande cavalo negro, usando uma armadura branca e manejando duas espadas flamejantes, dançou diante de seus olhos. – A Sombra, sozinha, passou pela multidão que se reuniu para assistir a minha execução. Ninguém podia se opor a ela. Em meio ao pânico, caos e confusão, ela me arrebatou bem debaixo do nariz de meus executores.

As imagens cintilavam na mente de Sophie: Joana, usando roupas rasgadas e chamuscadas, segurando-se em Scathach conforme a Guerreira manobrava seu cavalo preto encouraçado pela multidão em pânico, as espadas flamejantes em cada uma das mãos abrindo caminho.

– Claro, todos tiveram que dizer que Joana morreu – disse Scatty, se juntando a elas, fatiando com cuidado um abacaxi em pedaços perfeitos com uma faca curva. – Ninguém, nem ingleses, nem franceses, estava disposto a admitir que a Donzela de Orleans fora arrancada da fogueira bem à vista de todos, e de talvez quinhentos cavaleiros pesadamente armados, resgatada por uma única mulher guerreira.

Joana esticou a mão, pegou um cubo de abacaxi dos dedos de Scathach e o levou à boca.

– Scatty me conduziu até Nicolau e Perenelle – continuou ela. – Eles me ofereceram abrigo, cuidaram de mim. Fui ferida nesta fuga e estava enfraquecida pelos meses no cativeiro. Mas apesar de toda a atenção de Nicolau, eu teria morrido se não fosse por Scatty. – Esticou a mão e apertou a mão da amiga de novo, parecendo não notar as lágrimas em suas bochechas.

– Joana tinha perdido muito sangue – disse Scatty. – Não importava o que Nicolau e Perenelle faziam, ela não melhorava. Então, Nicolau fez uma das primeiras transfusões de sangue da história.

– O sangue de quem... – Sophie começou a perguntar, até perceber que já sabia a reposta. – Seu sangue?

– O sangue de vampira de Scathach me salvou. E me manteve viva, também. Tornou-me imortal. – Joana deu um sorrisinho. Sophie notou que seus dentes eram normais, não pontudos como os de Scatty. – Por sorte, não tinha nenhum dos efeitos colaterais dos Vampiros. Entretanto, sou vegetariana – acrescentou. – Tenho sido pelos últimos séculos.

– E você se casou – disse acusadoramente Scathach. – Quando isso aconteceu, e como, e por que não fui convidada? – demandou, tudo de uma só vez.

– Nos casamos há quatro anos em Sunset Beach, no Havaí, ao pôr do sol, claro. Procuramos você por toda parte quando resolvemos – disse rapidamente Joana. – Eu realmente queria você lá; queria que você fosse minha dama de honra.

Os olhos verdes de Scathach se estreitaram, recordando.

– Há quatro anos... Acho que eu estava no Nepal perseguindo um malévolo Nee-gued. Um abominável homem das neves – acrescentou, vendo a expressão de ignorância no rosto de Sophie e Joana.

– Não conseguimos entrar em contato com você de forma alguma. Seu celular não funcionava, e os e-mails voltavam com a mensagem de que sua caixa estava cheia. – Joana pegou a mão de Scatty. – Venha, tenho fotos que posso te mostrar. – A mulher se virou para Sophie. – Você deveria comer agora. Precisa repor a energia que queimou. Beba muito líquido. Água, sucos de fruta, mas nada de cafeína. Não beba chá nem café, nada que a mantenha acordada. Depois que vocês comerem, Francis mostrará seus quartos, onde poderão tomar banho e descansar. – Ela olhou Sophie de cima a baixo, devagar. – Vou te dar algumas roupas. Você veste o mesmo que eu. E então, mais tarde, conversaremos sobre sua aura. – Joana ergueu a mão esquerda e separou os dedos. Uma luva articulada de metal cintilou e ganhou vida sobre sua carne. – Mostrarei a você como controlá-la, dar forma a ela, torná-la qualquer coisa que você queira. – A luva se tornou uma garra de metal de uma ave de rapina, completa, com dedos curvos, antes de se desfazer e voltar a ser a pele bronzeada de Joana. Apenas suas unhas permaneceram prateadas. Ela se inclinou e beijou Sophie rapidamente em cada uma das bochechas. – Mas primeiro você deve descansar. Agora – disse, olhando para Scathach –, deixe eu te mostrar as fotos.

As duas mulheres saíram apressadas da cozinha, e Sophie voltou para a ampla sala onde Saint-Germain conversava seriamente com seu irmão. Josh passou para ela alguém prato repleto de frutas e pães. Em seu próprio prato, um amontoado de ovos e salsichas. Sophie sentiu seu estômago se opondo àquela visão e se forçou a desviar o olhar. Mordiscou a fruta, ouvindo a conversa.

– Não, eu sou humano, não posso Despertar seus poderes – dizia Saint-Germain quando ela se juntou a eles. – Para isso, você precisa de um Antigo ou alguém do punhado da Geração Posterior que possa fazer isso. – Ele sorriu, mostrando seus dentes disformes. – Não se preocupe, Nicolau achará alguém para Despertar você.

– Há alguém aqui em Paris que possa fazer isso?

Saint-Germain levou um momento, considerando.

– Maquiavel saberia de alguém, com certeza. Ele sabe tudo. Mas eu não. – Virou-se para Sophie, fazendo uma leve reverência. – Pelo que entendi, você teve sorte o bastante para ser Despertada pela lendária Hécate e então foi treinada na magia do Ar por minha antiga professora, a Bruxa de Endor. – Ele balançou a cabeça. – Como vai a velha bruxa? Ela nunca gostou de mim – acrescentou.

– Continua não gostando – disse rapidamente Sophie, então corou. – Me desculpe. Não sei por que eu disse isso.

O conde riu.

– Ah, Sophie, você não disse isso… bem, não de fato. A Bruxa disse. Vai levar algum tempo até que você diferencie as memórias dela. Recebi uma ligação dela esta manhã. Ela me contou sobre como ela treinou você na magia do Ar e transferiu para sua mente todo o conhecimento dela. A técnica da múmia nunca foi usada em memória viva; é incrivelmente perigosa.

Sophie olhou rapidamente para seu irmão. Ele observava cuidadosamente Saint-Germain, ouvindo cada palavra. Ela notou a tensão no pescoço e na mandíbula dele pela forma como pressionava a boca fechada.

– Você deveria ter descansado por pelo menos vinte e quatro horas para dar tempo a seu consciente e a seu subconsciente de organizar a súbita injeção de memórias estranhas, pensamentos e ideias.

– Não havia tempo – murmurou Sophie.

– Bem, agora há. Coma. Então, mostrarei a vocês seus quartos. Durma o quanto quiser. Você está completamente segura. Ninguém sequer sabe que você está aqui.

Capítulo Dezoito

— Eles estão na casa de Saint-Germain na Champs-Elysées. — Maquiavel pressionou o telefone no ouvido e se encostou na cadeira preta de couro, girando para olhar pela janela alta. A distância, ao longo dos telhados inclinados de azulejos, podia ver o topo da Torre Eiffel. Os fogos de artifício finalmente pararam, mas uma cortina de nuvens coloridas como um arco-íris ainda estava no ar. — Não se preocupe, Doutor, temos a casa sob vigilância. Saint-German, Scathach e os gêmeos estão lá dentro. Não há outros ocupantes.

Maquiavel afastou o telefone de seu ouvido quando a estática ondulou e estalou. O jatinho de Dee estava decolando de um campo de pouso privado ao norte de Los Angeles. Pararia em Nova York para reabastecer, então cruzar o oceano até Shannon, na Irlanda, e reabastecer de novo antes de continuar até Paris. Os estalos diminuíram e a voz de Dee, forte e clara, surgiu no telefone.

— E o Alquimista?

— Perdido em Paris. Meus homens o tinham no chão, sob suas miras, mas de alguma forma ele os cobriu de açúcar e lançou todas as formigas de Paris em cima deles. Os homens entraram em pânico e ele escapou.

— Transmutação — comentou Dee. — Água é composta por duas partes de hidrogênio e uma parte de oxigênio: sacarose tem a mesma taxa. Ele transformou a água em açúcar; é um truque simples. Eu esperava mais dele.

Maquiavel correu a mão pelos cabelos brancos, cortados bem curtinhos.

— Na minha opinião, foi bem inteligente — disse com suavidade. — Os seis policiais estão hospitalizados.

— Ele vai voltar para os gêmeos — disse Dee, agressivo. — Ele precisa deles. Esperou a vida inteira para encontrá-los.

— Todos esperamos — Maquiavel lembrou o Mago brandamente. — E, neste momento, sabemos onde eles estão, o que significa que sabemos para onde Flamel irá.

— Não faça nada até que eu chegue lá — ordenou Dee.

— E você tem alguma ideia de quando... — começou Maquiavel, mas a linha estava muda. Não sabia ao certo se Dee desligara ou se a ligação caíra. Conhecendo Dee, achava que ele tinha desligado; costumava ser seu estilo. O homem alto e elegante bateu com o telefone contra seus lábios antes de guardar o aparelho. Não tinha intenção alguma de seguir as ordens de Dee; ia capturar Flamel e os gêmeos antes que o avião de Dee tocasse em Paris. Ele faria o que Dee havia falhado em conseguir por séculos, e, em troca, os Antigos garantiriam que tivesse qualquer coisa que desejasse.

O celular de Maquiavel tocou em seu bolso. Ele o pegou e olhou o visor. Uma incomum longa linha de números o percorria, e não se parecia com nada que já tivesse visto antes. O chefe do DGSE franziu o cenho. Apenas o presidente da França, alguns poucos ministros de gabinete de alto escalão e sua equipe particular tinham esse número. Ele apertou "atender", mas não falou nada.

— *O mago inglês acredita que você tentará e capturará Flamel e os gêmeos antes de sua chegada.* — A voz do outro lado falava grego em um dialeto que não era usado há um milênio.

Nicolau Maquiavel se endireitou na cadeira.

— Mestre? — disse.

— *Dê a Dee todo apoio. Não tente nada contra Flamel até que ele chegue.* — A linha ficou muda.

Maquiavel cuidadosamente pôs o telefone na mesa simples e se recostou. Cobrindo o rosto com ambas as mãos, não ficou nem um pouco surpreso em descobrir que elas tremiam um pouco. A última vez em que falara com o Antigo a quem chamara de Mestre fora havia mais de um século e meio. Este havia sido o Antigo que garantira a imortalidade a ele no começo do século XVI. Teria Dee de alguma forma entrado em contato com ele? Maquiavel balançou a cabeça. Era muito improvável; Dee devia ter falado com seu próprio mestre e providenciado para que ele fizesse o pedido. Mas o mestre de Maquiavel era um dos mais poderosos Antigos Sombrios... Isso o levou de volta à questão que o atormentara ao longo dos séculos: quem era o mestre de Dee?

Todo humano que tinha a imortalidade garantida por um Antigo tinha um compromisso com ele. Um Antigo que concedera imortalidade podia simplesmente revogá-la. Maquiavel até mesmo já vira acontecer: observara um jovem homem de aparência saudável murchar e envelhecer em uma questão de segundos, encontrando seu fim como uma pilha de ossos rachados e pele poeirenta.

A lista de Maquiavel dos imortais humanos era cruzada com o Antigo ou Antigo Sombrio que ele servia. Havia apenas uns poucos humanídeos – como Flamel, Perenelle e Saint-Germain – que não deviam lealdade a nenhum Antigo, porque haviam conseguido a imortalidade por meio de seus próprios esforços.

Ninguém sabia a quem Dee servia. Mas obviamente era alguém mais poderoso do que o próprio Antigo Sombrio, mestre de Maquiavel. E isso tornava Dee ainda mais perigoso.

Inclinando-se para a frente, Maquiavel pressionou um botão no telefone de sua mesa. A porta imediatamente se abriu e Dagon entrou na sala, seus óculos espelhados refletindo as paredes sem adornos.

– Alguma notícia do Alquimista?
– Nenhuma. Conseguimos os vídeos das câmeras de segurança da estação de Pont d'Alma e de cada estação conectada a ela e estamos analisando as imagens agora, mas vai levar um tempo.

Maquiavel assentiu. Tempo era algo que ele não tinha. Ele agitou uma mão de dedos longos no ar.

– Bem, podemos não saber onde ele está agora, mas sabemos aonde está indo: para a casa de Saint-Germain.

Os lábios de Dagon se abriram umidamente.

– A casa está sob vigilância. Todas as entradas e saídas estão cobertas; há homens até mesmo nos encanamentos debaixo do lugar. Ninguém pode entrar ou sair sem que vejamos. Há duas unidades da RAID em vans em ruas laterais próximas e uma terceira unidade na casa vizinha à propriedade de Saint-Germain. Podem subir o muro em questão de minutos.

Maquiavel se levantou e se afastou da mesa. Com as mãos nas costas, andou pelo minúsculo escritório anônimo. Embora fosse seu endereço oficial, raramente usava essa sala, e lá não havia nada além da mesa, duas cadeiras e o telefone.

– Mas me pergunto se é o bastante. Flamel escapou de seis oficiais altamente treinados que o tinham sob a mira de suas armas, com o rosto colado na calçada. E sabemos que Saint-Germain, o Mestre do Fogo, está nesse local. Tivemos um pequeno exemplo de suas habilidades essa manhã.

– Os fogos de artifício foram inofensivos – disse Dagon.

– Estou certo de que, se ele quisesse, poderia ter transformado a torre em líquido. Lembre, ele transforma carvões em diamantes.

Dagon assentiu.

Maquiavel continuou.

– Também sabemos que os poderes da garota americana foram Despertados, e vimos um pouco do que ela é capaz de fazer. A neblina em Sacré-Coeur foi um feito impressionante para alguém tão destreinado e jovem.

– E ainda há a Sombra – acrescentou Dagon.

O rosto de Nicolau Maquiavel se transformou numa máscara horrenda.

– E ainda há a Sombra – concordou.

– Ela enfrentou doze oficiais fortemente armados no café esta manhã – disse Dagon sem expressar emoção alguma. – Já a vi enfrentar exércitos inteiros, e ela sobreviveu por séculos no Reino de Sombras do Submundo. Flamel com certeza a encarregou de proteger os gêmeos. Ela deve ser destruída antes que tentemos alcançar qualquer um dos demais.

– De fato.

– Você vai precisar de um exército.

– Talvez não. Lembre-se, *"Astúcia e ardis sempre terão mais serventia ao homem do que força"* – citou.

– Quem disse isso? – perguntou Dagon.

– Eu, em um livro, há muito tempo. Aplicava-se à corte dos Médici e se aplica agora. – Levantou a vista. – Você mandou a mensagem para as Disir?
– Eles estão a caminho. – A voz de Dagon se tornou confusa. – Não confio neles.
– Ninguém confia nas Disir. – Não havia humor no sorriso de Maquiavel. – Você já ouviu alguma vez a história sobre como Hécate aprisionou Scathach naquele Submundo?
Dagon continuou sem se mover.
– Hécate usou as Disir. A animosidade entre a Sombra e elas existe desde a época logo após a submersão de Danu Talis. – Pousando as mãos nos ombros da criatura, Maquiavel se aproximou de Dagon, tomando o cuidado de respirar pela boca. Dagon exalava um odor de peixe, que cobria sua pele pálida como um suor oleoso e rançoso. – Sei que você odeia a Sombra, e nunca perguntei o motivo, embora tenha minhas suspeitas. É óbvio que ela causou muita dor a você. Entretanto, quero que você deixe esses sentimentos de lado; o ódio é a mais inútil das emoções. O sucesso é a melhor vingança. Estamos perto agora, tão perto da vitória, perto de trazer a Raça dos Antigos de volta. Deixe as Disir cuidarem de Scathach. Mas se elas falharem, então ela é toda sua. Eu prometo.

Dagon abriu a boca, revelando o circulo de dentes afiados e pontiagudos.

– Elas não vão falhar. As Disir planejam trazer Nidhogg.

Nicolau Maquiavel ficou surpreso.

– Nidhogg... está livre? Como?

– A Árvore do Mundo foi destruída.

– Se elas usarem Nidhogg contra Scathach, então você tem razão. Não vão falhar. Não podem.

Dagon tirou seus óculos de sol. Seus enormes olhos bulbosos de peixe estavam bem abertos e fixos.
– E se elas perderem o controle do Nidhogg, ele pode devorar toda a cidade.
Maquiavel levou um momento considerando o que Dagon dissera. Então assentiu.
– Seria um preço pequeno a pagar para destruir a Sombra.
– Você falou como Dee agora.
– Ah, não sou em nada parecido com o mago inglês – disse Maquiavel, sentido. – Dee é um fanático perigoso.
– E você não é? – perguntou Dagon.
– Sou apenas perigoso.

Dr. John Dee se recostou no macio assento de couro e observou o traçado brilhante das luzes de Los Angeles se distanciando. Verificando um relógio de bolso ornado, ficou imaginando se Maquiavel já teria recebido a ligação de seu mestre. Achava que sim. Deu um sorrisinho pensando no que o italiano faria em relação a isso. Se não servisse de mais nada, pelo menos mostraria a Maquiavel quem estava no comando.

Não era necessário ser um gênio para concluir que o italiano iria atrás de Flamel e das crianças por conta própria. Mas Dee passara muito tempo perseguindo o Alquimista para perdê-lo bem no fim... especialmente para alguém como Nicolau Maquiavel.

Ele fechou os olhos enquanto o avião subia e seu estômago se revirou. Ele automaticamente pegou o saco de papel no assento ao lado do dele: amava voar, mas seu estômago sempre protestava. Se tudo saísse conforme planejado, então em breve governaria todo o planeta e nunca mais precisaria voar de novo. Todos viriam até ele.

O jato subiu em um ângulo acentuado e ele engoliu em seco; comera um wrap de galinha no aeroporto e se arrependia disso agora. O drinque espumante fora o erro final.

Dee ansiava pelo momento do retorno dos Antigos. Talvez pudessem restabelecer a rede de portais ao longo do mundo e tornar viagens de avião desnecessárias. Fechando seus olhos, Dee se concentrou nos Antigos e nos muitos benefícios que trariam ao planeta. No passado distante, sabia que os Antigos haviam criado o paraíso na terra. Em todos os livros e pergaminhos antigos, os mitos e lendas de cada raça falavam daquela época gloriosa. Seu mestre prometera a ele que os Antigos usariam sua poderosa magia para que a terra voltasse a ser esse paraíso. Reverteriam os efeitos do aquecimento global, repaririam o buraco na camada de ozônio e trariam a vida de volta aos desertos. O Saara floresceria; as calotas polares se derreteriam, revelando o solo rico embaixo. Dee pensou que poderia encontrar sua cidade natal na Antártica, no litoral do Lago Vanda. Os Antigos restabeleceriam seus reinos ancestrais na Suméria, no Egito, na América Central e em Angkor, e com o conhecimento contido no Livro de Abraão, seria possível erguer Danu Talis novamente.

Claro, Dee sabia que os humanos se tornariam escravos, e alguns serviriam de comida para aqueles Antigos que ainda precisavam se alimentar, mas era um preço pequeno a pagar pelos muitos benefícios.

O jato se nivelou e ele sentiu o estômago se acalmar. Abrindo os olhos, respirou fundo e checou novamente o relógio. Achou difícil acreditar que estava a horas – literalmente horas – de finalmente capturar o Alquimista, Scathach e, agora, os gêmeos. Eram um bônus extra. Quando ele tivesse Flamel e as páginas do Códex, o mundo se transformaria.

Nunca entenderia por que Flamel e sua esposa haviam se empenhado tanto em impedir que os Antigos trouxessem a civilidade de volta à terra. Mas com certeza perguntaria a ele... antes de matá-lo.

Capítulo Dezenove

Nicolau Flamel parou na Rue Beaubourg e se virou devagar, os olhos pálidos estudando a rua. Não achava que estivesse sendo seguido, mas precisava se certificar. Tomara o trem para a estação Saint-Michel Notre-Dame e cruzou o Siena na Pont d'Arcole, rumando em direção à monstruosidade de vidro e aço que era o Centro Pompidou. Respeitando seu próprio ritmo, parando frequentemente, disparando de um lado da rua para o outro, fazendo uma pausa em uma banca para comprar o jornal matutino, e outra para um péssimo café em copinho de papelão, prestava atenção a qualquer um que observasse muito seus movimentos. Mas até onde podia concluir, ninguém o seguia.

Paris mudara desde a última vez em que estivera na cidade, e embora chamasse São Francisco de lar, esta era sua cidade natal e sempre seria *sua* cidade. Apenas duas semanas atrás, Josh instalara o Google Earth no computador do escritório nos fundos da livraria e mostrou a ele como usá-lo. Nicolau passara horas olhando as ruas pelas quais andara, encontrando edifícios que conhecera em sua juventude, até mesmo descobrindo a Igreja dos Santos Inocentes, onde supostamente ele fora enterrado.

Interessara-se em particular por uma rua. Localizara-a no mapa do programa e caminhara *virtualmente* por ela, sem nunca imaginar que em tão breve estaria fazendo isso na vida real.

Nicolau Flamel virou à esquerda na Rue Beaubourg na Rue de Montmorency – e parou tão de repente quanto se tivesse dado de cara contra uma parede.

Respirou fundo, consciente de que seu coração estava acelerado. A onda de emoções era extraordinariamente poderosa. A rua era tão estreita que a luz do sol da manhã não a alcançava, deixando-a nas sombras. Era contornada em ambos os lados por edifícios altos, cujas cores, em sua maioria, eram branco e creme, muitos deles com cestos pendurados de onde transbordavam flores e folhagem ao longo das paredes. Balizas de ponta arredondada de metal negro haviam sido inseridas na calçada em ambos os lados da rua, para impedir que os carros estacionassem.

Nicolau andou devagar pela rua, vendo-a como fora uma vez. Recordando.

Mais de seis séculos atrás, ele e Perenelle viveram nesta rua. Imagens da Paris medieval surgiram em sua mente, um amontoado confuso de casas de pedra e de madeira; travessas estreitas e sinuosas; pontes apodrecidas; um rol de construções e ruas tombadas que eram um pouco melhores do que valões ao ar livre. O barulho, o incrível e incessante barulho, e a podridão fétida que tomava a cidade – um misto de humanos oprimidos por doenças e animais imundos – eram algo que ele jamais esqueceria.

No fim da Rue de Montmorency, encontrou a propriedade que estivera procurando.

Não havia mudado muito. A pedra já fora cor de creme; agora estava velha, lascada e gasta pela ação do tempo, com manchas escuras de fuligem. As três janelas de madeira e as portas eram novas, mas a casa em si era uma das mais antigas de Paris. Diretamente acima da porta do meio havia um número em metal azul – 51 – e acima disso havia uma placa de pedra de aparência cansada anunciando que esta já fora a RESIDÊNCIA DE NICOLAU FLAMEL E PERENELLE, SUA MULHER. Uma placa vermelha na forma de um escudo anunciava que lá funcionava o ALBERGUE NICOLAU FLAMEL. Agora era um restaurante.

Uma vez já fora sua casa.

Chegando até a janela, fingiu ler o menu enquanto dava uma olhada no interior. Fora completamente remodelado, é claro, inúmeras vezes, provavelmente, mas as vigas negras que cruzavam o telhado branco pareciam ser as mesmas para as quais ele olhara tantas vezes mais de seiscentos anos atrás.

Flamel se deu conta de que lá ele e Perenelle haviam sido felizes.

E estavam seguros.

A vida deles era mais simples então: não sabiam nada sobre os Antigos ou os Antigos Sombrios; não sabiam nada sobre o Códex ou sobre os imortais que o protegiam e lutavam pela posse dele.

E ambos, ele e Perenelle, eram completamente humanos.

As antigas pedras da casa foram esculpidas com uma variedade de imagens, símbolos e letras que, ele sabia, haviam intrigado estudiosos ao longo dos anos. A maioria não tinha importância alguma, pouco mais do que os avisos do comércio atual, mas um ou dois tinham significado especial. Rapidamente olhando para a esquerda e para a direita, verificando que a rua estreita estava vazia, ergueu a mão direita e traçou o contorno de uma letra N, que estava entalhada na pedra à esquerda da janela do meio. Uma forca verde formou espirais ao redor da letra. Então ele traçou o *F* ornado no lado oposto da janela, deixando um rastro cintilante da letra no ar. Segurando a esquadria da janela com sua mão esquerda, levantou-se até a saliência e esticou a mão direita acima de sua cabeça, seus dedos encontrando as formas das letras arcaicas nas pedras antigas. Permitindo que a menor centelha de sua aura fluísse por seus dedos, pressionou uma sequência de letras... e a pedra sob sua carne se tornou morna e macia. Ele empurrou... e seus dedos afundaram *dentro* da pedra. Envolveram o objeto que ele ocultara dentro do bloco sólido de granito no século XV. Puxando-o, ele pulou da esquadria da janela e pousou levemente no chão, embrulhando rapidamente o objeto com seu exemplar do *Le Monde*. Então, virou-se e desceu a rua sem mais do que uma breve olhada para trás.

Antes de entrar na Rue Beaubourg, Nicolau virou sua mão esquerda. Aninhada no centro de sua palma estava a imagem perfeita da borboleta negra que Saint-Germain imprimira em sua pele.

– Ela te trará de volta até onde eu estiver – dissera ele.

Nicolau Flamel esfregou seu dedo indicador direito sobre a tatuagem.

– Leve-me até Saint-Germain – murmurou. – Leve-me até ele.

A tatuagem se estremeceu em sua pele, as asas negras se agitando. Então, de repente, desprendeu-se de sua carne e saiu voando pelo ar na frente dele. Um momento depois, dançava e voava pela rua.

– Esperto – murmurou Nicolau. – Muito esperto. – Ele a seguiu.

Capítulo Vinte

Perenelle Flamel saiu da cela da prisão.

A porta nunca estivera trancada. Não havia necessidade: nada podia passar pela esfinge. Mas, agora, a esfinge tinha ido embora. Perenelle respirou fundo: o odor azedo da criatura, a bolorenta combinação de cobra, leão e pássaro, diminuíra, permitindo que os cheiros característicos de Alcatraz – sal e metal enferrujado, alga marinha e pedra decomposta – se pronunciassem. Virou para a esquerda, movendo-se rapidamente por um longo corredor cercado por fileiras de celas. Ela estava na Rocha, mas não fazia ideia de sua localização dentro do enorme e decadente complexo. Embora ela e Nicolau tivessem vivido em São Francisco por anos, nunca se sentira tentada a visitar a ilha mal-assombrada. Tudo o que sabia era que estava muito abaixo da superfície. A única luz vinha de lâmpadas de baixa voltagem, dispersas e posicionadas em gaiolas de arame. Os lábios de Perenelle se torceram em um sorriso irônico; a luz não estava lá em atenção a ela. A esfinge temia a escuridão; a criatura era de um tempo e lugar em que realmente havia monstros nas sombras.

A esfinge fora atraída para longe pelo fantasma de Juan Manuel De Ayala, intrigada pelos barulhos misteriosos, as barras e portas batendo que subitamente tomaram o lugar. A cada momento que a esfinge se distanciara de sua cela, a aura de Perenelle se fortaleceu. Ainda não recuperara toda a sua força – para isso, ela precisaria dormir e comer primeiro –, mas pelo menos não estava mais indefesa. Tudo o que tinha que fazer era se manter longe do caminho da criatura.

Uma porta bateu em algum lugar acima dela, e Perenelle congelou enquanto garras produziam um som de cliques e estalos contínuos. Então, um sino começou a soar, lento e solene, solitário e distante. Houve um súbito retinir de unhas duras como ferro quando a esfinge se apressou para investigar.

Perenelle cruzou os braços pelo corpo e moveu as mãos para cima e para baixo, estremecendo um pouco. Usava um vestido de verão, sem manga, e normalmente seria capaz de regular sua temperatura ajustando a aura, mas tinha muito pouca força e relutava em usá-la. Um dos talentos especiais da esfinge era sua habilidade para captar e, assim, alimentar-se de energia mágica.

As sandálias rasteiras de Perenelle não emitiam som algum enquanto ela percorria o corredor. Embora agisse com cautela, não estava com medo. Perenelle Flamel vivera por mais de seiscentos anos, e enquanto Nicolau era fascinado por alquimia, ela se concentrara em feitiçaria. Sua pesquisa a levara a alguns lugares bem escuros e perigosos, não só nesta terra, como em alguns dos Reinos de Sombras adjacentes.

Em algum lugar ao longe, vidro se estilhaçou no chão e tilintou. Ouviu a esfinge sibilar e se queixar, frustrada, mas o som estava muito distante. Perenelle sorriu: De Ayala mantinha a esfinge ocupada, e não importa o quanto ela procurasse, nunca o encontraria. Mesmo uma criatura poderosa como a esfinge não tinha poderes sobre um fantasma ou um poltergeist.

Perenelle sabia que precisava chegar a um nível mais alto ou encontrar a luz do sol, sob a qual sua aura se recuperaria mais rápido. Uma vez que estivesse ao ar livre, poderia usar qualquer feitiço simples, truque ou encantamento para tornar a vida da esfinge um inferno. Um mago que dizia ter ajudado a construir pirâmides para os sobreviventes de Danu Talis que se estabeleceram no Egito ensinara a ela um feitiço muito útil para derreter pedras. Perenelle não hesitaria em pôr a construção abaixo bem sobre a cabeça da esfinge. Provavelmente ela sobreviveria – esfinges eram quase impossíveis de matar –, mas seria certamente retardada.

Perenelle viu escadas rústicas de metal e disparou em sua direção. Estava quase pousando o pé no primeiro degrau quando notou o fio cinza distribuído ao longo do metal. Perenelle congelou, o pé erguido no ar... e, então, lenta e cuidadosamente deu um passo atrás. Desse ângulo, podia ver os fios das teias de aranha cruzando e se tecendo ao longo da escadaria. Qualquer um que pisasse a escada de metal seria pego. Ela se afastou, observando atenta a escuridão. Os fios eram muito espessos para terem sido feitos por qualquer aranha normal e eram pontuados por minúsculos glóbulos de prata líquida. Perenelle conhecia uma dúzia de criaturas que poderiam ter forjado as teias, e não queria encontrar nenhuma delas, não aqui e agora, quando suas forças haviam sido tão drenadas.

Virando-se, disparou por um longo corredor, iluminado apenas por uma única lâmpada em cada extremidade. Agora que sabia o que procurava, conseguia enxergar as teias prateadas por todas as partes, esticadas ao longo do teto, espalhadas pelas paredes, e havia enormes ninhos instalados nos cantos, crescendo nas sombras mais profundas. A presença das teias explicava porque não encontrara nenhum animal pestilento na prisão – formigas, moscas, mosquitos ou ratos. Quando os ninhos se abrissem, o edifício ganharia vida com as aranhas... se de fato isso fosse o que os fiandeiros eram. Ao longo dos séculos, Perenelle encontrara Antigos que eram associados a aranhas, incluindo Arachne e a misteriosa e terrível Mulher-Aranha, mas até onde ela sabia, nenhum deles estava aliado a Dee e aos Antigos Sombrios.

Perenelle cruzava depressa uma porta aberta, que tinha uma teia de aranha perfeitamente instalada, quando sentiu um leve fedor azedo. Ela diminuiu o passo, então parou. O cheiro era novo; não pertencia à esfinge. Virando-se para a porta, aproximou-se o máximo que pôde da teia sem tocá-la e examinou-a por dentro. Levou um momento para que seus olhos se ajustassem à escuridão, e outro maior para que o que via fizesse sentido.

Vetala.

O coração de Perenelle começou a bater tão forte em seu peito que ela podia, de fato, sentir sua carne vibrar. Penduradas de cabeça para baixo no teto havia uma dezena de criaturas. Garras que eram um misto de pés humanos com garras de pássaros estavam cravadas profundamente na pedra amolecida, enquanto asas de morcego de couro envolviam corpos humanos esqueléticos. As cabeças viradas para baixo eram bonitas, com o rosto de jovens homens e mulheres que ainda não haviam adentrado a adolescência.

Vetala.

Perenelle murmurou silenciosamente a palavra. Vampiros do subcontinente indiano. E, diferentes de Scathach, esse clã bebia sangue e comia carne. Mas o que estavam fazendo aqui, e, mais importante, como haviam chegado lá? Vetala estavam sempre ligados a uma região ou tribo: Perenelle nunca soubera de algum que tivesse deixado sua terra.

A Feiticeira se virou devagar para olhar as outras entradas do corredor sombrio. O que mais estava adormecido e oculto nas celas sob Alcatraz?

O que dr. John Dee estava planejando?

DOMINGO, *3 de junho*

Capítulo Vinte e Um

O grito dissonante de Sophie arrancou Josh de um sono profundo e sem sonhos e o fez rolar da cama, balançando sobre os pés, tentando recuperar seu rumo na completa escuridão.

Sophie gritou de novo, o som bruto e aterrorizante.

Josh atravessou cambaleando o quarto, batendo seus joelhos em uma cadeira antes de descobrir a porta, visível somente por causa de um fino fio de luz atrás dela. Sua irmã estava no quarto diretamente em frente ao seu no corredor.

Antes, Saint-Germain os conduzira até o andar de cima e os deixou escolher os quartos no andar mais alto da casa. Sophie imediatamente escolhera o quarto com vista para o Champs-Elysées – de sua janela, podia, na verdade, ver o Arco do Triunfo acima dos telhados –, enquanto Josh escolhera o quarto do outro lado do corredor, com vista para o jardim seco dos fundos. Os aposentos eram pequenos, com tetos baixos e desiguais, e paredes ligeiramente inclinadas, mas cada um tinha banheiro próprio com um cubículo minúsculo onde ficava o chuveiro, cujas temperaturas a regular eram apenas duas: escaldante e congelante. Quando Sophie abrira a água em seu quarto, o chuveiro de Josh parara de funcionar na mesma hora. E embora tivesse prometido à irmã que viria conversar com ela depois que tivesse tomado banho e mudado de roupa, sentou-se na ponta de sua cama e quase imediatamente caiu no sono, exausto.

Sophie gritou pela terceira vez, um soluço trêmulo que trouxe lágrimas aos olhos dele.

Josh escancarou sua porta e cruzou depressa o corredor estreito. Entrou no quarto da irmã... e parou.

Joana d'Arc estava sentada à beira da cama de Sophie, segurando, com suas duas mãos, as de Sophie. Não havia luzes no quarto, mas ele não estava totalmente escuro. As mãos de Joana brilhavam com uma fria luz prateada, que fazia com que parecesse estar usando uma macia luva cinza. Observou quando as mãos de sua irmã adquiriam a mesma textura e cor. O ar cheirava a baunilha e lavanda.

Joana se virou para olhar para Josh, que ficou perplexo ao descobrir que os olhos dela eram como moedas de prata cintilantes. Deu um passo na direção da cama, mas ela ergueu um dedo para os próprios lábios e balançou a cabeça de leve, alertando-o para que não dissesse nada. O brilho em seus olhos ficara mais fraco.

– Sua irmã está sonhando – disse Joana, embora ele não estivesse muito certo se ela tinha falado isso em voz alta ou se estava ouvindo a voz dela em sua mente. – O pesadelo já está passando. Não voltará – completou, tornando a sentença uma promessa.

Madeira estalou atrás de Josh e ele girou para ver o conde de Saint-Germain vindo de uma escadaria estreita no fim do corredor. Francis fez um gesto para Josh do primeiro degrau da escada, e mesmo que seus lábios não tivessem se movido, o menino ouviu sua voz com clareza:

— Minha mulher cuidará de sua irmã. Venha.

Josh balançou a cabeça.

— Eu devia ficar.

Ele não queria abandonar Sophie sozinha com uma mulher desconhecida, mas também sabia, por instinto, que Joana nunca faria mal algum a sua irmã.

— Não há nada que você possa fazer por ela – disse audivelmente Saint-Germain. – Vista-se e venha até o sótão. Meu escritório fica lá. – Ele se virou e desapareceu escada acima.

Josh deu uma última olhada em Sophie. Ela descansava tranquilamente, sua respiração se acalmara e, no brilho vindo dos olhos de Joana, notou que os bolsões escuros abaixo dos olhos da irmã haviam desaparecido.

— Vá agora – disse Joana. – Preciso dizer algumas coisas a sua irmã. Coisas particulares.

— Ela está adormecida... – começou Josh.

— Mas eu ainda assim as direi – murmurou a mulher. – E ela ainda assim me ouvirá.

Em seu quarto, Josh se vestiu rapidamente. Um monte de roupas havia sido disposto em uma cadeira próxima à janela: roupas íntimas, jeans, camisetas e meias. Ele concluiu que pertenciam a Saint-Germain: eram do tamanho do conde. Vestiu ligeiramente um par de jeans escuros de marca e uma camiseta preta silkada antes de calcar seus próprios sapatos e dar uma rápida olhada no espelho. Não conseguiu conter um sorriso; nunca se imaginaria usando roupas tão caras. No banheiro, tirou uma escova de dente nova da embalagem, jogou água gelada no rosto e correu os dedos pelos cabelos loiros, mais longos do que o desejável, alisando-os para trás da testa.

Amarrando seu relógio, chocou-se ao descobrir que era pouco mais de meia-noite da manhã de domingo. Dormira o dia inteiro e a maior parte da noite.

Quando deixou seu quarto, parou na porta do dormitório da irmã e olhou para dentro. O cheiro de lavanda estava tão forte que seus olhos lacrimejaram. Sophie estava deitada, imóvel na cama, sua respiração regular e harmônica. Joana continuava ao lado dela, segurando sua mão, murmurando suavemente, mas não em qualquer idioma que ele pudesse entender. A mulher virou a cabeça lentamente para olhá-lo, e ele viu que os olhos dela haviam mais uma vez se tornado discos prateados, sem nenhum sinal de branco ou pupila. Ela se virou novamente para Sophie.

Josh ficou olhando para elas um momento antes de ir embora. Quando a Bruxa de Endor instruíra Sophie na magia do Ar, fora excluído; agora fora excluído novamente. Percebia rapidamente que nesse novo mundo mágico, não havia espaço para alguém como ele, sem poderes.

Josh subiu devagar as escadas estreitas e sinuosas que levavam ao escritório de Saint-Germain. Seja lá o que Josh esperava encontrar no sótão, não era o enorme aposento bem iluminado com madeira branca e cromada. O sótão tinha a extensão de um andar inteiro da casa e fora remodelado em um único espaço vasto, aberto, com uma janela em arco que dava para o Champs-Elysées. O lugar gigantesco estava repleto de instrumentos eletrônicos e musicais, mas não havia sinal de Saint-Germain.

Uma grande mesa se estendia quase inteiramente de um lado a outro da sala. Tinha computadores, tanto laptops quanto modelos de mesa, monitores de todos os tamanhos e formatos, sintetizadores, uma mesa de mixagem, teclados e kits de baterias eletrônicas.

No lado oposto da sala, um trio de guitarras elétricas estava disposto em seus suportes, enquanto uma variedade de teclados rodeava uma enorme tela de LCD.

– Como você se sente? – perguntou Saint-Germain.

Josh levou um segundo para identificar de onde vinha a voz. O músico estava deitado debaixo da mesa, um monte de cabos USB nas mãos.

– Bem – respondeu Josh, e se surpreendeu ao perceber que falava a verdade. Sentia-se melhor do que há um longo tempo. – Eu sequer me lembro de ter deitado...

– Você estava exausto física e mentalmente. E até onde sei os portais sugam cada última gota de energia de você. Não que eu nunca tenha viajado por meio de um – acrescentou. – Para ser sincero, estava surpreso por você ainda se aguentar de pé – murmurou Saint-Germain ao deixar os cabos caírem. – Você dormiu por umas catorze horas.

Josh se ajoelhou ao lado de Saint-Germain.

– O que está tentando fazer?

– Eu movi um monitor e o cabo caiu; não sei muito bem qual deles é.

– Você deveria marcá-los por cor com uma fita adesiva – disse Josh. – É o que eu faço. – Endireitando-se, ele pegou a extremidade do cabo que estava ligado ao monitor de tela plana e o puxou para cima e para baixo. – É esse aqui. – O cabo se dobrou nas mãos de Saint-Germain.

– Obrigado!

O monitor de repente piscou e ganhou vida, exibindo uma tela repleta de imagens e chuviscos.

Saint-Germain levantou e espanou a poeira de seu corpo. Usava roupas iguais às de Josh.

– Couberam.

Ele assentiu.

– E ficam bem em você. Você devia usar preto mais vezes.

– Obrigado pelas roupas... – Ele parou. – Mas não sei se seremos capazes de pagar por elas.

Francis riu rapidamente.

– Não foram um empréstimo. Foram um presente. Não as quero de volta.

Antes que Josh pudesse agradecer novamente, Saint-Germain golpeou o teclado e Josh pulou quando uma série de acordes pesados de piano estrondeou as caixas de som ocultas.

– Não se preocupe, o sótão tem isolamento acústico – disse Saint-Germain. – Isso não vai acordar Sophie.

Josh indicou a tela com a cabeça.

– Você compõe todas as suas musicas no computador?

– Quase todas. – Saint-Germain olhou pelo aposento. – Qualquer um pode compor música agora; você não precisa de muito mais do que um computador, alguns programas, paciência e muita imaginação. Quando preciso de alguns instrumentos reais para uma mixagem final, contrato músicos. Mas posso fazer a maioria das coisas aqui.

– Eu baixei uma vez uns programas de detecção de batidas – admitiu Josh. – Mas nunca consegui mexer direito.

– O que você compõe?

– Bem, não sei se poderíamos chamar de composição... eu junto alguns sons do ambiente e mixo.

– Eu adoraria ouvir qualquer coisa que você tenha feito.

– Tudo perdido. Perdi meu computador, meu celular e meu iPod quando Yggdrasill foi destruída. – Mesmo pronunciar isso em voz alta fazia com que ele se sentisse mal. E a pior parte era que ele não fazia realmente ideia do que exatamente perdera. – Perdi meu projeto de verão e todas as minhas músicas, que deviam ser uns noventa improvisos. Eu tinha alguns ótimos *bootlegs*. Nunca serei capaz de repor esse material – suspirou. – Também perdi centenas de fotos; todos os lugares a que papai e mamãe nos levaram. Nossos pais são cientistas, são arqueólogos e paleontólogos – acrescentou –, então conhecemos alguns lugares sensacionais.

– Deve ser difícil – solidarizou-se Saint-Germain. – E você não tinha backups?

O semblante abatido de Josh forneceu a resposta de que o conde precisava.

– Você usava um Mac ou um PC?

– Na verdade, os dois. Papai usa PCs em casa, mas a maioria das escolas que eu e Sophie frequentamos usava Macs. Sophie ama os Macs dela, mas eu prefiro um PC – disse. – Se algo der errado, normalmente consigo desmontá-lo e consertá-lo sozinho.

Saint-Germain caminhou até o fim da mesa e procurou debaixo dela. Puxou três laptops de diferentes marcas e tamanhos de tela, e os enfileirou no chão. Gesticulou de forma dramática.

– Escolha um.

Josh piscou, surpreso.

– Escolher um?

– São todos PCs – continuou Saint-Germain – e não têm utilidade para mim. Estou totalmente rendido aos Macs agora.

Josh olhou de Saint-Germain para os laptops e de volta para o músico. Acabara de conhecer este homem, não sabia muito sobre ele, e ali estava oferecendo a Josh a chance de escolher entre três laptops bem caros. Ele balançou a cabeça.

– Obrigado, mas eu não poderia aceitar.

– Por que não? – Saint-Germain exigiu uma explicação.

E Josh não tinha resposta para isso.
– Você precisa de um computador. Estou oferecendo um destes. Ficaria satisfeito se você aceitasse. – Saint-Germain sorriu. – Cresci em uma época em que presentear era uma arte. Descobri que as pessoas desse século não sabem realmente como aceitar um presente graciosamente.
– Não sei o que dizer.
– O que você acha de obrigado? – sugeriu Saint-Germain.
Josh forçou um sorriso.
– Sim. Bem... obrigado – disse ele, hesitante. – Muito obrigado. – Mesmo enquanto falava, já sabia qual máquina queria: um laptop ultrafino, de dois centímetros e meio de espessura, com uma tela de onze polegadas.
Saint-Germain catou embaixo da mesa e tirou três fontes que jogou no chão ao lado dos computadores.
– Não estou usando eles. Provavelmente nunca mais os usarei. Acabarei formatando os discos rígidos e doando as máquinas às escolas locais. Pegue qualquer um de que gostar. Você encontrará uma mochila apropriada embaixo da mesa também. – Ele fez uma pausa, os olhos azuis cintilando, deu um tapinha na parte de trás do computador para o qual Josh estava olhando e acrescentou com um sorrisinho: – Eu tenho uma bateria extra de longa duração para este aqui. Era meu favorito.
– Bem, se você realmente não está usando...
Saint-Germain correu um dedo pela parte de trás do pequeno laptop, traçando uma linha na poeira, segurando-o para que Josh pudesse ver a marca preta da ponta de seu dedo.
– Acredite: não estou usando nenhum deles.
– Está bem... valeu. Quero dizer, obrigado. Ninguém nunca me deu um presente como este antes – disse ele, pegan-

do o pequeno computador e virando-o em suas mãos. – Vou ficar com este... se você realmente tiver certeza...

– Tenho certeza. Está totalmente carregado; tem wireless, também, e se autoconverte para as correntes elétricas europeias e americanas. Além disso, todos os meus álbuns estão aí – disse Saint-Germain –, então você pode recomeçar seu acervo musical. Também encontrará um vídeo em *mpeg* de meu último show. Dê uma olhada; está realmente bom.

– Farei isso – disse Josh, ligando o laptop para recarregar a bateria.

– Quero saber sua opinião. E você pode ser honesto comigo – acrescentou Saint-Germain.

– Sério?

O conde levou um momento para considerar e, então, balançou a cabeça.

– Não, não é verdade. Diga-me só se você achar que sou bom. Não gosto de críticas negativas, embora você possa pensar que, quase três séculos depois, eu já teria me acostumado.

Josh abriu o laptop e ligou. A máquina fez um barulho e piscou, ganhando vida. Inclinando-se para a frente, gentilmente soprou a poeira do teclado. Quando o laptop se inicializou, a tela piscou e exibiu uma imagem de Saint-Germain no palco, cercado por uma dúzia de instrumentos.

– Você tem uma foto de si mesmo como papel de parede? – perguntou incredulamente Josh.

– É uma de minhas favoritas – disse o músico.

Josh apontou com a cabeça em direção à tela e, depois, olhou a sala como um todo.

– Você consegue tocar todos esses instrumentos?

– Todos. Comecei com o violino há muito tempo, e aí passei para a espineta e a flauta. Mas me mantive atualizado, sempre aprendendo novos instrumentos. No século XVI, usava a última tecnologia – os novos violinos, os mais modernos teclados – e aqui estou, quatrocentos anos depois, ainda fazendo isso. É uma ótima época para ser músico. Com tecnologia, posso finalmente tocar todos os sons que escuto em minha cabeça. – Os dedos dele acariciaram um teclado e um coro completo cantou nas caixas de som.

Josh pulou. As vozes eram tão claras que chegou a olhar por detrás do ombro.

– Eu carrego no computador amostras de sons, de forma que possa usar qualquer coisa em meu trabalho. – Saint-Germain se virou de novo para a tela e seus dedos dançaram nas teclas. – Você não acha que os fogos de artifício ontem de manhã fizeram alguns sons maravilhosos? Estalando. Explodindo. Talvez seja hora de uma nova Suíte de Fogos de Artifício.

Josh andou pelo aposento, olhando para os discos emoldurados em ouro, os pôsteres assinados e capas de CDs.

– Eu não sabia que já existia uma – disse ele.

– George Frideric Handel, 1749, "Música para os reais fogos de artifício". Que noite aquela! Que música! – Os dedos de Saint-Germain se moveram pelo teclado, enchendo a sala com um tom que Josh pensou soar vagamente familiar. Talvez tivesse ouvido em um anúncio de TV. – O bom e velho George – disse Saint-Germain. – Nunca gostei dele.

– A Bruxa de Endor não gosta de você – disse Josh, hesitante. – Por quê?

Saint-Germain deu um sorrisinho forçado.

– A Bruxa não gosta de ninguém. Especialmente de mim, porque me tornei imortal por meus próprios esforços e, diferente de Nicolau e Perry, não preciso de nenhuma receita de um livro para continuar imortal.

Josh franziu o cenho.

– Você quer dizer que há diferentes tipos de imortalidade?

– Muitos tipos diferentes, e tantos tipos diferentes de imortais quanto. Os mais perigosos são aqueles que se tornam imortais por causa de sua lealdade a um Antigo. Se eles caem em desgraça com o Antigo, o presente é retirado, claro. – Ele estalou os dedos e Josh deu um pulo. – O resultado é um envelhecimento instantâneo. Até a idade de um Antigo. É uma ótima forma de se garantir a lealdade. – Ele voltou para o teclado e seus dedos criaram um assustador ruído de respiração nas caixas de som. Levantou a vista quando Josh se juntou a ele na frente da tela. – Mas o real motivo pelo qual a Bruxa de Endor não gosta de mim é porque eu, um simples mortal, tornei-me Mestre do Fogo. – Ele ergueu a mão esquerda e chamas de cores diferentes dançaram na ponta de cada dedo. O estúdio do sótão subitamente foi tomado pelo cheiro de folhas queimadas.

– E por que isso a aborreceria? – perguntou Josh, observando, vidrado, as chamas dançantes. Ele queria desesperadamente ser capaz de fazer algo assim.

– Talvez porque aprendi o segredo do fogo com o irmão dela. – A música mudou, tornando-se dissonante e desagradável. – Bem, quando digo *aprendi*, eu deveria dizer, de fato, *roubei*.

– Você roubou o segredo do fogo! – disse Josh.

O conde de Saint-Germain assentiu alegremente.

– De Prometeu.

– E, qualquer dia desses, meu tio vai querer o segredo de volta. – A voz de Scathach fez com que ambos se assustassem e dessem um pulo. Nenhum deles percebera sua entrada no sótão. – Nicolau está aqui – disse ela, e se virou.

Capítulo Vinte e Dois

Nicolau Flamel estava sentado na cabeceira da mesa da cozinha, ambas as mãos envolvendo uma fumegante caneca de sopa. Na frente dele, estava uma garrafa de Perrier pela metade, um copo alto e um prato com uma pilha alta de pães com casca grossa e queijo. Ele levantou a vista, assentiu e sorriu quando Josh e Saint-Germain entraram na cozinha seguindo Scathach.

Sophie estava sentada em um lado da mesa, de frente para Joana d'Arc, e Josh rapidamente deslizou no assento ao lado do de sua irmã enquanto Saint-Germain ocupou o lugar ao lado de sua esposa. Apenas Scathach continuou de pé, apoiando-se contra a pia atrás do Alquimista, olhando para o lado de fora, para a noite. Josh notou que ela ainda usava a bandana que fizera com o tecido da velha blusa preta de Flamel.

Josh direcionou sua atenção para o Alquimista. O homem tinha uma aparência exausta e velha, e parecia haver um toque prateado em seu cabelo curto que não estava lá antes. Sua pele também estava chocantemente pálida, enfatizando os círculos negros, que pareciam machucados, embaixo de seus olhos e as linhas profundas em sua testa. Suas roupas estavam amarrotadas e salpicadas de chuva, e havia uma longa camada de lama na manga do casaco que ele pendurara no recosto da cadeira de madeira. Gotas de água cintilavam no couro gasto. Ninguém falou nada enquanto o Alquimista terminava sua sopa e devorava pedaços de queijo e pão. Mastigou lenta e metodicamente, então serviu água da garrafa verde no copo e tomou uns pequenos goles. Quando terminou, limpou os lábios com um guardanapo e se permitiu um suspiro de satisfação.

– Obrigado. – Ele acenou com a cabeça para Joana. – Estava perfeito.

– Há uma despensa cheia de comida, Nicolau – disse ela, seus olhos cinza enormes e preocupados. – Você realmente deveria comer mais do que sopa, pão e queijo.

– Foi o bastante – disse ele gentilmente. – No momento preciso descansar, e não quis encher o estômago de comida. Devemos ter um bom café da manhã. Eu mesmo vou cozinhar.

– Eu não sabia que você cozinhava – disse Saint-Germain.

– Ele não cozinha – murmurou Scathach.

– Pensei que comer queijo tarde da noite te desse pesadelos – disse Josh. Ele deu uma olhada em seu relógio. – É quase uma da manhã.

– Ah, eu não preciso de queijo para ter pesadelos. Eu os vivi na carne. – Nicolau sorriu, embora não houvesse humor em seu sorriso. – Eles não são tão assustadores. – Ele olhou de Josh para Sophie. – Vocês estão bem e em segurança?

Os gêmeos se olharam e assentiram.

– E descansaram?

– Eles dormiram o dia todo e a maior parte da noite – disse Joana.

– Bom – assentiu Flamel. – Vocês vão precisar de toda sua força. E gostei das roupas. – Enquanto Josh vestia uma roupa idêntica à de Saint-Germain, Sophie usava uma blusa pesada de algodão, branca, e jeans azuis com as bainhas viradas para cima para revelar botas de cano alto.

– Joana as deu para mim – explicou Sophie.

– Couberam quase perfeitamente – disse a mulher mais velha. – Depois vamos rapidinho até meu armário para arrumar umas mudas de roupa para o restante de sua jornada.

Sophie sorriu em agradecimento.

Nicolau se virou para Saint-Germain.

– Os fogos de artifício na Torre Eiffel ontem foram extraordinários, um feito inspirado.

O conde fez uma reverência.

– Obrigado, Mestre – disse ele, parecendo tremendamente satisfeito consigo mesmo.

A risadinha de Joana foi um ronronar baixinho.

– Ele vinha procurando uma desculpa para fazer algo assim havia meses. Você devia ter visto a exibição que ele executou quando nos casamos no Havaí. Esperamos até que o sol se pusesse; então, Francis iluminou o céu por quase uma hora. Foi lindo demais, embora o esforço tenha exaurido-o por uma semana – acrescentou ela com um sorrisinho.

Duas manchas de cor surgiram nas bochechas do conde e ele esticou a mão para pegar a de sua esposa.

– Valeu a pena ver a expressão em seu rosto.

– Você não dominava o fogo na última vez em que nos encontramos – disse lentamente Nicolau. – Se me recordo bem, você tinha alguma habilidade com ele, mas nada como o poder que demonstra ter agora. Quem o treinou?

– Passei algum tempo na Índia, na cidade perdida de Ophir – respondeu o conde, olhando rapidamente para o Alquimista. – Eles ainda se lembram de você lá. Você sabia que ergueram uma estátua sua e de Perenelle na praça principal?

– Não sabia. Prometi a Perenelle que voltaríamos lá qualquer dia – falou Nicolau, melancólico. – Mas o que isso tem a ver com seu domínio sobre o fogo?

– Conheci uma pessoa lá... uma pessoa que me treinou – respondeu enigmaticamente Saint-Germain. – Me mostrou como usar todo o conhecimento secreto que consegui com Prometeu...

– Roubou – corrigiu Scathach.

– Bem, ele o roubou antes – respondeu Saint-Germain de forma agressiva.

A mão de Flamel bateu na mesa com força suficiente para fazer com que a garrafa de água balançasse. Apenas Scathach não se sobressaltou.

– Chega! – gritou, e por um instante, os planos e ângulos de seu rosto se alteraram, os ossos da bochecha subitamente proeminentes, insinuando o crânio sob a carne. Seus olhos quase incolores escureceram visivelmente, tornando-se cinza, então castanhos e, finalmente, negros. Descansando os cotovelos sobre a mesa, esfregou o rosto com as palmas de suas mãos e respirou fundo, para se acalmar. Havia um odor muito fraco de menta no ar, mas era azedo, amargo. – Me desculpem. Isso foi imperdoável. Eu não deveria ter elevado minha voz – disse calmamente, quebrando o silêncio chocado que se seguira. Quando tirou as mãos do rosto, seus lábios formaram um sorriso que não alcançou os olhos. Ele olhava para cada um deles por vez, seu olhar se demorando nos semblantes perplexos dos gêmeos.

– Por favor, me desculpem. Estou cansado agora, tão cansado... Poderia dormir por uma semana. Continue, Francis, por favor. Quem o treinou?

O conde de Saint-Germain tomou ar.

– Ele me disse... falou que eu nunca deveria pronunciar seu nome em voz alta – terminou apressadamente.

Flamel posicionou os cotovelos na mesa, entrelaçou os dedos de ambas as mãos e descansou o queixo em seus punhos fechados. Olhou fixamente para o músico, sua expressão impassível.

– Quem foi? – exigiu firmemente.

– Dei minha palavra – respondeu miseravelmente Saint-Germain. – Foi umas das condições que ele impôs quando me treinou. Disse que havia uma força nas palavras e que determinados nomes vibravam tanto neste mundo quanto no Reino de Sombras e atraem atenção que não é bem-vinda.

Scathach deu um passo à frente e pousou a mão levemente no ombro do Alquimista.

– Nicolau, você sabe que é verdade. Há determinadas palavras que nunca devem ser pronunciadas, nomes que não devem nunca ser usados. Coisas antigas. Coisas não-mortas.

Nicolau assentiu.

– Se você deu sua palavra a essa pessoa, então não deve voltar atrás, claro. Mas me diga – ele fez uma pausa, sem olhar para o conde –, essa pessoa misteriosa, quantas mãos ela tem?

Saint-Germain se recostou subitamente, e a expressão chocada em seu rosto revelou a verdade.

– Como você soube? – sussurrou.

A boca do Alquimista se torceu em uma feia careta.

– Na Espanha, há seiscentos anos, conheci um homem de uma mão só que me ensinou alguns segredos do Códex. Ele também se recusava a pronunciar seu nome em voz alta. – Flamel olhou repentinamente para Sophie, os olhos arregalados e fixos. – Você tem em si as memórias da Bruxa. Se um nome surgir em sua mente agora, seria melhor para todos nós se você não pronunciasse em voz alta.

Sophie fechou a boca tão rapidamente que mordeu a parte de dentro de seu lábio. Ela sabia o nome da pessoa sobre quem Flamel e Saint-Germain estavam falando. Ela também sabia exatamente quem – e o quê – ele era. E *estivera* prestes a pronunciar o nome.

Flamel se virou para Saint-Germain.

– Você sabe que os poderes de Sophie foram Despertados. A Bruxa ensinou a ela os princípios básicos da magia do Ar, e estou determinado que tanto ela quanto Josh sejam treinados na magia elementar o mais rápido possível. Sei onde estão os Mestres da magia da Terra e da Água. Ontem mesmo, eu estava pensando que provavelmente teríamos que procurar um dos Antigos associados ao fogo, Maui ou Vulcano ou até mesmo seu velho oponente, o próprio Prometeu. Agora tenho esperança de que não seja necessário. – Ele fez uma pausa para respirar. – Você acha que poderia ensinar a magia do Fogo a Sophie?

Saint-Germain piscou, surpreso. Cruzou os braços pelo peito, olhou da garota para o Alquimista e começou a balançar a cabeça.

– Não sei se conseguiria. Não sei nem se devo...

Joana esticou o braço e pousou a mão direita na parte de trás do braço do marido. Ele se virou para olhá-la e ela assentiu, quase imperceptivelmente. Os lábios dela não se moveram, e ainda assim todos a ouviram dizer claramente:

– Francis, você deve fazer isso.

O conde não hesitou.

– Eu faço... mas isso é sábio? – perguntou, sério.

– É preciso – respondeu Joana simplesmente.

– Será muito para ela assimilar... – Ele baixou a cabeça para Sophie. – Me desculpe. Não tive a intenção de conversar sobre você como se não estivesse aqui. – Olhou novamente para Nicolau e acrescentou em tom de dúvida: – Sophie ainda está lidando com as memórias da Bruxa.

– Não está mais. Eu cuidei disso. – O aperto de Joana no braço do marido se tornou mais firme. Virou a cabeça para olhar para todos que estavam sentados à mesa, finalmente parando em Sophie. – Enquanto Sophie dormia, conversei com ela, ajudei-a a diferenciar as memórias, categorizá-las, separar seus próprios pensamentos dos da Bruxa. Não acho que eles a perturbarão tanto agora.

Sophie estava chocada.

– Você entrou em minha mente enquanto eu dormia?

Joana d'Arc balançou levemente a cabeça.

– Não entrei em sua mente... Simplesmente conversei com você, instruí você quanto ao que fazer e como.

– Eu vi você falando... – começou Josh, e, então, franziu o cenho. – Mas Sophie estava adormecida. Ela não podia ouvir você.

– Ela me ouviu – disse Joana. Olhou diretamente para Sophie e pousou a mão esquerda na mesa. Uma névoa crepitante prateada apareceu nas pontas de seus dedos, pequenos salpicos de luz dançando de sua carne para quicar, como gotas de mercúrio, ao longo da mesa, em direção às mãos da menina, que descansavam na madeira polida. Quando elas se aproximaram, as unhas de Sophie começaram a cintilar com um prateado brando, e, de repente, os pontos de luz envolveram seus dedos.

– Você pode ser gêmea de Josh, mas nós somos irmãs, você e eu. Somos Prata. Sei como é ouvir vozes dentro de sua mente; sei como é ver o impossível, conhecer aquilo que não é possível conhecer. – Joana olhou primeiro para Josh e então para o Alquimista. – Enquanto Sophie dormia, conversei diretamente com seu inconsciente. Ensinei como controlar as memórias da Bruxa, como ignorar as vozes, como apagar as imagens. Ensinei-a a se proteger.

Sophie ergueu a cabeça lentamente, os olhos arregalados de surpresa.

– Então é isso que está diferente! – disse ela, tão chocada quanto maravilhada. – Não escuto mais as vozes. – Ela olhou para seu irmão gêmeo. – Elas começaram quando a Bruxa transferiu o conhecimento dela pra mim. Havia milhares delas, gritando e sussurrando em linguagens que eu quase entendia. Estão silenciosas agora...

– Elas ainda estão aí – explicou Joana. – Elas sempre estarão aí. Mas agora você será capaz de chamá-las quando precisar, de usar o conhecimento delas. Eu comecei também o processo de ensinar você a controlar sua aura.

– Mas como você conseguiu com ela adormecida? – pressionou Josh. Ele achou mesmo a ideia disso incrivelmente perturbadora.

– Apenas o consciente adormece. O inconsciente está sempre alerta.

– O que você quer dizer, controlar minha aura? – perguntou Sophie, confusa. – Pensei que fosse só este campo elétrico em volta do meu corpo.

Joana deu de ombros em um movimento elegante.

– Sua aura é tão poderosa quanto sua imaginação. Você pode moldá-la, misturá-la, usá-la de acordo com sua vonta-

de. – Ela ergueu a mão esquerda. – Essa é a maneira como posso fazer isso. – Uma luva de metal de uma armadura se materializou em volta de sua carne em um estalo. Cada articulação era perfeitamente formada, e a parte de trás dos dedos estava até mesmo sarapintada de ferrugem. – Tente – sugeriu. Sophie ergueu a mão e olhou muito atentamente para ela.
– Visualize a luva – sugeriu Joana. – Mentalize-a em sua imaginação.
Um fino dedal de prata apareceu no mindinho de Sophie, então sumiu.
– Bem, talvez com um pouco mais de prática – admitiu Joana. Ela olhou de lado para Saint-Germain e, então, para o Alquimista. – Deixe-me trabalhar com Sophie por umas duas horas, ensinar a ela um pouco mais sobre controlar e moldar sua aura, antes que Francis comece a treiná-la na magia do Fogo.
– Essa magia do Fogo. É perigosa? – Josh exigiu uma resposta, olhando ao redor do recinto. Ele ainda lembrava vividamente o que acontecera a sua irmã quando Hécate a Despertou. Ela poderia ter morrido. E quanto mais sabia sobre a Bruxa de Endor, percebia que Sophie também poderia ter morrido aprendendo a magia do Ar. Quando ninguém respondeu sua pergunta, ele se virou para Saint-Germain. – É perigosa?
– Sim – respondeu simplesmente o músico. – Muito.
Josh balançou a cabeça.
– Então eu não quero.
Sophie esticou a mão para pegar o braço do irmão. Ele olhou para baixo: a mão que agarrou seu braço estava envolvida por uma luva de malha de corrente.
– Josh, eu tenho que fazer isso.

— Não, você não tem.
— Tenho.

Josh olhou bem o rosto de sua irmã. Estava mascarado pela teimosia que ele conhecia tão bem. Finalmente, ele se virou, sem dizer nada. Não queria sua irmã aprendendo nenhuma magia a mais — não somente porque era perigoso... mas porque a distanciaria ainda mais dele.

Joana se dirigiu a Flamel.

— E agora, Nicolau, você deve descansar.

O Alquimista assentiu.

— Eu vou.

— Achávamos que você voltaria bem antes — disse Scathach.

— Eu já estava pensando que teria que ir atrás de você.

— A borboleta me trouxe até aqui há horas — disse Nicolau cansadamente, a voz abafada pela exaustão. — Depois que soube que vocês estavam aqui, quis esperar pelo cair da noite antes de me aproximar da casa, só para o caso de ela estar sob vigilância.

— Maquiavel sequer sabe que esta casa existe — disse Saint-Germain, cheio de confiança.

— Perenelle me ensinou um feitiço simples de camuflagem muito tempo atrás, mas ele só funciona quando está chovendo, porque usa gotas de água para refratar a luz em volta de quem o lança — explicou Flamel. — Decidi esperar até o cair da noite para aumentar minhas chances de continuar fora de vista.

— O que você fez durante o dia? — perguntou Sophie.

— Perambulei pela cidade, procurando alguns de meus antigos refúgios.

— Com certeza, a maioria já era — disse Joana.

— A maioria. Não todos. — Flamel esticou a mão e apanhou um objeto envolto em jornal no chão. Houve um baque surdo quando ele o pousou na mesa. – A casa de Montmorency ainda está lá, assim como a Igreja dos Santos Inocentes.

– Eu devia ter adivinhado que você visitaria Montmorency – disse Scathach com um sorriso triste. Ela olhou para os gêmeos e explicou. – Foi a casa em que Nicolau e Perenelle moraram no século XV. Passamos alguns momentos felizes lá.

– Muito felizes – concordou Flamel.

– E ainda existe? – perguntou Sophie, impressionada.

– Umas das casas mais antigas de Paris – afirmou orgulhosamente Flamel.

– Aonde mais você foi? – questionou Saint-Germain.

Nicolau deu de ombros.

– Visitei o Museu de Cluny. Não é todo dia que você tem a chance de ver seu próprio túmulo. Acho que é confortante saber que as pessoas ainda se lembram de mim, quero dizer, quem eu fui de verdade.

Joana sorriu.

– Há uma rua batizada com seu nome, Nicolau: a Rue Flamel. E uma que homenageia Perenelle também. Mas, não sei por quê, não acho que esse tenha sido o real motivo de sua visita à igreja, foi? – observou astutamente. – Sentimentalismos nunca foram seu forte.

O Alquimista sorriu.

– Bem, não foi a única razão – admitiu. Meteu a mão dentro do bolso do casaco e retirou de lá um tubo cilíndrico e fino. Todos ao redor da mesa se inclinaram para a frente. Mesmo Scatty se aproximou para dar uma olhada. Desatarrachando ambas as extremidades, Flamel removeu e desenrolou um pergaminho farfalhante. – Há aproximadamente seiscentos anos, escondi isto aqui em minha pedra sepulcral, pensando muito pouco que talvez fosse precisar usar algum dia. – Ele abriu o espesso pergaminho amarelado sobre a mesa. Desenhado em tinta vermelha, falhado ao ponto de estar com cor de ferrugem, havia uma forma oval com um círculo dentro, cercada por três linhas que formavam um triângulo rústico.

Josh se inclinou para mais perto.

– Eu já vi algo assim antes. – Ele franziu o cenho. – Não tem algo parecido com isso na nota de dólar?

– Ignore sua aparência – disse Flamel. – Está desenhado assim para despistar seu verdadeiro significado.

– Qual é? – perguntou Josh.

– É um mapa – disse de repente Sophie.

– Sim, é um mapa – concordou Nicolau. – Mas como você sabe? A Bruxa de Endor nunca viu esse...

– Não, não tem nada a ver com a Bruxa – sorriu Sophie. Ela se inclinou sobre a mesa, sua cabeça roçando a de seu irmão. Apontou para a extremidade superior direita do pergaminho, onde uma cruz minúscula, quase invisível, estava traçada em tinta vermelha. – Isso definitivamente parece um *N* – disse, indicando o topo da cruz – e isso é um *S*.

– Norte e Sul – assentiu Josh, em um gesto de rápida concordância. – Genial, Soph! – Ele olhou para Nicolau. – É um mapa.

O Alquimista assentiu.

– Muito bem. É um mapa de todas as linhas de ley na Europa. Povoados e cidades, mesmo fronteiras, podem se modificar até se tornarem irreconhecíveis, mas as linhas invisíveis de poder continuam as mesmas. – Ele ergueu o mapa. – Este é nosso passaporte para sairmos da Europa e voltarmos para a América.

– Vamos torcer para que tenhamos uma chance de usá-lo – murmurou Scatty.

Josh tocou o topo do embrulho de jornal que estava no centro da mesa.

– E o que é isso?

Nicolau enrolou o pergaminho e o recolocou no tubo, guardando-o novamente no bolso de seu casaco. Então começou a desembalar o objeto das camadas de jornal.

– Perenelle e eu estivemos na Espanha por volta do fim do século XIV, quando o homem de uma mão só revelou o primeiro segredo do Códex – disse, sem falar especificamente para alguém, seu sotaque francês agora bem acentuado.

– O primeiro segredo? – perguntou Josh.

– Você viu o texto, ele muda... mas muda em uma sequência matemática bem definida. Não é aleatório. As mudanças estão ligadas aos movimentos das estrelas e dos planetas e às fases da lua.

– Como um calendário? – perguntou Josh.

Flamel assentiu.

– Exatamente como um calendário. Quando aprendemos a sequência do código, soubemos que finalmente podíamos voltar para Paris. Levaria uma vida toda, várias vidas, para traduzir o livro, mas pelo menos sabíamos por onde começar. Então transformei algumas pedras em diamantes, e alguns pedaços de xisto em ouro, e começamos a longa jornada de retorno a Paris. Na época, é claro, despertamos a atenção dos Antigos Sombrios, e Bacon, o asqueroso predecessor de Dee, estava cada vez mais próximo. Em vez de traçar uma rota direta até a França, preferimos as estradas secundárias e evitamos as passagens mais comuns ao longo das montanhas, que sabíamos que estariam sob vigilância. Entretanto, o inverno chegou mais cedo aquele ano. Acredito que Antigos Sombrios tenham tido algo a ver com isso. Enfim, nos vimos presos em Andorra. E foi lá que encontrei isso... – Ele tocou no objeto sobre a mesa.

Josh olhou para sua irmã, as sobrancelhas levantadas em uma indagação silenciosa. *Andorra?*, mexeu os lábios; ela era bem melhor em geografia do que ele.

– Um dos menores países do mundo – explicou Sophie em um sussurro –, nos Pirineus, entre a Espanha e a França.

Flamel removeu mais jornal.

– Antes de minha "morte", escondi este objeto dentro da pedra acima da esquadria da janela da casa na Rue de Montmorency. Nunca pensei que fosse precisar dele de novo.

– *Dentro?* – perguntou Josh, confuso. – Você disse que escondeu *dentro?*

– Dentro. Modifiquei a estrutura molecular do granito, coloquei isto dentro do bloco de pedra e então fiz com que a esquadria voltasse a seu estado sólido original. Transmutação simples: como transformar uma noz em um pote de sorvete. – A folha final de jornal se rasgou quando ele a puxou.

– É uma espada – sussurrou Josh, perplexo, olhando para a pequena e fina arma aninhada na mesa cheia de jornais. Julgava que ela tinha aproximadamente uns cinquenta centímetros, seu simples cabo em forma de cruz envolvido por tiras de couro com manchas escuras. A lâmina parecia feita de um metal cinza cintilante. Não, não metal. – Uma espada de pedra – disse alto, franzindo o cenho. Ela o lembrava de alguma coisa, quase como se a tivesse visto antes.

Mas mesmo enquanto ele falava, Joana e Saint-Germain se afastaram desastradamente da mesa, a cadeira da mulher tombando devido a sua urgência em se afastar da espada. Atrás de Flamel, Scathach sibilou como um gato, os dentes de vampiro aparecendo enquanto abria a boca, e quando ela falou, sua voz estava trêmula, seu sotaque exagerado e bárbaro. Soou quase como se estivesse furiosa... ou com medo.

– Nicolau – disse ela bem lentamente –, o que você está fazendo com essa coisa asquerosa?

O Alquimista a ignorou. Olhou para Josh e Sophie, que continuavam sentados à mesa, imóveis e chocados pela reação dos outros, incertos sobre o que estava acontecendo.

– Há quatro grandes espadas de poder – disse com persistência Flamel –, cada uma ligada aos elementos: Terra, Ar, Fogo e Água. O que se diz é que elas precedem a mais velha das Raças Antigas. As espadas tiveram vários nomes ao longo do tempo: Excalibur e Joyeuse, Mistelteinn e Curtana, Durendal e Tyrfing. A última vez em que uma delas foi usada como arma no mundo dos homens foi quando Carlos Magno, o Imperador do Sagrado Império Romano, empunhou Joyeuse nas batalhas.

– Esta é Joyeuse? – sussurrou Josh. Sua irmã podia ser boa em geografia, mas ele sabia história, e Carlos Magno sempre o fascinara.

O riso de Scathach foi um rosnado amargo.

– Joyeuse é uma coisa bela. Isso... isso é uma abominação.

Flamel tocou o cabo da espada e os minúsculos cristais na pedra cintilaram com uma luz verde.

– Esta não é Joyeuse, embora seja verdade que já pertenceu a Carlos Magno. Acredito ainda que o próprio imperador escondeu essa espada em Andorra em algum momento no século IX.

– Ela é exatamente como Excalibur – disse Josh, subitamente percebendo porque a espada de pedra era tão familiar. Ele olhou para sua irmã. – Dee estava com a Excalibur; ele a usou para destruir a Árvore do Mundo.

– Excalibur é a Espada de Gelo – continuou Flamel. – Esta é a espada gêmea dela: Clarent, a Espada de Fogo. É a única arma que pode fazer frente à Excalibur.
– É uma espada amaldiçoada – disse Scathach com firmeza. – Não vou tocá-la.
– Nem eu – falou Joana, e Saint-Germain assentiu, concordando.
– Não estou pedindo que nenhum de *vocês* a carregue ou empunhe – respondeu agressivamente Nicolau. Ele girou a espada na mesa até que o cabo tocasse os dedos do menino e então olhou, por vez, para cada um deles. – Nós sabemos que Dee e Maquiavel estão vindo. Josh é o único entre nós sem a capacidade de se proteger sozinho. Até que seus poderes tenham sido Despertados, ele precisará de uma arma. Quero que ele fique com Clarent.
– Nicolau! – gritou Scathach, horrorizada. – O que você tem na cabeça? Ele é um humanídeo destreinado...
– Com uma sólida aura dourada – cortou Flamel. – E estou determinado a mantê-lo em segurança. – Ele empurrou a espada para os dedos de Josh. – Ela é sua. Pegue-a.

Josh se inclinou para a frente e sentiu as duas páginas do Códex pressionadas contra seu peito em seu saco de tecido. Este seria o segundo presente do Alquimista para ele nesses dias. Parte dele queria simplesmente aceitar os presentes, confiar nele e acreditar que Flamel gostava dele e confiava nele também, e ainda assim, ainda assim... mesmo após a conversa que tiveram na rua, em algum lugar nas profundezas de sua mente, Josh não conseguia esquecer o que Dee dissera na fonte em Ojai: que metade de tudo o que Flamel dizia era mentira, e que a outra metade não era inteiramente verdadeira. Deliberadamente desviou o olhar da espada para os olhos esmaecidos de Flamel. O Alquimista o encarava, seu rosto uma máscara sem expressão. Então o que pretendia o Alquimista?, Josh se perguntava. Que jogo estava jogando? Mais palavras de Dee brotaram em sua mente. "Ele é agora, como sempre foi, um mentiroso, um charlatão e um escroque."

— Você não a quer? — perguntou Nicolau. — Pegue-a. — Ele empurrou o cabo até que Josh o pegasse.

Quase contra sua vontade, os dedos de Josh se fecharam em volta do cabo enrolado em couro macio da espada de pedra. Ele a ergueu — embora fosse curta, era surpreendentemente pesada — e a virou em suas mãos.

— Nunca manejei uma espada em minha vida — disse. — Não sei como...

— Scathach ensinará o básico a você — disse Flamel, sem olhar para a Sombra, mas transformando a simples declaração em uma ordem. — Como carregá-la, executar uma investida simples e se defender. Tente evitar não se ferir com ela — acrescentou.

Josh de repente percebeu que sorria largamente e tentou remover o sorriso de seus lábios, mas era difícil: a sensação de ter a espada em sua mão era *incrível*. Moveu o pulso e a espada se mexeu. Então, olhou para a Sombra, Francis e Joana e viu que seus olhos estavam fixos na lâmina, seguindo cada movimento, e seu sorriso sumiu.

— O que há de errado com a espada? — exigiu. — Por que vocês têm tanto medo dela?

Sophie pôs a mão no braço do irmão, seus olhos prateados brilhando com o conhecimento da Bruxa.

— Clarent — disse ela — é uma arma diabólica e amaldiçoada, às vezes chamada a Espada do Covarde. Foi a espada que Mordred usou para matar seu tio, o Rei Arthur.

Capítulo Vinte e Três

Em seu quarto no alto da casa, Sophie se sentou no batente da janela e olhou para o Champs-Elysées. A ampla rua dividida em três pistas estava molhada pela chuva e tinha um brilho âmbar, vermelho e branco ao refletir as luzes do tráfego. Checou seu relógio: eram quase duas horas da madrugada de domingo, e mesmo assim o tráfego ainda era intenso. A qualquer hora depois da meia-noite, as ruas de São Francisco estariam desertas.

A diferença enfatizou o quão longe de casa ela estava.

Quando ela era mais nova, passara por uma fase em que decidira que tudo nela era um tédio. Fez um esforço consciente para se tornar mais estilosa – mais como sua amiga Elle, que mudava de cor de cabelo a cada semana e tinha um guarda-roupa sempre repleto com as últimas tendências. Sophie juntara tudo que conseguira encontrar sobre as exóticas cidades europeias que lera em revistas, lugares onde a moda e a arte eram criadas: Londres, Paris, Roma, Milão, Tóquio, Berlim. Estava determinada não a seguir a moda, mas a criar seu próprio estilo. A fase durou um mês. Moda era um negócio caro, e a mesada que ela e seu irmão recebiam dos pais era extremamente limitada.

Ainda queria visitar as grandes cidades do mundo, contudo. Ela e Josh até começaram a conversar sobre tirar um ano antes da faculdade para fazer uma viagem de mochilão à Europa. E agora, cá estavam, em uma das mais belas cidades do mundo, e ela não tinha absolutamente interesse algum em explorá-la. A única coisa que queria fazer no momento era voltar para São Francisco.

Mas para o quê ela retornaria?

O pensamento fez com que ela gelasse.

Embora a família se mudasse muito, e viajasse ainda mais, havia dois dias ela sabia o que esperar dos meses que se seguiriam. O restante do ano estava detalhadamente e tediosamente planejado. No outono, seus pais reassumiriam seus cargos docentes na Universidade de São Francisco, e eles retornariam à escola. Em dezembro, a família faria sua viagem anual a Providence, em Rhode Island, onde seu pai fazia o discurso de Natal pelas duas últimas décadas. No dia vinte e um de dezembro, o aniversário deles, os gêmeos seriam levados a Nova York para ver as lojas, admirar as luzes, visitar a árvore no Rockefeller Center e, então, patinar. Almoçariam no Stage Door Deli: pediriam a sopa da bola de Matzo, sanduíches tão grandes quanto suas cabeças e dividiriam uma fatia de torta de abóbora entre eles. Na noite de Natal, iriam para a casa de sua tia Christine, em Montauk, Long Island, onde passariam o feriado de Natal e Ano Novo. Essa tinha sido a tradição pelos últimos dez anos.

E agora?

Sophie respirou fundo. Agora possuía poderes e habilidades que mal compreendia. Tinha acesso a memórias que eram uma mistura entre verdade, mito e fantasia; sabia segredos que poderiam reescrever os livros de história. Mas ela desejava, mais do que qualquer outra coisa, que houvesse alguma forma de voltar no tempo, até quinta de manhã... antes que tudo isso tivesse acontecido. Antes de o mundo ter mudado.

Sophie encostou a testa no vidro gelado. O que aconteceria? O que faria... não apenas agora, mas nos anos que viriam? Seu irmão não tinha nenhuma carreira em mente; todo ano anunciava uma coisa diferente – seria um designer de jogos de computador ou um programador, jogador profissional de futebol americano, um paramédico ou um bombeiro – mas ela sempre soubera o que seria. Desde a época em que sua professora da primeira série perguntou o que ela queria ser quando crescesse, sabia a resposta. Queria estudar arqueologia e paleontologia como seus pais, viajar pelo mundo e catalogar o passado, talvez fazer algumas descobertas que ajudariam a organizar a história. Mas agora isso jamais aconteceria. Da noite para o dia, concluíra que o estudo da arqueologia, história e geografia se mostrara inútil... ou, se não inútil, então simplesmente errado.

Uma onda súbita de emoções a pegou de surpresa, e sentiu uma queimação no fundo de sua garganta e lágrimas em suas bochechas. Pressionou as palmas de ambas as mãos contra seu rosto e enxugou as lágrimas.

– Toc, toc... – A voz de Josh a surpreendeu. Sophie se virou para olhar para seu irmão, de pé na porta, com a espada de pedra em uma das mãos e um pequeno laptop na outra. – Posso entrar?

– Você nunca perguntou antes. – Ela sorriu.

Josh entrou no quarto e se sentou na ponta da cama de casal. Pousou Clarent cuidadosamente no chão a seus pés e o laptop em seus joelhos.

– Muita coisa mudou, mana – disse ele sobriamente, seus olhos azuis perturbados.

– Eu estava pensando justamente a mesma coisa – concordou Sophie. – Pelo menos *isso* não mudou. – Os gêmeos frequentemente descobriam que estavam pensando sobre a mesma coisa ao mesmo tempo, e se conheciam tão bem que podiam até mesmo terminar as frases um do outro. – Para ser mais precisa, desejava que pudéssemos voltar no tempo, para antes disso tudo ter acontecido.

– Por quê?

– Porque eu não teria que ser assim... porque não seríamos diferentes.

Josh olhou bem o rosto de sua irmã e inclinou levemente a cabeça.

– Você abriria mão? – perguntou ele muito gentilmente. – Do poder, do conhecimento?

– Em um segundo – respondeu ela imediatamente. – Não gosto do que está acontecendo comigo. Nunca quis que isso acontecesse. – A voz dela vacilou, mas ela continuou. – Quero ser uma pessoa comum, Josh. Quero ser humana de novo. Quero ser como você.

Josh olhou para baixo. Abriu o laptop e se concentrou em ligá-lo.

– Mas você não quer, não é? – disse Sophie lentamente, interpretando o longo silêncio que se seguiu. – Você quer o poder, quer ser capaz de moldar sua aura e controlar os elementos, não quer?

Josh hesitou.

– Seria... interessante, eu acho – respondeu casualmente, olhando para a tela. Então levantou a vista, seus olhos iluminados pela imagem refletida na tela de início. – Sim, quero ser capaz de fazer isso – admitiu.

Sophie abriu a boca para responder, dizer que ele não sabia o que estava falando, o quanto isso fazia com que ela se sentisse mal, como estava assustada. Mas se segurou; não queria brigar, e até que Josh tivesse experimentado aquilo na própria pele, ele nunca entenderia.

– Onde você conseguiu o computador? – perguntou, mudando de assunto quando o laptop finalmente piscou.

– Francis me deu – disse Josh. – Você não estava lá quando Dee destruiu Yggdrasill. Ele trespassou a árvore com Excalibur. Então, a árvore virou gelo e se estilhaçou como vidro. Bem, minha carteira, meu celular, meu iPod e meu laptop estavam na árvore – disse, com pesar. – Perdi tudo, inclusive todas as nossas fotos.

– E o conde simplesmente te *deu* um laptop?

Josh assentiu.

– Sim, insistiu para que eu aceitasse. Deve ser meu dia de ganhar presentes. – O brilho pálido da tela do computador iluminava seu rosto de baixo para cima, dando a sua cabeça uma aparência vagamente assustadora. – Ele passou tudo para os Macs; eles têm aplicativos melhores de músicas, aparentemente, e ele não está mais usando PCs. Encontrou esse aqui enfiado debaixo de uma mesa lá em cima – continuou, os olhos ainda na pequena tela. Olhou rapidamente para a irmã. – É verdade – disse, reconhecendo no silêncio dela um sinal de dúvida.

Sophie olhou em volta. Sabia que o irmão estava dizendo a verdade, e isso não tinha nada a ver com o conhecimento da Bruxa. Sempre soubera quando Josh estava mentindo para ela, embora, estranhamente, ele nunca soubesse quando ela estava mentindo para ele... o que não acontecia com muita frequência, de qualquer forma, e só quando era para o próprio bem dele.

– E o que você está fazendo agora? – perguntou.
– Checando meu e-mail. – Josh deu um sorrisinho. – A vida continua... – começou.
– ... o e-mail não para por ninguém. – Sophie terminou com um sorriso. Era um dos dizeres favoritos de Josh, e normalmente tirava-a do sério.
– Tem um monte – murmurou Josh. – Oitenta no Gmail, sessenta e dois no Yahoo, vinte no AOL, três no FastMail...
– Nunca vou entender porque você tem tantas contas de e-mail – disse Sophie. Trouxe as pernas até o peito, envolveu a parte frontal delas com os braços e pousou o queixo nos joelhos. Sentia-se bem por ter uma conversa *normal* com seu irmão; lembrava a ela como suas próprias coisas deveriam ser... e tinham sido até as duas horas da tarde de quinta-feira, precisamente. Lembrava-se da hora; falava com sua amiga Elle, que estava em Nova York, quando viu o grande carro preto parando em frente à livraria. Olhou a hora justamente no instante em que o homem que ela sabia ser dr. Dee saltou do carro.
– Temos dois e-mails da mamãe, um do papai.
– Leia para mim. Comece pelo mais antigo.
– Está bem. Mamãe mandou um na sexta-feira, primeiro de junho. *Espero que vocês estejam se comportando bem. Como está sra. Fleming? Totalmente recuperada?* – Josh levantou a vista e franziu o cenho, confuso.

Sophie suspirou.
– Lembra? Dissemos à mamãe que a livraria fechara porque Perenelle não estava se sentindo bem. – Ela balançou a cabeça. – Preste atenção!
– Tudo tem sido um pouco confuso – Josh recordou a Sophie. – Não consigo me lembrar de tudo. Além disso, isso é função sua.

– Então dissemos que Nicolau e Perenelle nos convidaram para passar um tempo com eles em sua casa no deserto.

– Bem – Josh olhou para sua irmã, os dedos pairando no teclado –, o que diremos a mamãe?

– Diga a ela que está tudo bem e Perenelle está se sentindo bem melhor. Lembre-se de chamá-los de Nick e Perry, hein? – lembrou ao irmão.

– Valeu – respondeu, apertando a tecla para deletar, substituindo *Perenelle* por *Perry*. Os dedos dele pulavam pelas teclas conforme ele digitava. – Tudo bem. O próximo – continuou. – Da mamãe de novo, de ontem. *Tentei ligar, mas minhas ligações caem direto na secretária eletrônica. Está tudo bem? Recebi uma ligação da sua tia Agnes. Ela disse que vocês não passaram em casa para pegar nenhuma roupa nem produtos de higiene e cosméticos. Quero um número em que possa encontrar vocês. Estamos preocupados.* – Josh olhou para a irmã. – Então, o que dizemos a ela agora?

Sophie mordeu o lábio inferior, pensando em voz alta.

– Devíamos dizer a ela... – Sophie hesitou. – Dizer a ela que tínhamos tudo conosco na loja. Ela sabe que temos roupas lá. Não é uma mentira. Detesto mentir para ela.

– Saquei – disse Josh, digitando rápido. Os gêmeos mantinham roupas no armário de Josh, nos fundos da livraria, para o caso de uma noite irem ao cinema ou andarem até o Embarcadero.

– Diga que o celular não pega aqui. Só não diga onde *aqui* é – acrescentou Sophie com um sorriso.

Josh parecia contrariado.

– Você quer dizer que não temos celulares...

– Eu ainda tenho o meu, mas a bateria morreu. Diga a mamãe que ligaremos assim que conseguirmos sinal.

Josh continuou a digitar. O dedo dele pairou sobre a tecla Enter.
– Isso é tudo?
– Pode mandar.
Ele apertou Enter.
– Enviado!
– E você disse que havia um e-mail de papai? – perguntou Sophie.
– É para mim. – Ele abriu a mensagem, leu rapidamente e abriu um sorriso largo. – Ele enviou uma imagem de fósseis de dentes de tubarão que encontrou. Eles parecem ótimos. E ele tem alguns novos excrementos fossilizados para minha coleção.
– Excrementos fossilizados. – Sophie balançou a cabeça em uma gozação enojada. – Cocô fossilizado. Por que você não podia colecionar selos ou moedas como uma pessoa normal? É muito bizarro.
– Bizarro? – Josh levantou a vista, subitamente irritado. – Bizarro! Deixe eu te dizer o que é bizarro: estamos em uma casa com uma vampira de dois mil anos, um alquimista imortal, outro imortal músico e especializado em magia do Fogo e uma heroína francesa que deveria estar morta desde alguma época próxima à metade do século XV. – Com o pé, cutucou a espada no chão. – E não esqueçamos a espada que foi usada para matar o Rei Arthur. – A voz de Josh foi se elevando conforme ele falava. De repente, ele parou e respirou fundo, se acalmando. Começou a sorrir. – Comparado a tudo isso, acho que colecionar cocô fossilizado é, provavelmente, a coisa *menos* bizarra por aqui. – O sorriso dele se tornou irônico e Sophie sorriu, e então ambos começaram a rir. Josh riu tanto que ficou com soluço, o que fez com que eles gargalhassem ainda mais, até que lágrimas corressem suas bochechas e suas barri-

gas doessem. – Ah, para – gemeu Josh. Soluçou de novo, e ambos caíram em um estado próximo à histeria.

Foi preciso um esforço tremendo de vontade para que se controlassem de novo, mas pela primeira vez desde que Sophie fora Despertada, Josh se sentiu próximo dela de novo. Normalmente, riam juntos todos os dias; indo para o trabalho na quinta-feira de manhã isso acontecera pela última vez, quando viram um homem muito magro patinando com short de corrida sendo puxado por uma dálmata enorme. Tudo que precisavam fazer era continuar encontrando coisas de que achar graça – mas, infelizmente, não encontraram muitas delas nos últimos dias.

Sophie se recuperou primeiro e se virou novamente para a janela. Podia ver o irmão no vidro e esperou até que ele olhasse para a tela antes de falar.

– Estou surpresa por você não ter se oposto mais quando Nicolau sugeriu que Francis me treinasse na magia do Fogo.

Josh ergueu os olhos e olhou para o reflexo do rosto de sua irmã na janela.

– Teria feito alguma diferença? – perguntou, sério.

Ela levou um momento pensando.

– Não. Acho que não – admitiu.

– Achei que não. Você ainda teria aceitado.

Sophie se virou para olhar diretamente para o irmão gêmeo.

– Eu tenho que fazer isso. *Preciso.*

– Eu sei – disse ele simplesmente. – Sei disso agora.

Sophie piscou, surpresa.

– Você sabe?

Josh fechou o laptop e o largou na cama. Então, apanhou a espada e a pousou em seus joelhos, passando distraidamente a mão na lâmina lisa. A pedra estava morna.

– Fiquei... furioso, assustado... não, mais do que assustado, apavorado quando Flamel fez com que Hécate te Despertasse. Ele não falou nada sobre os riscos para a gente. Não nos contou que você poderia ter morrido, ou ter entrado em coma. Nunca o perdoarei por isso.
– Ele estava bem seguro de que nada aconteceria...
– Bem seguro não é o bastante.
Sophie assentiu, não se sentindo segura para falar.
– E então, quando a bruxa de Endor passou o conhecimento dela para você, tive medo de novo. Mas nem tanto *por* você... tive medo *de* você – admitiu muito suavemente.
– Josh, como você pode sequer dizer isso? – começou Sophie, genuinamente chocada. – Sou sua irmã gêmea. – O semblante dele silenciou-a.
– Você não viu o que eu vi – respondeu Josh, sinceramente. – Vi você enfrentar a mulher com cabeça de gato. Vi seus lábios se moverem, mas quando você falou, as palavras estavam dessincronizadas, e quando você olhou para mim, não me reconheceu. Não sei o que você era, mas, naquele momento, não era minha irmã gêmea. Você estava possuída.
Sophie piscou e lágrimas enormes rolaram por suas bochechas. Ela tinha apenas memórias vagas, pouco mais do que fragmentos como os de sonhos, do que seu irmão estava falando.
– Então, em Ojai, assisti enquanto você fazia turbilhões, e hoje – *ontem* – vi você criar neblina do nada.
– Não sei como eu faço essas coisas – murmurou Sophie.
– Eu sei, Soph, eu sei. – Ele levantou e foi até a janela, olhando para fora, para os telhados de Paris. – Entendo isso agora. Tenho pensado muito a respeito. Seus poderes foram Despertados, mas o único jeito de você ser capaz de

controlá-los, a única maneira de ficar em segurança, é sendo treinada. No momento, são um perigo tão grande para você quanto para nossos inimigos. Joana d'Arc ajudou você hoje, não ajudou?

– Sim, ajudou muito. Não escuto mais as vozes. É uma ajuda enorme. Mas há outro motivo também, não há? – perguntou Sophie.

Josh virou a espada em sua mão, a lâmina quase preta na noite, minúsculos cristais na pedra brilhando como estrelas.

– Não temos a menor ideia do tipo de confusão em que estamos – disse ele lentamente. – Mas sabemos que estamos em perigo... perigo real. Temos quinze anos, não devíamos estar pensando sobre sermos assassinados... ou comidos... ou pior! – Ele gesticulou vagamente na direção da porta. – Não confio neles. A única pessoa em quem posso confiar é você... quero dizer, a você de verdade.

– Mas, Josh – Sophie disse muito gentilmente –, eu confio neles. São boa gente. Scathach luta pela humanidade por mais de dois mil anos, e Joana é uma pessoa meiga e gentil...

– E Flamel manteve o Códex escondido por séculos – disse rapidamente Josh. Tocou seu peito e Sophie ouviu o farfalhar das duas páginas na bolsinha que Flamel dera a ele. – Há receitas neste livro que poderiam transformar este planeta num paraíso, curar todas as doenças. – Ele viu o brilho de dúvida nos olhos dela e insistiu. – E você sabe que é verdade.

– A Bruxa sabe. E as memórias dela também me dizem que há receitas nesse livro que poderiam destruir o mundo.

Josh balançou a cabeça rapidamente.

– Acho que você está vendo o que eles querem que você veja.

Sophie apontou para a espada.

– Mas por que Flamel te deu a espada e as páginas do Códex? – perguntou triunfantemente.

– Eu acho, eu *sei*, que eles estão nos usando. Só não sei com que objetivo. Ainda não, de qualquer forma. – Ele viu sua irmã gêmea começar a negar com a cabeça. – Bem, nós vamos precisar dos seus poderes para nos manter, a ambos, seguros.

Sophie se esticou e apertou a mão do irmão.

– Você sabe que eu nunca permitiria que nada te fizesse mal.

– Sei disso – respondeu Josh, sério. -- Pelo menos, não deliberadamente. Mas o que acontece se alguma coisa te usar, como aconteceu no Reino de Sombras?

Sophie assentiu.

– Eu não tinha controle algum naquele momento – admitiu. – Era como se eu estivesse em um sonho, vendo alguém que se parecia comigo.

– Meu treinador de futebol americano diz que antes que você possa ter controle, você tem que *estar* no controle. Mana, se você puder aprender a controlar sua aura e dominar as magias – continuou Josh –, ninguém será capaz de fazer isso contra você novamente. Você será incrivelmente poderosa. E vamos dizer, por exemplo, que meu poder não seja Despertado. Eu posso aprender a usar esta espada. – Ele a virou em sua mão, tomando o cuidado de girar a lâmina, mas ela escorregou pelas laterais e fez um enorme talho na parede. – Ops.

– Josh!

– O quê? Mal dá pra perceber. – Ele esfregou a manga da blusa no corte. Tinta e emboço saíram aos flocos, expondo os tijolos atrás deles.

– Você está piorando. E provavelmente você arrancou um pedaço da espada.

Mas quando Josh ergueu a arma na luz, não havia sequer uma marca na lâmina.

Sophie assentiu lentamente.

– Eu ainda acho, quer dizer, eu *sei*, que você está enganado em relação a Flamel e os outros.

– Sophie, você tem que confiar em mim.

– Eu confio em você. Mas lembre-se, a Bruxa conhece essas pessoas, e confia nelas.

– Sophie – disse Josh, frustrado –, nós não sabemos nada sobre a Bruxa.

– Ah, Josh, eu sei *tudo* sobre a Bruxa – disse Sophie, sentida. Ela bateu de leve na têmpora com o indicador. – E eu queria não saber. A vida dela, milhares de anos, está aqui. – Josh abriu a boca para responder, mas Sophie levantou a mão. – Eis o que farei: vou trabalhar com Saint-Germain, aprender tudo que ele tiver a me ensinar.

– E manter um olho bem aberto nele ao mesmo tempo, descobrir o que ele e Flamel pretendem.

Sophie o ignorou.

– Talvez na próxima vez em que formos atacados, sejamos capazes de nos defendermos. – Ela olhou para os telhados de Paris. – Pelo menos, estamos seguros aqui.

– Mas por quanto tempo? – perguntou seu irmão gêmeo.

Capítulo Vinte e Quatro

O dr. John Dee apagou a luz e, levantando da enorme cama, foi até a varanda, descansando seus antebraços na balaustrada de metal e olhando de cima a cidade de Paris. Havia chovido mais cedo e o ar estava úmido e frio, tomado pelo cheiro azedo do Siena e uma ponta de fumaça dos escapamentos.

Ele odiava Paris.

Nem sempre fora assim. A cidade já fora, certa época, sua favorita em toda a Europa, repleta das mais maravilhosas e extraordinárias lembranças. Afinal, fora feito imortal nesta cidade. Em um calabouço sob a Bastilha, a fortaleza-prisão, a Deusa dos Corvos o levara até o imortal que lhe garantira a vida eterna em troca de lealdade incondicional.

Dr. John Dee trabalhara para os Antigos, espionara para eles, executara muitas missões perigosas em incontáveis Reinos de Sombras. Enfrentara exércitos de mortos e mortos-vivos, perseguira monstros por duras terras desoladas, roubara alguns dos mais precisos e mágicos objetos sagrados para uma dúzia de civilizações. Com o tempo, tornou-se o campeão dos Antigos Sombrios; nada estava além dele, nenhuma missão era difícil demais... exceto quando dizia respeito aos Flamel. O mago inglês falhara, repetidas vezes, em capturar Nicolau e Perenelle Flamel, várias vezes nesta mesma cidade.

Permanecia sendo um dos maiores mistérios de sua longa existência: como os Flamel tinham conseguido escapar dele? Dee comandava um exército de agentes humanos, inumanos e semi-humanos; tinha acesso aos pássaros no céu; conseguia comandar ratos, gatos e cachorros. Tinha a sua disposição criaturas dos mais sombrios relatos mitológicos. Porém, por mais de quatrocentos anos, os Flamel fugiram a sua captura, primeiro aqui, em Paris, e, então, por toda a Europa e na América, sempre um passo à frente dele, frequentemente deixando a cidade horas antes de sua chegada. Era quase como se estivessem sendo avisados. Mas isso, é claro, era impossível. O Mago não partilhava seus planos com ninguém.

Uma porta se abriu e se fechou atrás dele, no quarto. As narinas de Dee se expandiram, sentindo um leve odor de serpente bolorenta.

– Boa noite, Nicolau – disse Dee, sem se virar.

– Bem-vindo a Paris. – Nicolau Maquiavel falava latim com um sotaque italiano. – Suponho que tenha feito uma boa viagem e que o quarto esteja de seu agrado? – Maquiavel providenciara para que Dee fosse recebido no aeroporto e escoltado pela polícia até sua residência no Place du Canada.

– Onde estão eles? – perguntou rudemente Dee, ignorando as perguntas de seu anfitrião, afirmando sua autoridade. Podia ser alguns anos mais jovem do que o italiano, mas estava no comando.

Maquiavel caminhou do quarto e se postou ao lado de Dee na varanda. Como não queria amassar seu terno na balaustrada de metal, ficou com as mãos fechadas atrás das costas. O italiano alto, elegante e bem barbeado de cabelos brancos bem curtos fazia um grande contraste com o homem de estrutura pequena com sua barba pontuda e seu cabelo cinzento puxado para trás em um rabo de cavalo bem apertado.

– Ainda estão na casa de Saint-Germain. E Flamel recentemente se juntou a eles.

Dr. Dee olhou de lado para Maquiavel.

– Estou surpreso por você não ter pensado em tentar capturá-los sozinho – disse dissimuladamente.

Maquiavel olhou de cima a cidade que controlava.

– Ah, pensei que deveria deixar a captura final deles para você – comentou ele de forma moderada.

– Você quer dizer que foi instruído a deixá-los para mim – respondeu agressivamente Dee.

Maquiavel não disse nada.

– A casa de Saint-Germain está completamente cercada?

– Completamente.

– E há somente cinco pessoas na casa? Não há servos nem guardas?

– O Alquimista e Saint-Germain, os gêmeos e a Sombra.

– Scathach é o problema – murmurou Dee.

– Talvez eu tenha a solução – sugeriu suavemente Maquiavel. Ele esperou até que o Mago se virasse para olhá-lo, seus olhos cinza piscando cor de laranja a refletirem as luzes da rua. – Mandei uma mensagem às Disir, as mais ferozes inimigas de Scathach. Três delas acabaram de chegar.

Um raro sorriso curvou os finos lábios de Dee. Então, virou-se para Maquiavel e fez uma reverência breve.

– As Valquírias, uma escolha verdadeiramente excelente.

– Estamos no mesmo lado – Maquiavel respondeu com uma reverência. – Servimos aos mesmos mestres.

O mago estava a ponto de entrar novamente no quarto quando parou e se virou para olhar para Maquiavel. Por um momento, um débil cheiro de enxofre, parecendo ovo podre, ficou no ar.

– Você não faz ideia de para quem eu trabalho – disse.

Dagon escancarou as portas duplas e deu um passo para trás. Nicolau Maquiavel e dr. John Dee entraram na biblioteca repleta de livros ornados para saudar suas visitantes.

Havia três jovens mulheres na sala.

À primeira vista eram tão parecidas que poderiam ser trigêmeas. Altas e magras, com cabelos louros na altura dos ombros, vestiam-se de forma idêntica com camisetas pretas sem manga por baixo de macias jaquetas de couro e jeans enfiados em botas de cano alto. O rosto delas era um misto de ângulos: maçãs do rosto proeminentes, olhos profundamente afundados, queixos pontudos. Apenas os olhos ajudavam as distingui-las. Tinham diferentes tons de azul, da mais clara safira ao índigo escuro, quase roxo. Todas as três aparentavam ter dezesseis ou dezessete anos, mas, na verdade, eram mais velhas do que a maioria das civilizações.

Elas eram as Disir.

Maquiavel chegou ao centro da sala e se virou para olhar cada uma delas por vez, tentando diferenciá-las. Uma estava sentada no assento do piano de cauda, outra acomodada no sofá, enquanto a terceira estava encostada na janela, olhando para fora, para a noite, um livro encadernado em couro em suas mãos. Conforme se aproximou delas, suas cabeças giraram, e ele notou que a cor dos olhos delas combinava com os esmaltes.

– Obrigado por terem vindo – disse, falando em latim, que, junto ao grego, era uma das linguagens com as quais os Antigos eram mais familiarizados.

As garotas olharam para ele sem nenhuma reação no semblante.

Maquiavel olhou rapidamente para Dagon, que havia entrado na sala e fechado a porta atrás de si. Ele tirou seus óculos, revelando os olhos bulbosos, e falou rapidamente em uma linguagem que nenhuma garganta ou língua humana poderiam reproduzir.

As mulheres o ignoraram.

Dr. John Dee suspirou dramaticamente. Deixou-se cair em uma cadeira de couro com encosto alto e juntou as palmas de suas pequenas mãos com um estalo agudo.

– Chega dessa baboseira – disse em inglês. – Vocês estão aqui por causa de Scathach. Agora, vocês a querem ou não?

A garota sentada ao piano encarou o mago. Se ele notou que a cabeça dela estava virada em um ângulo impossível, não demonstrou reação.

– Onde ela está? – O inglês dela era perfeito.

– Bem perto – respondeu Maquiavel, movendo-se lentamente pelo recinto.

As três garotas direcionaram sua atenção para ele, as cabeças virando para segui-lo, como corujas perseguindo um rato.

– O que ela está fazendo?

– Está protegendo o Alquimista Flamel, Saint-Germain e dois humanídeos – disse Maquiavel. – Só nos interessam os humanídeos e Flamel. Scathach é sua. – Ele parou e então acrescentou: – Vocês podem ficar com Saint-Germain também, se quiserem. Ele não tem utilidade para a gente.

— A Sombra. Só queremos a Sombra – disse a mulher sentada ao piano. As pontas dos dedos índigo se moveram pelas teclas, o som delicado e lindo.

Maquiavel passou para uma mesa lateral e serviu café de um bule alto de prata. Olhou para Dee e ergue as sobrancelhas e o bule ao mesmo tempo. O Mago sacudiu a cabeça.

— Vocês devem saber que Scathach ainda é poderosa – continuou Maquiavel, dirigindo-se agora à mulher ao piano. As pupilas de seus olhos azul-índigo eram estreitas e horizontais. – Ela derrotou ontem uma unidade de oficiais de polícia altamente treinados.

— Humanídeos. – A Disir quase cuspiu. – Nenhum humanídeo pode enfrentar a Sombra.

— Mas não somos humanídeas – disse a mulher que estava à janela.

— Nós somos as Disir – concluiu a mulher sentada de frente para Dee. – Nós somos as Donzelas do Escudo, as Escolhedoras dos Mortos, as Guerreiras de...

— Sim, sim, sim – disse Dee, sem paciência. – Nós sabemos quem vocês são: Valquírias. Provavelmente as maiores guerreiras que o mundo já viu, de acordo com o que se diz. Queremos saber se vocês podem derrotar a Sombra.

A Disir com olhos índigo girou o corpo para sair do piano e se levantou suavemente. Seguiu pelo carpete até se postar diante de Dee. Suas duas irmãs de repente estavam a seu lado, e a temperatura do ambiente despencou abruptamente.

— Seria um grande erro brincar conosco, dr. Dee – disse uma delas.

Dee suspirou.

— Vocês podem derrotar a Sombra? – perguntou novamente. – Porque, se não puderem, então tenho certeza de que há outros que ficariam encantados com a oportunidade de tentar. – Ele pegou o celular. – Posso ligar para as Amazonas, os Samurais e os Bogatyrs.

A temperatura na sala continuou caindo enquanto Dee falava, e sua respiração formou uma coluna branca no ar, cristais de gelo se formando em suas sobrancelhas e barba.

– Chega desse artifício! – Dee estalou os dedos e sua aura se acendeu levemente amarela. O aposento foi se aquecendo, então ficou quente, pesado com o fedor de ovos podres.

– Não há necessidade de chamar esses guerreiros inferiores. As Disir vão matar a Sombra – disse a garota à direita de Dee.

– Como? – perguntou diretamente Dee.

– Nós temos o que esses guerreiros não têm.

– Você está falando em enigmas – disse Dee, impacientemente.

– Digam a ele – ordenou Maquiavel.

A Disir com os olhos mais claros virou a cabeça para ele e, então, olhou novamente para Dee. Dedos longos cintilaram na direção do rosto dele.

– Você destruiu a Yggdrasill e libertou nossa criatura de estimação, que estava havia muito tempo aprisionada nas Raízes da Árvore do Mundo.

Algo brilhou nos olhos de Dee e um músculo se torceu no canto de sua boca.

– Nidhogg? – Ele olhou para Maquiavel. – Você sabia disso?

Maquiavel assentiu.

– Claro.

A Disir com os olhos índigo foi até Dee e baixou a vista diretamente para o rosto dele.

– Sim, você libertou Nidhogg, o Devorador de Cadáveres. – Ainda se inclinando na direção de Dee, ela girou a cabeça para olhar para Maquiavel. As irmãs dela também se viraram para ele. – Leve-nos até onde a Sombra e os outros estão escondidos, então nos deixe. Quando soltarmos Nidhogg, Scathach estará condenada.

– Vocês podem controlar a criatura? – perguntou curiosamente Maquiavel.

– Depois que ela se alimentar da Sombra, consumir primeiro suas lembranças então sua carne e ossos, precisará dormir. Depois de um banquete como Scathach, provavelmente dormirá por uns dois séculos. Então a recapturaremos. Nicolau Maquiavel assentiu.

– Nós não discutimos seu pagamento.

As três Disir sorriram, e até mesmo Maquiavel, que já vira horrores, se encolheu com as expressões em seus rostos.

– Não há pagamento – disse a Disir com os olhos índigo. – Faremos isso para restaurar a honra de nosso clã e vingar nossa família destruída. Scathach, a Sombra, acabou com muitas de nossas irmãs.

Maquiavel assentiu.

– Entendo. Quando vocês atacarão?

– Ao amanhecer.

– Por que não agora? – exigiu Dee.

– Somos criaturas do crepúsculo. Nesse meio-tempo, entre a noite e o dia, somos mais fortes – disse uma delas.

– É quando somos invencíveis – acrescentou sua irmã.

Capítulo Vinte e Cinco

— Acho que ainda estamos no fuso americano – disse Josh.
— Por quê? – perguntou Scathach. Estavam na academia completamente equipada no porão da casa de Saint-Germain. Uma parede tinha um espelho, e refletia o jovem homem e a vampira, cercados pelos mais avançados equipamentos.
Josh olhou para cima, para o relógio na parede.
— São três horas da madrugada... Eu devia estar exausto, mas estou totalmente desperto. Pode ser porque são apenas seis horas lá em casa.
Scathach assentiu.
— É uma das razões. Outra é porque você está perto de gente como Nicolau e Saint-Germain, e especialmente, sua irmã e Joana. Embora seus poderes não tenham sido Despertados, você está na companhia de algumas das mais poderosas auras do planeta. Sua própria aura está sugando um pouco do poder deles, e está energizando você. Mas não é porque você não se sente cansado que não deve descansar – acrescentou. – E também beba muita água. Sua aura está queimando muitos líquidos. Você precisa se manter hidratado.

Uma porta se abriu e Joana entrou na academia. Enquanto Scathach vestia preto, Joana usava uma blusa branca de manga comprida sobre calças brancas folgadas e tênis brancos de ginástica. Como Scathach, entretanto, carregava uma espada.

– Fiquei me perguntando se você precisava de uma assistente – disse quase timidamente.

– Pensei que você tivesse ido dormir – respondeu Scathach.

– Não costumo dormir muito. E quando durmo, meus sonhos são atribulados. Sonho com fogo. – Sorriu tristemente. – Não é uma ironia maravilhosa? Sou casada com o Mestre do Fogo, e ainda assim sou perturbada por sonhos com fogo.

– Cadê Francis?

– No escritório dele, trabalhando. Ficará lá por horas. Não sei ao certo se ele sequer ainda dorme. Agora – disse ela, olhando para Josh e mudando o assunto –, como você está indo?

– Ainda estou aprendendo a segurar a espada – murmurou Josh, soando levemente envergonhado. Havia visto filmes; pensara saber como as pessoas lutavam com espadas. Nunca imaginara, entretanto, que simplesmente segurar uma fosse tão difícil. Scathach passara os últimos trinta minutos tentando ensiná-lo como segurar e movimentar Clarent sem deixá-la cair. Não tivera muito sucesso: toda vez que ele girava a arma, o peso fazia com que caísse de sua mão. O chão de madeira extremamente polido estava todo arranhado e com lascas arrancadas onde a lâmina de pedra batera. – É mais difícil do que pensei – finalmente admitiu. – Não sei se conseguirei aprender algum dia.

– Scathach conseguirá lhe ensinar como lutar com uma espada – disse Joana, confiante. – Ela me ensinou. Pegou uma simples garota de fazenda e me transformou em uma guerreira. – Ela girou o pulso e sua espada, que era quase tão alta quanto ela, moveu-se e formou espirais no ar com um gemido quase humano. Josh tentou copiar o gesto e Clarent escapou girando de sua mão. Caiu de ponta no chão, rachando a madeira, e balançou para frente e para trás.

— Foi mal — murmurou Josh.

— Esqueça qualquer coisa que você acha que sabe sobre o trato com espadas — disse Scathach. Ela olhou para Joana. — Ele assistiu muita televisão. Acha que pode simplesmente girar a espada por aí como o bastão de uma líder de torcida.

Joana deu um sorrisinho malicioso. Empunhou primorosamente sua longa espada e a ofereceu a Josh, o cabo primeiro.

— Pegue-a.

Josh esticou a mão direita para pegar a espada.

— Você deveria considerar usar as duas mãos — a pequena mulher francesa sugeriu.

Josh a ignorou. Envolvendo o cabo da espada de Joana com os dedos, tentou erguê-la de seu punho. E falhou. Era incrivelmente pesada.

— Você pode ver porque ainda estamos no básico — disse Scatty. Ela puxou a espada da mão de Josh e a devolveu a Joana, que a pegou com facilidade.

— Vamos começar aprendendo a segurar uma espada. — Joana se posicionou à direita de Josh, enquanto Scathach permanecia à esquerda. — Olhe direto para a frente.

Josh olhou no espelho. Enquanto ele e Scathach estavam claramente visíveis no espelho, a mais falha névoa prateada cercava Joana d'Arc. Ele piscou, fechando bem os olhos, mas quando os abriu novamente, a névoa ainda estava lá.

— É minha aura — explicou Joana, antecipando-se à pergunta que o garoto estava prestes a fazer. — Normalmente é invisível aos olhos humanos, mas, às vezes, aparece em fotos e espelhos.

– E sua aura é como a de Sophie – disse Josh.

Joana d'Arc balançou a cabeça.

– Ah, não, não é como a de sua irmã – disse ela, surpreendendo-o. – A dela é muito mais forte.

Joana ergueu sua longa espada, girando de forma que a ponta da lâmina ficasse posicionada entre os pés dela, e ambas as mãos repousaram na ponta do cabo.

– Agora, só imite a gente... e devagar. – Ela esticou o braço direito, segurando firmemente a longa espada. À esquerda de Josh, a Sombra estendeu ambos os braços, segurando suas duas espadas curtas para frente.

Josh envolveu o cabo da espada de pedra com os dedos e levantou o braço direito. Mesmo antes de estendê-lo totalmente, começou a tremer com o peso da lâmina. Trincando os dentes, tentou manter o braço firme.

– É pesada demais – arfou ao baixar o braço, rotacionando o ombro; seus músculos estavam queimando. Sentiu-se um pouco como no primeiro dia de treino do futebol americano depois das férias de verão.

– Tente assim. Observe o que eu faço. – Joana mostrou a ele como segurar o cabo com ambas as mãos.

Usando as duas mãos, ele descobriu que era mais fácil segurar a espada direito. Tentou de novo, dessa vez segurando-a com uma mão só. Por uns trinta segundos, a arma ficou estável; então a ponta começou a tremer. Com um suspiro, Josh baixou os braços.

– Não consigo fazer isso com uma mão só – resmungou.

– Com o tempo você conseguirá – respondeu rispidamente Scathach, perdendo a paciência. – Mas nesse meio-tempo, vou te ensinar a manejá-la usando ambas as mãos, como no Oriente.

Josh assentiu.

— Pode ser mais fácil. — Passara anos estudando tae kwon do, e sempre quisera estudar kendo, a esgrima japonesa, mas seus pais sempre recusaram, dizendo que era perigoso demais.

— Ele só precisa praticar — disse Joana seriamente, olhando para o reflexo de Scathach no espelho, seus olhos cinza claros e cintilantes.

— Praticar quanto? — perguntou Josh.

— Pelo menos uns três anos.

— Três anos? — Respirando fundo, ele enxugou primeiro a palma de uma mão e depois a outra em suas calças, e segurou o cabo novamente. Então olhou a si mesmo no espelho e alongou ambos os braços. — Espero que Sophie esteja se saindo melhor do que eu — murmurou.

O conde de Saint-Germain levou Sophie até o pequeno jardim no terraço da casa. A vista de Paris era espetacular, e ela se inclinou sobre a balaustrada para olhar o Champs-Elysées lá embaixo. O tráfego finalmente se acalmara, reduzindo-se a luzes esparsas, e a cidade estava imóvel e silenciosa. Respirou fundo; o ar estava frio e úmido, o cheiro ligeiramente azedo do rio mascarado pelos odores que vinham das dúzias de vasos lotados de plantas e recipientes decorativos espalhados pelo terraço. Sophie envolveu seu corpo com os braços, esfregando vigorosamente os antebraços e tremendo.

— Está com frio? — perguntou Saint-Germain.

— Um pouco — respondeu, embora não tivesse certeza se estava com frio ou nervosa. Sabia que Saint-Germain a levara até lá para ensinar a magia do Fogo.

— Depois da noite de hoje, você jamais sentirá frio novamente — prometeu Saint-Germain. — Você poderia andar pela

Antártida usando uma camiseta e uma bermuda sem sentir absolutamente nada. – Afastando o cabelo comprido de sua testa, puxou uma folha de um vaso e a enrolou entre suas mãos, então as esfregou, juntas. O odor nítido de hortelã preencheu o ar. – Joana ama cozinhar. Cultiva todas as ervas dela aqui – explicou, respirando fundo. – Há dúzias de tipos diferentes de hortelã, orégano, tomilho, sálvia e manjericão. E, claro, lavanda. Ela ama lavanda; faz com que se lembre de sua juventude.

– Onde você conheceu Joana? Aqui na França?

– Finalmente juntei-me a ela aqui, mas, acredite ou não, a primeira vez que a conheci foi na Califórnia, em 1849. Eu estava produzindo um pouco de ouro e Joana trabalhava como missionária, dirigindo uma cozinha de sopas e um hospital para aqueles que tinham vindo para o oeste em busca de ouro.

Sophie franziu o cenho.

– Você estava produzindo ouro durante a Corrida do Ouro? Por quê?

Saint-Germain deu de ombros e pareceu um pouco envergonhado.

– Como quase todo mundo na América em 48 e 49, fui para o oeste em busca de ouro.

– Pensei que você pudesse fazer ouro. Nicolau disse que ele consegue.

– Fazer ouro é um processo longo e trabalhoso. Pensei que seria bem mais fácil escavar e tirá-lo do chão. E quando um alquimista tem um pouco de ouro, pode usá-lo para criar mais. Era o que eu pensava em fazer. Mas a terra que comprei se mostrou improdutiva. Então, comecei a plantar uns poucos fragmentos de ouro na terra e vendi a propriedade às pessoas que acabavam de chegar.

– Mas isso é errado – disse Sophie, chocada.

– Eu era jovem naquela época – respondeu Saint-Germain – E faminto. Mas isso não é desculpa – acrescentou. – De qualquer forma, Joana trabalhava em Sacramento, e conhecia cada vez mais gente que comprava as terras improdutivas de mim. Pensou que eu fosse um charlatão, o que eu realmente era, e eu a tomei por uma dessas horríveis pessoas que fazem o bem por demagogia. Nenhum dos dois sabia que o outro era imortal, claro, e nos odiávamos, mesmo nos conhecendo de vista. Nossos caminhos continuaram se cruzando ao longo dos anos, e então, durante a Segunda Guerra Mundial, nos reencontramos, aqui em Paris. Ela lutava pela Resistência e eu era um espião para os americanos. Foi quando percebemos que éramos diferentes. Sobrevivemos à guerra, e temos sido inseparáveis a partir daí, embora Joana se mantenha muito à sombra. Nenhum blog de fãs ou revista de fofoca sabe sequer que somos casados. Provavelmente poderíamos ter ganhado uma fortuna se vendêssemos as fotos do casamento, mas Joana prefere se manter muito discreta.

– Por quê? – Sophie sabia que as celebridades valorizavam sua privacidade, mas permanecer completamente invisível parecia estranho.

– Bem... você tem que lembrar que na última vez em que ela foi famosa, as pessoas tentaram queimá-la em uma estaca.

Sophie assentiu. De repente, manter-se invisível pareceu perfeitamente razoável.

– Há quanto tempo você conhece Scathach? – perguntou ela.

– Séculos. Quando Joana e eu nos juntamos, descobrimos que conhecíamos muitas pessoas em comum. Todas imortais, claro. Joana a conhece há muito mais tempo do que eu. Embora eu não tenha de fato certeza se alguém real-

mente conhece a Sombra – acrescentou com um sorriso irônico. – Ela sempre parece tão... – parou, procurando a palavra certa.
– Solitária? – sugeriu.
– Sim. Solitária. – O olhar de Saint-Germain vagou pela cidade. Então, balançou tristemente a cabeça e olhou para trás, por cima de seu ombro, para Sophie. – Você sabe quantas vezes ela se opôs sozinha aos Antigos Sombrios, quantas vezes se expôs a um perigo terrível para manter este mundo a salvo deles?

Mesmo enquanto Sophie começou a balançar a cabeça, uma série de imagens surgiu em sua mente, fragmentos das memórias da Bruxa: Scathach, vestida com uma cota de malha de ferro e couro, sozinha numa ponte, duas espadas reluzentes nas mãos, esperando que um monte de monstros gigantescos, parecidos com lesmas, se aglomerasse do outro lado. Scathach com sua armadura completa, diante da porta de um castelo enorme, os braços cruzados em frente ao peito, sua espada cravada no chão a seus pés. Cara a cara com ela, um exército de criaturas parecidas com lagartos. Scathach, vestida com pele de foca e outros animais, oscilava em uma banquisa enquanto criaturas que pareciam ter sido esculpidas no gelo a cercavam.

Sophie umedeceu os lábios.
– Por quê... por que ela faz isso?
– Porque é *quem* ela é. É *o que* ela é. – O conde olhou para a garota e deu um sorriso triste. – É porque é tudo que ela sabe fazer. Agora – disse de forma abrupta, esfregando as mãos juntas de novo, fagulhas e cinzas se espiralando pelo ar da noite. – Nicolau quer que você aprenda a magia do Fogo. Nervosa? – perguntou.

– Um pouco. Você já ensinou a mais alguém? – perguntou Sophie, hesitante.

Saint-Germain forçou um sorriso, mostrando seus dentes desiguais.

– Ninguém. Você será minha primeira aluna... e provavelmente minha última.

Ela sentiu o estômago revirar, e, de repente, aquilo já não parecia uma ideia tão boa.

– Por que você diz isso?

– Bem, as chances de cruzar com outra pessoa cujos poderes tenham sido Despertados são muito poucas, e as de encontrar alguém com uma aura tão pura quanto a sua, quase impossíveis. Uma aura prateada é incrivelmente rara. Joana era a última humanídea a ter uma, e ela nasceu em 1412. Você é mesmo especial, Sophie Newman.

Sophie engoliu em seco; não se sentia muito especial.

Saint-Germain se sentou em um banco simples de madeira apoiado no protetor de chaminé.

– Sente aqui a meu lado, e te direi o que sei.

Sophie sentou ao lado do conde de Saint-Germain e deixou seu olhar vagar pelo telhado, pela cidade. Memórias que não eram dela pipocaram em sua mente, levando a uma cidade com um horizonte diferente, uma cidade com construções baixas agrupadas em volta de um forte bem constituído, sólido, milhares de trilhas de fumaça no céu da noite. Ela deliberadamente inibiu os pensamentos, percebendo que via Paris como a Bruxa de Endor se recordava da cidade, em algum momento no passado.

Saint-Germain mudou de posição para olhar para a menina.

– Me dê sua mão – disse suavemente. Sophie pôs sua mão direita na dele, e imediatamente uma sensação de calor percorreu seu corpo, expulsando o frio. – Deixe eu te dizer o que meu próprio professor me contou sobre o fogo. – Enquanto falava, o conde movia seu indicador brilhante pela palma da garota, seguindo as linhas e relevos na carne, traçando um padrão na pele dela. – Meu professor disse que há aqueles que falam que a magia do Ar ou da Água, ou até mesmo da Terra, são as mais poderosas. Estão errados. A magia do Fogo supera todas as outras.

Conforme o conde falava, o ar diretamente na frente deles começou a cintilar, então a tremeluzir. Como se por uma névoa de calor, Sophie observou a fumaça girar e dançar com as palavras do conde, criando imagens, símbolos, figuras. Quis esticar a mão e tocá-las, mas ficou quieta. Assim, o telhado e Paris sumiram; o único som que ela conseguia ouvir era a voz insistente de Saint-Germain, e tudo que podia ver eram as cinzas queimando. Mas enquanto ele falava, imagens começaram a se formar no fogo.

– Fogo consome ar. Pode aquecer a água até torná-la uma névoa e pode rachar a terra.

Ela observou enquanto um vulcão expelia rochas derretidas para o céu. Lava vermelha e preta e cinzas quentes e brancas choviam em uma cidade de lama e pedra...

– Fogo destrói, mas também cria. Uma floresta precisa de fogo para prosperar. Certos tipos de sementes dependem dele para germinar.

Chamas se torceram como folhas e Sophie viu uma floresta escurecida e maltratada, as árvores marcadas pelas evidências de um incêndio terrível. Mas na base das árvores, brotos verdes brilhantes pipocavam em meio às cinzas...

– Nas eras passadas, o fogo aqueceu os humanídeos, permitiu que sobrevivessem em climas hostis.

O fogo revelou uma terra desolada, coberta por rochas e neve, mas ela podia ver que a face salpicada por cavernas do despenhadeiro estava iluminada por chamas quentes amarelas e vermelhas.

Houve uma ruptura repentina e um dedo de chama, tão fino quanto um lápis, cortou o céu da noite. Ela levantou o pescoço, seguindo-a cada vez mais alto, até desaparecer entre as estrelas.

– Essa é a magia do Fogo.

Sophie assentiu. Sua pele formigou e ela baixou o olhar para ver minúsculas chamas amarelo-esverdeadas saindo em espirais dos dedos de Saint-Germain. Tremeluziram pela pele dela, enrolando-se em seu pulso, suaves como penas e frias, deixando traços negros esmaecidos em sua carne.

– Eu sei o quão importante o fogo é. Minha mãe é uma arqueóloga – disse Sophie, sonhadoramente. – Ela me disse uma vez que o homem não começou a traçar seu caminho para a civilização sem que conseguisse antes cozinhar a carne.

Saint-Germain exibiu rapidamente um sorriso.

– Você pode agradecer a Prometeu e à Bruxa por isso. Eles trouxeram o fogo aos primeiros humanídeos primitivos. Aquecer os alimentos tornou a digestão da carne que caçavam mais fácil, fez com que absorvessem os nutrientes mais rapidamente. O fogo os manteve aquecidos e a salvo em suas cavernas, e Prometeu mostrou a eles como usar o mesmo fogo para forjar suas ferramentas e armas. – O conde pegou o pulso de Sophie, segurando-o como se estivesse medindo sua pulsação. – O fogo levou cada grande civilização do mundo arcaico até os dias de hoje. Sem o calor do sol, este planeta não seria nada além de rochas e gelo.

Conforme ele falava, imagens surgiam diante de Sophie novamente, formadas a partir da fumaça que saía das mãos dele. Continuavam ondulando no ar parado.

...Um planeta cinza-amarronzado girando no espaço, uma única lua rotacionando em volta dele. Não havia nuvens brancas, nem água azul, nem continentes verdes ou desertos dourados. Apenas cinza, os contornos falhos de massas de terra na rocha sólida. Sophie percebeu, de repente, que olhava para a Terra, talvez num futuro muito, muito distante. Engasgou com o choque e sua respiração afastou a fumaça, levando consigo a imagem.

– A magia do Fogo é mais forte à luz do sol. – Saint-Germain moveu a mão direita e traçou um símbolo com o indicador. O símbolo se manteve no ar, brilhante, um círculo com linhas saindo dele, como raios de sol. O conde assoprou e o símbolo se desfez em centelhas. – Sem fogo, não somos nada.

A mão esquerda de Saint-Germain estava agora completamente envolta por chamas, mas ele ainda segurava o pulso de Sophie. Faixas vermelhas e brancas de fogo se espiralavam em volta dos dedos da garota e formavam um amontoado na palma de sua mão. Cada dedo queimava como uma pequenina vela – vermelha, amarela, verde, azul e branca –, e, ainda assim, ela não sentia dor ou medo algum.

– O fogo pode curar; pode selar uma ferida, pode reverter o efeito de doenças – continuou Saint-Germain, sério. Brasas douradas de fogo queimaram em seus pálidos olhos azuis. – É diferente de qualquer outra magia, porque é a única diretamente ligada à pureza e à força de sua aura. Quase qualquer um pode aprender os princípios básicos da magia da Terra, do Ar ou da Água. Feitiços e encantos podem ser memorizados e escritos em livros, mas o poder de criar fogo vem de dentro. Quanto mais pura a aura, mais forte o fogo, e isso significa, Sophie, que você deve ter muito cuidado, porque sua aura é muito pura. Quando você liberar a magia do Fogo, será incrivelmente potente. Flamel alertou você do risco de autocombustão se você usar demais seus poderes?

– Scathach me contou o que poderia acontecer – disse Sophie.

Saint-Germain assentiu.

– Nunca crie fogo quando estiver cansada ou enfraquecida. Se você perder o controle sobre esse elemento, ele se voltará contra você e vai queimá-la totalmente em um segundo.

Uma sólida bola de chamas agora queimava constante na mão direita de Sophie. Ela se deu conta de que sua mão esquerda formigava e rapidamente a ergueu do banco, o que deixou a impressão esfumaçada e escurecida de uma mão queimada na madeira. Com um estouro fraco, uma poça de chamas azuis apareceu em sua mão esquerda e cada dedo se iluminou, brilhando.

– Por que não consigo sentir isso? – Sophie se perguntou em voz alta.

– Você está protegida por sua aura – explicou Saint-Germain. – Pode dar forma ao fogo, da mesma forma como Joana mostrou a você como transformar sua aura em objetos prateados. Você pode criar globos e lanças de fogo. – Ele estalou os dedos e pequenos grupos de fagulhas finas e esparsas quicaram pelo telhado. Então, ele apontou o indicador e uma pequena chama pontuda como uma lança disparou na direção da faísca mais próxima, acertando-a com uma precisão mortal. – Quando você puder controlar totalmente seus poderes, será capaz de convocar a magia do Fogo quando desejar, mas até lá você precisará de um gatilho.

– Um gatilho?

– Normalmente seriam necessárias horas de meditação para focar sua aura até um ponto em que você pudesse acendê-la. Mas em algum momento em um passado distante, alguém descobriu como criar um gatilho. Um atalho. Você chegou a ver minhas borboletas?

Sophie fez que sim com a cabeça, recordando-se das dúzias de pequenas tatuagens de borboletas que envolviam os pulsos do conde e se espiralavam por seu braço.

– Elas são meu gatilho. – Saint-Germain ergueu as mãos da garota. – E agora você tem o seu.

Sophie olhou para suas mãos. O fogo não estava mais lá, deixando camadas escurecidas em sua carne e ao redor de seus pulsos. Ela esfregou as mãos, mas isso só serviu para limpar a poeira.

– Permita-me. – Saint-Germain ergueu um regador e o sacudiu. Líquido se revolveu lá dentro. – Mostre suas mãos. – Ele derramou água nas mãos dela, o que provocou um chiado quando o líquido tocava a carne. A água lavou as camadas escuras. O conde tirou um lenço imaculado de seu bolso traseiro, o mergulhou no regador e cuidadosamente removeu o que ainda restava da sujeira. Mas ao redor do pulso direito de Sophie, onde Saint-Germain o segurara, a camada escura se recusava a sair. Uma grossa listra escura envolvia seu pulso como um bracelete.

Saint-Germain estalou os dedos; o indicador e o mindinho se iluminaram. Ele aproximou a luz da mão de Sophie.

Quando ela olhou, descobriu que uma tatuagem queimava em sua carne.

Erguendo o braço dela em silêncio, torceu o pulso para examinar a listra ornada ao redor dele. Dois fios, dourados e prateados, entrelaçavam-se e torciam-se um no outro para formar um padrão intrincado, de aspecto quase céltico. Na parte de baixo do pulso dela, onde Saint-Germain pressionara o polegar, havia um círculo dourado perfeito com um ponto vermelho no centro.

– Quando quiser usar o gatilho para a magia do Fogo, pressione o polegar contra o círculo e se concentre em sua aura – explicou Saint-Germain. – Isso trará o fogo à vida instantaneamente.
– E é só isso? – perguntou Sophie, soando surpresa. – Isso é tudo?
Saint-Germain assentiu.
– É isso. Por quê, o que você esperava?
Sophie balançou a cabeça.
– Não sei, mas quando a Bruxa de Endor me ensinou a Magia do Ar, me enrolou em bandagens como uma múmia.
Saint-Germain deu um sorriso tímido.
– Bem, eu não sou a Bruxa de Endor, é claro. Joana me disse que a Bruxa passou para você todas as suas memórias e conhecimentos. Não imagino a razão que a levou a fazer tal coisa; certamente não era necessário. Mas sem dúvida, ela teve os motivos dela. Além disso, não sei como fazer isso. E não sei ao certo se você gostaria de conhecer todos os meus pensamentos e memórias – acrescentou com um sorrisinho malicioso. – Alguns deles não são muito agradáveis.
Sophie sorriu.
– Estou aliviada. Outra enxurrada de memórias não seria algo tão bom de se lidar. – Segurando sua mão, ela pressionou o círculo em seu pulso e uma fumaça começou a sair de seu dedo mindinho; então a unha brilhou por um momento antes de se iluminar com uma fina e ondulante chama. – Como você sabia o que fazer?
– Bem, antes e acima de tudo fui um alquimista. Acredito que hoje você possa dizer que sou um cientista. Quando Nicolau me pediu que treinasse você na magia do Fogo, não tinha a menor ideia de como fazê-lo, então apenas encarei como qualquer outro experimento.

– Um experimento? – Sophie piscou. – Isso poderia ter dado errado?
– O único perigo real era simplesmente não funcionar.
– Obrigada – disse ela finalmente, e então forçou um sorrisinho. – Esperava que o processo fosse bem mais dramático. Estou realmente feliz por ter sido tão – ela parou por um momento, buscando a palavra certa – comum.
– Bem, talvez não tão comum. Não é todo dia que você aprende a dominar o fogo. Que tal extraordinário? – sugeriu Saint-Germain.
– Bem, isso também.
– É tudo. Ah, existem alguns truques que posso e vou ensinar a você. Amanhã, vou mostrar como criar globos, roscas e anéis de fogo. Mas uma vez que você tenha o gatilho, você pode convocar o fogo a qualquer hora.
– Mas eu preciso dizer alguma coisa? – perguntou Sophie. – Preciso aprender qualquer palavra?
– Como o quê?
– Bem, quando você iluminou a Torre Eiffel, você disse algo que soou como "crise".
– *Ignis* – disse o conde. – É o latim para *fogo*. Não, você não precisa dizer nada.
– Por que você disse, então?
Saint-Germain deu um sorrisinho.
– Só achei maneiro.

Capítulo Vinte e Seis

Perenelle Flamel estava perplexa.

Rastejando ao longo dos corredores mal-iluminados, descobriu que todas as celas nas profundezas da ilha-prisão estavam repletas de criaturas vindas dos cantos mais obscuros dos mitos. A Feiticeira encontrara uma dúzia de diferentes casulos de vampiros e várias semiferas, bem como bichos-papões, trolls e cluricauns. Uma cela não tinha nada além de um minotauro, ainda criança, adormecido, enquanto na cela do outro lado repousavam dois windigos canibais, inconscientes ao lado de um trio de onis. Um corredor inteiro de celas era dedicado a uma família de dragões, dragões alados e dragões de fogo.

Perenelle não achava que fossem prisioneiros – nenhuma das celas estava trancada –, embora todos estivessem adormecidos e mantidos em segurança atrás da teia de aranha prateada e brilhante. Ainda assim, não sabia ao certo se a função da teia era aprisionar as criaturas ou protegê-las. As criaturas que descobriu não eram aliadas. Passou por uma cela em que a teia pendia em farrapos gastos. A cela estava vazia, mas a teia e o chão estavam cobertos por ossos, nenhum deles nem vagamente humanos.

Estas eram criaturas de uma dúzia de terras e mitologias. Algumas – como o windigo – sobre as quais ela apenas ouvira falar, mas, pelo menos, eram nativas do continente americano. Outras, pelo que sabia, nunca viajaram para o Novo Mundo e se mantiveram sãs e salvas em suas terras natais ou nos Reinos de Sombras que faziam fronteiras com esses lugares. Onis japoneses não deviam coexistir com peists celtas.

Havia algo de terrivelmente errado ali.

Perenelle contornou uma esquina e sentiu uma brisa em seu cabelo. Virou o rosto na direção dela, as narinas se dilatando, sentindo o odor de sal e algas marinhas. Com uma rápida olhada por cima do ombro, correu corredor abaixo.

Dee estava colecionando essas criaturas, mantendo-as juntas, mas por quê? E, mais importante, como? Capturar uma simples vetala já era muito raro, imagine uma dúzia delas. E como conseguiram separar um bebê de minotauro de sua mãe? Mesmo Scathach, tão destemida e mortífera, não enfrentaria uma das criaturas com cabeça de touro se pudesse evitar.

Perenelle chegou a um conjunto de degraus. O cheiro de ar salgado estava mais forte agora, a brisa, mais fria, mas hesitou antes de pousar o pé e se curvou para checar o degrau à procura de fios prateados. Não havia nenhum. Ainda não localizara o que quer que tivesse tecido as teias que tomavam as celas mais abaixo, o que a estava deixando incrivelmente nervosa. Era de se concluir que os criadores da teia provavelmente estavam adormecidos... o que significava que, cedo ou tarde, acordariam. Quando isso acontecesse, toda a prisão seria enxameada por aranhas – ou, talvez, algo pior – e ela não queria estar à vista delas.

Um pouco do poder dela havia retornado – certamente o bastante para se proteger, embora no momento em que usasse sua mágica, isso traria a esfinge até ela e simultaneamente a enfraqueceria e envelheceria. Perenelle sabia que teria apenas uma chance de enfrentar a criatura, e ela queria – *precisava* – estar o mais poderosa possível para esse encontro. Disparando pelos degraus rangentes acima, parou à porta carcomida pela ferrugem. Segurando o cabelo para trás, pressionou a orelha contra o metal corroído. Tudo o que podia ouvir eram as tediosas pancadas do mar que continuava a devorar a ilha. Segurando a maçaneta com ambas as mãos, aplicou sua força de forma suave e abriu a porta, trincando os dentes enquanto as velhas dobradiças rangiam e faziam sons agudos e altos que ecoaram pelo corredor.

Perenelle alcançou um vasto jardim, cercado por edifícios tombados e em ruínas. À direita, o sol se afundava no oeste, e pintava as pedras com uma luz laranja e morna. Com um suspiro de alívio, abriu bem os braços, virou o rosto para o sol, jogou a cabeça para trás e fechou os olhos. Estática estalava e percorria o comprimento de seus cabelos pretos, erguendo-os de seus ombros enquanto sua aura imediatamente começou a se recarregar. O vento que soprava vindo da baía era frio, e ela respirou fundo, libertando seus pulmões do fedor de podridão, mofo e dos monstros lá embaixo.

E, então, ela subitamente percebeu o que todas as criaturas nas celas tinham em comum: eram monstros.

Onde estavam os espíritos gentis, fadas e seres encantados, as huldras e as rusalkas, os elfos e os inaris? Dee reunira somente os caçadores, os predadores: o Mago estava criando um exército de monstros.

Um grito selvagem e estridente ressoou pela ilha, fazendo com que até mesmo as pedras debaixo de seus pés vibrassem.

– *Feiticeira!*

A esfinge percebera o desaparecimento de Perenelle.

– Onde está você, Feiticeira? – O ar fresco do mar foi subitamente contaminado pelo fedor da esfinge.

Perenelle estava se virando para a porta fechada quando viu um movimento nas sombras abaixo. Olhara na direção do sol por muito tempo, havia manchas gravadas em sua retina. Ela espremeu os olhos, fechando-os bem apertados por um momento; então os abriu novamente e analisou atentamente a escuridão.

As sombras estavam se movendo, fluindo pelas paredes, se reunindo no início dos degraus.

Perenelle balançou a cabeça. Não eram sombras. Era uma massa de criaturas, milhares, dezenas de milhares delas. Subiam as escadas, diminuindo a velocidade apenas ao se aproximar da luz.

Perenelle soube o que eram naquele momento – aranhas mortíferas e venenosas – e entendeu porque as teias eram tão diferentes. Olhou rapidamente um aglomerado efervescente de aranhas-lobo e tarântulas, viúvas-negras e aranhas-marrons, aranhas de jardim e aranhas teia-de-funil. Ela sabia que eram hostis entre si e não deveriam estar todas juntas... o que significava que, seja lá o que as tivesse chamado, e agora as controlava, provavelmente ocultava-se lá embaixo.

A Feiticeira fechou com um golpe a porta de metal e encostou em sua base um bloco de pedra. Virou-se e saiu correndo. Mas dera apenas uma dúzia de passos antes que a porta fosse arrancada de suas dobradiças pelo peso do amontoado de aranhas.

Capítulo Vinte e Sete

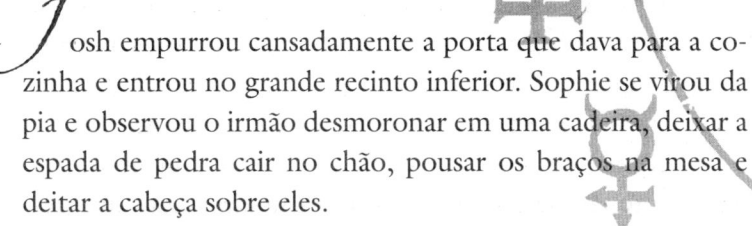

Josh empurrou cansadamente a porta que dava para a cozinha e entrou no grande recinto inferior. Sophie se virou da pia e observou o irmão desmoronar em uma cadeira, deixar a espada de pedra cair no chão, pousar os braços na mesa e deitar a cabeça sobre eles.

– Como foi? – perguntou Sophie.

– Eu mal posso me mover – murmurou. – Meus ombros doem, minhas costas doem, meus braços doem, minha cabeça dói, tenho bolhas em minhas mãos e mal consigo fechar meus dedos. – Mostrou à irmã as palmas das mãos em carne viva. – Nunca pensei que o simples ato de segurar uma espada pudesse ser tão difícil.

– Mas você aprendeu alguma coisa?

– Aprendi como segurar a espada.

Sophie deslizou um prato cheio de torradas pela mesa e Josh imediatamente se endireitou, pegou uma fatia e a enfiou na boca.

– Pelo menos, você ainda pode comer – disse ela. Segurando a mão direita do irmão, ela torceu-a para poder olhar

para sua palma. – Ai – disse, em solidariedade. A pele na base do polegar estava vermelha, intumescendo-se numa bolha d'água de aparência dolorosa.
– Eu te disse – disse Josh, com a boca cheia de torrada. – Preciso de um band-aid.
– Deixa eu tentar uma coisa. – Sophie esfregou rapidamente as mãos juntas, então pressionou o polegar de sua mão esquerda contra seu pulso direito. Fechando os olhos, concentrou-se... e seu dedo mindinho se iluminou, queimando com uma chama de um azul frio.
Josh parou de mastigar e observou.
Antes que ele pudesse se opor, Sophie passou o dedo sobre a pele ferida do irmão. Ele fez menção de puxar a mão, mas ela segurou firme seu pulso, com força surpreendente. Quando finalmente soltou, ele puxou rapidamente sua mão de volta.
– O que você pensa que está... – começou, olhando para sua mão. Então descobriu que a bolha sumira, restando apenas o traço de um círculo falho em sua pele.
– Francis me disse que o fogo pode curar. – Sophie ergueu a mão direita. Anéis de fumaça acinzentada saíam em espiral de seus dedos; então se rompiam, em um estalo de luz. Quando Sophie fechou sua mão em punho, o fogo se apagou.
– Pensei... – Josh engoliu em seco e tentou novamente: – Eu não sabia sequer que você tinha começado a aprender sobre o fogo.
– Comecei e terminei.
– Terminou?
– Tudo já foi feito. – Ela esfregou as mãos, o que produziu fagulhas.
Mastigando sua torrada, Josh olhou criticamente a irmã. Quando fora Despertada e aprendera a magia do Ar, notara

diferenças nela imediatamente, especialmente em seu rosto e seus olhos. Percebera até mesmo o novo e sutil tom da cor neles. Não via nenhuma mudança dessa vez. Parecia a mesma de antes... mas não era. E a magia do Fogo a distanciara ainda mais dele.

– Você não me parece nem um pouco diferente.

– Não me sinto nem um pouco diferente. Talvez um pouco mais quente – acrescentou. – Não sinto frio.

Então essa era sua irmã agora, Josh pensou. Sua aparência era exatamente como qualquer outra adolescente que ele conhecia. E ainda assim... não havia ninguém como ela no planeta: Sophie podia controlar a magia de dois elementos.

Talvez essa fosse a parte mais assustadora de tudo aquilo: os humanos imortais – pessoas como Flamel e Perenelle, Joana, o exibido Saint-Germain e mesmo Dee, todos eles pareciam tão *comuns*. Eram o tipo de gente pelo qual você passaria na rua e não daria sequer uma segunda olhada. Scathach, com seus cabelos ruivos e seus olhos verdes como a grama, sempre chamaria atenção. Mas ela não era humana.

– Isso... isso doeu? – perguntou, curioso.

– Nem um pouco. – Ela sorriu. – Foi quase decepcionante. Como se Francis tivesse lavado minhas mãos com fogo... ah, e ganhei isso – disse, levantando o braço direito e deixando a manga cair para trás para revelar o símbolo queimado em sua pele.

Josh se inclinou para frente para olhar o braço de Sophie de perto.

– É uma tatuagem – disse, a inveja claramente audível em sua voz. Os gêmeos sempre falaram sobre se tatuarem juntos. – Mamãe vai surtar quando vir isso. – Então acrescentou: – Onde você fez? E por quê?

– Não é tinta, foi marcada com fogo – explicou Sophie, torcendo o pulso para exibir o desenho.

Josh subitamente pegou a mão dela e apontou para o ponto vermelho cercado pelo círculo dourado na face interna do pulso da irmã.

– Já vi algo assim antes – disse lentamente, e franziu o cenho, tentando lembrar.

Sua irmã gêmea assentiu.

– Levei um tempo, mas lembrei que Nicolau tem algo parecido no pulso – disse Sophie. – Um círculo atravessado por uma cruz.

– Isso mesmo. – Josh fechou os olhos. Notara a pequena tatuagem de Flamel pela primeira vez quando começou a trabalhar na livraria, e embora imaginasse por que fora feita em um local tão incomum, nunca perguntara sobre ela a Flamel. Abriu os olhos novamente e olhou para a tatuagem, e se deu conta, de uma hora para a outra, de que Sophie estava marcada pela magia, distinguida como alguém que podia controlar os elementos. E ele não gostava disso. – Para que você precisa disso?

– Quando eu quiser usar o fogo, devo pressionar o centro do círculo e focar minha aura. Saint-Germain chamou isso de atalho, um gatilho para o meu poder.

– E para o que será que Flamel precisa de um gatilho? – Josh se perguntou em voz alta.

A chaleira zuniu e Sophie voltou para a pia. Tinha se perguntado a mesma coisa.

– Talvez possamos perguntar quando ele levantar.

– Tem mais torrada? – perguntou Josh. – Estou faminto.

– Você está sempre esfomeado.

– Sim, bem, treinar com a espada me deixou com fome.

Sophie espetou um garfo em uma fatia de pão e a segurou à sua frente.

— Veja isso — disse. Pressionou a parte interna de seu pulso e seu dedo indicador virou uma chama. Franzindo muito o cenho, concentrando-se, focou sua atenção na chama ondulante, que transformou em um fino fogo azul e direcionou no pão, tostando-o gentilmente. — Você quer os dois lados tostados?

Josh observava com um misto de fascinação e horror. Aprendera na aula de ciências que a torrada tostava em uma temperatura próxima de 154 graus Celsius.

Capítulo Vinte e Oito

Maquiavel estava sentado no banco traseiro de seu carro, ao lado do dr. John Dee. De frente para eles, as três Disir. Dagon dirigia o automóvel, os olhos invisíveis atrás de seus óculos, que os cobriam por inteiro. O carro carregava levemente seu odor azedo de peixe.

Um celular tocou, quebrando o silêncio constrangedor. Maquiavel abriu o flip sem olhar para a tela, e o fechou quase imediatamente.

– Tudo limpo. Meus homens recuaram e há um cordão de isolamento ao redor de todas as ruas ligadas. Ninguém estará vagando acidentalmente por lá.

– Aconteça o que acontecer, não entrem na casa – disse a Disir de olhos violeta. – Quando libertarmos o Nidhogg, teremos pouco controle sobre ele até que se alimente.

John Dee se inclinou para a frente e, por um momento, pareceu que daria um tapinha no joelho da jovem mulher. A expressão no rosto dela o impediu.

– Flamel e as crianças não podem, de maneira alguma, escapar.

– Isso soou como uma ameaça, doutor – disse a guerreira sentada à esquerda. – Ou uma ordem.

– E não gostamos de ameaças – acrescentou sua irmã, sentada à direita. – E não aceitamos ordens.

Dee piscou lentamente.

– Não é nem uma ameaça, nem uma ordem. Simplesmente um... pedido – disse casualmente.

– Estamos aqui somente por Scathach – falou a guerreira de olhos violeta. – Os outros não são problema nosso.

Dagon saiu do carro e abriu a porta. Sem olhar para trás, as Valquírias saltaram do carro para os primeiros raios que antecedem o amanhecer, dispersaram-se e moveram-se lentamente rua abaixo. Pareciam três jovens mulheres voltando de uma festa que durou a noite toda.

Dee mudou de posição, sentando-se de frente para Maquiavel.

– Se elas conseguirem, me certificarei de que nossos Mestres saibam que as Disir foram ideia sua – disse, satisfeito.

– Tenho certeza disso. – Maquiavel não olhou para o mago inglês e continuou a acompanhar o progresso das três garotas enquanto caminhavam pela rua. – E se elas falharem, você pode dizer a nossos mestres que as Disir foram ideia minha e se inocentar de qualquer culpa – acrescentou. – Transferindo a culpa: creio que eu tenha originalmente inventado *esse* conceito uns vinte anos antes de você nascer.

– Você não tinha dito que elas iam trazer o Nidhogg? – questionou Dee, ignorando-o.

Nicolau Maquiavel batucou na janela com suas unhas manicuradas.

– Elas trouxeram.

Conforme as Disir percorriam o beco estreito, pavimentado e ladeado por paredes altas, elas *mudaram*.

A transformação ocorreu quando elas passaram por uma área sombria. Entraram como jovens mulheres, vestidas com jaquetas de couro, jeans e botas... e, um momento depois, eram Valquírias: donzelas guerreiras. Longos casacos de malha trançada de ferro iam até seus joelhos; botas de salto alto de metal, cuja biqueira era coberta de espinhos de ferro, cobriam seus pés; e elas usavam pesadas luvas de couro e metal em suas mãos. Elmos arredondados protegiam suas cabeças e mascaravam seus olhos e narizes, mas deixavam as bocas livres. Cintos de couro branco presos a suas cinturas seguravam as bainhas de suas espadas e facas. Cada uma das Valquírias carregava uma espada de lâmina branca em uma das mãos, mas cada uma também tinha uma segunda arma amarrada às costas: uma lança, um machado de duas lâminas e um martelo de guerra.

Elas pararam diante de um portão verde enferrujado cravado no muro. Uma das Valquírias se virou para olhar o carro e apontou o portão com a mão enluvada.

Maquiavel apertou um botão e o vidro da janela desceu. Ele ergueu o polegar e assentiu. Apesar de sua aparência decrépita, *era* o portão dos fundos da casa de Saint-Germain.

Cada uma das Disir pôs a mão em uma algibeira de couro pendurada em seu cinto. Tirando um punhado de objetos planos parecidos com pedras, elas os jogaram na base da porta.

– Elas estão jogando as Runas – explicou Maquiavel. – Invocando o Nidhogg... a criatura que você libertou, uma criatura que os próprios Antigos aprisionaram.

– Eu não sabia que ele era mantido prisioneiro pela Árvore do Mundo – resmungou Dee.

– Estou surpreso. Achei que você soubesse de tudo. – Maquiavel mudou de lugar para olhar para Dee. À brilhante meia-luz, podia ver que o Mago parecia pálido, e havia um quase imperceptível brilho de suor em sua testa. Séculos controlando suas emoções garantiram que Maquiavel não sorrisse. – Por que você destruiu a Yggdrasill? – perguntou.

– Era a fonte do poder de Hécate – disse recatadamente Dee, os olhos fixos nas Valquírias, observando-as atentamente. Haviam se afastado das pedras que jogaram no chão e falavam baixo entre si, apontando ladrilhos individuais.

– Era tão velha quanto este planeta. E ainda assim você a destruiu sem pensar duas vezes. Por que você fez isso? – Maquiavel se perguntou em voz alta.

– Fiz o que foi necessário. – As palavras de Dee eram frias. – Sempre farei o que for necessário para trazer os Antigos de volta a este mundo.

– Mas você não ponderou as consequências – disse suavemente Nicolau Maquiavel. – Toda ação tem uma consequência. A Yggdrasill que você destruiu no reino de Hécate se estendia por vários outros Reinos de Sombras. Os galhos mais elevados alcançavam o Reino de Asgard, e as raízes se entranhavam nas profundezas de Niflheim, o Mundo da Escuridão. – Ele viu Dee se retesar. – Você não só libertou Nidhogg, mas também destruiu pelo menos três Reinos de Sombras, talvez mais, quando fincou Excalibur na Árvore do Mundo.

– Como você soube de Excalibur?

– Você fez muitos inimigos – continuou Maquiavel, sem interrupções, ignorando-o –, inimigos perigosos. Ouvi que a Antiga Hel escapou à destruição de seu reino. Pelo que entendi, está a sua caça.

– Ela não me assusta – respondeu agressivamente Dee, mas sua voz soou uma pouco tremida.
– Ah, mas deveria – murmurou Maquiavel. – Ela me apavora.
– Meu mestre me protegerá – disse Dee, confiante.
– Ele deve ser um Antigo muito poderoso para proteger você de Hel; ninguém que a enfrentou sobreviveu.
– Meu mestre é todo-poderoso – vociferou Dee.
– Estou ansioso para saber a identidade desse Antigo misterioso.
– Quando tudo isso terminar, talvez eu apresente você a ele – disse Dee. Indicou o beco com a cabeça. – E isso pode acontecer bem em breve.

As runas sibilaram e chiaram no chão.

Havia pedaços irregulares de pedra preta lisa, cada uma entalhada com uma série de linhas angulares, quadrados e talhos. Agora, as linhas brilhavam em vermelho, fumaça avermelhada se espiralando no ar parado de antes do amanhecer.

Uma das Disir usou a ponta de sua espada para mover três das runas ao mesmo tempo. Uma segunda tirou uma pedra do caminho com a ponta metalizada da bota, então pôs outra em seu lugar. A terceira encontrou uma única runa no topo da pilha e a posicionou no fim da linha de letras com sua espada.

– Nidhogg – sussurrou a Disir, chamando o pesadelo cujo nome havia formado nas pedras antigas.

– Nidhogg – disse Maquiavel muito quietamente. Ele olhou por cima dos ombros de Dee, para onde Dagon estava sentado olhando fixamente para frente, com aparente desinteresse no que estava acontecendo a sua esquerda. – Sei o que as lendas dizem a respeito disso, mas, Dagon, o que exatamente é ele?

– Meu povo o chamava de Devorador de Cadáveres – respondeu o motorista, a voz grudenta e borbulhante. – Já estava por aqui antes de minha raça dominar os mares, e estávamos entre os primeiros a chegar neste planeta.

Dee rapidamente girou no assento para olhar para o motorista.

– O que é você?

Dagon ignorou a pergunta.

– Nidhogg era tão perigoso que um conselho da Raça dos Antigos criou um terrível Reino de Sombras, Niflheim, o Mundo da Escuridão, para abrigá-lo, e então usaram as indestrutíveis raízes da Yggdrasill para aprisionar a criatura, acorrentando-a pela eternidade.

Maquiavel manteve os olhos fixos na fumaça vermelha e preta que saía em espiral das runas. Pensou ter visto o contorno de uma forma começando a se materializar na fumaça.

– Por que os Antigos não o mataram?

– Nidhogg era uma arma – disse Dagon.

– Para que os Antigos precisavam de uma arma? – Maquiavel perguntou-se em voz alta. – Seus poderes eram quase ilimitados. Eles não tinham inimigos.

Ainda que tivesse sentado com as mãos levemente pousadas no volante, os ombros de Dagon mudaram de posição e sua cabeça virou quase completamente, de forma que, agora, ele olhava para Dee e Maquiavel.

– Os Antigos não foram os primeiros a habitar esta terra – disse ele simplesmente. – Eles eram... *outros*. – Pronunciou a palavra lenta e cuidadosamente. – Os Antigos usaram

Nidhogg e algumas das outras primeiras criaturas como armas na Grande Guerra para destruir completamente as demais raças.

Um Maquiavel perplexo olhou para Dee, que parecia igualmente chocado com a revelação.

Os lábios de Dagon se abriram no que deveria ser um sorriso, revelando sua boca cheia de dentes.

– Vocês provavelmente deveriam saber que a última vez que um grupo de Disir usou Nidhogg, perdeu o controle sobre a criatura. Nidhogg comeu todas elas. Nos três dias que foram necessários para recapturá-la e acorrentá-la às raízes de Yggdrasill, a besta destruiu completamente o povo de Anasazi, no que é agora o Novo México. Diz-se que o Nidhogg devorou dez mil humanídeos e ainda estava faminto por mais.

– Essas Disir podem controlá-lo? – questionou Dee.

Dagon deu de ombros.

– Treze das melhores guerreiras Disir não puderam controlá-lo no Novo México...

– Talvez devêssemos – começou Dee.

Maquiavel subitamente se retesou.

– Tarde demais – sussurrou. – Ele está aqui.

Capítulo Vinte e Nove

— Vou deitar. – Sophie Newman parou na porta da cozinha, um copo d'água nas mãos, e olhou para trás, para onde Josh estava sentado à mesa. – Francis vai me ensinar uns encantos de fogo específicos pela manhã. Prometeu me mostrar o truque dos fogos de artifício.

— Ótimo, nunca mais precisaremos comprar fogos de artifício para o Dia da Independência.

Sophie sorriu, parecendo cansada.

— Não fique de pé até muito tarde, está quase amanhecendo.

Josh enfiou outro pedaço de torrada na boca.

— Ainda estou no fuso do Pacífico – respondeu, a voz abafada. – Mas vou subir em poucos minutos. Scatty quer continuar meu treino de espada amanhã. Estou ansioso.

— Mentiroso...

Ele grunhiu.

— Bem, você tem sua mágica para te proteger... tudo o que tenho é uma espada de pedra.

A amargura em sua voz era claramente audível, e Sophie se esforçou para não fazer comentário algum. Estava se can-

sando dos lamentos constantes de seu irmão. Nunca pedira para ser Despertada; não fora vontade dela conhecer a magia da Bruxa ou de Saint-Germain, também. Mas acontecera e estava lidando com isso, e Josh teria que superar a situação.
– Boa noite – disse. Fechou a porta atrás de si, deixando Josh sozinho, na cozinha.
Quando ele terminou a última das torradas, pegou seu prato e seu copo e os levou até a pia. Abriu a água quente sobre o prato e então o encaixou no secador ao lado da pia de cerâmica. Depois de encher novamente o copo com água filtrada da jarra, cruzou a cozinha até a porta, a qual abriu, e foi até o pequeno jardim. Embora estivesse quase amanhecendo, não se sentia nem um pouco cansado, mas então lembrou novamente a si mesmo que dormira durante a maior parte do dia. Acima do muro alto, não conseguia ver muito do horizonte parisiense, exceto pelo brilho morno e alaranjado da iluminação de rua. Olhou para o céu, mas não havia estrelas visíveis. Sentando em um degrau, respirou fundo. O ar estava frio e úmido, exatamente como São Francisco, embora faltasse aquele cheiro familiar de alga salgada que ele adorava; estava tomado, em vez disso, por odores desconhecidos, poucos deles agradáveis. Sentiu um espirro se formando no fundo de seu nariz e fungou com força, os olhos cheios de água. Havia o fedor de latas de lixo transbordando e frutas estragadas, e detectou um cheiro ainda mais asqueroso e repugnante, ligeiramente familiar. Fechando a boca, respirou fundo pelo nariz, tentando identificá-lo: o que *era* aquilo? Era algo cujo cheiro sentira muito recentemente...

Cobra.

Josh deu um salto. Não havia cobras em Paris, havia? Sentiu o coração começar a bater mais rápido. Tinha pavor de cobras, um medo que fazia seus ossos tremerem desde quando tinha dez anos. Na ocasião, acampava com seu pai no Arizona, no Wupatki National Monument, quando derrapou em uma trilha e deslizou por um barranco, direto para um ninho de cascáveis. Quando a poeira assentou, percebeu que estava caído ao lado de uma cobra de quase dois metros. A criatura erguera a cabeça triangular e o encarava com olhos negros como carvão pelo que não foi, provavelmente, mais do que um segundo – embora ele tenha sentido como se tivesse sido uma eternidade –, antes que Josh conseguisse fugir, apavorado demais e sem fôlego sequer para gritar. Nunca conseguira entender porque a cobra não o atacara, embora seu pai tivesse dito a ele que cascavéis eram, na verdade, retraídas, e que provavelmente a cobra com que Josh dera de cara tinha acabado de comer. O incidente povoou os pesadelos de Josh por semanas, e após cada um deles despertava com aquele cheiro almíscar de serpente em suas narinas.

Sentia esse cheiro de novo agora.

E estava ficando mais forte.

Josh começou a subir a escada. Houve um súbito som de algo sendo arranhado, como o de um esquilo subindo a lateral de uma árvore. Então, diretamente na frente dele, no outro lado do pequeno jardim, garras, cada uma do tamanho de sua mão, apareceram no topo do muro de quase três metros de altura. Moviam-se lentamente, quase delicadamente, buscando um lugar para se apoiar, e então abruptamente agarraram forte o bastante para que se cravassem profundamente nos tijolos antigos. Josh ficou paralisado, todo o ar deixando seu corpo em uma expiração chocada.

Os braços que vieram em seguida eram cobertos por uma grossa pele cheia de nós... e então a cabeça de um monstro apareceu no topo do muro. Era comprida e achatada, com duas narinas arredondadas ao fim de um focinho arredondado diretamente acima de sua boca e sólidos olhos negros afundados em depressões circulares profundas em cada um dos lados de seu crânio. Incapaz de se mover, de respirar, o coração martelando com tanta força que sacudia seu corpo, Josh observou a enorme cabeça girar preguiçosamente de um lado para o outro, uma língua branca imensamente longa, horrorosamente bifurcada, tremeluzindo no ar. A criatura parou e então lentamente, muito lentamente, virou a cabeça e olhou para baixo, para Josh. A pontinha de sua língua experimentou o ar e então a besta abriu amplamente sua boca – uma abertura impossível, quase suficiente para engoli-lo inteiro – e o garoto viu um amontoado de dentes: adagas afiadas, curvas e serrilhadas.

Josh quis virar e sair correndo, gritando, mas não conseguiu. Havia algo de hipnotizante na espantosa criatura que escalava o muro. Durante toda sua vida fora fascinado por dinossauros: colecionava fósseis, ovos, ossos e dentes – até mesmo fezes fossilizadas. E agora olhava para um dinossauro vivo. Havia até mesmo uma parte de seu cérebro que identificava a criatura – ou, pelo menos, era o que parecia – como um dragão-de-komodo. Eles não cresciam muito mais do que três metros na vida selvagem, mas Josh já podia ver que esta criatura tinha pelo menos três vezes mais do que isso.

Uma pedra se rachou. Um velho tijolo explodiu, virando poeira, e em seguida um segundo, um terceiro.

Houve um som de algo se rachando, estalando e se abrindo em uma fenda. Quase como se em câmera lenta, Josh assistiu enquanto o muro, com a criatura agarrada no topo, balançou e se espatifou no chão. A porta de metal se abriu em duas, soltou-se das dobradiças e se despedaçou contra a água da fonte, arrancando um enorme pedaço da bacia. O monstro pousou no chão com estardalhaço, indiferente às pedras chovendo a seu redor. O barulho tirou Josh de seu choque, e ele subiu os degraus justamente quando o monstro se ergueu e se arrastou para frente, seguindo direto rumo à casa. O garoto fechou a porta com violência e a trancou com todos os ferrolhos. Estava se virando quando viu a figura em branco, portando o que parecia uma espada, dar um passo à frente e atravessar o buraco escancarado no que fora o muro.

Josh apanhou a espada de pedra do chão e disparou para a sala.

– Acordem! – gritou, sua voz tão cheia de terror que nem mesmo ele a reconheceu. – Sophie! Flamel! Alguém!

A porta atrás dele tremeu no batente. Josh deu uma rápida olhada por cima do ombro a tempo de ver a língua branca do monstro arrancar as camadas de madeira e vidro.

– Socorro!

O vidro se estilhaçou e a língua invadiu a cozinha, arremessando louças no chão, espalhando caçarolas e panelas, derrubando uma cadeira. Metal sibilava ao ser tocado pela língua; a madeira escurecia e queimava; o plástico derretia. Uma gota da saliva corrosiva caiu no chão e borbulhou nos ladrilhos, derretendo tudo até chegar à rocha.

Instintivamente, Josh investiu contra a língua com Clarent. A espada mal a tocou, mas rapidamente a língua desapareceu, voltando para a boca da criatura. Houve um único momento em que nada aconteceu, e então o monstro forçou sua cabeça toda pela porta.

A porta foi reduzida a fiapos de madeira; as paredes que a sustentavam em ambos os lados racharam enquanto pedras eram golpeadas. A criatura puxou a cabeça de volta e a bateu violentamente contra a abertura de novo, produzindo um enorme buraco e entrando na cozinha. A casa inteira rangeu horrivelmente.

Uma mão pousou no ombro de Josh, quase paralisando seu coração.

– Viu o que você fez? Conseguiu deixá-la irritada.

Scathach avançou pela cozinha destroçada e se postou no enorme buraco produzido pelos golpes da criatura.

– Nidhogg – disse ela, e Josh não sabia ao certo se ela estava falando com ele –, o que significa que as Disir não estão muito atrás. – Ela soou quase satisfeita com a novidade.

Scathach recuou quando a cabeça do Nidhogg se enfiou na abertura novamente. Suas narinas enormes se abriram e sua língua branca acertou em cheio o local onde, um instante atrás, a Sombra estivera. Uma gota de cuspe queimou o ladrilho, transformando-o em sedimento líquido. As espadas gêmeas de Scathach dispararam, cintilando cinza e prateado, e dois grandes cortes apareceram na carne branca da língua bifurcada da criatura.

Sem tirar os olhos da criatura, Scathach disse para Josh, quase calmamente:

– Tire os outros da casa. Vou cuidar disso...

Um enorme braço com garras na ponta quebrou a janela, envolveu o corpo da Guerreira em um agarro como um torno e a bateu contra a parede com força o bastante para rachar o emboço. Os braços da Guerreira estavam presos contra seu corpo, as espadas inúteis. A enorme cabeça do Nidhogg apareceu no lado em ruínas da casa, e então sua boca se abriu largamente e a língua disparou na direção de Scathach. Uma vez que a língua pegajosa e ácida da criatura envolvesse a indefesa Guerreira, a levaria para dentro de sua bocarra.

Capítulo Trinta

Sophie desceu voando pelas escadas, fagulhas e fios de fogo azul saindo de seus dedos esticados.

Estava no banheiro escovando os dentes quando toda a casa sacudiu. Ouviu o som retumbante dos tijolos sendo destruídos, seguido quase instantaneamente pelo grito do irmão. Quebrara o silêncio na casa e fora o som mais assustador que já ouvira.

Correndo pelo corredor, passava pelo quarto de Flamel quando a porta se abriu. Por um breve momento, ela quase não reconheceu o homem de semblante confuso de pé na porta. As olheiras dele estavam tão escuras que pareciam machucados, e o tom de sua pele era amarelado, o que lhe dava um aspecto de doente.

– O que está acontecendo? – murmurou, mas Sophie passou em disparada por ele: não tinha respostas para dar. Tudo o que sabia era que seu irmão estava lá embaixo.

E então toda a casa sacudiu de novo.

Ela sentiu a vibração pelo chão e paredes. Todos os quadros e fotografias na parede à esquerda ficaram tortos.

Apavorada, Sophie disparou pelas escadas para o primeiro andar no mesmo momento em que a porta de um quarto se abriu e Joana apareceu. Em um momento, a mulher usava um pijama de seda verde-azulado, e no outro estava coberta por uma armadura de metal, uma longa espada de lâmina ampla em suas mãos enluvadas.

– Volte! – ordenou Joana, seu sotaque francês de repente pronunciado.

– Não! – gritou Sophie. – É Josh, ele está em perigo!

Joana a acompanhou, a armadura retinindo e fazendo sons estridentes.

– Tudo bem, mas fique atrás de mim e à minha direita, para que sempre possa saber onde você está – mandou Joana.

– Você viu Nicolau?

– Ele está acordado. Mas parece doente.

– Cansaço. Ele não pode sequer ousar usar mais nenhuma magia nas condições em que está. Poderia matá-lo.

– Cadê Francis?

– Provavelmente está no sótão. Ele trabalha durante a noite. Mas o aposento é à prova de som, ele deve estar usando fones de ouvido e com o baixo aumentado; duvido que ele tenha ouvido alguma coisa.

– Tenho certeza de que sentiu a casa tremer.

– Provavelmente achou que era uma boa linha de baixo.

– Não sei onde está Scatty – disse Sophie. Lutava para que o pânico que borbulhava dentro dela não a tomasse por completo.

– Se tivermos alguma sorte, está lá embaixo, na cozinha, com Josh. Se ela estiver, então ele está bem – acrescentou Joana. – Agora, siga-me.

Segurando a espada erguida com ambas as mãos, a mulher se moveu com cautela pelo último lance de escadas e pisou no amplo corredor de mármore da parte da frente da casa. Parou tão subitamente que Sophie quase passou por cima dela. Joana apontou para a porta da frente. Sophie avistou a forma branca fantasmagórica por trás de painéis de vidro manchado, e nesse momento aconteceu um estalo de algo sendo esmagado... e a cabeça de um machado atravessou a porta. Então, com um rangido, a porta da frente foi destruída em um banho de fragmentos de madeira e vidro.

Duas figuras entraram no corredor. À luz do lustre ornado de cristal, Sophie viu que eram mulheres jovens vestidas com armaduras brancas de malha de metal, as cabeças escondidas por elmos, uma portando uma espada e um machado, a outra carregando uma espada e uma lança. Ela reagiu instintivamente. Agarrando seu pulso direito com a mão esquerda, espalmou os dedos, a palma virada para cima. Chamas verde-azuladas crepitantes irromperam pelo chão diretamente em frente às duas garotas, erguendo-se em uma sólida camada de fogo cor de esmeralda.

As mulheres atravessaram o fogo sem nenhuma hesitação, mas pararam ao avistar Joana em sua armadura. Olharam uma para a outra, obviamente confusas.

— Você não é a humanídea prateada. Quem é você? – exigiu saber uma delas.

— Essa é minha casa, e acho que quem deve fazer essa pergunta sou eu – disse Joana sarcasticamente. Ela virou de um lado para outro, o ombro esquerdo voltado para as mulheres, segurando a espada com ambas as mãos, a ponta se movendo lentamente em oito entre as guerreiras.

– Saia da frente. Não temos nenhuma questão a resolver com você – disse uma delas.

Joana ergueu a espada, trazendo o cabo para perto de seu rosto, a extremidade da longa espada apontando diretamente para cima.

– Vocês invadem *minha* casa e me mandam sair da frente – falou, incredulamente. – Quem são vocês... o *que* são vocês? – exigiu saber.

– Somos as Disir – disse suavemente a mulher com a espada e a lança. – Viemos por Scathach. Nossa questão é apenas com ela. Porém, se tentar nos deter, se tornará sua questão também.

– A Sombra é minha amiga – disse Joana.

– Então isso faz de você nossa inimiga.

Sem nenhum aviso, as Valquírias atacaram juntas, uma arremetendo com uma espada e uma lança, a outra com uma espada e um machado. A lâmina pesada de Joana se moveu, metal tinindo, o movimento quase rápido demais para que os olhos acompanhassem quando ela bloqueou golpes de espada, desviou o machado para o lado e mudou a direção da lança para baixo.

As Disir recuaram e se separaram até que cada uma estivesse a um lado de Joana. Ela tinha que ficar virando a cabeça de um lado para o outro para conseguir vigiar as duas.

– Você luta bem.

Os lábios de Joana se abriram em um sorriso selvagem.

– Fui ensinada pela melhor. Scathach me treinou.

– Pensei mesmo ter reconhecido o estilo – disse a segunda Disir.

Apenas os olhos acinzentados de Joana se moveram enquanto acompanhavam as duas guerreiras.

– Não achei que tivesse um estilo.
– Nem Scathach tem.
– Quem é você? – perguntou a Disir à direita. – Durante toda minha vida conheci apenas uns poucos que podiam nos enfrentar. E nenhum deles era um humanídeo.
– Sou Joana d'Arc – respondeu ela simplesmente.
– Nunca ouvi falar de você – disse a Disir, e enquanto ela falava, sua irmã, à esquerda de Joana, dobrou o braço, preparado para arremessar a lança...
A arma se queimou em chamas de um branco quente.
Com um gemido selvagem, a Disir jogou a arma para o lado; quando ela tocou o chão, a haste de madeira era pouco mais do que cinzas e a extremidade malignamente pontiaguda de metal derretera até se tornar uma poça borbulhante.
De pé no último degrau da escada, Sophie se surpreendeu. Não sabia que era capaz de tal coisa.
A Disir à direita de Joana disparou para frente, a espada e o machado se movendo com um zumbido ameaçador, executando um padrão mortal no ar a sua frente, batendo com força na espada de Joana, jogando-a para trás sob o ataque selvagem.
A segunda Disir rodeou Sophie.
Queimar o cabo da lança e derreter sua ponta exaurira as forças de Sophie, e ela se apoiou contra o corrimão. Mas precisava ajudar Joana; precisava chegar até Josh. Pressionando com força a parte de dentro do pulso, tentou invocar sua magia do Fogo. Espirais de fumaça saíram de sua mão, mas não houve fogo.
A Disir seguiu vigorosamente adiante até estar bem na frente da garota. Como Sophie estava em cima de um degrau, seus rostos ficaram no mesmo nível.

– Então, você é a humanídea prateada que o mago inglês quer tão desesperadamente. – Por trás da máscara de metal, os olhos violeta da Valquíria estavam cheios de desdém.

Respirando fundo, Sophie se endireitou. Esticou ambos os braços, os dedos cerrados em punhos firmes. Fechando os olhos, respirando fundo, tentando acalmar o coração troante, visualizou luvas de chamas; viu a si mesma juntando as mãos, dando forma a uma bola de fogo em seus punhos como a uma massa e, então, atirando-a na figura que estava na frente dela. Mas quando abriu seus olhos, apenas pequenos fios de chamas azuis se agitavam sobre sua carne. Juntou as mãos e fagulhas alcançaram a malha de metal da guerreira sem causar nenhum dano a ela.

A Disir bateu sua espada levemente em sua mão enluvada.

– Seus truques insignificantes com fogo não me impressionam.

Uma colisão tremenda vinda da cozinha sacudiu a casa novamente. O lustre ornado no teto do corredor começou a balançar de um lado para outro, tinindo musicalmente conforme as sombras dançavam.

– Josh – sussurrou Sophie. Seu medo se transformou em raiva: aquela criatura a impedia de chegar até o irmão. E a raiva lhe deu forças. Lembrando-se do que Saint-Germain fizera no telhado, a garota apontou o indicador para a guerreira e liberou sua raiva em um feixe cujo foco era um só.

Um jato amarelo e preto de fogo sólido saiu do dedo de Sophie como uma lança e explodiu contra a malha da Disir. Fogo se espalhou por todo o corpo da guerreira, e a força do golpe fez com que caísse de joelhos. Ela gritou uma palavra incompreensível que soou como o uivo de um lobo.

Do outro lado do saguão, Joana se aproveitou da distração e atacou com mais força, apoiando as costas contra as ruínas escancaradas de uma porta. As duas mulheres foram igualmente atingidas, e enquanto a espada de Joana era mais longa e mais pesada do que suas oponentes, as Disir tinham a vantagem de empunhar duas armas. Além disso, passara-se um longo tempo desde a última vez em que Joana se vira usando uma armadura e lutando com uma espada. Ela podia sentir os músculos de seus ombros queimando, e seus quadris e joelhos doíam por causa do peso do metal que ela carregava. Tinha que acabar com aquilo.

A Valquíria caída se reergueu na frente de Sophie. A parte da frente de sua malha absorvera toda a força do raio de fogo, e os elos se derreteram e escorreram como cera mole. A guerreira apanhou um punhado de malha e o arrancou de seu corpo, jogando-o de lado. O robe simples e branco usado por baixo estava chamuscado e escurecido, com pedaços brilhantes de metal derretido na roupa.

– Garotinha – sussurrou a Disir –, vou te ensinar a nunca brincar com fogo.

Capítulo Trinta e Um

A língua grudenta do Nidhogg desenrolou-se pelo ar na direção de Scathach, que ainda estava presa à parede da cozinha, envolvida firmemente pelas garras da criatura. A Guerreira brigava em completo silêncio, lutando contra o aperto da criatura, torcendo-se de um lado para o outro, os saltos das botas debatendo-se rapidamente, em pânico, procurando por um ponto de apoio no escorregadio chão de ladrilhos. Com os braços presos cada um de um lado, não conseguia usar as espadas curtas.

Josh sabia que se parasse para pensar, não seria capaz de prosseguir com o que pretendia fazer. O cheiro da criatura o estava enjoando, e seu coração batia tão forte que mal conseguia respirar.

A língua bifurcada veio se arrastando pela mesa, deixando uma marca profunda de queimadura na madeira. Acertou em cheio uma cadeira de madeira ao disparar em direção à cabeça da Guerreira.

Tudo o que ele tinha a fazer, Josh recordava a si mesmo, era pensar na língua do Nidhogg como uma bola de futebol.

Segurando Clarent bem acima de sua cabeça, com as duas mãos, conforme Joana havia lhe ensinado antes, lançou-se para frente em um movimento que seu treinador na última escola passara toda a temporada tentando – e falhando – ensinar a ele.

Mas, mesmo ao pular, sabia que calculara mal. A língua se movia rápido demais, e ele estava longe demais. Com um último esforço desesperado, arremessou a espada com sua mão.

A parte plana da lâmina acertou a lateral da língua carnuda do Nidhogg. E rapidamente ficou presa.

Anos de treinamento em tae kwon do se pagaram quando Josh caiu no chão ladrilhado. A queda foi forte, mas ainda assim conseguiu amortecê-la com a palma da mão, impulsionando o corpo para a frente em uma rolagem hábil que fez com que ele se levantasse... a centímetros de distância da carnuda língua que pingava ácido. E da espada.

Segurando o cabo, usou toda sua força para arrancá-la da língua – ela se soltou com um grudento som de velcro, e a língua chiou e sibilou ao voltar para a boca do monstro. Josh sabia que, se parasse, tanto ele quanto Scathach morreriam. Ele mergulhou a ponta de Clarent no braço da serpente, bem acima da articulação do pulso. Conforme a lâmina afundava suavemente na pele semelhante à de um jacaré, começou a vibrar, um som estridente que fez com que Josh trincasse os dentes. Ele sentiu uma onda de calor fluindo por seu braço e para dentro de seu peito. Um segundo depois, uma explosão de força e energia eliminou seus ferimentos e dores. Sua aura floresceu com um dourado de claridade cegante, e havia uma ornamentação de luz se enrolando em volta da lâmina de pedra cinzenta quando ele a arrancou da criatura.

– As garras, Josh. Corte uma garra – grunhiu Scathach enquanto o Nidhogg a chacoalhava com força. As duas espadas caíram das mãos dela e retiniram no chão.

Josh atacou o monstro, tentando cortar uma garra, mas a pesada lâmina de pedra desviou no último momento e atingiu inofensivamente seu pé. Ele tentou novamente, e, desta vez, a espada produziu centelhas na armadura sobre a pele da criatura.

– Ei! Tome cuidado – gritou Scathach quando a lâmina balançante chegou perigosamente perto de sua cabeça. – Essa é uma das poucas armas que pode realmente me matar.

– Foi mal – murmurou Josh por entre dentes cerrados. – Nunca fiz nada como isso antes. – Tentou atacar a garra novamente. Centelhas voaram no rosto da Guerreira. – Por que queremos uma garra? – grunhiu Josh, tentando cortar a pele dura como ferro.

– Ele só pode ser morto por uma de suas próprias garras – disse Scathach, sua voz surpreendentemente calma. – Cuidado! Volte!

Josh se virou justamente quando a cabeça enorme da coisa arremeteu para a frente, indo de encontro à lateral da casa em ruínas, sua língua branca disparando para a frente de novo. Vinha em sua direção. Movia-se rápido demais; não havia para onde ir – e se ele não se movesse, ela acertaria Scatty. Plantando os pés firmemente, ambas as mãos envolvendo com força o cabo de Clarent, ergueu a espada diante de seu rosto. Fechou os olhos para o horror que se aproximava – e imediatamente os abriu novamente. Se tivesse que morrer, seria de olhos abertos.

Era como jogar um videogame, ele pensou – exceto pelo fato de que esse jogo era mortal. Quase em câmera lenta, viu as duas pontas da língua bifurcada se enrolarem em volta da lâmina – como se fosse arrancá-la da mão de Josh. Ele fechou o aperto com mais força, determinado a não soltar a espada.

Quando a carne da língua da criatura tocou a lâmina de pedra, o efeito foi imediato.

A criatura congelou, então teve convulsões e sibilou, o som como vapor escapando. O ácido de sua língua borbulhou na lâmina conforme a espada tremia na mão de Josh, vibrando como um diapasão, esquentando até ficar fervente e começar a brilhar com uma luz branca ao extremo. Ele fechou os olhos bem apertados...

...e por trás de seus olhos fechados, Josh vislumbrou uma série de imagens: uma paisagem destruída e arruinada de rochas negras, esburacada com poços de lava vermelha, enquanto no alto o céu fervia com nuvens imundas que choviam poeira e cinzas. Espalhadas pelo céu, penduradas nas nuvens, estavam o que pareciam raízes de uma árvore enorme. As raízes eram a fonte das cinzas brancas como ossos: estavam se dissolvendo, empalidecendo, morrendo...

Nidhogg libertou sua língua negra.

Josh engasgou e abriu os olhos enquanto sua aura se expandia novamente, mais forte – mais clara – dessa vez, cegando-o. Em pânico, balançando a espada a sua frente, ele recuou até sentir a parede da cozinha contra seus ombros. Continuou piscando furiosamente, querendo esfregar os olhos, mas sem se atrever a afrouxar a mão na espada. Por toda sua volta, ouvia pedras caindo, emboços se partindo, madeira rangendo e estalando, e ele curvou os ombros, esperando que algo caísse em cima de sua cabeça.

– Scatty? – chamou.

Mas não houve resposta.

Ele aumentou a voz.

– Scatty!

Apertando os olhos com força, piscando para dissipar as manchas que dançavam diante de seus olhos, ele viu o monstro arrastando Scathach para fora da casa. Sua língua, agora negra e marrom, estava pendurada aleatoriamente do lado da boca. Segurando a Guerreira em um aperto esmagador, ele se virou e abriu caminho pelo jardim devastado, a longa cauda fatiando pedaços da lateral da casa, destruindo a única janela que não estava quebrada. Então, a criatura se ergueu em suas duas pernas traseiras, como um lagarto da coleira, e retiniu pela travessa abaixo, quase esmagando sob seus pés a figura de armadura de malha branca que montava guarda. Sem hesitar, a figura desapareceu após a criatura.

Josh cambaleou pelo buraco aberto na lateral da casa e parou. Olhou por cima de seu ombro. A uma vez arrumada cozinha era uma ruína destruída. Então ele olhou para a espada em sua mão e sorriu. Detivera o monstro. Seu sorriso se alargou. Lutara contra a criatura e salvara sua irmã e todos os outros na casa... menos Scatty.

Respirando fundo, Josh pulou os degraus e correu pelo jardim até o beco, seguindo o monstro.

– Não acredito que estou fazendo isso – murmurou ele. – Eu nem sequer gosto de Scatty. Bem... não tanto assim – emendou.

Capítulo Trinta e Dois

Nicolau Maquiavel sempre fora um homem cuidadoso. Sobrevivera e até mesmo prosperara na perigosa e mortal corte dos Médici em Florença no século XV, uma época em que intriga era um meio de vida e morte violenta e assassinato eram lugares-comuns. Seu livro mais famoso, *O príncipe*, foi um dos primeiros a sugerir que o uso de astúcia e de subterfúgios, mentiras e fraudes eram perfeitamente aceitáveis para um governante.

Maquiavel era um sobrevivente porque era sutil, cauteloso, inteligente e, acima de tudo, astuto.

Então, o que o possuíra para que chamasse as Disir? As Valquírias não conheciam a palavra *sutileza* e não entendiam o significado da palavra *cautela*. A ideia delas de inteligência e astúcia era trazer o Nidhogg – um monstro primitivo incontrolável – para o coração de uma cidade moderna.

E ele permitira que elas fizessem isso.

Agora na rua ecoava o som de vidro se quebrando, madeira estalando e pedras rolando. Cada alarme de carro e de casa no distrito estrondava, e havia luzes acesas em todas as outras casas da travessa, embora ninguém tivesse se atrevido a sair ainda.

– O que está acontecendo lá? – Maquiavel se perguntava em voz alta.

– Nidhogg está fazendo um banquete de Scathach? – sugeriu Dee distraidamente. Seu celular começou a vibrar, o que desviou sua atenção.

– Não, não está! – gritou subitamente Maquiavel. Ele abriu a porta do carro, saltou, agarrou Dee pela gola e o arrastou para fora, para a noite. – Dagon! Saia!

Dee tentou se apoiar em seus pés, mas Maquiavel continuou a arrastá-lo para trás, para longe do carro.

– Você perdeu o juízo? – gritou agudamente o doutor.

Houve uma súbita explosão de vidro quando Dagon se lançou pelo para-brisa. Ele deslizou pelo capô e pousou ao lado de Maquiavel e Dee, mas o Mago nem sequer olhou em sua direção. Ele viu o que tinha deixado o italiano perplexo.

Nidhogg disparava beco abaixo na direção deles, ereto sobre duas poderosas pernas. Uma figura molenga de cabelos vermelhos estava pendurada em suas garras dianteiras.

– Abaixe-se! – gritou Maquiavel, lançando-se no chão e puxando Dee consigo.

O Nidhogg passou por cima do grande e preto carro alemão, esmagando-o. Uma pata traseira pisara diretamente no centro do teto do carro, amassando-o até o asfalto. Janelas estouraram, espalhando vidro em forma de estilhaços conforme o carro se dobrava ao meio, as rodas dianteiras e traseiras se erguendo do chão.

A criatura desapareceu noite adentro.

Um segundo depois, uma Disir vestida de branco praticamente flutuou sobre os vestígios do carro, ultrapassando-o com um simples salto, seguindo a criatura.

– Dagon? – sussurrou Maquiavel, rolando. – Dagon, onde está você?

– Estou aqui. – O motorista se levantou suavemente, espanando cacos de vidro brilhante de seu terno preto. Tirou seus óculos quebrados e os jogou no chão. Cores do arco-íris percorriam olhos redondos que não piscavam. – A criatura estava segurando Scathach – disse, afrouxando o nó de sua gravata e abrindo o primeiro botão de sua blusa branca.

– Ela está morta? – perguntou Maquiavel.

– Não acreditarei que Scathach está morta até ver com meus próprios olhos.

– Concordo. Ao longo dos anos houve muitas notícias da morte dela. E então ela reaparecia! Precisamos de um cadáver.

Dee se levantou de uma poça cheia de lama; suspeitava que Maquiavel pudesse tê-lo deliberadamente empurrado para dentro dela. Sacudiu seu sapato para tirar água de dentro dele.

– Se o Nidhogg está com ela, então a Sombra está morta. Nós conseguimos.

O olho de peixe de Dagon girou para baixo para olhar no rosto do Mago.

– Seu idiota cego e arrogante! Alguma coisa na casa afugentou o Nidhogg. Esse é o motivo porque ele está fugindo, e não pode ter sido a Sombra, porque ele está com ela. E lembre-se, essa criatura desconhece o medo. Três Disir entraram naquele lugar e apenas uma saiu! Algo terrível aconteceu lá.

– Dagon tem razão: isto é um desastre. Precisamos reformular completamente nossa estratégia. – Maquiavel se virou para o motorista. – Prometi a você que se as Disir falhassem, Scathach seria sua.

Dagon assentiu.

– E você sempre manteve sua palavra.

– Você tem me acompanhado por quase quatro séculos. Sempre foi leal, e devo a você tanto minha vida quanto minha liberdade. Eu libero você de suas obrigações comigo – Maquiavel disse formalmente. – Encontre o corpo da Sombra... e se ela ainda estiver viva, faça o que tiver que fazer. Vá agora e mantenha-se em segurança, meu velho amigo.

Dagon se virou. Então parou subitamente e olhou para trás, para Maquiavel.

– Do quê você me chamou?

Maquiavel sorriu.

– Velho amigo. Tome cuidado – disse Maquiavel gentilmente. – A Sombra é muito perigosa, e já matou muitos de meus amigos.

Dagon assentiu. Tirou seus sapatos e meias, revelando pés com três dedos fundidos.

– Nidhogg rumará para o conforto do rio. – Subitamente, a boca cheia de dentes de Dagon se abriu no que deveria ser um sorriso. – E a água é meu lar. – Então, ele correu noite adentro, os pés descalços batendo na calçada.

Maquiavel olhou novamente na direção da casa. Dagon estava certo; algo apavorara Nidhogg. O que acontecera lá? E onde estavam as duas outras Disir?

Passos retiniram na calçada e, de repente, Josh Newman saiu correndo da travessa, a espada de pedra em sua mão, liberando espirais de fogo dourado. Sem olhar nem para a direita nem para a esquerda, desviou do carro destruído e seguiu a trilha reveladora de alarmes de carros disparados pela passagem do monstro.

Maquiavel olhou para Dee.

– Aquele era o garoto americano?

Dee assentiu.

– Você viu o que ele estava segurando? Parecia uma espada – disse lentamente. – Uma espada de pedra? Não era Excalibur, com certeza?

– Não era Excalibur – disse brevemente Dee.
– Definitivamente era uma espada cuja lâmina era de pedra cinzenta.
– Não era Excalibur.
– Como você sabe? – exigiu Maquiavel.
Dee pôs a mão dentro de seu casaco e pegou uma espada curta de pedra, idêntica à arma que Josh carregava. A lâmina tremia, vibrava quase imperceptivelmente.
– Sei por que a Excalibur está comigo – disse Dee. – O garoto estava segurando sua gêmea, Clarent. Sempre suspeitamos que Flamel estivesse com ela.
Maquiavel fechou os olhos e ergueu o rosto para o céu.
– Clarent. Não é surpresa Nidhogg fugir da casa. – Ele balançou a cabeça. Essa noite poderia piorar?
O celular de Dee tocou novamente e ambos os homens se assustaram. O Mago quase quebrou o telefone em dois ao abri-lo.
– O que foi? – rosnou. Ele ouviu por um momento, fechou o telefone bem gentilmente e quando falou novamente, sua voz era pouco mais do que um sussurro. – Perenelle escapou. Ela está livre em Alcatraz.
Balançando a cabeça, Maquiavel se virou e caminhou travessa abaixo, tomando a direção da Champs-Elysées. Sua pergunta fora respondida. A noite havia acabado de piorar – e muito. Nicolau Flamel amedrontava Maquiavel, mas Perenelle o deixava apavorado.

Capítulo Trinta e Três

— Eu não sou uma garotinha! – Sophie Newman estava furiosa. – E sei mais do que apenas a magia do Fogo. Disir. – O nome pipocou na mente dela, e de repente Sophie tinha noção de tudo que a Bruxa de Endor sabia sobre as criaturas. A Bruxa as desprezava. – Sei quem vocês são – falou agressivamente, seus olhos cintilando com um brilho prateado feio. – Valquírias.

Mesmo em meio aos Antigos, as Disir eram diferentes. Nunca viveram em Danu Talis, mantendo-se nas terras geladas ao norte, no topo do mundo, sentindo-se em casa em meio aos ventos amargos e com flocos de granizo.

Nos terríveis séculos após a Queda de Danu Talis, o mundo mudou em seus eixos e o Grande Frio tomou a maior parte da terra. Do norte e do sul camadas de gelo jorraram pela paisagem, forçando os humanídeos a habitar uma minúscula faixa verde que existia ao redor do equador. Civilizações inteiras desapareceram, devastadas pela mudança dos padrões climáticos, doenças e fome. O nível dos mares subiu, inundando as cidades costeiras, alterando a paisagem, enquanto em terra firme o frio avassalador varreu todos os vestígios de cidades e vilarejos.

As Disir rapidamente descobriram que sua habilidade em sobreviver no hostil clima do norte deu a elas uma vantagem especial em relação a raças e civilizações que não conseguiam conviver com o inverno mortal e sem fim. Gangues de guerreiras selvagens rapidamente exigiram a maior parte do norte, escravizando as cidades que escaparam ao frio. Elas destruíam brutalmente qualquer um que as enfrentasse, e em breve as Disir tinham um segundo nome: Valquírias, as Escolhedoras da Morte.

Muito rapidamente as Valquírias controlaram o império de gelo que abrangeu a maior parte do Hemisfério Norte. Forçaram seus escravos humanídeos a idolatrá-las como deusas e até mesmo demandaram sacrifícios. Revoltas eram brutalmente reprimidas. Conforme a Era do Gelo se tornou mais rigorosa, as Disir começaram a cobiçar o sul, voltando a vista para os sofridos vestígios de civilização.

Com imagens rolando e dançando em sua mente, Sophie observou enquanto o reinado das Disir foi aniquilado em uma só noite. Ela sabia o que acontecera no milênio passado.

A Bruxa de Endor trabalhara com o repulsivo Antigo, Cronos, que podia controlar o tempo. Fora necessário sacrificar os olhos dela para que pudesse enxergar as linhas emaranhadas do tempo, mas era um sacrifício do qual nunca se arrependera. Esquadrinhando dez mil anos, escolhera um único guerreiro de cada milênio, e então Cronos mergulhara em cada era para trazer os guerreiros para o tempo do Grande Frio.

Sophie sabia que a Bruxa tinha requerido especialmente que sua própria neta, Scathach, fosse trazida para lutar contra as Disir.

Foi a Sombra quem liderou o ataque contra a Fortaleza das Disir, uma cidade de gelo sólido próxima ao topo do mundo. Assassinara a rainha das Valquírias, Brynhildr, lançando-a no coração de um vulcão ativo.

Quando o sol se levantou um pouco no horizonte, o poder das Valquírias fora destruído para sempre, sua cidade de gelo era um monte de ruínas, e menos do que um punhado delas havia sobrevivido. Elas se refugiaram em um apavorante Reino de Sombras em que nem mesmo Scathach se aventurava entrar. As Disir sobreviventes chamavam aquela noite de Ragnarök, a Morte dos Deuses, e juraram vingança eterna à Sombra.

Sophie juntou as mãos e uma miniatura de redemoinho apareceu em suas palmas. Fogo e gelo destruíram as Disir no passado. O que aconteceria se ela usasse um pouco de magia do Fogo para aquecer o vento? Mesmo enquanto a ideia atravessava a mente de Sophie, a Disir se lançou para a frente, a espada, cujo cabo segurava com ambas as mãos, erguida acima de sua cabeça.

– Dee quer você viva, mas não disse intacta... – rosnou.

Sophie trouxe as mãos à boca, pressionou o polegar contra o gatilho em seu pulso e soprou com força. O redemoinho se espiralou no chão e cresceu. Ele saltou uma vez, duas... e então atingiu a Disir.

Sophie superaqueceu o ar até que estivesse mais quente do que uma fornalha. O redemoinho superaquecido envolveu a Valquíria, girou-a, rodou-a e a lançou muito alto no ar. Ela bateu no lustre de cristal, quebrando todas as lâmpadas, menos uma. No brilho repentino, o redemoinho que dançava pelo chão cintilou com um calor laranja tremeluzente. A Valquíria foi cuspida no chão, mas imediatamente se ergueu, mesmo quando os estilhaços de cristal caíram sobre ela como uma chuva de vidro. Sua pele pálida estava vermelho-clara e parecia realmente queimada pelo sol, suas sobrancelhas loiras completamente queimadas. Sem nenhuma palavra, ela sacou sua espada, a lâmina pesada cortando o corrimão em que Sophie se segurava.

– *Scatty!*

Sophie ouviu a voz do irmão gritando da cozinha. Ele estava em apuros!

– *Scatty!* – Ela ouviu Josh gritar novamente.

A Valquíria se lançou para a frente. Outro redemoinho superaquecido a apanhou, arrancando a espada de sua mão e girando-a para longe, jogando-a contra sua irmã, que encurralara Joana em um canto e a colocara de joelhos com um ataque feroz. As duas Disir despencaram no chão em meio a uma algazarra de armas e armaduras.

– Joana, volte! – gritou Sophie.

Névoa fluiu dos dedos da menina e se espiralaram pelo chão; grossas fitas e cordas de ar fumarento envolveram a mulher, transformando-se em correntes de ar quente escaldante. Foi necessário um enorme esforço, mas Sophie conseguiu espessar a névoa, girando-a mais e mais rápido ao redor das Disir que se debateriam até que foram amortalhadas em um casulo, como múmias, similar àquele em que a Bruxa a envolvera.

Sophie sentia-se enfraquecer, a exaustão ressecava seus olhos e pesava em seus ombros. Reunindo o que sobrara de suas forças, bateu as mãos e baixou a temperatura do ar no casulo de névoa tão rápido que congelou-o instantaneamente, transformando-o em um rangente bloco de gelo sólido.

– Pronto. Vocês devem se sentir bem em casa – sussurrou Sophie com a voz rouca. Ela desmoronou, então se forçou a ficar de pé e estava quase disparando para a cozinha quando Joana esticou o braço, impedindo-a.

– Ah, não, você não. Eu vou primeiro. – A mulher deu um passo em direção à porta da cozinha, então deu uma olhada por cima do ombro para o bloco de gelo, com as duas Disir parcialmente visíveis. – Você salvou minha vida – disse suavemente.

– Você teria vencido ela – disse confiantemente Sophie.

– Talvez sim – Joana considerou –, talvez não. Não sou tão jovem quanto era. Mas ainda assim você salvou minha vida – repetiu ela –, e esta é uma dívida que nunca esquecerei. – Esticando a mão esquerda, pousou-a contra a porta da cozinha e aplicou uma pressão suave. A porta se abriu com um clique.

E, então, se soltou das dobradiças.

Capítulo Trinta e Quatro

O conde de Saint-Germain desceu vagarosamente as escadas que vinham de seu estúdio, pequenos fones de ouvido abafadores de ruído externo enfiados em seus ouvidos, os olhos fixos na tela do MP3 player em suas mãos. Estava tentando criar uma nova playlist: suas dez trilhas sonoras favoritas. *Gladiador*, naturalmente... *A rocha*... *Guerra nas estrelas*, somente o primeiro... *El Cid*, é claro... *O corvo*, talvez...

Ele parou no ultimo degrau e automaticamente endireitou um retrato que estava pendurado torto na parede. Deu mais um passo e percebeu que um disco de ouro emoldurado também estava ligeiramente inclinado. Olhando para baixo, para o corredor, de repente percebeu que todas as imagens estavam em ângulos estranhos. Franzindo o cenho, tirou os fones de ouvido...

E ouviu Josh gritar o nome de Scatty...

E ouviu o choque entre metais...

E percebeu que o ar estava impregnado por baunilha e lavanda...

Saint-Germain disparou pela escada para o andar de baixo. Ele encontrou o Alquimista caído, exaurido, na porta do quarto deles e diminuiu a velocidade de sua corrida, mas Nicolau acenou para ele.

– Rápido – sussurrou.

Saint-Germain passou acelerado por ele e continuou correndo pelo corredor e pelas escadas...

O saguão estava em ruínas. Os vestígios da porta de entrada pendiam nas dobradiças. Uma lâmpada era tudo que restara do antigo lustre de cristal. O papel de parede estava pendurado em faixas enroladas, revelando o emboço por baixo. Corrimões haviam sido cortados, azulejos arranhados e lascados.

E havia um sólido bloco de gelo bem no meio da sala. Saint-Germain se aproximou cautelosamente e correu os dedos pela superfície lisa. Estava tão gelada que sua pele grudou no gelo. Podia distinguir duas figuras vestidas de branco emaranhadas no bloco, as faces congeladas em caretas bem feias; seus olhos azuis espantados o seguiram.

Madeira estalou na cozinha. Ele se virou e disparou na direção do barulho, luvas de chama azul-esbranquiçada crescendo em suas mãos.

E se Saint-Germain pensava que o dano causado ao saguão fora ruim, nada o prepararia para a devastação na cozinha.

Toda a lateral da casa fora derrubada.

Sophie e Joana estavam de pé no centro da ruína. Sua esposa abraçava firme e consolava a garota, que tremia. Joana usava um pijama de seda azul-esverdeada e ainda segurava a espada em uma manopla de metal. Ela se virou para olhar por cima do ombro enquanto o marido entrava na sala.

– Você perdeu toda a diversão – disse ela em francês.

– Eu não ouvi nada – desculpou-se Saint-Germain, no mesmo idioma. – Conte-me.
– Tudo aconteceu em minutos. Sophie e eu ouvimos um barulho na parte de trás da casa. Descemos as escadas correndo bem na hora em que duas mulheres entraram pela porta da sala destruindo tudo. Elas eram Disir, e disseram ter vindo atrás de Scathach. Uma me atacou, a outra voltou sua atenção para Sophie. – Apesar de estar falando em uma variação obscura do idioma francês, ela diminuiu a voz até um sussurro. – Francis... esta garota. Ela é extraordinária. Ela combinou as magias: usou Fogo e Ar para derrotar as Disir. Então as amarrou em névoa e as congelou em bloco de gelo.
Saint-Germain balançou a cabeça.
– É fisicamente impossível usar mais de uma magia ao mesmo tempo... – disse ele, mas sua voz se arrastou para um sussurro. A evidência dos poderes de Sophie estava no centro do corredor. Havia uma lenda de que os mais poderosos Antigos conseguiam usar todas as magias dos elementos simultaneamente. De acordo com os mais antigos mitos, essa foi a razão, uma das razões, pela qual Danu Talis afundou.
– Josh se foi. – Sophie subitamente se soltou do abraço de Joana e girou para ficar de frente para o conde. Então olhou por cima do ombro dele, para onde um Flamel com a cara pálida se apoiava no batente. – Algo levou Josh – disse ela, desesperadamente assustada agora. – E Scathach foi atrás dele.
O Alquimista se arrastou até o centro da sala, envolveu o corpo com as mãos como se estivesse congelando e olhou em volta. Então, abaixou-se para apanhar as espadas gêmeas curtas da Sombra de onde repousavam, em meio aos vestígios de pedra. Quando se virou para olhar para os demais, ficaram todos perplexos ao perceber que seus olhos brilhavam com lágrimas.

– Sinto muito – disse ele –, sinto muitíssimo mesmo. Trouxe todo esse terror e destruição para seu lar. Isso é imperdoável.

– Nós podemos reconstruir – disse distraidamente Saint-Germain. – Isso nos dará a desculpa de que precisamos para remodelar tudo.

– Nicolau – disse Joana muito seriamente –, o que aconteceu aqui?

O Alquimista desencavou a única cadeira do recinto que não estava quebrada e se deixou desmoronar sobre ela. Curvou-se para a frente, cotovelos em seus joelhos, olhando para as espadas reluzentes da Sombra, virando-as várias e várias vezes em suas mãos.

– Aquelas no bloco de gelo são Disir. Valquírias. Inimigas juradas de Scathach, embora ela nunca tenha me contado o motivo. Sei que elas a perseguiram ao longo dos séculos e sempre se aliaram aos inimigos dela.

– Elas fizeram isso? – Saint-Germain olhou ao redor, para a cozinha em ruínas.

– Não. Mas elas obviamente trouxeram algo que fez.

– O que aconteceu com Josh? – Sophie exigiu saber. Ela não deveria tê-lo deixado sozinho na cozinha, devia ter esperado com ele. Ela teria derrotado o que quer que tenha atacado a parte de trás da casa.

Nicolau ergueu a arma de Scathach.

– Acho que você deveria estar perguntando o que aconteceu à Guerreira. Durante os séculos em que a conheço, nunca deixou suas espadas escaparem de suas mãos. Temo que ela tenha sido levada...

– Espadas... espadas... – Sophie se separou de Joana e começou desesperadamente a vasculhar por entre os vestígios de pedra. – Quando fui dormir, Josh tinha acabado de voltar do treino de espada com Scathach e Joana. Ele estava com a espada de pedra que você deu a ele. – Ela invocou um vento para erguer um pedaço de pesada alvenaria e o jogou de lado, revelando o chão embaixo. Onde estava a espada? Ela sentiu uma centelha de esperança. Se ele tivesse sido capturado, então com certeza a espada estaria no chão? Ela se endireitou e olhou ao redor do recinto. – Clarent não está aqui.

Saint-Germain se encaminhou até o buraco onde ficava antes a porta dos fundos. O jardim estava arruinado. Um enorme bloco de pedra fora arrancado da fonte e a bacia estava quebrada ao meio. Ele precisou de um momento para reconhecer o naco de metal em forma de U que fora o seu portão dos fundos. Somente então percebeu que todo o muro dos fundos havia sumido. A parede de quase três metros era agora pouco mais do que um mero amontoado. Havia tijolos pulverizados e esmagados espalhados por todo o jardim, quase como se o muro tivesse sido derrubado pelo lado de fora.

– Algo grande, muito grande, esteve no jardim – disse para ninguém em particular.

Flamel levantou a vista.

– Você consegue sentir algum cheiro? – perguntou.

Saint-Germain respirou fundo.

– Cobra – respondeu com certeza. – Mas não é o odor de Maquiavel. – Ele entrou no jardim e inalou fundo o ar fresco. – Está mais forte aqui fora. – Então ele tossiu. – Este fedor é mais forte, bem mais forte... – gritou. – É o fedor de algo muito, muito velho...

Atraído pelos lamentosos alarmes de carros, Saint-Germain cruzou o jardim, subiu no alto do muro destruído e olhou o beco de cima a baixo. Alarmes de casas e carros haviam disparado, principalmente a sua esquerda, e as luzes estavam acesas nas casas até o final da rua. No fim da travessa estreita, conseguiu ver os restos esmagados de um carro preto.

– Seja lá o que fosse, atacou esta casa – disse, disparando de volta para dentro da casa. – Tem um carro de duzentos mil euros no fim da rua que só serve para o ferro-velho.

– Nidhogg – sussurrou Flamel, horrorizado. Ele assentiu; fazia sentido agora. – As Disir trouxeram Nidhogg – disse ele. Então franziu o cenho. – Mas nem mesmo Maquiavel traria algo como essa criatura para uma cidade grande. Ele é muito cauteloso.

– Nidhogg? – perguntaram Joana e Sophie ao mesmo tempo, olhando uma para a outra.

– Pense nele como um cruzamento entre um dinossauro e uma cobra – explicou Flamel. – Mas provavelmente mais velho do que este planeta. Acho que ele pegou Scathach e Josh foi atrás deles.

Sophie balançou firmemente a cabeça.

– Ele não faria isso. Não conseguiria. Ele tem pavor de cobras.

– Então onde está ele? – perguntou Flamel. – Onde está Clarent? Esta é a única explicação: ele pegou a espada e partiu em busca da Sombra.

– Mas o ouvi gritar o nome dela para pedir ajuda...

– Você o ouviu gritar o nome dela. Ele podia estar gritando para encontrá-la.

Saint-Germain concordou.

– Faz sentido. As Disir só queriam Scathach. Nidhogg a agarrou e fugiu. Josh deve tê-los seguido.

– Talvez a criatura tenha pegado Josh e ela seguiu os dois – sugeriu Sophie. – É o tipo de coisa que ela faria.

— A criatura não tinha interesse algum em Josh. Poderia tê-lo comido. Não, ele foi por sua própria vontade.

— Isso mostra uma enorme coragem — disse Joana.

— Mas Josh não é corajoso... — começou Sophie. Mesmo enquanto dizia isso, ela sabia que não era inteiramente verdade. Ele sempre a defendera na escola e a protegera. Mas por que ele iria atrás de Scathach? Sophie sabia que ele nem sequer gostava da guerreira.

— As pessoas mudam — disse Joana. — Ninguém fica igual a vida toda.

A barulheira estava mais alta agora, uma cacofonia de sirenes de polícia, ambulâncias e carros de bombeiros se aproximando.

— Nicolau, Sophie, vocês têm que ir. — disse Saint-Germain com urgência. — Acho que logo teremos um monte de policiais com perguntas muito além da conta. E não temos respostas. Se eles encontrarem vocês aqui, sem documentos ou passaportes, temo que os levem para interrogá-los. — Ele puxou uma carteira de couro presa a seu cinto por uma longa corrente. — Aqui está algum dinheiro.

— Não posso... — começou o Alquimista.

— Aceite — insistiu Saint-Germain. — Não use seus cartões de crédito; Maquiavel pode rastrear sua movimentação — continuou. — Não sei por quanto tempo a polícia ficará aqui. Se eu estiver livre, encontrarei vocês essa noite, às seis horas, em frente à pirâmide de vidro do lado de fora do Louvre. Se eu não estiver lá até as seis, tentarei estar lá à meia-noite, e se não conseguir, às seis da manhã de amanhã.

— Obrigado, meu velho amigo. — Nicolau se virou para Sophie. — Junte suas roupas e as de Josh, e o que mais você precisar; nós não voltaremos aqui.

– Vou ajudar você – disse Joana, saindo correndo do recinto com Sophie.

O Alquimista e seu ex-aprendiz ficaram de pé em meio às ruínas da cozinha, ouvindo as duas mulheres correndo escadas acima.

– O que você vai fazer com o bloco de gelo na sala? – perguntou Nicolau.

– Temos um congelador enorme no porão. Vou enfiar lá até que a polícia vá embora. Sobre as Disir, você acha que elas estão mortas?

– As Disir são praticamente impossíveis de matar. Apenas se certifique de que o gelo não derreta por agora.

– Vou levar o bloco até o Sena e jogá-lo no rio. Com sorte, ele não descongelará até Ruão.

– O que você vai dizer à polícia – Nicolau fez com a mão um gesto que abrangia a devastação – sobre isso?

– Explosão de gás? – sugeriu Saint-Germain.

– Fraca – disse Flamel com um sorriso, lembrando-se do que os gêmeos haviam dito a ele quando dera a mesma sugestão.

– Fraca?

– Muito fraca.

– Então acho que só cheguei em casa e encontrei tudo assim – disse Saint-Germain –, o que é próximo o bastante da verdade. – De repente deu um sorrisinho malicioso. – Eu poderia vender a história e fotos para um dos tabloides. *Forças Misteriosas Destroem a Casa de Estrela do Rock.*

– Todos pensariam que foi um golpe para atrair publicidade.

– Sim, pensariam, não é? E sabe o que mais: eu tenho mesmo um novo álbum sendo lançado. Será uma ótima publicidade.

A porta da cozinha se abriu e Sophie e Joana entraram. Ambas haviam trocado as roupas para jeans e agasalho de moletom e usavam mochilas iguais.

– Eu vou com eles – disse Joana antes que Saint-Germain pudesse pronunciar a pergunta que se formava em seus lábios. – Eles precisarão de um guia e de um guarda-costas.

– Adiantaria alguma coisa eu argumentar com você? – perguntou o conde.

– Não.

– Achei mesmo que não. – Ele abraçou a esposa. – Por favor, tome cuidado, tome muito cuidado. Se Maquiavel ou Dee trouxeram as Disir e o Nidhogg para a cidade, então estão desesperados. E homens desesperados fazem coisas estúpidas.

– Sim – disse simplesmente Flamel. – Sim, estão. E homens estúpidos cometem erros.

Capítulo Trinta e Cinco

Josh continuou olhando por cima do ombro, tentando se orientar. Movimentava-se cada vez mais e mais longe da casa de Saint-Germain e temia se perder. Mas não podia voltar agora: não podia deixar Scathach sozinha com a criatura. E enquanto pudesse encontrar o Arco do Triunfo no fim da Champs-Elysées, concluiu que seria capaz de retornar à casa. Como alternativa, tudo que teria que fazer era seguir o constante barulho dos carros de polícia, caminhões de bombeiros e ambulâncias que desciam apressados a rua principal, tomando a direção oposta àquela em que ele corria.

Tentou não pensar demais sobre o que estava fazendo porque se pensasse – seguir um monstro-dinossauro em Paris – então desistiria, e Scathach poderia... bem, não sabia ao certo o que aconteceria a Scatty. Fosse o que fosse, não podia ser bom.

Seguir o Nidhogg era a própria simplicidade. A criatura corria em linha reta, chocando-se contra as inúmeras ruelas e travessas paralelas ao Champs-Elysées. Deixava um rastro de devastação em seu encalço, pisando com força ao percorrer uma rua lateral com carros estacionados, correndo bem em cima dos tetos deles, deixando-os completamente amassados, em escombros. Conforme a criatura disparou por uma travessa estreita, sua cauda oscilante esmurrava as persianas de metal em frente às lojas em ambos os lados da rua, estilhaçando o vidro que protegiam. Alarmes de carros aumentavam a desordem.

De repente, um lampejo branco à frente dele atraiu sua atenção.

Josh olhara rapidamente a figura de branco que se mantinha do lado de fora da casa de Saint-Germain. Seu palpite era de que fosse um dos donos da criatura. E, agora, parecia que eles também a estavam seguindo... o que significava que tinham perdido o controle. Ele levantou a vista, tentando avaliar o tempo. Logo à frente dele, o céu já estava desbotando-se rumo ao amanhecer, o que significava que ele seguia a leste. O que aconteceria quando a cidade despertasse e encontrasse um monstro pré-histórico vagando pelas ruas? Haveria pânico; sem dúvida a polícia e o exército seriam convocados. Josh investira contra ele com sua espada e nada acontecera – tinha um pressentimento horrível de que balas provavelmente também seriam inúteis.

As ruas se estreitaram para pouco mais do que travessas, e a criatura foi forçada a diminuir a velocidade ao colidir com as paredes. Josh descobriu que estava no mesmo ritmo que a figura de branco. Julgava se tratar de um homem, mas era difícil ter certeza.

Ele corria com mais facilidade agora, sem sequer ofegar; todas as semanas e meses de treino de futebol haviam valido alguma coisa. Seus tênis não faziam som algum nas ruas e presumiu que a figura de branco nem mesmo suspeitava de que estavam sendo seguidos. Afinal, quem seria louco o bastante para correr atrás de um monstro sem nada além de uma espada para se proteger? Entretanto, quanto mais se aproximava, conseguia ver que a figura também carregava uma espada em uma das mãos e o que parecia um martelo enorme na outra. Ele reconheceu a arma de World of Warcraft: era um martelo de guerra, uma variante feroz e mortal da clava. Chegando mais perto, descobriu que a pessoa usava uma armadura de malha de correntes branca, botas de metal e um elmo arredondado com um véu de malha de correntes cobrindo o pescoço. De alguma forma, ele não estava sequer surpreso.

Então, abruptamente, a figura mudou.

Bem diante de seus olhos, a figura se transformou de um guerreiro com armadura em uma mulher jovem e loira, não muito mais velha do que ele, com uma jaqueta de couro, jeans e botas. Apenas a espada e o martelo de guerra em suas mãos faziam com que se tornasse algo fora do normal. Ela desapareceu ao virar a esquina.

Josh diminuiu o passo: não queria esbarrar com a mulher com as armas. E, pensando a respeito, suspeitou que ela não fosse, de fato, uma jovem mulher.

Houve uma explosão de tijolos e vidro à frente deles e Josh acelerou o passo e disparou pela esquina, então parou. A criatura estava empacada em um beco. Josh moveu-se para a frente cuidadosamente; parecia que o monstro tinha corrido para o que parecia mais um beco estreito. Mas essa rua em particular fazia uma curva no fim e se estreitava, os andares superiores das duas casas em cada lado projetando-se sobre a calçada abaixo. O monstro martelara a entrada, arrancando um pedaço de ambos os prédios. Tentando seguir adiante, subitamente se viu entalado. Debateu-se de um lado para o outro, tijolos e vidro chovendo rua abaixo. Houve um lampejo de movimento em uma janela próxima, e Josh viu de relance um homem olhando de uma das janelas, olhos e boca arregalados de horror, congelado no lugar pelo monstro diretamente do lado de fora de sua janela. Um pedaço de concreto do tamanho de um sofá caiu na cabeça da criatura, que nem sequer pareceu perceber.

Josh não tinha ideia do que fazer. Precisava chegar até Scatty, mas isso significava se aproximar da criatura, e simplesmente não havia espaço. Ele observou enquanto a mulher loira corria beco abaixo. Sem hesitar, ela subiu nas costas do monstro e escalou em direção a sua cabeça, os braços esticados em ambos os lados, armas preparadas.

Ela ia matar a criatura, decidiu Josh, alívio percorrendo-o. Talvez, pudesse se aproximar e pegar Scatty.

Sentando ao lado do largo pescoço da criatura, a mulher esticou o braço para baixo e investiu com sua espada contra o corpo mole e imóvel de Scatty.

O grito de horror de Josh se perdeu em meio à algazarra de sirenes.

– Senhor, temos a denúncia de um... incidente. – O policial de cara pálida passou o telefone para Nicolau Maquiavel. – O oficial da RAID pediu para falar pessoalmente com o senhor.

Dee pegou o homem pelo braço e o girou.

– O que é? – exigiu saber em um francês perfeito enquanto Maquiavel ouvia atentamente à ligação, um dedo em seu ouvido, tentando isolar o barulho de fora.

– Não sei ao certo, senhor. Um engano, certamente. – O oficial de polícia deu uma risadinha nervosa. – Umas poucas ruas abaixo, pessoas estão dizendo que há... um *monstro* parado em frente a uma casa. Impossível, eu sei... – Sua voz se arrastou enquanto virava para olhar na direção do que fora uma imponente casa de três andares que agora tinha um buraco escancarado escavado na lateral.

Maquiavel arremessou o telefone de volta para o policial.

– Consiga-me um carro.

– Um carro?

– Um carro e um mapa – respondeu agressivamente.

– Sim, senhor. Pode levar o meu. – O policial fora um dos primeiros a chegar ao local, atendendo a dúzias de chamadas de cidadãos alarmados. Ele avistara Maquiavel e Dee correndo do beco próximo à fonte do barulho e os parara, convencido de que tinham algo a ver com o que tinha sido relatado como uma explosão. Sua bravata se transformou em consternação quando descobriu que o homem sujo de lama com cabelos brancos e terno rasgado era, na verdade, o chefe do DGSE.

O oficial entregou a chave de seu carro e um gasto e rasgado mapa Michelin de Paris.

– Temo que isso seja tudo que tenho.

Maquiavel o arrancou de suas mãos.

– Você está dispensado.

Ele fez um gesto em direção à rua.

– Vá e desvie o tráfego; não deixe que imprensa ou público se aproximem da casa. Está claro?

– Sim, senhor. – O policial saiu correndo, agradecido por ainda ter seu emprego; ninguém queria aborrecer um dos homens mais poderosos da França.

Maquiavel abriu o mapa sobre o capô do carro.

– Estamos aqui – explicou a Dee. – Nidhogg está rumando diretamente para o leste, mas em algum momento, terá que cruzar a Champs-Elysées e alcançar o rio. Se continuar em sua rota atual, tenho uma ideia razoável de onde sairá – seu dedo apontou no mapa –, perto daqui.

Os dois homens embarcaram em um pequeno carro e Maquiavel olhou em volta por um momento, tentando compreender os controles. Não conseguia se lembrar da última vez em que dirigira um automóvel; Dagon sempre cuidara disso. Finalmente, com um rangido esmagador da marcha, movimentou o carro e fez uma volta ilegal derrapando pela rua, então rugiu pela Champs-Elysées, deixando marcas de pneu no asfalto em seu encalço.

Dee sentou-se silenciosamente no assento do passageiro, uma mão segurando o cinto de segurança, outra espalmada contra o painel.

– Quem ensinou você a dirigir? – perguntou nervosamente enquanto quicavam pelo meio-fio.

– Karl Benz – respondeu agressivamente Maquiavel. – Há muito tempo – acrescentou.

– E quantas rodas o carro tinha?

– Três.

Dee fechou os olhos bem apertados quando avançaram um cruzamento, por pouco escapando de bater em um caminhão limpa-asfalto.

– Então, o que faremos quando encontrarmos o Nidhogg? – perguntou, concentrando-se no problema, tentando afastar de sua mente a terrível direção de Maquiavel.

– Esse problema é seu – respondeu grosseiramente Maquiavel. – Afinal, foi você que o libertou.

– Mas você chamou as Disir. Então é parcialmente sua culpa.

Maquiavel pisou fundo nos freios, fazendo com que o carro derrapasse longamente. O motor falhou e o carro parou.

– Por que paramos? – Dee exigiu saber.

Maquiavel apontou para fora da janela.
— Ouça.
— Não consigo ouvir nada além de sirenes.
— Escute — insistiu Maquiavel. — Tem algo vindo. — Ele apontou para a esquerda. — Lá.

Dee abriu sua janela. Acima do barulho das sirenes de polícia, ambulâncias e bombeiros, podiam ouvir pedras sendo trituradas, tijolos caindo e o som agudo, com estalos e rachaduras, de vidro se quebrando...

Josh assistiu, sem poder fazer nada, a mulher sentada no topo do monstro golpeando Scatty com sua espada.

Nesse momento o monstro se mexeu, ainda tentando se libertar do edifício que o prendia, e a lâmina foi desviada, passando perigosamente perto da cabeça da Guerreira inconsciente. Subindo mais alto no pescoço largo do monstro, a mulher segurou um monte de pele espessa, inclinou-se de lado ao longo de um enorme olho que não piscava e golpeou Scatty com a ponta da espada. Novamente a criatura se moveu e a espada se enterrou em seu braço, perto da garra que segurava a Guerreira. O monstro não reagiu, mas Josh viu o quão perto a lâmina chegou de Scatty. A mulher se inclinou para baixo de novo, e dessa vez, Josh sabia, ela acertaria Scatty.

Ele tinha que fazer alguma coisa! Era a única esperança de Scatty. Não podia simplesmente ficar ali e ver alguém que ele conhecia ser assassinado. Começou a correr. Na casa, quando ele tentara produzir um corte na criatura, nada acontecera, mas quando enterrara a ponta da espada primeiro em sua pele grossa...

Segurando Clarent com as duas mãos, como Joana ensinara, Josh deu um impulso final e correu na direção da criatura. Podia sentir a espada zumbindo em suas mãos antes de apunhalar a cauda do monstro. Instantaneamente, calor fluiu por seus braços e aflorou em seu peito. O ar ficou repleto de um cheiro ácido de laranjas um segundo antes de sua aura se dilatar brevemente dourada e então se desbotar para o mesmo brilho laranja-avermelhado que saía da ferida produzida pela espada na pele grossa e cheia de calombos da criatura.

Josh girou Clarent e a puxou. Na pele marrom-acinzentada, a ferida queimava em um vermelho brilhante e imediatamente começou a endurecer numa crosta preta. Levou um momento para que a sensação se espalhasse pelo sistema nervoso da criatura. Então o monstro abruptamente se empinou em suas pernas traseiras, sibilando e guinchando em agonia. Ele se libertou da casa, uma chuva repentina de tijolos, telhas e toras de madeira que fez com que Josh recuasse até um ponto onde não fosse atingido. Ele caiu no chão, cobrindo sua cabeça enquanto escombros despencavam a seu redor. Pensou que seria sorte sua morrer por causa de uma telha. O movimento inesperado quase desalojou a mulher nas costas do monstro. Desequilibrando-se, deixou o martelo de guerra escapar de sua mão e agarrou-se desesperadamente às costas da criatura, evitando ser lançada diretamente na frente dela. Deitado no chão, tijolos chovendo ao seu redor, Josh assistiu enquanto a grossa crosta preta começou a se espalhar da ferida e subir a cauda do monstro. Ele se empinou de novo e então se arrastou pelo canto da casa e prosseguiu pelo Champs-Elysées. Josh ficou aliviado ao ver que o corpo mole de Scatty ainda estava aprisionado em suas garras fronteiras.

Respirando fundo, Josh se levantou e sacou a espada. Imediatamente, sentiu poder alvoroçando-se por seu corpo, despertando cada um dos sentidos. Ele ficou de pé, oscilando, enquanto poder bruto o energizava; então ele se virou e correu atrás do monstro. Sentia-se incrível. Mesmo que não fosse manhã ainda, podia ver claramente, embora as cores estivessem ligeiramente desbotadas. Podia sentir a miríade de odores da cidade acima do fedor azedo de serpente da criatura. Sua audição estava tão aguçada que conseguia distinguir as sirenes dos diversos serviços de emergência; podia até distinguir carros individualmente. Conseguia, na verdade, sentir as irregularidades na calçada sob seus pés, apesar das solas de borracha dos tênis. Balançou a espada no ar diante dele. Ela se afiou e zumbiu, e instantaneamente Josh imaginou poder ouvir sussurros e distinguir palavras que ele quase conseguia entender. Pela primeira vez em sua vida, sentiu-se vivo de verdade: e ele sabia então que era assim que Sophie se sentira quando fora Despertada. Mas se ela se sentira assustada, confusa pelas sensações... ele se sentia vibrante.

Ele queria aquilo. Mais do que qualquer outra coisa no mundo.

Dagon andou sorrateiramente para dentro do beco, apanhou o martelo de guerra caído da Disir e correu atrás do garoto.

Ele vira a aura do garoto aflorar e sabia que era de fato poderosa, embora se o garoto e a garota eram ou não os gêmeos da lenda fosse uma coisa diferente. Obviamente, o Alquimista, e Dee também, pareciam convencidos de que eles eram. Mas Dagon sabia que mesmo Maquiavel – um dos mais brilhantes humanídeos com quem se associara – não tinha certeza, e a rápida olhada que dera na aura do garoto não foi o bastante para convencê-lo de forma contrária. Auras douradas e prateadas eram raras – embora não tão raras quanto a aura negra – e Dagon encontrara pelo menos quatro pares de gêmeos ao longo das eras com as auras do sol e da lua, bem como dúzias de indivíduos.

Mas o que nem Dee nem Maquiavel sabiam era que Dagon vira os gêmeos originais.

Ele estivera em Danu Talis no fim, para a Batalha Final. Usara a armadura de seu pai naquele dia auspicioso, quando todos sabiam que o destino da ilha estava em jogo. Como todo mundo, ele ficou aterrorizado quando luzes prateadas e douradas brilharam do topo da Pirâmide do Sol em uma exibição de poder primitivo. As magias elementares trouxeram devastação à antiga paisagem e separaram a ilha no coração do mundo.

Dagon raramente dormia; nem sequer tinha uma cama. Como um tubarão, conseguia dormir e se mover. Raramente sonhava, mas quando o fazia, os sonhos eram sempre os mesmos: um pesadelo vívido daqueles tempos quando os céus arderam com luzes douradas e prateadas e o mundo acabou.

Passara muitos anos a serviço de Maquiavel. Vira tanto maravilhas quanto horrores ao longo dos séculos, e juntos, presenciaram alguns dos mais importantes e interessantes momentos na história recente da terra.

E Dagon começava a pensar que esta noite poderia ser uma das mais memoráveis.

– Agora, aqui está algo que não se vê todos os dias – murmurou Dee.

O Mago e Maquiavel viram Nidhogg rebentar contra um prédio no lado esquerdo de Champs-Elysées, esmagar as árvores que se alinhavam na rua e se encarreiravam ao longo do asfalto. Ainda tinha a ruiva Scatty em suas garras, e a Disir se agarrava a suas costas. Os dois imortais observaram a enorme cauda oscilante transformar alguns sinais de trânsito em ruínas estraçalhadas conforme a criatura disparava para outra rua.

– Está indo na direção do rio – disse Maquiavel.

– Mas fico imaginando o que aconteceu ao garoto – Dee refletiu em voz alta.

– Talvez ele tenha se perdido – começou Maquiavel –, ou tenha sido esmagado pelo Nidhogg. Ou talvez não – acrescentou enquanto Josh Newman caminhava em meio às árvores destruídas e adentrava a ampla rua. Olhou rapidamente para a direita e para a esquerda, mas não havia tráfego, e ele nem sequer olhou para o carro de polícia mal estacionado no meio-fio. Ele atravessou a larga avenida em disparada, a espada em sua mão lançando fios dourados de fumaça atrás dele.

– O garoto é um sobrevivente – disse Dee cheio de admiração. – Corajoso, também.

Segundos depois, Dagon surgiu na rua lateral, seguindo Josh. Ele carregava um martelo de guerra. Avistando Dee e Maquiavel no carro, ergueu sua outra mão no que deveria ter sido uma saudação ou uma despedida.

– O que foi agora? – Dee exigiu saber.

Maquiavel virou a chave na ignição e engatou a primeira marcha. Moveu-se rapidamente para a frente, engasgando um pouco; então o motor gritou quando ele pisou fundo.

– A Rue de Marignan desemboca na Avenue Montaigne. Acho que consigo chegar lá antes do Nidhogg. – Ele ligou as sirenes.

Dee assentiu.

– Talvez você deva considerar mudar a marcha. – Seus lábios se moveram em um sorriso discreto, meramente discernível. – Você descobrirá que o carro anda mais rápido assim.

Capítulo Trinta e Seis

— Sua garagem não faz parte da casa? – perguntou Sophie, entrando no banco de trás de um pequeno Citroën 2CV preto e vermelho sentando atrás de Nicolau, que estava no banco da frente com Joana.
— Eram estábulos, foram convertidos. Nos séculos passados, os estábulos nunca ficavam muito perto da casa. Acho que os ricos não gostavam de conviver com o cheiro do estrume. Não é terrível, mas pode ser inconveniente, em uma noite chuvosa, ter de correr três quadras para chegar em casa. Normalmente, se Francis e eu queremos sair à noite, pegamos o metrô.

Joana saiu com o carro da garagem e virou à direita, afastando-se da casa em ruínas, que rapidamente estava sendo cercada por caminhões de bombeiros, ambulâncias, carros de polícia e pela imprensa. Quando saíram, Francis subia as escadas para trocar de roupa. Ele chegou à conclusão de que toda essa publicidade seria ótima para as vendas de seu novo CD.

— Vamos cruzar a Champs-Elysées e seguir em direção ao rio – disse Joana, manobrando com destreza o Citroën pelo beco estreito. – Tem certeza de que é para lá que Nidhogg vai?

Nicolau Flamel suspirou.

– É só um palpite – admitiu. – Eu nunca o vi, na verdade não conheço ninguém que o tenha visto e sobrevivido, mas já encontrei criaturas parecidas e todos são relacionados aos lagartos marinhos, como o mosassauro. Está assustado, e talvez machucado. Está indo em direção à água, em busca da cura da lama fresca.

Sophie se inclinou para ficar entre os bancos da frente. Ela intencionalmente se focou em Nidhogg, navegando pelas memórias da Bruxa fervorosamente, procurando algo que pudesse ajudá-la. Porém, nem mesmo a Bruxa sabia muito sobre a criatura primitiva, somente que estava presa nas raízes da Árvore do Mundo, a árvore que Dee destruiu com...

– Excalibur – sussurrou.

O Alquimista se virou para olhar a menina.

– O que tem ela?

Sophie franziu a testa, tentando lembrar.

– Josh me disse que Dee destruiu Yggdrasill com a Excalibur.

Flamel assentiu.

– E você me disse que Clarent é gêmea de Excalibur.

– É verdade.

– Ela tem os mesmos poderes? – perguntou.

Os olhos indiferentes de Flamel brilharam.

– E você está pensando que se Excalibur pode destruir algo tão antigo quanto a Árvore do Mundo, poderia Clarent destruir Nidhogg? – Ele assentia enquanto falava. – As antigas armas de poder antecedem os Anciões. Ninguém sabe de onde vieram, embora saibamos que os Anciões usaram algumas delas. O fato de que as armas ainda existem hoje em dia comprova o quanto elas são indestrutíveis. – Ele assentiu. –

Tenho certeza de que Clarent poderia ferir e até mesmo matar Nidhogg.

– E você acredita que Nidhogg está ferido agora? – Joana viu uma abertura no leve tráfego da manhã e se encaixou perfeitamente nela. Buzinas berraram às suas costas.

– Alguma coisa o fez sair da casa.

– Então sabe o que acabou de confirmar? – perguntou a menina.

Flamel assentiu.

– Sabemos que Scatty não tocaria em Clarent. Assim, Josh feriu a criatura o suficiente para fazê-la correr desembestada por Paris. E agora a está perseguindo.

– E Maquiavel e Dee? – perguntou Joana.

– Provavelmente perseguindo ele.

Joana atravessou duas faixas de trânsito e acelerou, descendo a Champs-Elysées.

– Vamos torcer para que não o alcancem.

Sophie teve uma ideia repentina.

– Dee conheceu Josh... – interrompeu-se, percebendo o que tinha acabado de dizer.

– Em Ojai. Eu sei – disse Flamel, o que a pegou de surpresa. – Ele me disse.

Sophie se recostou, surpresa que seu irmão gêmeo tivesse contado isso ao Alquimista. Ela enrubesceu.

– Acho que Dee o deixou muito impressionado. – Sentia-se quase envergonhada em dizer isso ao Alquimista, como se traísse seu irmão, mas continuou. Este não era o momento para segredos. – Dee disse coisas sobre você a Josh. Acho que... Acho que ele acreditou um pouco – terminou de supetão.

– Eu sei – disse Flamel brandamente. – O mago sabe ser persuasivo.

Joana parou o caro.

– Isso não é bom – murmurou. – Era para não haver praticamente ninguém na rua a essa hora.

Tinham se deparado com um enorme engarrafamento. Estendia-se pela Champs-Elysées bem à frente deles. Pelo segundo dia consecutivo, o tráfego na avenida principal de Paris tinha parado completamente. As pessoas estavam de pé ao lado de seus carros olhando para o enorme buraco na lateral do prédio do outro lado da rua. A polícia tinha acabado de chegar e rapidamente foi tentando assumir o controle, solicitando aos carros a seguir em frente para permitir que os serviços de emergência chegassem até a construção.

Joana d'arc se inclinou por cima do volante, seus olhos impassíveis avaliando a circunstância.

– Atravessou a rua e foi naquela direção – disse Joana, imediatamente ligando a seta e fazendo uma curva à direita na Rue de Marignan, passando por dois sinais de trânsito destruídos.

– Não consigo vê-los.

Nicolau se esticou, tentando ver o mais longe possível na rua longa e reta.

– Aonde essa rua vai dar?

– Na Rue François, um pouco antes da Avenue Montaigne – respondeu Joana. – Andei a pé, de bicicleta e de carro nessas ruas por décadas. Eu as conheço como a palma da minha mão. – Passaram por uma dúzia de carros, cada um com sinais de Nidhogg: carrocerias amassadas como papel alumínio, janelas rachadas ou quebradas. Uma bola de metal que havia sido uma bicicleta estava agora incrustada na calçada, ainda presa a um grade por uma corrente.

– Joana – disse Nicolau baixinho –, acho que deveria acelerar.

– Não gosto de correr dirigindo. – Ela olhou de rabo de olho para o Alquimista e a expressão que viu em seu rosto a fez pisar fundo no acelerador. O pequeno motor gritou e o carro disparou. – O que foi? – questionou Joana.

Nicolau mordeu seu lábio inferior.

– Acabei de identificar um possível problema – finalmente admitiu.

– Que tipo de problema? – perguntaram Joana e Sophie ao mesmo tempo.

– Um problema sério.

– Maior que Nidhogg? – Joana mexeu no câmbio e engatou a última marcha. Sophie não sentiu diferença. Continuou a achar que poderia andar mais rápido. Ela quicava do encosto do assento, preocupada. Precisavam alcançar seu irmão.

– Eu dei a Josh as duas páginas que faltam no Códex – disse Flamel. Ele se virou no banco para olhar Sophie. – Você acha que ele está com elas agora?

– É provável – disse a menina imediatamente, em seguida assentiu. – Sim, tenho certeza de que está. Na última vez que nos falamos estava usando a bolsa embaixo da camiseta.

– Então, como Josh acabou guardando as páginas do Códex? – perguntou Joana. – Pensei que nunca tirasse os olhos daquele livro.

– Eu dei as páginas a ele.

– Você deu? – perguntou, surpresa. – Por quê?

Nicolau se virou e olhou para a rua, agora repleta de indícios da passagem de Nidhogg. Quando olhou Joana novamente, tinha uma expressão sombria.

– Imaginei que já que ele era a única pessoa entre nós que não é nem imortal, nem Antigo ou Despertado, não se envolveria em nenhum dos conflitos que enfrentaríamos, nem seria um alvo: ele é apenas humano. Achei que as páginas estariam seguras com ele.

Algo sobre a declaração incomodou Sophie, mas não conseguia identificar o que.

– Josh não daria as páginas a Dee – declarou, confiante.

Nicolau girou para olhar a menina de novo e a expressão em seus olhos pálidos era aterrorizante.

– Ah, acredite em mim: Dee sempre consegue o que quer – disse, amargurado –, e o que não pode ter, ele destrói.

Capítulo Trinta e Sete

Maquiavel estacionou o carro com metade das rodas sobre a calçada. Puxou o freio de mão, mas deixou o carro engrenado, e o veículo deu um solavanco e morreu. Estavam em um estacionamento às margens do rio Sena, perto de onde previu que Nidhogg apareceria. Por um momento, o único som foi o motor zunindo suavemente, mas, em seguida, Dee soltou um longo suspiro.

– Você é o pior motorista que já conheci.

– Nos trouxe até aqui, não é? Sabe que explicar tudo isso será extremamente complicado – acrescentou Maquiavel, desviando-se do assunto de sua péssima condução. Ele dominava as artes mais misteriosas e difíceis, tinha manipulado a sociedade e a política por meio milênio, era fluente em uma dúzia de idiomas, era capaz de programar em cinco linguagens de computador diferentes e foi um dos maiores especialistas do mundo em física quântica. E mesmo assim não sabia dirigir um carro. Era constrangedor. Abrindo a janela do motorista, deixou o ar fresco invadir o veículo. – Posso impor um bloqueio informativo, obviamente alegando que é uma questão de segurança nacional, mas isso está se tornando muito público e muito confuso. – Ele suspirou. – Provavelmente há vídeos do Nidhogg na internet agora.

– As pessoas vão encarar como uma brincadeira – disse Dee confiante. – Pensei que estávamos em apuros quando o Pé Grande foi filmado. Mas foi rapidamente rejeitado como uma piada. Se aprendi alguma coisa ao longo dos anos, é que os humanos são mestres em ignorar o que está bem na frente de seus narizes. Eles desconsideram nossa existência há séculos, dispensando os Antigos e sua Era como pouco mais que mitos e lendas, apesar de todas as evidências. Além disso – acrescentou ele presunçoso, distraidamente acariciando sua barba curta –, tudo está se encaixando. Temos a maior parte do livro, e uma vez que tivermos as duas páginas que faltam, vamos trazer de volta os Antigos Sombrios e retornar este mundo a seu devido estado. – Ele acenou despreocupadamente com a mão. – Você não terá que se preocupar com questões pequenas, como a imprensa.

– Você parece se esquecer de que temos alguns outros problemas, como o Alquimista e Perenelle. Não são pequenos.

Dee puxou o celular do bolso e o sacudiu no ar.

– Ah, eu cuidei disso. Fiz uma ligação.

Maquiavel olhou de lado para o Mago, mas não disse nada. Por experiência, sabia que muitas vezes as pessoas falavam apenas para preencher um silêncio em uma conversa, e sabia que Dee era um homem que gostava de ouvir o som de sua própria voz.

John Dee olhou pelo para-brisa sujo em direção ao Sena. Alguns quilômetros rio abaixo, ao virar da curva, a enorme catedral gótica de Notre Dame estaria lentamente tomando forma à luz da madrugada.

– Conheci Nicolau e Perenelle nesta cidade quase quinhentos anos atrás. Era aluno deles, você não sabia disso, sabia? Isso não está em seus arquivos lendários. Ah, não fique tão surpreso – disse, rindo da expressão de choque de Maquiavel. – Sei de seus arquivos há décadas. E minhas cópias estão ainda mais atualizadas – acrescentou. – Mas sim, estudei com o lendário Alquimista, aqui nesta cidade. Em pouco tempo soube que Perenelle era mais poderosa, mais perigosa do que seu marido. Já a conheceu? – perguntou de repente.

– Sim – disse Maquiavel com a voz trêmula. Ficou surpreso que os Antigos (ou seria apenas Dee?) soubessem de seus arquivos secretos. – Sim. Eu a conheci uma vez. Nós lutamos, ela ganhou – disse rápido. – Ela me impressionou bastante.

– É uma mulher extraordinária, bastante notável. Mesmo em sua própria Era, sua reputação foi formidável. O que teria alcançado se tivesse escolhido ficar do nosso lado... Não sei o que ela vê no Alquimista.

– Você nunca entendeu a capacidade humana para o amor, não é? – perguntou Maquiavel baixinho.

– Eu entendo que Nicolau sobrevive e prospera por causa da Feiticeira. Para destruir Nicolau, tudo o que temos que fazer é matar Perenelle. Meu mestre e eu sempre soubemos disso, mas pensávamos que se pudéssemos capturar os dois, o conhecimento acumulado deles valeria o risco de deixá-los vivos.

– E agora?

– Não vale mais a pena arriscar. Hoje à noite – acrescentou, bem baixinho –, finalmente fiz algo que deveria ter feito há muito tempo. – Soava quase arrependido.

– John – ladrou Maquiavel afobado, girando no banco para olhar o mago inglês –, o que você fez?

– Mandei Morrigan para Alcatraz. Perenelle não verá o nascer de outro dia.

Capítulo Trinta e Oito

Josh finalmente alcançou o monstro nas margens do Sena. Não sabia o quanto tinha percorrido, quilômetros provavelmente, mas sabia que não deveria ter sido capaz de fazê-lo. Correu todo o comprimento da última rua – achou que a placa dizia Rue de Marignan – sem qualquer esforço, e agora, virando à esquerda na Avenue Montaigne, ainda não tinha perdido o fôlego.

Era a espada.

Sentia o zumbido e zunido em suas mãos enquanto corria, ouvia seus sussurros e suspiros que soavam como vagas promessas. Quando a segurou diretamente em sua frente, na direção do monstro, os sussurros ficaram mais altos e a espada tremeu visivelmente em sua mão. Quando a afastava, eles diminuíam.

A espada o estava guiando até a criatura.

Seguindo o rastro de destruição do monstro pela rua estreita, passando correndo por parisienses confusos, chocados e horrorizados, Josh descobriu pensamentos estranhos e perturbadores pulsando às margens de sua consciência:

...ele estava em um mundo sem terra, nadando em um oceano vasto o suficiente para engolir planetas inteiros, cheio de criaturas que faziam o monstro que estava perseguindo parecer pequeno...

...ele estava pendurado no ar, envolto em raízes grossas que furavam sua carne, olhando para uma terra em chamas devastada por explosões...

...ele estava perdido e confuso, em um lugar cheio de pequenas construções e criaturas ainda menores, e estava com dor, um fogo incrível queimando a base de sua espinha...

...ele era...

Nidhogg.

O nome surgiu em sua consciência e o choque de que estava, de alguma forma, vivenciando os pensamentos do monstro quase o fez parar. Sabia que o fenômeno estava relacionado à espada. Antes, quando a língua da criatura tocou a lâmina, vislumbrou por um instante um mundo alienígena, imagens chocantes de uma paisagem bizarra, e agora, depois de ter esfaqueado o monstro mais uma vez, via pedaços de uma vida totalmente além de seu conhecimento.

Ocorreu-lhe que estava vendo o que a criatura, Nidhogg, tinha visto em algum momento no passado. Estava experimentando o que ela sentia agora.

Tinha de estar relacionado à espada.

Se esta era a gêmea de Excalibur, Josh de repente imaginou, será que *aquela* arma antiga também transferia sentimentos, emoções e impressões quando era usada? O que Dee sentira quando fincara a Excalibur na antiga Yggdrasill? Que visões tivera, o que sentira e aprendera? Josh se perguntou se esse seria o verdadeiro motivo pelo qual Dee tinha destruído a Yggdrasill: teria matado a árvore para experimentar o incrível conhecimento que possuía?

Josh olhou brevemente para a espada de pedra e um arrepio percorreu seu corpo. Uma arma como essa dava ao portador poderes inimagináveis, e era uma tentação assustadora. Certamente o desejo de usá-la repetidamente para ganhar mais e mais conhecimento se tornaria incontrolável. Era um pensamento assustador.

Por que o Alquimista tinha lhe dado a espada?

A resposta veio imediatamente: porque Flamel não sabia! A espada era um pedaço morto de pedra até furar ou cortar algo; só assim ganhou vida. Josh assentiu para si mesmo. Agora sabia por que Saint-Germain, Joana e Scatty não encostavam na arma.

Enquanto corria pela rua em direção ao rio, imaginou o que aconteceria se conseguisse matar Nidhogg com Clarent. O que sentiria, que experiências teria?

O que aprenderia?

Nidhogg irrompeu por um grupo de árvores e disparou para o outro lado da estrada, descendo para o porto de Champs-Elysées. Parou no estacionamento, no cais quase em frente a Dee e Maquiavel, e caiu nas quatro patas, sua enorme cabeça balançando de um lado para outro, a língua pendurada para fora da boca. Estava tão perto que conseguiam ver o corpo mole de Scatty preso em suas garras e a Disir montada em seu pescoço. O rabo de Nidhogg balançava, atingindo carros estacionados e batendo em um ônibus de turismo, furando o motor. Um pneu estourou fazendo um estrondo.

– Acho melhor sairmos do carro – falou Dee, abrindo a porta, olhos fixos no rabo oscilante que virava um BMW pesado de cabeça para baixo.

Maquiavel esticou o braço rapidamente, seus dedos fechados em torno do braço do Mago em um aperto firme e doloroso.

– Nem pense em se mexer. Não faça nada que irá atrair sua atenção.

– Mas a cauda...

– Está sentindo dor, por isso a cauda está se debatendo. Mas parece estar diminuindo.

Dee virou a cabeça ligeiramente. Maquiavel estava certo: havia algo de errado com a cauda de Nidhogg. Cerca de um terço do seu comprimento estava negro, parecia quase pétreo. Até mesmo agora, enquanto Dee observava, gavinhas e veias de líquido preto borbulhante escorriam por sua pele dura, lentamente o envolvendo em uma crosta sólida. Dr. John Dee soube imediatamente que tinha acontecido.

– O garoto golpeou-o com Clarent – disse, nem mesmo virando o rosto para olhar Maquiavel. – Isso foi o que causou a reação.

– Entendi você dizer que Clarent era a Espada de Fogo e não a Espada de Pedra.

– Há muitas formas diferentes de fogo – respondeu Dee. – Quem sabe como a energia da lâmina reagiu com algo como Nidhogg? – Ele olhou para a cauda, observando enquanto mais da crosta espessa e negra crescia na pele. Quando endureceu, teve um breve vislumbre de fogo vermelho. – Crosta de lava – informou, sua voz em sussurro, maravilhado. – É crosta de lava. O fogo está queimando dentro da pele da criatura.

– Não é à toa que está sentindo dor – murmurou Maquiavel.

– Você parece estar com pena dele – repreendeu Dee.

– Eu nunca troquei minha humanidade pela minha longa vida, doutor. Sempre me lembro de minhas raízes. – Sua voz endureceu, tornando-se desdenhosa. – Você trabalhou tão duro para ser como seu mestre Antigo que esqueceu o que é sentir-se humano, o que é ser humano. E nós, *humanos* – ressaltou a última palavra –, temos a capacidade de sentir a dor de outra criatura. É o que ascendeu os humanos acima dos Antigos, é o que os fez grandiosos.

– E é a fraqueza que acabará os destruindo – afirmou Dee. – Deixe-me lembrá-lo de que esta criatura não é humana. Poderia esmagá-lo com os pés e nem perceber. No entanto, não vamos discutir agora, não quando estamos prestes a vencer. O menino pode ter resolvido nosso problema por nós – disse Dee. – Nidhogg está lentamente se transformando em pedra. – Ele riu deliciado. – Se pular no rio agora, o peso de sua cauda vai arrastá-lo até as profundezas, e levar Scathach junto. – Olhou maliciosamente para Maquiavel. – Vejo que sua humanidade não se estende a sentir pena da Sombra.

Maquiavel fez uma careta.

– Saber que Scathach está no fundo do Sena presa nas garras da criatura me faria realmente muito feliz.

Os dois imortais estavam sentados imóveis no carro, observando a criatura cambalear para a frente, movendo-se mais devagar agora, o peso de sua cauda arrastando atrás dela. Tudo o que restava entre a criatura e a água eram os barcos envidraçados, os bateaux-mouches, que levavam os turistas a passear pelo rio.

Dee acenou para o barco com a cabeça.

– Quando subir no barco, ele vai afundar, e Nidhogg e Scathach vão desaparecer no Sena para sempre.

– E quanto a Disir?

– Tenho certeza de que ela sabe nadar.

Maquiavel se permitiu um sorriso irônico.

– Agora, só o que estamos esperando...

– ...É que alcance o barco – completou Dee, assim que Josh apareceu pelo buraco no cais arborizado e disparou pelo estacionamento.

Enquanto Josh corria até a criatura, a espada em sua mão direita começou a queimar, longas correntes de fogo laranja derramando da lâmina. A aura dele começou a crepitar em uma cor dourada similar, enchendo o ar com o cheiro de laranjas.

De repente, a Disir deslizou das costas do monstro, sua malha metálica branca voltando rapidamente no instante antes de seus pés tocarem o chão. Ela virou para Josh, seus traços fixados em uma expressão feia e selvagem.

– Você está se tornando um incômodo, garoto – rosnou em inglês quase incompreensível. Levantando sua espada em ambas as mãos, se jogou em direção a Josh. – Isso vai levar só um instante.

Capítulo Trinta e Nove

Enormes nevoeiros passavam pela baía de São Francisco. Perenelle Flamel cruzou os braços sobre o peito e viu o céu noturno ser tomado por pássaros. Um enorme bando voava sobre a cidade. Reuniam-se em uma espessa nuvem em movimento, e então, como fios de tinta derramada, três correntes distintas de aves saíram pela baía, indo direto para a ilha. E ela sabia que em algum lugar no coração da grande revoada estava a Deusa Corvo. A Morrigan estava indo para Alcatraz.

Perenelle estava nas ruínas do incêndio da casa do diretor do presídio, onde ela finalmente conseguiu escapar das milhares de aranhas. Embora tenha queimado mais de três décadas atrás, ela podia sentir o cheiro dos odores fantasmas de madeira carbonizada, gesso rachado e tubulação derretida pairando no ar. A Feiticeira sabia que se baixasse suas defesas e se concentrasse, seria capaz de ouvir as vozes dos guardas e suas famílias, que tinham ocupado o edifício ao longo dos anos.

Fazendo sombra com a mão em seus olhos verdes brilhantes e apertando-os bem, Perenelle se concentrava nas aves que se aproximavam, tentando distingui-las da noite e determinar quanto tempo ela tinha antes de eles chegarem. O bando era enorme, e o denso nevoeiro tornava impossível determinar o tamanho ou a distância. Mas imaginou que tinha, talvez, dez ou quinze minutos antes de chegarem à ilha. Ela aproximou seu dedo mindinho do polegar. Uma única faísca branca produziu uma centelha entre eles. Perenelle balançou a cabeça afirmativamente. Seus poderes estavam retornando, mas não rápido o suficiente. Eles continuariam a se fortalecer agora que estavam longe da esfinge, mas sua aura se recarregaria mais devagar à noite. Também sabia que ainda estava longe de ser forte o suficiente para derrotar Morrigan e seus animais de estimação.

Mas isso não significava que estava indefesa. Uma vida inteira de estudos havia lhe ensinado muitas coisas úteis.

A Feiticeira sentiu uma brisa fresca passar por seu longo cabelo um segundo antes do fantasma de Juan Manuel De Ayala aparecer ao lado dela. O fantasma pairava no ar, tomando substância e definição nas partículas de poeira e gotas de água no nevoeiro que se formava. Como muitos dos fantasmas que havia encontrado, ele estava usando as roupas em que se sentia mais confortável quando era vivo: uma camisa de linho branco larga, presa em uma bermuda. Suas pernas se afunilavam desaparecendo abaixo dos joelhos e, como muitos espíritos, não tinha pés. Enquanto estão vivos, as pessoas raramente olham para seus pés.

— *Este já foi o local mais bonito nesta terra, não foi?* — perguntou, olhos inexpressivos e úmidos fixos na cidade de São Francisco.

— Ainda é — disse ela, virando-se para olhar a baía onde a cidade brilhava e cintilava com inúmeras luzinhas. — Nicolau e eu a chamamos de lar por muitos anos.

— *Ah, não falei da cidade!* — disse De Ayala com desdém.

Perenelle olhou de rabo de olho para o fantasma.

– Do que está falando? – perguntou. – É lindo aqui.

– Uma vez estive aqui, perto deste mesmo lugar, e assisti talvez a milhares de fogueiras queimando na costa. Cada fogo representava uma família. Com o tempo vim a conhecer todas elas. – O rosto longo do espanhol se contorceu em uma expressão que poderia ter sido de dor. – Elas me ensinaram sobre a terra, e sobre esse lugar, me falaram de seus deuses e espíritos. Acho que foram aquelas pessoas que me prenderam a esta terra. Tudo o que vejo agora são luzes, não posso ver as estrelas, não posso ver as tribos ou indivíduos se aconchegando em torno de suas fogueiras. Onde está o lugar que eu amava?

Perenelle indicou as luzes distantes.

– Ainda está lá. Apenas cresceu.

– Está irreconhecível – disse De Ayala –, e não para melhor.

– Eu vi o mundo mudar também, Juan – falou Perenelle com ternura. – Mas gosto de acreditar que mudou para melhor. Sou mais velha que você. Nasci em uma época em que uma dor de dente podia matar, quando a vida era curta e brutal e a morte com frequência era dolorosa. Na mesma época, você estava descobrindo esta ilha, a expectativa de vida média de um adulto saudável não era maior do que trinta e cinco anos. Agora é o dobro disso. Dores de dente não matam mais, bem, não normalmente – acrescentou com uma risada. Fazer Nicolau ir ao dentista era praticamente impossível. – Os seres humanos têm feito avanços impressionantes nos últimos cem anos, eles criaram maravilhas.

De Ayala se movimentou para flutuar em frente dela.

– E na sua pressa para criar maravilhas, ignoraram as maravilhas ao redor deles, ignoram os mistérios, a beleza. Mitos e lendas andam invisíveis entre eles, ignoradas, não reconhecidas. Não foi sempre assim.

– Não, não foi – concordou Perenelle, pesarosa. Ela olhou para a baía. A cidade foi desaparecendo rapidamente na neblina, as luzes assumindo uma qualidade mágica e etérea. Era fácil agora ver como deve ter parecido no passado... e como pode ficar novamente se os Antigos Sombrios retomarem a Terra. Antigamente, a humanidade reconhecia que realmente existiam criaturas e outras raças, como os vampiros, as criaturas do além, os gigantes que viviam nas sombras. Às vezes, seres tão poderosos como deuses vivem no coração das montanhas ou nas profundezas das florestas impenetráveis. Havia zumbis na terra, os lobos realmente vagavam pela floresta e existiam criaturas muito piores do que ogros debaixo das pontes. Quando viajantes retornavam de terras distantes, trazendo com eles histórias de monstros e criaturas que encontraram, as maravilhas que tinham visto, ninguém duvidava. Hoje em dia, mesmo com fotografias, vídeos ou relatos de testemunhas de algo extraordinário ou de outro mundo, as pessoas ainda duvidam, descartando tudo como uma brincadeira.

– *E agora uma daquelas maravilhas terríveis está vindo para minha ilha* – lamentou Juan. – *Posso sentir que se aproxima. Quem é?*

– Morrigan, a Deusa Corvo.

Juan virou-se para Perenelle.

– *Já ouvi falar dela, alguns dos marinheiros irlandeses e escoceses na minha tripulação a temiam. Ela está vindo para você, não é?*

– Sim. – A Feiticeira sorriu sombriamente.

– *O que ela vai fazer?*

Perenelle inclinou a cabeça para um lado, pensando.

– Bem, eles tentaram me prender. Isso falhou. Imagino que os mestres de Dee tenham finalmente sancionado uma solução mais permanente. – Deu uma risada nervosa. – Já estive em situações mais complicadas. – Sua voz falhou e ela engoliu em seco e tentou novamente. – Mas eu sempre tive Nicolau a meu lado. Juntos, éramos invencíveis. Gostaria que ele estivesse aqui comigo agora. – Ela respirou fundo, deixando sua respiração regular e levantando as duas mãos na frente do rosto. Tufos de fumaça de sua aura branca como gelo saíam das pontas de seus dedos. – Mas eu sou a imortal Perenelle Flamel, e não vou morrer sem ter lutado.

– *Diga-me como posso ajudá-la* – pediu De Ayala formalmente.

– Já fez o suficiente por mim. Por sua causa escapei da Esfinge.

– *Esta é minha ilha. E você está sob minha proteção agora.* – Ele sorriu com tristeza. – *Entretanto, não tenho certeza se as aves se assustarão com algumas portas batendo. E não há muito mais que eu possa fazer.*

Perenelle cuidadosamente escolheu seu caminho de um lado da casa em ruínas para o outro. De pé em uma das altas janelas retangulares, olhou para a prisão. Agora, com a chegada da noite, era pouco mais do que um esboço vago e ameaçador contra o céu roxo. Ela fez um balanço de sua situação: estava presa em uma ilha infestada de aranhas, havia uma esfinge vagando solta nos corredores abaixo, e as celas estavam cheias de alguns dos mais sombrios mitos que já tinha visto. Além disso, seus poderes estavam incrivelmente diminuídos e a Morrigan estava chegando. Ela disse a De Ayala que esteve em situações mais complicadas, mas agora não conseguia se lembrar de nenhuma.

O fantasma apareceu ao lado de Perenelle, seu contorno distorcendo a forma do edifício adiante.

– *O que posso fazer para ajudar?*
– Conhece esta ilha muito bem? – perguntou.
– *Ah! Cada centímetro. Conheço os lugares secretos, os túneis cavados pelos presos que não foram concluídos, corredores ocultos, quartos fechados, as cavernas indígenas antigas nas profundezas da rocha abaixo. Poderia escondê-la e ninguém jamais a encontraria.*
– Morrigan é engenhosa, e também há as aranhas. Elas me encontrariam.

O fantasma flutuou ao redor dela para colocar-se a sua frente, novamente. Apenas os olhos, um profundo e rico castanho, eram visíveis durante a noite.

– *As aranhas não estão sob o controle de Dee.*

Perenelle deu um passo atrás, surpresa.

– Não estão?
– *Só começaram a aparecer algumas semanas atrás. Comecei a notar as teias sobre as portas, revestindo as escadas. Todas as manhãs, havia mais e mais aranhas. Elas flutuam no vento, levadas por fios. Havia guardas que pareciam humanos na ilha então, só que eles não eram humanos* – acrescentou depressa. – *Criaturas terrivelmente apáticas.*
– Homúnculos – informou Perenelle com um estremecimento. – Criaturas que Dee cultiva em tanques de gordura borbulhantes. O que aconteceu com eles?
– *Receberam ordens para limpar as teias de aranha, mantendo as portas livres. Um tropeçou e caiu em uma teia* – contou De Ayala, seus dentes aparecendo na escuridão em um rápido sorriso. – *Tudo o que restou dele foram pedaços de pano. Nem mesmo os ossos* – disse em um sussurro horrorizado.
– É porque homúnculos não têm ossos – informou ela distraidamente. – Então, o que está chamando as aranhas aqui?

De Ayala se virou para olhar para a prisão.
– *Não tenho certeza.*
– Achei que sabia tudo que havia para saber sobre essa ilha... – disse Perenelle com um sorriso.
– *Muito abaixo da prisão, cavadas na rocha pelas ondas, existe uma série de cavernas subterrâneas. Acredito que os primeiros habitantes nativos da ilha usavam para armazenamento. Cerca de um mês atrás, o pequeno inglês...*
– Dee?
– *Sim, Dee, trouxe algo para a ilha na calada da noite. Foi selado nas cavernas, e então cobriu toda a área com sigilos mágicos e proteções. Até mesmo eu não consigo penetrar as camadas de proteção. Mas estou convencido de que quem quer que atraído as aranhas para a ilha está preso nessas cavernas.*
– Pode me levar até lá? – pediu Perenelle com urgência. Ela podia ouvir o barulho do bater de milhares de asas de pássaros, cada vez mais perto.
– *Não* – respondeu De Ayala. – *O corredor é coberto de aranhas, e quem sabe que outras armadilhas Dee instalou.*
Perenelle automaticamente estendeu a mão para tocar o braço do marinheiro, mas sua mão passou direto por ele, deixando um redemoinho de vapor como rastro.
– Se Dee escondeu algo nas masmorras secretas de Alcatraz, e depois protegeu com magia tão potente que mesmo um espírito imaterial não pode atravessá-la, então precisamos saber o que é. – Ela sorriu. – Nunca ouviu o ditado "o inimigo do meu inimigo é meu amigo"?
– *Não, mas já ouvi "tolos se precipitam onde os anjos temem pisar".*
– Venha então, rápido, antes que Morrigan chegue. Leve-me de volta a Alcatraz.

Capítulo Quarenta

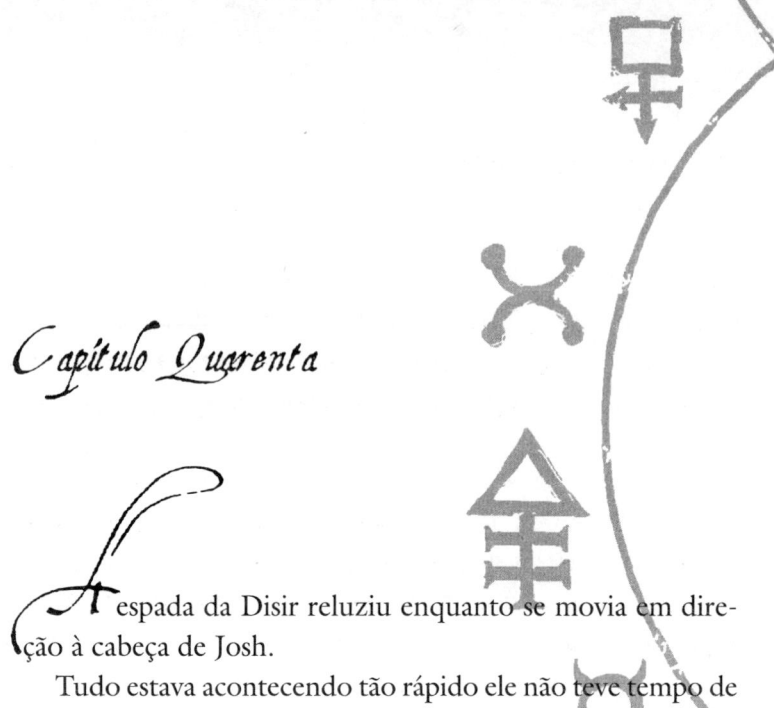

A espada da Disir reluziu enquanto se movia em direção à cabeça de Josh.

Tudo estava acontecendo tão rápido ele não teve tempo de ter medo. Josh viu o menor movimento e reagiu instintivamente, puxando Clarent para cima, segurando-a horizontalmente sobre sua cabeça. A espada de Disir golpeou a pequena lâmina de pedra e silvou ao longo dela em uma explosão de faíscas. Caíram sobre o cabelo de Josh, ardendo onde tocaram seu rosto. A dor o deixou com raiva, mas a força do golpe o derrubou de joelhos, e então a Disir recuou e rodou sua espada em um amplo giro. A espada gemeu enquanto cortava o ar em direção a ele, e Josh sabia com um mal-estar na boca do estômago que ele não seria capaz de evitá-la.

Clarent tremeu na palma da mão de Josh.

Estremeceu.

E se mexeu.

Uma onda de formigamento quente atingiu sua mão, surpreendendo-o, o espasmo apertando seus dedos ao redor do punho da Clarent. Em seguida, a espada deu um puxão, disparando ao encontro da lâmina de metal de Disir, desviando-a no último segundo com outra explosão de faíscas.

Os olhos azuis arregalados de choque, a Disir se afastou.

– Nenhum humano possui tal habilidade. – Ela deixou escapar, sua voz em pouco mais do que um sussurro. – Quem é você?

Josh levantou trêmulo, não inteiramente certo do que tinha acontecido, sabendo apenas que tinha algo a ver com a espada. Ela tinha tomado o controle, ela o salvara. Seus olhos caíram sobre a terrível guerreira, oscilando entre o rosto mascarado e sua espada de prata reluzente. Segurou Clarent diante dele em ambas as mãos, tentando imitar a postura que tinha visto Joana e Scatty utilizarem, mas a espada não ficava parada, movendo-se e tremendo por conta própria.

– Sou Josh Newman – declarou.

– Nunca ouvi falar de você – disse a mulher com desdém. Deu uma olhada rápida por cima do ombro, para onde Nidhogg estava rastejando em direção à água. Sua cauda agora estava tão incrustada com pedras negras que ele mal conseguia se mover.

– Talvez você nunca tenha ouvido falar de mim – disse Josh, inclinando a lâmina de espada para cima –, mas esta é a Clarent. – Observou os olhos azuis brilhantes da mulher aumentarem ligeiramente. – Vejo que *já* ouviu falar dela.

Girando sua espada frouxamente em suas mãos, a Disir começou a rodear Josh. Ele a seguia, virando para encará-la. Sabia o que ela estava fazendo, movendo-o para que ficasse de costas para o monstro, mas não sabia como evitar que isso acontecesse. Quando suas costas estavam quase tocando a pele petrificada de Nidhogg, a Disir parou.

– Nas mãos de um mestre, a espada pode ser perigosa – disse a Disir.

– Não sou nenhum mestre – disse Josh em voz alta, feliz por sua voz não ter vacilado. – Mas não preciso ser. Scathach me disse que essa arma realmente poderia matá-la. Eu não entendia o que ela queria dizer, mas agora entendo. E se poderia matá-la, então suponho que poderia fazer o mesmo com você. – Apontou com o polegar por cima do ombro. – Olha o que eu fiz com esse monstro com apenas um corte. Tudo o que tenho a fazer é arranhar você com ela. – A lâmina realmente tremeu em suas mãos, zunindo algo que soava quase como um consentimento.

– Não poderia sequer chegar perto de mim – zombou a Disir, se aproximando, a espada balançando em um padrão hipnotizante. De repente, atacou com uma rápida rajada de golpes.

Josh nem sequer teve tempo para recuperar o fôlego. Ele conseguiu parar três deles, Clarent se movendo para interceptar cada golpe, a lâmina de metal da Disir batendo em sua espada de pedra com uma chuva de faíscas, cada golpe empurrando-o para trás, a força vibrando por todo seu corpo. A Disir era rápida demais. O golpe seguinte atingiu seu braço nu entre o ombro e o cotovelo. Clarent conseguiu empurrar a espada no último instante, por isso foi apenas o lado plano da lâmina, em vez de a borda afiada, que lhe acertou. Imediatamente, seu braço inteiro ficou dormente do ombro à ponta dos dedos e sentiu uma súbita onda de náuseas por causa da dor, o medo e a percepção súbita de que ia morrer. Clarent escapou de sua mão e caiu ao chão.

Quando a mulher sorriu, Josh viu que seus dentes eram como pontas de agulha fina.

– Fácil. Muito fácil. A lendária espada não faz de você um espadachim. – Suspendendo sua espada, ela avançou sobre o

garoto, levando-o até a carne de pedra de Nidhogg. Josh fechou os olhos quando ela levantou os braços e deu um grito de guerra hediondo. – *Odin*!
– Sophie – sussurrou o garoto.

– Josh!

Dois quarteirões de distância, presa no trânsito, Sophie Newman levantou-se de repente no banco de trás do carro, uma súbita sensação de terror de virar o estômago alcançando-a no peito, fazendo seu coração bater loucamente.

Nicolau girou e pegou a mão da menina.

– Diga-me!

Lágrimas encheram seus olhos.

– Josh – engasgou, quase incapaz de falar, com o nó na garganta. – Josh está em perigo, em grave perigo. – O carro foi tomado com o cheiro intoxicante de baunilha quando sua aura floresceu. Faíscas minúsculas dançavam nas pontas de seu cabelo loiro, crepitando como celofane. – Temos que chegar até ele!

– Não estamos indo a lugar algum – disse Joana severamente. O trânsito na rua estreita estava completamente parado.

Sophie sentiu um frio no estômago: era o medo terrível de que seu irmão estivesse prestes a morrer.

– Pela calçada – disse Nicolau determinado. – Anda.

– Mas os pedestres...

– Podem sair da frente. Use sua buzina. – Virou-se de volta para Sophie. – Estamos a minutos de distância – disse enquanto Joana subia o pequeno carro na calçada, com a buzina gritando.

– Será tarde demais. Deve haver algo que você possa fazer – Sophie pediu desesperadamente. – Qualquer coisa?

Visivelmente velho e cansado, linhas marcadas em sua testa e ao redor dos olhos, Nicolau Flamel balançou a cabeça miseravelmente.

– Não há nada que eu possa fazer – admitiu.

Faíscas, estalidos, estalos, uma chama amarelada fedorenta surgiu entre Josh e a Disir. O calor era tão intenso que o levou de volta para as garras de Nidhogg e queimou seu cabelo, suas sobrancelhas e cílios. A Disir também cambaleou para trás, cega pelas chamas.

– Josh!

Alguém chamou seu nome, mas as chamas aterrorizantes estavam na frente de seu rosto.

A proximidade do fogo despertou o monstro. Deu um passo trêmulo, o movimento de sua pata empurrando Josh para a frente de joelhos e mãos ao chão, lançando-o perigosamente perto do fogo... que se apagou tão abruptamente quanto surgiu. Caiu ao chão, mãos e joelhos ardendo com o impacto. O cheiro de ovos podres era terrível e os seus olhos e nariz estavam escorrendo, mas em meio às lágrimas, viu Clarent e tentou alcançá-la quando alguém gritou novamente.

– Josh!

A Disir se jogou em cima de Josh mais uma vez, tentando acertá-lo com a espada. Uma lança com chamas amareladas atingiu a mulher, explodindo sobre sua malha metálica, que imediatamente começou a enferrujar e despedaçar. E depois outra parede de fogo surgiu com um estrondo entre o menino e a guerreira.

– Josh. – Uma mão caiu sobre o ombro de Josh e ele saltou, gritando em voz alta com susto e dor em seu ombro machucado. Olhou para cima para encontrar o dr. John Dee inclinando-se sobre ele.

Fumaça amarela saía das mãos do Mago, que mal estavam cobertas em luvas cinza rasgadas, e seu terno, outrora elegante, agora estava em ruínas. Dee sorriu gentilmente.

– Seria melhor se saíssemos agora. – Fez um gesto para as chamas. – Não posso fazer isso para sempre. – Mesmo enquanto estava falando, a lâmina da Disir cortava cega por entre o fogo, as chamas envolvendo o metal enquanto procurava seu alvo. Dee levantou Josh e o arrastou para trás.

– Espere – disse Josh roucamente, a voz repleta por uma combinação de medo e da fumaça. – Scatty... – tossiu e tentou de novo. – Scatty está presa.

– Escapou – disse Dee rapidamente, colocando um braço em volta do ombro do garoto, apoiando-o e levando-o em direção a um carro da polícia.

– Escapou? – balbuciou Josh, confuso.

– Nidhogg perdeu o controle sobre ela quando criei a cortina de fogo entre você e a Disir. Eu a vi rolar das garras, pular de pé e correr pelo cais.

– Ela correu... e fugiu? – Isso não parecia certo. Ela estava mole e inconsciente na última vez que tinha visto. Tentou se concentrar, mas sua cabeça estava latejando, e a pele de seu rosto parecia esticada pelas chamas.

– Mesmo a lendária Guerreira não pode enfrentar Nidhogg. Heróis sobrevivem para lutar mais uma vez, porque sabem quando correr.

– Ela me deixou?

– Duvido que sequer soubesse que você estava lá – respondeu Dee, colocando Josh no banco de trás de um carro de polícia mal estacionado e deslizando ao lado dele. Encostou-se no ombro do motorista de cabelos brancos. – Vamos.

Josh se levantou.

– Espere... deixei Clarent cair – disse.

– Confie em mim – disse Dee –, você não quer voltar para buscá-la. – Inclinou-se para que Josh pudesse olhar pela janela. A Disir, com sua outrora imaculada malha de metal branca agora pendurada em pedaços esfarrapados e apodrecendo, atravessou as chamas amarelas quase dissipadas. Ela viu o menino na parte de trás do carro e correu em sua direção, gritando numa língua ininteligível que soou como lobos uivando.

– Nicolau – chamou Dee. – Ela está bastante perturbada. Nós realmente devemos ir agora, agora mesmo.

Josh desviou seu olhar da Disir que se aproximava para o motorista e ficou horrorizado ao descobrir que era o mesmo homem que tinha visto na escadaria da Sacré-Couer.

Maquiavel virou a chave na ignição com tanta violência que o motor de arranque guinchou. O carro balançou, deu um solavanco para frente e, em seguida, morreu.

– Ah, que ótimo – resmungou Dee. – Isso é ótimo. – Josh viu o Mago se inclinar para fora da janela, levar a mão à boca e soprar forte. Uma esfera amarela de fumaça rolou da palma de sua mão e caiu no chão. Quicou duas vezes, como uma bola de borracha, e em seguida explodiu na altura da cabeça quando alcançou a Disir. Cordas de um líquido espesso e pegajoso, com a cor e a consistência do mel sujo espirraram sobre a Disir e escorreram em abundância, colando-a no chão. – Isso deve detê-la... – começou Dee. A espada da Disir cortou as cordas facilmente. – Ou não.

Mesmo com sua dor, Josh percebeu que Maquiavel havia tentado ligar o carro e falhado novamente.

– Deixe-me fazer isso – murmurou, impulsionando-se do banco traseiro enquanto Maquiavel passava para o banco do carona. Seu ombro direito ainda estava doendo, mas pelo menos tinha recuperado a sensação em seus dedos, e achava que não havia quebrado nada. Teria um hematoma enorme para adicionar a sua crescente coleção. Girando a chave na ignição, pisou fundo no acelerador e, simultaneamente, colocou o carro em marcha à ré, exatamente quando a Disir os alcançou. De repente se sentiu grato por ter aprendido a dirigir com marcha manual no Volvo surrado de seu pai. A espada da guerreira atingiu a porta, perfurando o metal, a ponta da lâmina ficando a centímetros da perna de Josh. Mesmo enquanto o carro dava ré, a Disir firmou os pés e segurou sua espada com as duas mãos. A lâmina fez um rasgo horizontal atravessando a porta e chegando no capô, puxando o metal como se fosse papel. Também rasgou o pneu da frente do lado do motorista, que explodiu com um estrondo.

– Continue! – gritou Dee.
– Não vou parar – prometeu Josh.

Com o motor protestando, o pneu da frente tremendo e batendo fora do chão, Josh arrancou fugindo do cais...

...no mesmo instante em que Joana apareceu com o Citroën ligeiramente arranhado na outra extremidade.

Joana pisou no freio e o carro parou, soltando um alto som agudo, as rodas em atrito com as pedras úmidas da manhã. Sophie, Nicolau e Joana observaram confusos Josh dar ré em um carro de polícia em péssimo estado escapando de Nidhogg e da Disir. Puderam ver claramente Dee e Maquiavel no carro enquanto ele executava um cavalo de pau desajeitado e acelerava fugindo do estacionamento.

Por um segundo, a Disir ficou parada no cais, parecendo perdida e confusa. Então, ela viu os recém-chegados. Virando-se, correu em direção a eles, espada erguida sobre a cabeça, bradando um terrível grito de guerra.

Capítulo Quarenta e Um

— Eu vou cuidar disso – disse Joana, soando quase satisfeita com a perspectiva. Ela tocou a manga da camisa de Flamel e apontou para onde a Guerreira estava envolvida pelas garras do Nidhogg. – Resgate Scathach. – O monstro estava agora a menos de dois metros da beira do cais e chegando cada vez mais perto da segurança da água.

A pequena francesa pegou sua espada e saiu do carro.

— Mais humanídeos com espadas – irritou-se a Disir, a lâmina caindo em direção à mulher.

— Não apenas humanídea – respondeu Joana, facilmente virando a arma de lado, sua própria espada então surgindo para investir contra os vestígios da malha corroída nos ombros da Disir. – Sou Joana d'Arc! – A espada longa em suas mãos rodopiou e girou, criando uma roda giratória de metal que fez com que a Disir recuasse na ferocidade de seu ataque. – Sou a Donzela de Orleans.

Sophie e Nicolau moveram-se cautelosamente na direção de Nidhogg. Sophie notou que toda sua cauda estava coberta por pesadas rochas negras, que agora começavam a subir por suas costas e pelas pernas traseiras. O peso da cauda de pedra ancorara a criatura ao chão, e Sophie viu seus músculos enormes se esforçando e se agitando enquanto ele se arrastava para a água. Ela podia ver os pontos em que suas garras e sua cauda arrastada deixavam profundos sulcos na calçada.

– Sophie – gritou Flamel –, preciso de alguma ajuda!

– Mas Josh... – começou ela, distraída.

– Josh se foi – respondeu agressivamente Flamel. Ele se precipitou para arrancar Clarent do chão, chiando em surpresa com o calor da arma. Disparando para a frente, golpeou Nidhogg com a espada. A lâmina quicou inofensivamente na pele coberta por pedra. – Sophie, ajude-me a libertar Scathach e então iremos atrás de Josh. Use seus poderes.

O Alquimista golpeou novamente o Nidhogg, mas sem nenhum efeito. Seus piores temores haviam se realizado: Dee pusera as mãos em Josh... e Josh tinha as duas páginas restantes do Códex. Nicolau olhou sobre o ombro. Sophie estava imóvel, parecendo assustada e completamente perplexa.

– Sophie! Me ajude!

Sophie ergueu as mãos, obediente, pressionou o polegar contra sua tatuagem e tentou invocar a magia do Fogo. Nada aconteceu. Ela não conseguia se concentrar; estava muito preocupada com seu irmão. O que ele estava fazendo? Porque tinha ido embora com Dee e Maquiavel? Não parecia que tinha sido forçado a isso – ele estava dirigindo!

– Sophie! – gritou Nicolau.

Mas ela sabia que ele estivera em perigo – em um perigo real e terrível. Sentira a emoção fundo dentro dela, reconhecera-a pelo que era. Sempre que Josh estava em apuros, ela sabia. Quando ele quase se afogou em Pakala Beach, no Kauai, despertara sem ar e engasgando; quando ele quebrou os quadris no campo de futebol em Pittsburg, sentira claramente a dor aguda em seu lado esquerdo, sentira a pontada a cada respiração que dava.

– Sophie!

O que acontecera? Em um momento ele estava em perigo mortal... e no outro...?

– Sophie! – rosnou Flamel.

– O quê? – irritou-se Sophie, virando-se para o Alquimista. Sentiu uma surto repentino de raiva; Josh estava certo, estivera certo o tempo todo. Isso tudo era culpa do Alquimista.

– Sophie – disse ele mais gentilmente. – Preciso que você me ajude. Não posso fazer isso sozinho.

Sophie se virou para olhar para o Alquimista. Ele estava agachado no chão, um vapor fresco e verde se enlameando a seu redor. Uma espessa corda de fumaça esmeralda se enrolava em uma das pernas gigantescas do Nidhogg e desaparecia nas profundezas da terra, onde parecia que Flamel pretendera prendê-lo. Outra corda de fumaça, mais fina, menos substancial do que a primeira, estava frouxamente amarrada ao redor de uma das pernas da criatura. Nidhogg avançou devagar para frente e a corda verde se rompeu e dissolveu no ar. Mais alguns passos e ele carregaria Scathach – a amiga dela – para dentro do rio. Sophie não ia deixar que isso acontecesse.

Seu medo e sua raiva fizeram com que recuperasse o foco. Quando pressionou a tatuagem, chamas luminosas brotaram de cada dedo. Ela espirrou fogo prateado pelas costas do Nidhogg, mas não surtiu efeito. Então, ela bombardeou o monstro com pequenos granizos flamejantes, mas ele não pareceu sequer perceber. Continuou a se aproximar da água.

Fogo não funcionara, então Sophie tentou vento. Mas os minitornados que ela lançou ricochetearam inofensivamente na criatura. Vasculhando pelas memórias da Bruxa, tentou um truque que Hekate usara contra a Horda mongol. Ela invocou um vento afiado que levou dor e sujeira aos olhos de Nidhogg. A criatura mal piscou e em um segundo a pálpebra protetora deslizou por sobre seu enorme olho.

– Nada está funcionando! – gritou enquanto o monstro arrastava Scatty para cada vez mais perto da beira. – Nada está funcionando!

A espada da Disir veio em um golpe cortante. Joana se curvou bruscamente, e a lâmina assobiou por cima de sua cabeça e fatiou o Citröen, transformando o para-brisa em poeira branca, arrancando os pequenos limpadores de para-brisa.

Joana ficou furiosa; ela amava seu Charleston 2 CV. Francis quis comprar um carro novo para ela em seu aniversário, em janeiro. Dera-lhe uma pilha de catálogos de carros e disse a ela que escolhesse um. Ela pusera os catálogos de lado e lhe disse que sempre quisera o clássico carrinho francês. Francis procurara por toda a Europa o modelo perfeito e então gastara uma pequena fortuna para restaurá-lo a sua imaculada condição original. Quando o presente foi entregue a ela, viera embrulhado em três grossas fitas azuis, brancas e vermelhas.

Outro talho amplo da Disir produziu uma ruptura no capô do carro, e então outro arrancou o pequeno farol redondo que se empoleirava bem acima do arco da roda direita como um olho. O farol quicou e se estilhaçou.

– Você sabe – perguntou Joana, seus grandes olhos escurecidos pela fúria, renovando seu ataque contra a Disir, cada palavra acompanhada por um martelada vinda de sua espada – como é difícil encontrar peças originais para este carro?

A Disir caiu para trás, tentando desesperadamente se defender da lâmina giratória de Joana, pedaços de sua malha esfarrapada voando conforme a espada da pequena francesa chegava cada vez mais perto. Ela continuou tentando estilos diferentes de luta para se defender, mas nada era efetivo contra o feroz ataque.

– Você perceberá – continuou Joana, forçando a guerreira a seguir em direção ao rio – que não tenho um estilo de luta. Isso porque fui treinada pela maior guerreira de todas: Scathach, a Sombra.

– Você pode me derrotar – disse a Disir sarcasticamente –, mas minhas irmãs vingarão minha morte.

– Suas irmãs – disse Joana, com um corte final selvagem que dividiu a lâmina da Disir ao meio. – Seriam elas as duas Valquírias que agora estão congeladas em seu próprio iceberg particular?

A Disir cambaleou, balançando na beira do muro que ladeava o rio.

– Impossível. Nós somos invencíveis.

– Todos podem ser derrotados. – A parte chapada da espada de Joana bateu no elmo da Disir, atordoando-a. Então, Joana se lançou para a frente, seu ombro acertando a oscilante Disir no peito, fazendo com que caísse de costas no Sena.

– Apenas ideias são imortais – sussurrou ela.

Ainda segurando firmemente os vestígios danificados de sua espada, a Valquíria causou um enorme respingo de água que molhou Joana da cabeça aos pés, então desapareceu no rio turvo.

Sophie estava intrigada. Sua magia falhara contra o Nidhogg... mas como tinha Josh...? Ele não tinha poderes.

A espada: ele a tinha.

Sophie arrebatou Clarent da mão de Flamel. E instantaneamente sua aura ganhou vida com um estalo, faiscando, crepitando, longos fios de luz cor de gelo girando ao redor de seu corpo. Ela sentiu uma onda de emoções, um caos espiralado de pensamentos, pensamentos ruins, pensamentos obscuros, as memórias e emoções daqueles homens e mulheres que carregaram a espada nas eras passadas. Estava prestes a lançar a arma longe, enojada, mas sabia que provavelmente era a única chance de Scatty. A cauda do Nidhogg estava ferida, então Josh devia ter produzido um corte ali. Mas vira o Alquimista tentar o mesmo, sem resultado.

A não ser...

Correndo na direção do monstro, mergulhou a ponta da espada primeiro no ombro dele.

O efeito foi imediato. Fogo vermelho-escuro queimou pela extensão da lâmina, e a pele do monstro imediatamente começou a endurecer. A aura de Sophie incendiou-se mais clara do que nunca, e sua mente foi tomada de imediato por visões impossíveis e memórias inacreditáveis. Então, sua aura teve uma sobrecarga e cintilou em uma explosão que a ergueu e a lançou pelos ares. Ela conseguiu gritar uma vez antes de cair e colidir contra o teto de lona do Citroën de Joana, que lentamente se rasgou ao longo de sua costura e a depositou precisamente no assento fronteiro do passageiro.

Nidhogg teve um espasmo, grandes garras se abrindo conforme sua carne endurecia.

Joana d'Arc passou disparada por debaixo das pernas do monstro, agarrou Scathach pela cintura e a libertou, inconsciente das enormes patas da criatura estrepitando muito perto de sua cabeça.

Nidhogg gritou muito alto, um som que fez com que alarmes residenciais disparassem pela cidade. Cada alarme de carro no estacionamento despertou. A besta tentou virar a cabeça para seguir Joana enquanto ela arrastava Scatty para longe, mas sua velha carne se solidificava, tornando-se rocha negra. A boca do monstro se abriu, revelando seus dentes parecidos com adagas.

Abruptamente, um grande pedaço do cais rachou; rocha foi pulverizada até virar poeira, transformando-se em pó sob o peso da criatura. Nidhogg pendeu para a frente e se espatifou no barco de turismo ancorado, partindo-o ao meio, desaparecendo no Sena em uma enorme explosão de água que produziu uma onda gigante rio abaixo.

Deitada no cais, perto da beira, ensopada, Scathach despertou lenta e letargicamente.

– Não me sinto mal assim há séculos – balbuciou, tentando, sem sucesso, sentar-se. Joana a ajudou a se sentar e a segurou firmemente. – A última coisa de que me lembro... – Os olhos de Scatty se arregalaram. – Nidhogg... Josh.

– Ele tentou salvar você – disse Flamel, mancando até Scatty e Joana. – Ele atingiu o Nidhogg, conseguiu retardá-lo por tempo o bastante para que chegássemos aqui. Então, Joana enfrentou a Disir para te salvar.

– Todos lutamos por você – disse Joana. Ela pôs o braço em volta de Sophie, que cambaleara do carro destroçado, cheia de arranhões e feridas, com um extenso arranhão ao longo do antebraço, mas, fora isso, sem maiores danos. – Sophie finalmente derrotou o Nidhogg.

A Guerreira lentamente se levantou, virando sua cabeça de um lado para o outro, trabalhando os músculos retesados do pescoço.

– E Josh? – perguntou, olhando em volta. Seus olhos ficaram arregalados e alarmados. – Onde está Josh?

– Dee e Maquiavel estão com ele – disse Flamel, o rosto pálido de exaustão. – Não temos certeza de como isso aconteceu.

– Temos que ir atrás deles agora mesmo – disse Sophie com urgência na voz.

– O carro deles não está em bom estado, eles não podem ter ido muito longe – observou Flamel. Ele se virou para olhar o Citroën. – Temo que o seu tenha sido bastante danificado também.

– E eu amava tanto esse carro... – murmurou Joana.

– Vamos sair daqui – disse Scatty, decidida. – Estamos prestes a ser inundados pela polícia.

E então, como um tubarão irrompendo das ondas, Dagon surgiu do Sena com uma explosão. Emergindo, mais peixe agora do que homem, guelras abertas em seus longos pescoços, olhos redondos protuberantes, envolveu Scathach com garras enredadas e a arrastou para dentro do rio.

– Finalmente, Sombra. Finalmente.

Eles desapareceram dentro da água com um mero respingo e não reapareceram.

Capítulo Quarenta e Dois

Perenelle seguiu o fantasma de De Ayala enquanto ele a guiava pelo labirinto dos edifícios em ruínas de Alcatraz. Ela tentou se manter nas sombras, abaixando-se sob paredes despedaçadas e entradas vazias, constantemente atenta a criaturas movimentando-se na noite. Não achava que a esfinge se atrevesse a se aventurar fora da prisão – apesar de sua aparência apavorante, esfinges eram criaturas covardes, temerosas do escuro. Entretanto, muitos dos seres que vira nas celas repletas de teias abaixo eram criaturas da noite.

A entrada para o túnel era quase diretamente embaixo da torre que uma vez fora a única fonte de abastecimento de água fresca na ilha. Sua estrutura de metal estava enferrujada, corroída pela maresia, fezes ácidas de pássaros e os incontáveis pequenos vazamentos. Todavia, o chão diretamente abaixo da torre era exuberante em vegetação, alimentada pela mesma água.

De Ayala apontou para uma trilha irregular de terra perto de um dos alicerces de metal.

– Você encontrará um poço que leva ao túnel aqui embaixo. Há outra entrada para o túnel escavada na superfície do pe-

nhasco – disse ele –, *mas só se pode acessar por barco com a maré baixa. Dee trouxe seu prisioneiro para a ilha assim. Ele não conhece esta entrada.*

Perenelle encontrou um pedaço enferrujado de metal e o usou para raspar a sujeira, revelando concreto quebrado e rachado sob o solo. Usando a ponta da barra de metal, começou a escavar a sujeira. Continuou dando olhadas para cima, tentando avaliar o quão próximos da ilha estavam os pássaros, mas com o vento soprando contra os prédios em ruínas e se lamuriando ao longo das estruturas de metal enferrujado da torre de água, era impossível distinguir qualquer outro barulho. Espirais da neblina espessa que dominava São Francisco e a Ponte Golden Gate haviam alcançado agora a ilha, envolvendo tudo em uma nuvem de cheiro salgado que deixava todas as superfícies escorregadias e encharcadas.

Após ela raspar até chegar à terra, De Ayala apontou um ponto em especial.

– *Bem aqui* – disse ele, sua voz um sussurro em no ouvido dela. – *Os prisioneiros descobriram a existência do túnel e conseguiram cavar um poço até ele. Perceberam que décadas de água pingando da torre amaciaram o solo e desgastaram as pedras sob ele. Mas quando conseguiram chegar ao túnel lá embaixo, a maré estava alta, e concluíram que o túnel estivesse inundado. Desistiram de seus esforços.* – Ele mostrou os dentes em um sorriso perfeito que não exibira em sua vida. – *Se ao menos tivessem esperado até que a maré mudasse.*

Perenelle raspou mais terra, revelando mais rocha quebrada. Posicionando a barra de metal embaixo da beira de um bloco, jogou todo o peso de seu corpo nela. A pedra não se moveu. Pressionou novamente com ambas as mãos e então, quando isso não funcionou, pegou uma pedra grande e bateu com ela na barra de metal: o som ressoou pela ilha, soando como um sino.

— Ah, isso é impossível — murmurou. Estava relutante em usar seus poderes, uma vez que isso revelaria sua localização à esfinge, mas não tinha escolha. Formando uma concha com a mão direita, permitiu que sua aura se formasse em sua palma. Formou uma poça, como mercúrio. Pousou sua mão levemente, quase gentilmente, na rocha, então virou-a e deixou que a força primitiva se derramasse de sua palma sobre o granito. A rocha se tornou macia e cremosa, então derreteu como cera de vela. Glóbulos espessos de rocha líquida rolaram e desapareceram na escuridão abaixo.

— *Estou morto há um longo tempo; pensei ter visto maravilhas, mas nunca presenciei nada como isso* — disse De Ayala, perplexo.

— Um mago cita me ensinou o feitiço em agradecimento por eu ter salvado a vida dele. É bem simples, na verdade — disse ela. Ela se inclinou sobre o buraco e voltou, os olhos úmidos. — Céus, como fede!

O fantasma de Juan Manuel De Ayala pairou diretamente acima do buraco. Virou-se e sorriu, mostrando seus dentes perfeitos novamente.

— *Não consigo sentir o cheiro de nada.*

— Acredite, sinta-se grato por não conseguir — murmurou Perenelle, balançando a cabeça; fantasmas costumavam ter um senso de humor peculiar. O túnel fedia a peixe podre e algas marinhas muito antigas, a fezes de pássaros e morcegos azedas, a polpa de madeira e metal enferrujado. Havia outro odor também, azedo e acre, quase como vinagre. Abaixando-se, ela rasgou uma tira da barra de seu vestido e a amarrou sobre o nariz e a boca, como uma máscara tosca.

— *Há uma escada* — disse De Ayala —, *mas tome cuidado, tenho certeza de que está enferrujada.* — Ele olhou subitamente para cima. — *Os pássaros alcançaram a ponta ao sul da ilha. E algo mais. Algo diabólico. Posso sentir.*
— A Morrigan. — Perenelle se inclinou sobre o buraco e estalou os dedos. Um fino fio de luz branca suave saiu da ponta de seus dedos e seguiu buraco abaixo, desaparecendo no breu, espalhando uma luz leitosa tremeluzente nas paredes gotejantes e formadas por várias camadas. A luz também revelara a estreita escada, que na verdade era um pouco mais do que ferrões dispostos em ângulos irregulares na parede. Os ferrões, cada um com não mais do que dez centímetros, acumulavam grossas camadas de ferrugem e umidade. Inclinando-se para a frente, ela pegou o primeiro ferrão e o puxou com força. Pareceu sólido o bastante.

Perenelle girou e deslizou uma perna para dentro da abertura. Seu pé sentiu um dos ferrões e imediatamente escorregou. Puxando a perna do buraco, tirou seus sapatos de sola plana e os enfiou em seu cinto. Podia ouvir o bater das asas dos pássaros — milhares, talvez dezenas de milhares deles — se aproximando. Sabia que seu pequeno dispêndio de poder para derreter a rocha e iluminar o interior do túnel podiam ter indicado a Morrigan sua localização. Tinha apenas alguns momentos antes da chegada dos pássaros...

Perenelle pôs a perna no poço novamente, seu pé descalço tocando o ferrão. Estava gelado e pegajoso sob sua pele, mas pelo menos ela conseguia um atrito maior. Agarrando punhados de grama, ela desceu, seu pé encontrando outro ferrão. Esticou a mão esquerda e alcançou mais um. Retraiu-se. Era uma sensação nojenta, o chapinhar entre seus dedos. E então ela sorriu; como tinha mudado. Quando menina, crescendo em Quimper, na França, todos aqueles anos antes, nadava como um cachorrinho em piscina de rocha, pegando e comendo moluscos. Vagava descalça pelas ruas que tinham lama e imundície até a altura dos tornozelos.

Testando cada passo, Perenelle desceu toda a extensão do poço. Em um ponto um ferrão se quebrou sob seu pé e caiu tinindo na escuridão. A queda pareceu ter durado um longo tempo. Ela se recostou na parede suja, sentindo a umidade ensopar seu fino vestido de verão. Segurando-se desesperadamente, procurou outro ferrão. Sentiu-o oscilar em sua mão, e por um momento em que seu coração parou, pensou que ele se soltaria da parede. Mas ele se manteve firme.

— *Essa foi por pouco. Pensei que você se juntaria a mim* — disse o fantasma de De Ayala, materializando-se em meio à escuridão diretamente diante de seu rosto.

— Não sou fácil de matar — disse Perenelle com um sorrisinho, continuando a descer. — Embora fosse divertido se, depois de sobreviver a décadas de ataques intensos de Dee e seus Antigos Sombrios, eu morresse em uma queda. — Ela olhou para a vaga forma de um rosto diante dela. — O que está acontecendo lá em cima? — Ela inclinou rapidamente a cabeça na direção da abertura do poço, visível apenas por causa das nuvens de névoa cinzenta que se espiralavam e gotejavam.

— *A ilha está coberta por pássaros* — disse De Ayala. — *Talvez uns cem mil; estão empoleirados em cada superfície disponível. A Deusa dos Corvos penetrou o coração da prisão, sem dúvida atrás da esfinge.*

— Nós não temos muito tempo — alertou Perenelle. Deu mais um passo e seu pé afundou até o tornozelo em uma grossa lama grudenta. Chegara ao fundo do poço. A lama era fria como gelo, e podia sentir o frio se infiltrando em seus ossos. Algo rastejou sobre seus dedos.

— Para qual direção agora?

O braço de De Ayala apareceu, fantasmagoricamente branco, diretamente na frente dela, apontando para a esquerda. Ela percebeu que estava na entrada de um túnel alto, rudemente talhado que seguia gentilmente para baixo. A luminescência fantasmagórica de De Ayala iluminou a malha de teias de aranha que tomava as paredes. Eram tão grossas que parecia que as paredes eram cinza.

— *Não posso ir mais além* – disse o fantasma, sua voz ressoando estridente pelas paredes. – *Dee instalou feitiços de isolamento incrivelmente poderosos no túnel. Não consigo ultrapassá-los. A cela pela qual você procura está a cerca de dez passos adiante, do seu lado esquerdo.*

Embora Perenelle estivesse relutante em usar sua magia, percebeu que não tinha escolha. Certamente não vagaria por um túnel escuro como breu. Estalou os dedos e um globo de fogo branco ganhou vida acima de seu ombro direito. Deitou um brilho opalescente sobre o túnel, exibindo cada teia de aranha em intricados detalhes. As teias se estendiam em uma grossa cortina pela entrada. Ela podia ver teias tecidas em cima de outras teias e se perguntou quantas aranhas haviam lá embaixo.

Perenelle prosseguiu, a luz se movendo com ela, e de repente avistou o primeiro dos feitiços de isolamento e proteções que Dee instalara ao longo do túnel. Uma série de lanças altas de madeira com ponta de metal haviam sido profundamente enterradas no chão lamacento. A ponta de metal de cada lança estava pintada com um símbolo antigo de poder, um hieróglifo quadrado que poderia ter sido familiar à civilização Maia, na América Central. Ela podia ver uma dúzia de lanças, cada uma pintada com um símbolo diferente. Sabia que individualmente os símbolos eram insignificantes, mas juntos criavam uma teia em zigue-zague incrivelmente forte de poder bruto que cruzava o corredor com raios de luz negra. Tal sistema a fez se lembrar dos alarmes complicados de laser usados pelos bancos. O poder não tinha efeito sobre os humanos – tudo que ela podia sentir era um vago zunido e uma tensão na nuca –, mas era uma barreira impenetrável para qualquer um da Raça dos Antigos, da Geração Posterior e das Criaturas do Além. Mesmo De Ayala, um fantasma, era afetado pela barreira.

Perenelle reconheceu alguns dos símbolos nas pontas das lanças; vira-os no Códex e entalhados nas paredes das ruínas em Palenque, no México. A maioria deles eram anteriores à humanidade. Muitos deles eram mais velhos até mesmo do que os Antigos e pertenciam à raça que habitara a terra em um passado remoto. Eram as Palavras de Poder, os antigos Símbolos de Ligação, criados para proteger – ou aprisionar – algo incrivelmente valioso ou extraordinariamente perigoso.

Ela tinha um pressentimento de que isto se tratava do segundo tipo.

E também se perguntava onde Dee teria descoberto as palavras antigas.

Movimentando-se pela lama espessa, Perenelle deu seu primeiro passo para dentro do túnel. Todas as teias de aranha se agitaram e tremeram, um som como o farfalhar de folhas. Ela pensou que devia haver milhões de aranhas lá. Não a assustavam; já enfrentara criaturas muito mais aterrorizantes do que aranhas, mas estava consciente de que eram provavelmente aranhas-marrons reclusas e venenosas, viúvas-negras ou mesmo aranhas sul-americanas armadeiras dentre a massa de aracnídeos. Uma picada de um deles certamente a incapacitaria, possivelmente até a mataria.

Perenelle puxou uma das lanças da lama e a usou para afastar a teia. O símbolo quadrado na ponta da lança brilhou vermelho e os finos fios silvaram e chiaram onde a lança as tocou. Uma sombra espessa que ela imaginou ser uma massa de aranhas fluiu para trás, entrando na escuridão. Avançando lentamente pelo túnel estreito, derrubou cada lança que encontrou, permitindo que a lama imunda lavasse as Palavras de Poder, gradualmente desmantelando o intrincado padrão de magia. Se Dee se dera todo esse trabalho para prender algo na cela, isso significava que não podia controlá-lo. Perenelle queria descobrir o que era e como libertá-lo. Mas conforme se aproximava, o globo acima de seu ombro lançando uma luz tremeluzente pelo corredor, outro pensamento cruzou sua mente: e se Dee aprisionara algo que até mesmo ela deveria temer, algo antigo, algo aterrador? Não sabia se estava cometendo um erro terrível.

O batente e a entrada para a cela haviam sido pintados com símbolos que feriam seus olhos somente de avistá-los. Grosseiros e angulosos, pareciam mover-se e girar na pedra, não muito diferente do que acontecia no Livro de Abraão. Mas enquanto as letras no livro antigo formavam palavras em linguagens que ela quase sempre entendia, ou pelo menos reconhecia, esses símbolos se torciam em formas inimagináveis.

Ela se abaixou, pegou um pouco de lama com a mão em concha e a jogou sobre as letras, apagando-as. Apenas quando limpou completamente as primeiras Palavras de Poder prosseguiu e enviou o globo de luz girando e oscilando para cima e para baixo no interior da cela.

Perenelle levou somente um segundo para entender o que estava vendo. E neste momento, percebera que havia sido um erro terrível desmantelar o poderoso padrão de proteção.

Toda a cela era um espesso casulo de teias de aranha. No centro da cela, pendurada em um único fio de seda, não mais grosso do que seu dedo indicador, havia uma aranha. A criatura era enorme, facilmente do mesmo tamanho do que a enorme torre de água que tomava a maior parte da ilha acima de sua cabeça. Lembrava vagamente uma tarântula, mas pelos roxos eriçados de ponta cinza cobriam todo seu corpo. Cada uma de suas oito patas era mais larga do que Perenelle. Posicionada no meio de seu corpo estava uma imensa cabeça quase humana. Era redonda e de textura fina, sem orelhas, sem nariz e apenas uma linha horizontal como boca. Como uma tarântula, tinha oito pequenos olhos perto do alto do crânio.

E um por um, os olhos lentamente se abriram, cada um da cor de uma antiga ferida. Fixaram-se no rosto da mulher. Então a boca se abriu e duas presas semelhantes a lanças apareceram.

– Madame Perenelle. Feiticeira – ceceou a criatura.

– Areop-Enap – disse ela espantada, reconhecendo a lendária Aranha Antiga. – Pensei que você estivesse morta.

– Você quer dizer que pensou que tivesse me matado!

A teia se contraiu e subitamente a hedionda criatura se lançou sobre Perenelle.

Capítulo Quarenta e Três

Dr. John Dee se inclinava do banco de trás de um carro de polícia.

– Vire aqui – disse a Josh. Viu a expressão no rosto do jovem e acrescentou: – Por favor.

Josh pisou no freio e o carro deslizou e guinchou, o pneu da frente completamente rasgado e o aro de metal raspando no chão, soltando faíscas.

– Agora, por aqui. – Dee apontou para um beco estreito coberto nos dois lados por fileiras de lixeiras. Observando o Mago pelo retrovisor, Josh reparou que ele não parava de se contorcer no banco para olhar para trás.

– Ela está seguindo? – perguntou Maquiavel.

– Não consigo vê-la – disse Dee secamente –, mas acho que precisamos sair da rua.

Josh lutava para manter o controle do carro.

– Não vamos conseguir ir muito mais longe nisso – começou, então bateu na primeira lixeira, que derrubou uma segunda e uma terceira, espalhando lixo por todo o beco. Ele virou o volante bruscamente para evitar atropelar uma das lixeiras caídas e o motor começou a fazer um barulho alarmante. O carro balançou e de repente parou, fumaça saindo em ondas do capô.

– Saiam – disse Josh, rapidamente. – Acho que está pegando fogo. – Ele saiu com dificuldade do carro; Maquiavel e Dee desembarcaram pelo outro lado. Então viraram e correram pelo beco, afastando-se do carro. Eles deram talvez meia dúzia de passos quando ouviram um baque surdo e o carro explodiu em chamas. Uma densa fumaça negra ascendeu em espiral para o céu.

– Ótimo – disse Dee, amargamente. – Agora a Disir certamente sabe onde estamos. E não estará nada feliz.

– Bem, não com você, isso é certo – disse Maquiavel, com um sorriso irônico.

– Eu? – disse Dee, surpreso.

– Não fui eu quem ateou fogo nela – lembrou Maquiavel.

Era como ouvir crianças discutindo.

– Já chega! – Josh virou-se para os dois homens. – Quem era aquela... aquela mulher?

– Aquilo – disse Maquiavel, com um sorriso – era uma Valquíria.

– Uma Valquíria?

– Às vezes chamada de Disir.

– Disir? – Josh percebeu que nem se surpreendeu com a resposta. Ele não se importava com a maneira como mulher era chamada; só o que importava é que tinha tentado cortá-lo em dois com uma espada. Talvez estivesse sonhando, pensou de repente, e tudo que acontecera desde o momento em que Dee e os Golens entraram na livraria não era nada além de um pesadelo. Em seguida, moveu seu braço direito e o ombro machucado reclamou. Ele fez uma careta de dor. Josh sentiu a pele em seu rosto queimado firme e rígida, e quando lambeu seus lábios secos e rachados percebeu que isso não era um sonho. Ele estava bem acordado, vivendo um pesadelo.

Josh se afastou dos homens e olhou para os dois lados do beco estreito. Havia casas altas em um lado, e o que parecia ser um hotel no outro. As paredes eram pintadas com camadas de escritas e desenhos em grafite, alguns até sobre as latas de lixo. Na ponta dos pés, tentou ver o horizonte, olhando para a Torre Eiffel ou para o Sacré-Couer, algo para lhe dar uma ideia de onde ele estava.

– Eu tenho que voltar – disse, afastando-se mais dos dois homens que estavam desgrenhados. Segundo Flamel, eles eram o inimigo, especialmente Dee. Mas Dee tinha acabado de salvá-lo da Disir.

Dee virou-se para ele, seus olhos cinzentos brilhando com gentileza.

– Por que, Josh? Aonde vai?

– Voltar para minha irmã.

– Para Flamel e Saint-Germain também? Diga-me, o que eles vão fazer por você?

Josh deu mais um passo para trás. Ele tinha visto Dee jogar lanças de fogo em duas ocasiões, na livraria e na Disir; e não sabia até que distância o Mago conseguia atirá-las. Não muito longe, imaginou. Mais um passo ou dois e ele poderia virar-se e correr beco abaixo. Poderia parar a primeira pessoa que encontrasse e pedir indicações para a Torre Eiffel. Lembrou que a expressão em francês de "onde é?" era "*où est?*", ou talvez fosse "*qui est?*". Ou será que isso significa "quem é?". Balançou um pouquinho sua cabeça, lamentando não ter prestado atenção às aulas de francês.

– Não tente me impedir – falou, afastando-se.

– Qual foi a sensação? – perguntou Dee, abruptamente.

Josh virou-se lentamente para olhar para o Mago. Ele soube imediatamente do que estava falando. Percebeu que seus dedos se enrolaram automaticamente, como se segurasse o cabo de uma espada.

– Como foi segurar Clarent e sentir aquele poder bruto correndo por você? Como foi saber os pensamentos e as emoções da criatura que tinha acabado golpear? – Dee colocou a mão para dentro de seu casaco esfarrapado e tirou a gêmea de Clarent: Excalibur. – É um sentimento incrível, não é? – O Mago virou a lâmina em sua mão, um fio azul-escuro de energia estremeceu a espada de pedra. – Sei que deve ter vivenciado os pensamentos de Nidhogg... suas emoções... suas lembranças?

Josh assentiu. Ainda estavam recentes e assustadoramente vívidas em sua mente. Os pensamentos e as visões foram tão estranhos, tão bizarros que ele soube nunca ser capaz de imaginá-los.

– Por um instante, você experimentou como é ser um deus: ver mundos além da imaginação, sentir emoções alheias. Viu o passado, o passado muito distante... você pode até ter visto o Reino de Sombras do Nidhogg.

Josh assentiu lentamente, imaginando como Dee sabia disso.

O Mago deu um passo à frente, se aproximando do menino.

– Por um instante, Josh, um mero instante, foi como estar Despertado, embora longe da mesma intensidade – acrescentou rapidamente. – E você *quer* ter seus poderes Despertados?

Josh assentiu. Sentiu-se ofegante, o coração martelando no peito. Dee estava certo; nos momentos em que segurou Clarent, sentiu-se vivo, realmente vivo.

– Mas é impossível – disse rapidamente.

Dee riu.

– Ah, não. Pode acontecer aqui, hoje – terminou triunfante.

– Mas Flamel disse... – começou Josh, e depois parou, percebendo o que tinha acabado de dizer. Se ele pudesse ser Despertado...

– Flamel diz muitas coisas. Duvido que ele próprio saiba distinguir a verdade hoje em dia.

– E você sabe? – retrucou rispidamente o menino.

– Sempre. – Dee apontou por cima do ombro para Maquiavel com o polegar. – O italiano não é meu amigo – disse baixinho, encarando os olhos preocupados de Josh. – Então, faça a pergunta: pergunte a ele se seu poder poderia ser Despertado esta manhã.

Josh virou-se para examinar Nicolau Maquiavel. O homem alto, de cabelos brancos, parecia ligeiramente preocupado, mas balançou a cabeça em concordância.

– O mago inglês está correto: seus poderes poderiam ser Despertados hoje. Imagino que poderíamos encontrar alguém para fazê-lo dentro de uma hora.

Sorrindo triunfante, Dee voltou-se para Josh.

– A escolha é sua. Então, responda. Quer voltar para Flamel e suas promessas vazias ou quer Despertar seus poderes?

Mesmo enquanto observava os fios negros da energia escura que se formavam na lâmina de pedra de Excalibur, Josh sabia a resposta. O menino lembrou-se dos sentimentos, das emoções e do poder que percorreram seu corpo quando segurou Clarent. E Dee disse que essa sensação não chegava perto da intensidade de ser Despertado.

– Preciso de uma resposta – pressionou Dee.

Josh Newman respirou fundo.

– O que tenho que fazer?

Capítulo Quarenta e Quatro

Joana jogou o Citroën na entrada do beco e parou o carro, bloqueando a entrada. Debruçada sobre o volante, ela vasculhou o local, observando com os olhos, procurando movimento, imaginando se aquilo era uma armadilha.

Seguir Josh tinha sido muito fácil, tudo que teve de fazer foi perseguir o enorme arranhão na rua feito pelo aro de metal da roda dianteira de seu carro. Ela teve um breve momento de pânico quando perdeu o rastro em um labirinto de ruelas, mas de repente uma grossa nuvem de fumaça negra apareceu acima dos telhados e ela a seguiu: a fumaça a levou para o beco e o carro de polícia em chamas.

— Fiquem aqui — ordenou a um Flamel esgotado e a Sophie, que tinha o rosto sujo de cinzas, enquanto saía do carro. Ela carregava sua espada folgadamente na mão direita enquanto caminhava pelo beco, suavemente batendo a lâmina contra a palma da mão esquerda. Tinha quase certeza de que era tarde demais e Dee, Maquiavel e Josh já tinham ido embora, mas não podia correr riscos.

Caminhando em silêncio pelo beco, alerta às pilhas de latas de lixo que poderiam estar escondendo um inimigo, Joana percebeu que ainda estava em estado de choque após o desaparecimento de Scatty. Em um segundo, Joana estava parada em frente a sua velha amiga, e no outro, a criatura que era mais peixe do que o homem tinha se levantado da água, arrastando Scatty junto.

Joana piscou para dissipar as lágrimas. Conhecia Scathach por mais de quinhentos anos. Durante os primeiros séculos foram inseparáveis, aventurando-se juntas por todo o mundo em países ainda não explorados pelo Ocidente, encontrando tribos que ainda viviam como seus antepassados tinham vivido milhares de anos no passado. Juntas descobriram ilhas perdidas, cidades escondidas e países esquecidos, e Scatty chegou até a levá-la a alguns dos Reinos de Sombras, onde lutaram com criaturas há muito extintas na terra. No Reino de Sombras, Joana viu sua amiga enfrentar e derrotar criaturas que só existiam nos mitos humanos mais obscuros. Joana sabia que nada poderia fazer frente à Sombra... mesmo assim, Scatty sempre disse que poderia ser derrotada, que era imortal, mas não invulnerável. Joana sempre imaginou que quando Scatty finalmente abandonasse sua vida seria em um evento dramático e extraordinário... não por ser arrastada para um rio sujo por um homem-peixe gigante.

Joana sofreria por sua amiga, e choraria por ela, mas não agora. Ainda não.

Joana d'Arc era guerreira desde adolescente, cavalgara para batalhas à frente de um enorme exército francês. Viu muitos amigos caírem em batalha e aprendeu que, se ficasse pensando em suas mortes, seria incapaz de lutar. Agora, precisava proteger Nicolau e a menina. Mais tarde, teria tempo para lamentar por Scathach, a Sombra, e também para ir em busca da criatura que Flamel chamava de Dagon. Joana ergueu a espada. Ela vingaria sua amiga.

A pequena francesa passou pelos restos do carro de polícia em chamas e se agachou no chão, estudando habilmente os vestígios e sinais nas pedras úmidas. Ela ouviu Nicolau e Sophie saírem do Citroën e seguirem pelo beco, desviando das poças de óleo e água suja. Nicolau carregava Clarent. Joana ouviu claramente um zumbido quando ele aproximou-se do carro em chamas, e imaginou se a espada ainda estava conectada ao garoto.

– Eles correram do carro e pararam aqui – disse ela, sem olhar para cima, enquanto seus companheiros paravam a seu lado. – Dee e Maquiavel estavam de frente para Josh. Ele estava ali. – Ela apontou. – Eles correram pela água lá atrás; dá para ver claramente o contorno de seus sapatos no chão.

Sophie e Flamel se inclinaram e olharam para o chão. Eles assentiram, embora ela soubesse que não conseguiam ver nada.

– Agora, isso aqui é interessante – continuou. – Em algum momento, os passos de Josh apontaram para o fim do beco, e ele estava com o peso sobre as pontas dos pés, como se estivesse pensando em correr. Mas olhem aqui. – Apontou para o rastro de calcanhares no chão que só ela podia ver. – Os três foram embora juntos, Dee e Josh na frente, seguidos por Maquiavel.

– Você pode encontrá-los? – perguntou Flamel.

Joana deu de ombros.

– Até o final do beco, talvez, mas além disso... – Ela deu de ombros novamente e endireitou-se, limpando a poeira de suas mãos. – Impossível. Haverá muitas outras impressões.

– O que vamos fazer? – sussurrou Nicolau. – Como vamos encontrar o menino?

Os olhos de Joana vagaram do rosto de Flamel para o de Sophie.

– Nós não podemos... mas Sophie pode.

– Como? – perguntou ele.

Joana moveu sua mão em uma linha horizontal na frente dela. Deixou um leve fio de luz no ar, e no beco imundo surgiu um cheiro de lavanda.

– Ela é sua gêmea: será capaz de seguir a aura dele.

Nicolau Flamel segurou os ombros de Sophie, forçando a menina a olhar em seus olhos.

– Sophie! – vociferou. – Sophie, olhe para mim.

Sophie levantou os olhos vermelhos para o Alquimista. Sentia-se completamente dormente. Scatty estava morta e agora Josh desaparecera, sequestrado por Dee e Maquiavel. Tudo estava desmoronando.

– Sophie – disse Nicolau muito calmamente, seus olhos pálidos segurando as lágrimas. – Eu preciso que seja forte agora.

– Por quê? – perguntou ela. – Eles se foram.

– Eles não se foram – disse ele, confiante.

– Mas Scatty... – A menina soluçou.

– ... É uma das mulheres mais perigosas do mundo – completou. – Ela sobreviveu por mais de dois mil anos e lutou com criaturas infinitamente mais perigosas do que Dagon.

Sophie não tinha certeza se ele estava tentando convencer a si mesmo ou a ela.

– Eu vi aquela coisa arrastá-la para o rio, e nós esperamos por pelo menos dez minutos. Ela não emergiu. Deve ter se afogado. – Sua voz travou e ela podia sentir as lágrimas ardendo em seus olhos novamente. Era como se sua garganta estivesse pegando fogo.

– Eu a vi sobreviver a coisas muito piores, muito piores. – Nicolau tentou forçar um sorriso fraco. – Acho que Dagon se surpreenderá! Scatty é como um gato: ela odeia se molhar. A corrente do Sena é muito rápida, eles provavelmente foram arrastados rio abaixo. Ela entrará em contato conosco.

— Mas como? Ela não faz ideia de onde estamos. — Sophie realmente odiava a maneira como os adultos mentiam. Eles eram tão transparentes.
— Sophie — disse Nicolau sério. — Se Scathach estiver viva, vai nos encontrar. Confie em mim.
E naquele momento, Sophie percebeu que não confiava no Alquimista.
Joana pousou o braço sobre os ombros de Sophie e apertou de leve.
— Nicolau está certo. Scatty é... — Ela sorriu, e seu rosto inteiro se iluminou. — Ela é extraordinária. Uma vez, sua tia a abandonou em um dos Submundos do Reino de Sombras: ela levou séculos para encontrar a saída. Mas encontrou.
Sophie assentiu lentamente. Ela sabia que o que diziam era verdade; a Bruxa de Endor sabia mais sobre Scathach do que o Alquimista ou Joana, mas ela também podia perceber que estavam muito preocupados.
— Agora, Sophie — recomeçou Nicolau. — Preciso de você para encontrar seu irmão.
— Como?
— Consigo ouvir as sirenes — disse Joana, com urgência em sua voz, olhando para trás no beco. — Muitas sirenes.
Flamel a ignorou. Ele olhou profundamente nos brilhantes olhos azuis de Sophie.
— Você pode encontrá-lo — insistiu. — Você é irmã gêmea dele, é uma conexão que vai além do sangue. Você sempre soube quando ele estava em apuros, não é mesmo?
Sophie assentiu.
— Nicolau... — insistiu Joana —, estamos correndo contra o tempo.
— Você sempre sentiu sua dor, soube quando ele estava infeliz ou triste?

Sophie assentiu novamente.

– Você está conectada a ele, você pode encontrá-lo. – O Alquimista girou a menina de modo que ela ficasse de frente para o fim do beco. – Josh estava parado aqui – disse ele, apontando. – Dee e Maquiavel, mais ou menos por aqui.

Sophie estava confusa e começando a ficar irritada.

– Mas eles já foram embora. Eles o levaram.

– Não acho que o tenham forçado a ir a qualquer lugar. Creio que ele foi de livre e espontânea vontade – disse Nicolau muito suavemente.

As palavras atingiram Sophie como um golpe. Josh não a deixaria, não é?

– Mas por quê?

Flamel deu de ombros ligeiramente.

– Quem sabe? Dee sempre foi muito convincente, e Maquiavel é um grande manipulador. Mas podemos encontrá-los, tenho certeza disso. Os seus sentidos foram Despertados, Sophie. Olhe de novo, imagine Josh em pé na sua frente, *veja-o...*

Sophie respirou fundo e fechou os olhos, depois os abriu novamente. Ela não conseguia ver nada fora do comum, estava de pé em meio a lixo espalhado num beco sujo, as paredes cobertas de grafite elaborado, com a fumaça do carro em chamas girando em torno dela.

– A aura dele é dourada – continuou Flamel. – A de Dee é amarela... a de Maquiavel cinza ou branco sujo...

Sophie começou a balançar a cabeça.

– Não consigo ver nada – disse.

– Então, deixe-me ajudá-la. – Nicolau pôs uma mão no ombro dela e de repente o fedor do carro em chamas foi substituído pelo cheiro fresco e forte da hortelã. Imediatamente, viu sua aura bruxuleando em torno de seu corpo, estalando e

cuspindo como um fogo de artifício, a cor prateada agora tingida com o verde-esmeralda da aura de Flamel.
E então ela *viu*... alguma coisa.
Exatamente na frente dela conseguia distinguir um fino esboço de Josh. Era fantasmagórico e incorpóreo, composto por fios e partículas brilhantes de pó dourado, e quando ele se moveu, deixou um rastro de listras alaranjadas no ar atrás dele. Agora que ela sabia o que estava procurando, também pôde distinguir os traços de Dee e Maquiavel no ar.
Ela piscou lentamente, com medo de que as imagens desaparecessem, mas permaneceram suspensas no ar diante dela, e as cores ficaram ainda mais intensas. A aura de Josh era a mais brilhante de todas. Ela estendeu a mão, os dedos tocando a borda dourada do braço de seu irmão. O contorno de fumaça se estendia como se soprado por uma brisa.
— Eu os vejo — disse ela, com admiração; sua voz quase um sussurro. Ela nunca imaginou que seria capaz de fazer algo assim. — Eu consigo ver seus contornos.
— Aonde eles foram? — perguntou Nicolau.
Sophie seguiu os traços coloridos no ar, que levavam ao fim do beco.
— Por aqui — disse, e partiu pelo beco em direção à rua, com Nicolau acompanhando de perto.
Joana d'Arc deu uma última olhada em seu carro amassado e, em seguida, seguiu-os.
— O que você está pensando? — perguntou Flamel.
— Estou pensando que, quando isso acabar, vou mandar reformarem o carro a suas condições originais. E nunca mais vou tirá-lo da garagem.

— Alguma coisa está errada — disse Flamel, enquanto teciam seu caminho pelas ruas.

Sophie estava ferozmente concentrada em seguir seu irmão gêmeo e o ignorou.
– Estou sentindo a mesma coisa – disse Joana. – A cidade está muito tranquila.
– Exatamente. – Flamel olhou em volta. Onde estavam os parisienses a caminho do trabalho, e os turistas determinados a começar suas visitas antes que a cidade ficasse quente e lotada? As poucas pessoas na rua passavam rapidamente, falando animadamente juntas. A área estava cheia de sirenes, e havia policiais por toda parte. E então, Nicolau percebeu que o tumulto causado por Nidhogg na cidade tinha chegado aos noticiários e as pessoas foram orientadas a ficar longe das ruas. Ele se perguntou que desculpa as autoridades inventariam para explicar o caos.

Sophie abriu caminho pela rua distraidamente, seguindo o rastro que as auras de Josh, Dee e Maquiavel deixaram no ar atrás deles. Constantemente esbarrava nos pedestres e pedia desculpas, mas nunca tirou os olhos dos traços brilhantes de luz. E, então, ela percebeu que com o sol ficando mais forte tornou-se cada vez mais difícil distinguir os pontinhos coloridos de luz. Deu-se conta de que estava ficando sem tempo.

Joana d'Arc alcançou o Alquimista.
– Ela pode mesmo ver as imagens deixadas pelas auras deles? – perguntou em francês arcaico.
– Sim, ela pode – respondeu Nicolau, na mesma língua. – A menina é extraordinariamente poderosa: ela não tem ideia da extensão de seus poderes.
– Faz ideia de aonde estamos indo? – perguntou Joana, olhando ao redor. Ela concluiu que estavam em algum lugar nas imediações do Palácio de Tóquio, mas esteve concentrada nas marcas deixada pelo carro da polícia na rua e não tinha prestado muita atenção a seu paradeiro.

– Não, nenhuma – disse Nicolau, franzindo a testa. – Só estou me perguntando por que parece que estamos indo de volta para as ruas. Pensei que Maquiavel iria querer levar o menino sob custódia.

– Nicolau, eles querem o menino para si, ou melhor, os Antigos querem. O que a profecia diz? *Os dois que são um, o um que é tudo. Um para salvar o mundo, um para destruí-lo.* O menino é um prêmio. – Sem mover a cabeça, seus olhos recaíram sobre Sophie. – E a menina, também.

– Eu sei disso.

Joana apoiou levemente sua mão sobre o braço do Alquimista.

– Você sabe que nunca poderemos permitir que ambos caiam nas mãos de John Dee.

O rosto de Flamel se fixou em uma expressão.

– Eu sei disso, também.

– O que você vai fazer?

– Tudo o que for preciso – disse ele, severamente.

Joana pegou um celular preto.

– Estou ligando para Francis, vou informá-lo de que estamos bem. – Ela olhou ao redor por uma referência. – Talvez ele seja capaz de identificar onde estamos.

Sophie fez uma curva, entrando em um beco estreito em que mal dava para duas pessoas passarem lado a lado. Na escuridão, ela via os traços e pontos de luz de forma mais clara agora. Conseguiu até ver flashes fantasmagóricos do perfil de seu irmão. Sentiu seu ânimo aumentar: talvez conseguissem alcançá-los.

Então, abruptamente, as auras desapareceram.

Ela parou, confusa e assustada. O que tinha acontecido? Olhando para o beco, via os traços de suas auras no ar, dourados e amarelos, de Josh e Dee, lado a lado, com o cinza de

Maquiavel, logo atrás. Chegaram ao meio do beco e pararam, e ela via claramente o contorno dourado do corpo de seu irmão em pé quase na frente dela. Apertando os olhos, concentrado-se muito, ela tentou fazer a aura entrar em foco...

Ele estava olhando para baixo, boquiaberto.

Sophie deu um passo atrás. Diretamente sob seus pés, viu uma enorme tampa de bueiro, com as letras *IDC* gravadas no metal. Manchas minúsculas das três auras riscavam a tampa, delineando cada letra de uma cor diferente.

– Sophie? – chamou Nicolau.

Ela sentiu uma onda de agitação: o alívio por não ter perdido o irmão.

– Eles desceram – disse ela.

– Desceram? – perguntou Flamel, ficando pálido. Seu tom de voz caiu para pouco mais do que um sussurro. – Você tem certeza?

– Tenho – disse ela, alarmada com a expressão em seu rosto. – Por que, qual o problema? O que tem lá embaixo? Esgoto?

– Esgoto... e pior. – O Alquimista de repente parecia muito mais velho e cansado. – Abaixo de nós estão as lendárias catacumbas de Paris – sussurrou.

Joana se agachou e apontou para onde a lama ao redor da tampa do bueiro que estava remexida.

– Esta tampa foi aberta muito recentemente. – Ela olhou para cima, sua expressão sombria. – Você está certo; eles o levaram para o Império dos Mortos.

Capítulo Quarenta e Cinco

— Ah, pare com isso! – Perenelle bateu sobre a cabeça da Aranha Antiga com o lado plano da lança que segurava. O símbolo ancestral do poder brilhou incandescente e a aranha voltou correndo para dentro da cela, o topo de seu crânio fritando e uma fumaça cinza subindo.

— Isso dói! – Areop-Enap esbravejou, mais irritada do que ferida. – Você está sempre me machucando. Quase me matou da última vez que te vi.

— Deixe-me lembrar que da última vez que nos encontramos seus seguidores tentaram me sacrificar para acordar um vulcão extinto. Naturalmente, fiquei um pouco irritada.

— Você derrubou uma montanha inteira em cima de mim – disse Areop-Enap, ceceando um chiado peculiar causado por suas presas demasiadamente longas. – Você poderia ter me matado.

— Foi só uma pequena montanha – lembrou Perenelle à criatura. Ela imaginava que Areop-Enap fosse fêmea, mas não tinha como ter certeza. – Você sobreviveu a coisas piores.

Todos os olhos Areop-Enap fitavam a lança na mão de Perenelle.

– Você pode ao menos dizer onde estou?

– Em Alcatraz. Ou melhor, embaixo de Alcatraz, uma ilha na Baía de São Francisco, na costa oeste das Américas.

– O Novo Mundo? – perguntou Areop-Enap.

– Sim, o Novo Mundo – disse Perenelle sorrindo. A solitária Aranha Antiga costumava hibernar por séculos, perdendo grandes pedaços da história humana.

– O que você está fazendo aqui? – perguntou Areop-Enap.

– Sou uma prisioneira, assim como você. – Ela recuou um passo. -- Se eu baixar a lança, você vai fazer algo estúpido?

– Como o quê?

– Como pular em mim.

Os pelos das patas de Areop-Enap eriçaram-se e caíram, todos ao mesmo tempo, harmonicamente.

– Trégua? – sugeriu a Aranha Antiga.

Perenelle acenou com a cabeça.

– Trégua – aceitou. – Parece que temos um inimigo em comum.

Areop-Enap dirigiu-se até a porta da cela.

– Você sabe como vim parar aqui?

– Na verdade, eu estava esperando que você pudesse me esclarecer isto – disse Perenelle.

Mantendo vários olhos cautelosos sobre a lança brilhante, a aranha deu um passo hesitante em direção ao corredor.

– O último lugar do qual me lembro é a ilha de Igup, na Polinésia – acrescentou.

– Micronésia – disse Perenelle. – O nome foi alterado há mais de cento e cinquenta anos. Afinal, por quanto tempo você esteve dormindo, Velha Aranha? – perguntou, chamando a criatura pelo seu nome mais popular.

– Não sei ao certo... quando foi a última vez que nos encontramos e tivemos o nosso pequeno mal-entendido? Em anos humanídeos, Feiticeira – acrescentou.

– Quando Nicolau e eu estávamos em Pohnpei investigando as ruínas de Nan Madol – disse Perenelle imediatamente. Ela tinha uma memória quase perfeita. – Isso foi há cerca de duzentos anos – adicionou.

– Provavelmente tirei um cochilo por volta desta época, depois do incidente – disse Areop-Enap, saindo para o corredor. Atrás dela, a cela tornou-se viva com o aparecimento de milhões de aranhas. – Eu me lembro de ter acordado de um cochilo muito agradável – disse lentamente. – Eu vi o Mago Dee... mas ele não estava sozinho. Havia mais alguém, mais *alguma coisa* com ele, instruindo-o.

– Quem? – perguntou Perenelle com urgência. – Tente se lembrar, Velha Aranha, isto é importante.

Areop-Enap fechou cada um de seus olhos enquanto tentava se lembrar do que havia acontecido.

– Alguma coisa está me impedindo – disse, todos os seus olhos abrindo simultaneamente. – Algo poderoso. Seja quem estivesse com ele, estava protegido por um escudo mágico incrivelmente poderoso. – Areop-Enap examinou o corredor de um lado ao outro. – Para lá? – perguntou.

– Para cá. – Perenelle apontou com a lança. Apesar de Areop-Enap haver proposto trégua, Perenelle não se sentia preparada para ficar desarmada diante de um dos Antigos mais poderosos. – Eu me pergunto por que ele a queria como prisioneira. – Um pensamento repentino a arrebatou, e ela parou tão bruscamente que Areop-Enap trombou de leve contra seu corpo, quase derrubando-a de cara no chão lamacento. – Se você tivesse que fazer uma escolha, Velha Aranha, se você tivesse que escolher entre reintegrar os Antigos a este mundo ou deixá-lo nas mãos dos humanídeos, o que você escolheria?

– Feiticeira – disse Areop-Enap, com a boca aberta a revelar os seus terríveis dentes, o que poderia ter sido um sorriso –, fui um dos Antigos que votaram para que deixássemos a Terra para a espécie primata. Reconheci que nosso tempo neste planeta havia terminado, e que, em nossa arrogância, quase o destruímos. Era hora de recuar e deixá-lo para a Humanidade.

– Então você não seria a favor do retorno dos Antigos?

– Não.

– E se houvesse um confronto, de que lado você ficaria? No dos Antigos ou no da Humanidade?

– Feiticeira – disse Areop-Enap muito seriamente –, estive do lado dos humanídeos antes. Junto aos meus, Hécate e a Bruxa de Endor, ajudei a trazer a civilização a este planeta. Apesar de minha aparência, minha lealdade é para com os humanídeos.

– E é por isso que Dee tinha que capturá-la agora. Ele não podia se dar o luxo de ter alguém poderoso como você a lutar ao lado da Humanidade.

– Então o confronto deve estar realmente muito próximo – disse Areop-Enap. – Mas não há nada que Dee e os Antigos Sombrios possam fazer até que se apossem do Livro de... – Areop-Enap emudeceu-se. – Eles possuem o livro?

– A maior parte dele – confirmou Perenelle, amargurada. – E você deve saber o resto. Você está familiarizada com a profecia dos gêmeos?

– Claro. Aquele velho idiota, Abraão, estava sempre tagarelando sobre os gêmeos e rabiscando suas indecifráveis profecias no Códex. Particularmente, nunca acreditei em nenhuma daquelas palavras. E, durante todos os anos em que o conheci, ele nunca acertou uma.
– Nicolau encontrou os gêmeos.
– Ah. – Areop-Enap ficou em silêncio por um momento, depois encolheu todos os ombros que tinha, expressando indiferença, os inúmeros olhos piscando uniformemente. – Então Abraão estava certo sobre alguma coisa. Bem, é uma surpresa.

Enquanto Perenelle avançava lentamente por um lamaceiro na altura de seu tornozelo, relatando o que tinha descoberto nas celas acima, notou que, apesar de todo seu tamanho, a Aranha Antiga deslizava sobre a lama. Atrás deles, as paredes e tetos pulsavam com milhões de aranhas enquanto estas seguiam a Antiga.

– Eu me pergunto por que Dee não a matou.

– Ele não podia – disse Areop-Enap sem rodeios. – A minha morte ecoaria por inúmeros Reinos de Sombras. Diferente de Hécate, tenho amigos, e muitos deles viriam investigar. Dee não iria querer isso. – Areop-Enap parou quando chegou à primeira das lanças das quais Perenelle havia removido o feitiço. Uma enorme pata girou a lança e a aranha examinou os sinais quase apagados do hieróglifo pintado em sua ponta. – Estou curiosa – ceceou. – Estas Palavras de Poder. Elas já eram históricas quando os Antigos governavam a Terra. E eu pensava que havíamos destruído todas elas e cada um de seus registros. Como foi que o mago inglês as redescobriu?

– Eu estava me perguntando a mesma coisa – disse Perenelle. Ela virou a lança na mão para olhar o hieróglifo de um único quadrado. – Talvez ele tenha copiado a magia de algum lugar.

– Não – disse Aerop-Enap. – Individualmente, as palavras também são poderosas, é verdade, mas Dee as utilizou em uma combinação particular que me manteve presa nesta cela. Toda vez que eu tentava fugir, era como se corresse contra uma sólida parede de concreto. Já vi esta combinação antes, mas foi numa época anterior à queda de Danu Talis. Na verdade, pensando nisso agora, a última vez que vi esta combinação foi antes mesmo de termos criado a Ilha-Continente e a emergido do fundo do oceano. Alguém auxiliou Dee. Alguém que sabia como criar estas proteções mágicas, que as tinha visto antes.

– Ninguém sabe quem é o Antigo de Dee, a quem ele serve – disse Perenelle pensativa. – Nicolau gastou décadas em vão tentando descobrir quem, no fim das contas, comanda o Mago.

– Alguém muito velho – disse Areop-Enap. – Tão velho quanto eu, ou ainda mais. Um dos Grandes Antigos, talvez. – Todos os olhos da Aranha Antiga piscaram. – Mas não poderia ser. Nenhum deles sobreviveu à queda de Danu Talis.

– Você sobreviveu.

– Eu não sou um dos Grandes Antigos – disse Areop-Enap de forma simples.

Elas chegaram ao fim do túnel e De Ayala surgiu num piscar de olhos diante delas. Ele tinha sido um fantasma durante séculos, e presenciara a existência de monstros e maravilhas, mas nunca vira nada parecido com Areop-Enap. A visão daquela gigantesca criatura o deixou mudo, em choque.

– Juan – disse Perenelle gentilmente –, fale comigo.

– *A Deusa dos Corvos está aqui* – Juan disse finalmente. – *Ela está quase diretamente acima de nós, empoleirada no topo da torre de água como um grande abutre. Está esperando você sair.* Teve uma discussão com a esfinge – acrescentou o fantasma. – A esfinge afirmou que os Antigos tinham dado você a ela. Morrigan afirmou que Dee garantiu que você era dela.

– É tão bom ser disputada – disse Perenelle, analisando o corpo da lança de cima a baixo na escuridão. Ela olhou de soslaio para Areop-Enap. – Eu me pergunto se ela sabe que você está aqui.

– É improvável – disse a Aranha Antiga. – Dee não teria razão alguma para contar a ela, e com tantas criaturas mágicas e míticas nesta ilha, ela não seria capaz de perceber minha aura.

Os lábios de Perenelle se moldaram em um ligeiro sorriso que iluminou seu rosto.

– Vamos surpreendê-la?

Capítulo Quarenta e Seis

Josh Newman parou e engoliu em seco. Ele vomitaria a qualquer momento. Mesmo estando frio e úmido no subterrâneo, ele suava, seu cabelo lambido sobre o crânio, a camisa gelada e grudada ao longo de sua espinha. Ele estava além da barreira do medo, passara de aterrorizado diretamente para petrificado.

Descer até o esgoto fora ruim o suficiente. Dee arrancara a tampa do bueiro do chão sem qualquer esforço e a puxara de volta como uma pluma suja e asquerosa, expelindo um terrível cheiro de gás pela rua. Retirada a tampa, Dee escorregou por entre a abertura, logo seguido por Josh e, finalmente, Maquiavel. Eles desceram por uma pequena e curta escada de metal, chegando a um túnel tão estreito que os obrigava a seguir em frente em fila única, e tão baixo que somente Dee conseguia andar sem se curvar. O túnel aprofundou-se, e Josh arfou quando água gelada de repente inundou seus tênis. O cheiro era horroroso, e ele tentava desesperadamente não imaginar o que estaria percorrendo por entre suas pernas.

O cheiro de ovo podre do enxofre rapidamente suprimiu os odores do esgoto enquanto Dee criava uma esfera de luz branco-azulada. Ela flutuou e dançou pelo ar a cerca de trinta centímetros do Mago, colorindo o interior do estreitíssimo túnel arqueado com uma sólida luz cinza e profundas sombras impenetráveis. Assim que eles seguiram em frente pela água, Josh ouviu coisas se movendo e pôde perceber pequenos pontos de luz vermelha a piscar na escuridão. Em seu íntimo, desejava que fossem apenas ratos.

– Eu não... – começou Josh, sua voz ecoando distorcidamente pelo túnel estreito. – Eu realmente não gosto de espaços apertados.

– Nem eu – acrescentou Maquiavel com bastante firmeza em sua voz. – Passei um curto período na prisão muito tempo atrás. Nunca esqueci.

– Foi tão ruim quanto isto? – perguntou Josh com voz trêmula.

– Pior. – Maquiavel andava atrás de Josh. Ele se inclinou para a frente e disse: – Tente manter a calma. Este é apenas um túnel de manutenção. Chegaremos a túneis adequados dentro de poucos instantes.

Josh respirou fundo a fim de evitar o cheiro. Ele tinha que se lembrar de respirar apenas pela boca.

– E como isso vai ajudar? – murmurou por entre os dentes cerrados.

– Os esgotos de Paris são espelhos das ruas acima – explicou Maquiavel, enquanto sua respiração produzia um bafo morno na orelha de Josh. – As maiores galerias possuem mais de quatro metros de altura.

Maquiavel estava certo. Momentos depois, saíram daquele apertado e claustrofóbico túnel auxiliar para uma alta galeria arqueada, larga o suficiente para que passasse um carro. As grandes paredes de tijolos eram amplamente iluminadas e tracejadas por canos negros de variadas espessuras. A uma certa distância, a água espirrava e borbulhava.

Josh sentiu a claustrofobia melhorar um pouco. Sophie, por vezes, tinha medo em grandes espaços abertos. Ele, em locais apertados e fechados. Agorafobia e claustrofobia. Ele respirou fundo. O ar ainda estava contaminado pelos detritos, mas ao menos era respirável. Levantou a parte da frente de sua camisa de seda até seu rosto e inspirou através dela. Ela fedia muito. Quando saísse dali, se saísse, teria que queimar tudo, inclusive a elegante calça jeans de grife com que Sain-Germain lhe presenteara. Ele deixou a camisa cair rapidamente, percebendo que quase expusera a bolsa que carregava por uma corda em torno do pescoço contendo as páginas do Códex. Não importava o que acontecesse agora, ele estava determinado a não entregar as páginas a Dee, não até que estivesse certo, muito, muito, muito certo, de que os motivos do Mago eram honestos.

– Onde estamos? – perguntou em voz alta, olhando para Maquiavel. Dee havia se posicionado no centro do esgoto. A esfera totalmente branca agora girava pouco acima da palma de sua mão estendida.

O italiano olhou ao redor de sua elevada estatura.

– Eu não tenho ideia – admitiu. – Existem cerca de dois mil e cem quilômetros de canos, e de esgoto, cerca de dois mil quilômetros – emendou ele ao ver o olhar incompreensivo no rosto de Josh. – Mas não se preocupe, não vamos nos perder. A maioria das ruas possui placas de sinalização aqui embaixo.

– Sinais de rua nos esgotos?

– Os esgotos de Paris são uma das grandes maravilhas desta cidade. – Maquiavel sorriu.

– Venham! – A voz de Dee rachou, ecoando pela câmara.

– Você sabe para onde estamos indo? – perguntou Josh em voz baixa. Ele sabia por experiência que precisava se manter distraído. Uma vez que começasse a pensar na estreiteza dos túneis e no peso de toda a terra sobre ele, sua claustrofobia o reduziria a ruína.

– Nós estamos descendo em direção a mais profunda e antiga parte das catacumbas. Você vai ser Despertado.

– Você sabe o que veremos?

O rosto de Maquiavel, impassível como sempre, contraiu-se formando uma expressão como uma careta.

– Sim. Pela reputação apenas. Nunca vi isto de fato. – Ele baixou a voz a pouco mais que um sussurro e segurou Josh pela manga, puxando-o de volta. – Ainda não é tarde demais para voltar atrás. – disse ele.

Josh piscou surpreso.

– Dee não gostaria disso.

– Provavelmente não – concordou Maquiavel com um sorriso irônico.

Josh estava confuso. Dee havia dito que Maquiavel não era seu amigo, e estava óbvio que os dois homens não concordavam.

– Mas pensei que você e Dee estivessem do mesmo lado.

– Estamos ambos a serviço dos Antigos, é verdade... mas nunca aprovei o mago inglês e seus métodos.

À frente deles, Dee contornou a galeria até chegar a um túnel menor, parando diante de uma estreita porta de metal protegida por um grosso cadeado. Ele apertou o fecho de metal com unhas que fediam a sujo poder amarelo e abriu a porta.

– Depressa – chamou ele, impaciente.

– Essa... essa pessoa que nós vamos ver – disse Josh devagar –, ela pode realmente Despertar meus poderes?

– Não tenho dúvidas quanto a isso – disse suavemente Maquiavel. – Despertar é assim tão importante para você? – perguntou, e Josh soube que Maquiavel o observava com atenção.

– Minha irmã foi Despertada, minha irmã gêmea – explicou lentamente. – Quero... *Preciso* ter meus poderes Despertados para que nos pareçamos novamente. – Ele olhou para o homem alto e de cabelos brancos. – Isso faz algum sentido?

Maquiavel assentiu, seu rosto uma máscara indecifrável.

– Mas esta é a única razão, Josh?

O garoto olhou para ele por um longo momento antes de ele se virar. Maquiavel estava certo; esta não era a única razão. Quando segurara Clarent, experimentara brevemente um pouco do que seria ter os sentidos Despertados. Por alguns poucos instantes, sentira-se realmente vivo, sentira-se completo... e mais do que qualquer outra coisa, queria experimentar esta sensação novamente.

Dee os guiou para dentro de outro túnel, que, além de tudo, era ainda mais estreito do que o primeiro. Josh sentiu o estômago se contrair e seu coração começar a bater forte. O túnel fez uma curva e girou para baixo em uma série de escadas delgadas. As rochas aqui eram mais antigas, os degraus irregularmente formados, as paredes moles e descompostas à passagem deles. Em alguns lugares, era tão estreito que Josh tinha que virar de lado para conseguir passar. Ficou entalado em um canto particularmente confinado e imediatamente começou a sentir um pânico de tirar o fôlego de seu peito. Então, Dee pegou um braço e o puxou sem cerimônia, rasgando uma longa tira da parte de trás de sua camiseta.

— Estamos quase lá — murmurou o Mago. Ergueu ligeiramente o braço e a bolinha de luz prateada subiu mais no ar, revelando o padrão cheio de buracos nos tijolos.

— Espere um segundo, deixe-me recuperar o fôlego. — Josh se abaixou, as mãos nos joelhos, respirando fundo. Deu-se conta de que enquanto se concentrasse na bola de luz e não pensasse nas paredes e no telhado se fechando nele, ficaria bem. — Como você sabe aonde estamos indo? — ofegou. — Você já esteve aqui antes?

— Estive aqui uma vez antes... há muito tempo — disse Dee com um sorrisinho. — Neste momento, estou apenas seguindo a luz. — A luz branca e brutal transformou o sorriso do Mago em algo aterrorizante.

Josh lembrou-se de um truque que seu técnico de futebol americano ensinara. Envolveu seu estômago com as mãos, apertou com força enquanto respirava e se endireitou. A sensação de mal-estar imediatamente se abrandou.

— Quem vamos ver? — perguntou.

— Paciência, humanídeo, paciência. — Dee olhou para além de Josh, para onde estava Maquiavel. — Estou certo de que nosso amigo italiano concordará. Uma das grandes vantagens em ser imortal é que se aprende a ser paciente. É como se diz, boas coisas vêm a quem espera.

— Nem sempre boas coisas — murmurou Maquiavel quando Dee se virou.

No fim do túnel estreito havia uma porta baixa de metal. Parecia não ter sido aberta havia décadas e sua ferrugem se solidificara nas paredes úmidas de calcário. À luz branca, Josh viu que a ferrugem manchara a pedra cor de gelo com cor de sangue seco.

A bola de luz oscilou para cima e para baixou no ar enquanto Dee corria a unha amarelo-cintilante ao redor do contorno da porta, cortando-a de sua moldura, o fedor de ovos podres sobrepujando-se ao odor de esgoto.

– O que há adiante? – perguntou Josh. Agora que tinha um certo controle sobre seu medo, começava a sentir uma pequena empolgação. Uma vez que tivesse sido Despertado, poderia fugir e voltar para Sophie. Virou-se para olhar para Maquiavel, mas o italiano balançou a cabeça e indicou Dee.

– Dr. Dee? – perguntou Josh.

Dee arrombou a porta baixa, soltando-a de seu batente. Pedra amolecida desmoronou e se amontoou em volta dele.

– Se eu estiver certo, e quase sempre estou – acrescentou o Mago – então isto vai nos levar às Catacumbas de Paris. – Dee apoiou a porta contra a parede e adentrou a passagem.

Josh se curvou para segui-lo.

– Nunca ouvi falar delas.

– Poucas pessoas fora de Paris ouviram – disse Maquiavel – e ainda assim, junto com os encanamentos, são uma das maravilhas desta cidade. Aproximadamente 274 mil metros de túneis misteriosos e labirínticos. As catacumbas foram, um dia, pedreiras de calcário. E agora estão repletas...

Josh avançou pela entrada, se endireitou e olhou em volta.

– ...de ossos.

O garoto sentiu algo se torcer no fundo de seu estômago e engoliu em seco, um gosto azedo e amargo no início da garganta. Diretamente adiante, tão longe quanto ele conseguia enxergar no túnel escuro, as paredes, o teto curvado e mesmo o chão eram formados por ossos humanos polidos.

Capítulo Quarenta e Sete

Nicolau acabara de levantar a tampa de bueiro quando o telefone de Joana tocou, o som agudo fazendo todos saltarem com o susto. O Alquimista largou a tampa, que desabou no chão com um baque, cambaleando antes de cair.

– É Francis – avisou Joana, abrindo o telefone. Ela conversou com Saint-Germain, falando rápido em francês e, em seguida, fechou o celular. – Ele está vindo – disse ela. – Falou para, de jeito nenhum, entrarmos sem ele nas catacumbas.

– Mas não podemos esperar – protestou Sophie.

– Sophie tem razão. Devemos... – começou Nicolau.

– Vamos esperar – disse Joana com firmeza na voz que outrora comandou exércitos. Ela colocou seu pequenino pé sobre a tampa de bueiro.

– Eles vão escapar – disse Sophie desesperadamente.

– Francis disse que sabe aonde estão indo – disse Joana, muito suavemente. Ela se virou para olhar o Alquimista. – Ele disse que você também sabe. É verdade? – demandou Joana.

Nicolau respirou fundo e então assentiu, soturno. A luz da manhã levou toda a vivacidade em seu rosto, deixando-a

com uma cor de pergaminho desbotado. Suas olheiras estavam escuras e inchadas como uma contusão.
– Acredito que sim.
– Aonde? – perguntou Sophie. Ela tentava manter a calma. Ela sempre foi melhor em controlar seu temperamento do que seu irmão, mas agora estava quase jogando a cabeça para trás e gritando de frustração. Se o Alquimista sabia aonde Josh estava sendo levado, porque eles três não estavam indo para lá agora?
– Dee está levando Josh para Despertar seus poderes – disse Flamel lentamente, obviamente escolhendo as palavras com cuidado.
Sophie franziu a testa, confusa.
– E isso é tão ruim? Não é isso que queríamos?
– Sim, é o que queríamos, mas não *como* queríamos. – Apesar de seu rosto inexpressivo, havia dor em seus olhos. – Muita coisa depende de quem, ou o que, Desperta os poderes de uma pessoa. É um processo perigoso. Pode até mesmo ser fatal.
Sophie lentamente virou-se para olhar para ele.
– E mesmo assim você estava disposto a permitir que Hécate despertasse Josh e eu. – Seu irmão estivera certo o tempo todo: Flamel colocara os dois em perigo. Ela conseguia enxergar isso agora.
– Foi algo necessário para sua própria segurança. Havia riscos, sim, mas nenhum dos dois estava em perigo com a Deusa.
– Que tipo de riscos?
– A maioria dos Antigos nunca foi generosa com aqueles que chamam de humanídeos. Pouquíssimos estavam dispostos a dar sem acrescentar algum tipo de condição – explicou Flamel. – O maior presente que os Antigos podem dar é a

imortalidade. Humanos querem viver para sempre. Dee e Maquiavel estão a serviço dos Antigos Sombrios que lhes deram a imortalidade.

– A serviço? – perguntou Sophie, passando o olhar do Alquimista para Joana.

– Eles são servos – disse Joana, gentilmente –, alguns até diriam escravos. É o preço de sua imortalidade e de seus poderes.

O telefone de Joana tocou novamente, o mesmo toque agudo, e ela o abriu.

– Francis?

– Sophie – continuou Flamel baixinho –, o dom da imortalidade pode ser retirado de uma pessoa a qualquer momento, e se isso acontecer, todos seus anos não naturais o alcançarão em questão de instantes. Alguns Antigos escravizam os humanídeos que Despertam, transformando-os em pouco mais do que zumbis.

– Mas Hécate não me fez imortal quando me Despertou – argumentou Sophie.

– Diferente da Bruxa de Endor, Hécate não teve nenhum interesse nos humanídeos por incontáveis gerações. Ela sempre se manteve neutra nas guerras entre aqueles de nós que defendem a humanidade e os Antigos Sombrios. – Um sorriso amargo curvou seus lábios finos. – Talvez estivesse viva hoje se tivesse escolhido um lado.

Sophie fitou os olhos pálidos do Alquimista. A menina pensava que, se Flamel não tivesse ido para o Reino de Sombras de Hécate, a Antiga ainda estaria viva.

– Você está dizendo que Josh está em perigo – disse ela finalmente.

– Um perigo terrível.

Sophie não desviou o olhar do rosto de Flamel. Josh estava em perigo não por causa de Dee ou Maquiavel, mas porque Nicolau Flamel pusera os gêmeos nesta situação terrível. Ele disse que os estava protegendo, e antes ela acreditava nisso, sem nenhuma dúvida. Mas agora... agora Sophie não sabia o que pensar.

– Vamos. – Joana desligou o telefone, pegou Sophie pela mão e a arrastou pelo beco em direção à rua. – Francis está a caminho.

Flamel lançou um último olhar para a tampa de bueiro, e em seguida, enfiou Clarent debaixo do casaco e correu atrás delas.

Joana os levou da estreita rua lateral para a Avenue du President Wilson, depois virou rapidamente à esquerda na Rue Debrousse e seguiu em direção ao rio. Podiam ouvir o som das sirenes da polícia e de incontáveis ambulâncias, e nos céus os helicópteros da polícia pairavam baixo sobre a cidade. As ruas estavam quase completamente vazias, e ninguém prestou atenção nas três pessoas correndo procurando abrigo.

Sophie estremeceu; a cena toda foi muito surreal. Era como algo que apareceria em um documentário de guerra no Discovery Channel.

Ao fim da Rue Debrousse, encontraram Saint-Germain os esperando em uma BMW preta que precisava muito de uma lavagem. As portas da frente e de trás estavam ligeiramente abertas, e a janela escura do motorista abria à medida que se aproximavam. Saint-Germain sorria alegremente.

– Nicolau, você deveria voltar para casa com mais frequência, a cidade está um caos. É tudo muito empolgante. Eu não me divertia tanto assim havia séculos.

Joana sentou no assento ao lado do marido, enquanto Nicolau e Sophie entraram no banco de trás. Saint-Germain ligou o motor, mas Nicolau se inclinou para frente e apertou seu ombro.

– Não corra. Não precisamos chamar atenção – alertou.

– Mas, com o pânico nas ruas, também não deveríamos estar dirigindo devagar – observou Saint-Germain. Ele afastou o carro longe do meio-fio e seguiu pela Avenue New York. Ele dirigia com uma mão no volante e a outra envolvendo o banco do carona, já que não parava de virar para falar com o Alquimista.

Completamente entorpecida, Sophie se apoiou contra a janela, olhando para o rio à esquerda. Ao longe, no lado oposto do rio Sena, ela reconheceu a forma familiar da Torre Eiffel acima dos telhados. Estava exausta e sua cabeça girava. Sentia-se confusa sobre o Alquimista. Nicolau não podia ser um homem mau, podia? Saint-Germain, Joana e Scatty, também, obviamente, o respeitavam. Até mesmo Hécate e a Bruxa gostavam dele. Pensamentos que sabia que não pertenciam a ela pairavam nas bordas de sua consciência, mas quando tentava colocá-los em foco, eles se afastavam. Eram as memórias da Bruxa de Endor, e ela sabia instintivamente que eram importantes. Tinham alguma coisa a ver com as catacumbas e a criatura que vivia nas profundezas...

– Oficialmente, a polícia está relatando que uma parte das catacumbas cedeu e derrubou algumas casas junto – dizia Saint--Germain. – Estão alegando que os esgotos se romperam e que o metano, dióxido de carbono e monóxido de carbono escaparam para a cidade. Estão isolando e evacuando o centro de Paris. Estão aconselhando as pessoas a permanecerem em casa.

Nicolau encostou-se nos assento de couro e fechou os olhos.
– Alguém se machucou? – perguntou ele.
– Alguns cortes e contusões, mas nada mais grave foi relatado.

Joana balançou a cabeça em espanto.
– Considerando o que acabou de passar pela cidade, é um pequeno milagre.
– Nidhogg foi avistado? – perguntou Nicolau.
– Não nos principais canais de notícias ainda, mas algumas imagens de má qualidade tiradas pelo celular apareceram em blogs, e o *Le Monde* e o *Le Figaro* alegam ter imagens exclusivas do que estão chamando de "O Monstro das Catacumbas".

Sophie inclinou-se para a frente, acompanhado a conversa. Ela olhou de Nicolau para Saint-Germain e, depois, de volta para o Alquimista.
– Em breve o mundo inteiro saberá a verdade. E o que acontece então?
– Nada – disseram os dois homens, ao mesmo tempo.
– Nada? Mas isso não é possível.

Joana girou no assento do passageiro, olhando para trás.
– Mas é o que vai acontecer. Será encoberto.

Sophie olhou para Flamel. Ele balançou a cabeça em concordância.
– A maioria das pessoas simplesmente não vai acreditar, Sophie. A história será descartada como uma farsa ou uma brincadeira. Aqueles que acreditam na verdade serão chamados de teóricos da conspiração. E você pode ter certeza que o pessoal do Maquiavel já está trabalhando para confiscar e destruir todas as imagens.

– Dentro de algumas horas – acrescentou Saint-Germain –, os acontecimentos desta manhã serão relatados simplesmente como um acidente infeliz. Visões de um monstro serão ridicularizadas e descartadas como histeria.

Sophie balançou a cabeça em descrença.

– Não é possível esconder algo assim para sempre.

– Os Antigos têm feito isso por milênios – disse Saint-Germain, inclinando o espelho retrovisor para que pudesse olhar para Sophie. No interior escuro do carro, ela achou que seus radiantes olhos azuis estavam brilhando um pouco. – E você tem de se lembrar que a humanidade, na verdade, não quer acreditar em magia. Não quer saber que os mitos e lendas quase sempre são baseados na verdade.

Joana se aproximou e colocou a mão suavemente sobre o braço do marido.

– Mas não concordo, os seres humanos sempre acreditaram em magia. Apenas nesses últimos séculos que a crença começou a enfraquecer. Acho que realmente querem acreditar, porque em seus corações sabem que é verdade, que a magia realmente existe.

– Eu costumava acreditar em magia – disse Sophie, quase sussurrando. Tinha se virado para olhar a cidade novamente, mas refletido no vidro, ela viu o quarto colorido de uma criança: seu quarto, cinco, talvez seis anos atrás. Ela não tinha ideia de onde era, talvez na casa em Scottsdale, ou talvez em Raleigh; eles se mudaram tantas vezes naquela época. Ela estava sentada no meio de sua cama, cercada por seus livros favoritos. – Quando eu era jovem, li sobre princesas e bruxos, cavaleiros e magos. Mesmo que soubesse que aquelas eram apenas histórias, eu desejava que a magia fosse real. Até agora – acrescentou amargamente. Ela moveu a cabeça para olhar para o Alquimista. – Todos os contos de fadas são verdadeiros?

Flamel assentiu.

– Nem todos os contos de fadas, mas quase todas as lendas têm um fundo de verdade, e todo mito é baseado na realidade.

– Até os assustadores? – sussurrou a menina.

– Especialmente os assustadores.

Três helicópteros de noticiários pairavam acima, o ruído de seus motores fazendo o interior do carro vibrar. Flamel esperou até que passassem e depois se inclinou para a frente.

– Aonde vamos?

Saint-Germain apontou para frente e à direita.

– Há uma entrada secreta para as catacumbas, no Jardim do Trocadéro. Ela leva diretamente para o interior dos túneis proibidos. Verifiquei os mapas antigos. Acho que a rota de Dee os levará pelos esgotos e depois para dentro dos túneis mais baixos. Por esse caminho, recuperaremos o tempo perdido.

Nicolau Flamel se recostou no banco, esticou o braço e apertou a mão de Sophie.

– Vai dar tudo certo – disse ele. Mas Sophie não acreditou.

A entrada para as catacumbas localizava-se após uma grade de metal de aparência comum fixada ao chão. Parcialmente coberta em musgo e grama, estava escondida por um grupo de árvores, atrás de um carrossel magnificamente esculpido e maravilhosamente pintado, em uma das extremidades do Jardim do Trocadéro. Normalmente, o jardim deslumbrante estaria cheio de turistas, mas esta manhã estava deserto, e os cavalos de madeira vazios do carrossel subiam e desciam sob o toldo listrado de azul e branco.

Saint-Germain atravessou um caminho estreito e os levou a um pedaço de grama marrom, queimada pelo sol de verão. Ele parou próximo a uma grelha de metal lisa e retangular.

– Não uso isso desde 1941. – Ele se ajoelhou, agarrou a barras e puxou. Nada aconteceu.

Joana olhou de lado para Sophie.

– Quando Francis e eu lutamos com a Resistência Francesa contra os alemães, usamos as catacumbas como base de operações. Podíamos aparecer em qualquer lugar da cidade. – Ela bateu na grade metálica com a ponta de seu sapato. – Este era um dos nossos lugares favoritos. Mesmo durante a guerra, os jardins estavam sempre cheios de pessoas, e conseguíamos facilmente nos misturar às multidões.

O ar de repente se encheu com o aroma das folhas queimadas do outono, e, em seguida, as barras de metal nas mãos de Francis começaram a brilhar, tornando-se vermelhas em brasa, depois brancas. O metal ficou líquido e derreteu, bolhas grossas desaparecendo dentro do poço. Saint-Germain arrancou o restante da grade para fora do buraco e o jogou de lado. Em seguida, se lançou na abertura.

– Há uma escada aqui.

– Sophie, vá em seguida – disse Nicolau. – Eu vou atrás de você. Joana, vai por último?

Joana assentiu. Ela segurou a borda de um banco de madeira perto dela e o arrastou pela grama.

– Vou puxá-lo sobre a abertura antes de descer. Nós não queremos visitantes inesperados caindo aqui, não é? – Ela sorriu.

Sophie cuidadosamente entrou na abertura, seus pés encontrando os degraus da escada. Ela se abaixou com cuidado.

Esperava que fosse sujo e horrível, mas só tinha um cheiro seco e bolorento. Começou a contar os passos, mas perdeu a conta em torno de setenta e dois, embora pudesse ver, pelo quadrado de céu diminuindo rapidamente acima de suas cabeças, que desciam para as profundezas do subsolo. Não estava com medo, não por ela. Túneis e espaços estreitos não a assustavam, mas seu irmão detestava espaços pequenos: como ele estaria se sentindo agora? O vazio em seu estômago tornou-se evidente, sentia-se enjoada. Sua boca ficou seca e ela soube, instintivamente, sem dúvida, que era assim que seu irmão estava se sentindo naquele momento. Ela sabia que Josh estava apavorado.

Capítulo Quarenta e Oito

— Ossos — disse Josh, entorpecido, olhando para todos os lados do túnel.

A parede diretamente diante dele era formada por centenas de crânios amarelados e esbranquiçados. Dee caminhou pelo corredor e sua esfera de luz criava sombras dançando e se contorcendo, como se órbitas oculares vazias estivessem se movendo, o seguindo.

Josh tinha crescido em meio a ossos, sabia que não tinha nada a temer. O estúdio de seu pai era cheio de esqueletos. Quando crianças, tanto ele como Sophie tinham brincado em depósitos de museus cheios de restos de esqueletos, mas todos eram ossos de animais e dinossauros. Josh até ajudou juntar as peças do rabo de um raptor que entrou em exposição no Museu Americano de História Natural. Mas esses ossos... esses eram... eram...

— Esses ossos são todos humanos? — sussurrou o garoto.

— Sim — disse Maquiavel suavemente, sua voz agora mostrando um traço de seu sotaque italiano. — Aqui há restos mortais de pelo menos seis milhões de corpos. Talvez mais.

As catacumbas eram, originalmente, pedreiras enormes de calcário. – Ele apontou o polegar para cima. – O mesmo calcário usado para construir a cidade. Paris é construída sobre um labirinto de túneis.

– Como chegaram até aqui? – A voz de Josh tremeu. Ele tossiu, envolveu os braços apertados em torno de seu corpo e tentou parecer indiferente, como se não estivesse completamente apavorado. – Parecem antigos, há quanto tempo já estão aqui?

– Apenas duzentos anos, aproximadamente – disse Maquiavel, surpreendendo-o. – No final do século XVIII, os cemitérios de Paris estavam transbordando. Eu estava na cidade naquela época – acrescentou, torcendo a boca com nojo. – Nunca tinha visto nada parecido. Havia tantos mortos na cidade que muitas vezes os cemitérios eram apenas enormes montes de terra amontoada com os ossos visíveis nelas. Paris era uma das cidades mais bonitas do mundo, mas era também a mais suja. Pior do que Londres, e isto quer dizer alguma coisa! – Ele riu, e o som ecoou repetidamente nas paredes de ossos, distorcido em algo horrível. – O cheiro era indescritível, e realmente existiam ratos do tamanho de cães. Doenças eram abundantes e os surtos de peste eram comuns. Finalmente, perceberam que os cemitérios abarrotados estavam relacionados ao contágio. Assim, decidiram esvaziá-los e mover os restos mortais para dentro das pedreiras vazias.

Tentando não pensar no fato de que ele estava cercado por ossos de pessoas que provavelmente tinham morrido de alguma doença terrível, Josh focou-se nas paredes.

– Quem criou os padrões? – perguntou, apontando para um desenho, particularmente ornamentado, que tinha sido criado utilizando ossos humanos de vários comprimentos para representar os raios de sol.

Maquiavel deu de ombros.

– Quem sabe? Alguém que quis honrar os mortos, talvez; alguém tentando dar sentido ao que deve ter sido um caos incrível. Os seres humanos estão sempre a ordenar o caos – acrescentou com suavidade.

Josh olhou para ele.

– Você os chama... nos chama de humanos. – Ele se virou para olhar para Dee, mas o Mago estava quase ao fim do corredor, fora do alcance de sua voz. – Dee nos chama de humanídeos.

– Não me confunda com Dee – disse Maquiavel, com um sorriso glacial.

Josh estava confuso. Quem era o mais poderoso aqui, Dee ou Maquiavel? Ele achava que era o Mago, mas começava a suspeitar que o italiano estava muito mais no controle.

– Scathach nos disse que você era mais perigoso e mais astuto do que Dee – disse ele, pensando em voz alta.

O sorriso de Maquiavel se abriu ainda mais.

– Essa é a coisa mais bonita que ela já disse sobre mim.

– É verdade? Você é mais perigoso do que Dee?

Maquiavel levou um momento considerando. Então, sorriu e uma leve impressão da existência de serpentes encheu o túnel.

– Certamente.

– Depressa, por aqui – chamou dr. Dee, sua voz modificada pelas paredes estreitas e teto baixo. Ele virou e seguiu adiante pelo túnel de ossos, levando a luz com ele. Josh resistiu à tentação de correr atrás dele, não querendo ficar sozinho na escuridão total, mas de repente Maquiavel estalou os dedos e uma vela elegante, com uma fina chama cinza-clara, apareceu na palma de sua mão.

– Nem todos os túneis são assim – continuou Maquiavel, indicando os ossos perfeitamente arrumados nas paredes, suas formas regulares e padrões. – Alguns dos túneis pequenos são simplesmente empilhados com pedaços variados.

Eles viraram uma curva no túnel e encontraram Dee a sua espera, batendo o pé, impaciente. Virou-se e marchou adiante, sem dizer uma palavra.

Josh concentrou-se nas costas de Dee e o globo de luz flutuando por cima do ombro dele enquanto desciam cada vez mais para as profundezas das catacumbas; isso o ajudou a ignorar as paredes que pareciam estar se aproximando mais e mais a cada passo. Ele notou, enquanto caminhava, que alguns dos ossos revestindo o túnel possuíam datas arranhadas neles, grafite com séculos de idade, e ele estava consciente também de que os únicos passos na espessa camada de poeira no chão eram as marcas dos pés pequenos de Dee. Estes túneis não eram usados há um bom tempo.

– Alguém vem aqui? – perguntou a Maquiavel, iniciando uma conversa apenas para ouvir algum som em meio ao silêncio opressivo.

– Sim. Partes das catacumbas estão abertas ao público – disse Maquiavel, segurando sua mão no alto, a chama fina iluminando alguns padrões ornamentais de ossos nas paredes, as sombras dançando e os trazendo a vida efêmera. – Mas há muitos quilômetros de catacumbas sob a cidade, e vastas extensões não foram mapeadas. Explorar esses túneis é perigoso e ilegal, é claro, mas as pessoas ainda fazem isso. Essas pessoas são chamadas de *cataphiles*. Existe até uma unidade especial da polícia, os *cataflics*, que patrulha esses túneis. – Maquiavel acenou com o braço para as paredes circundantes e a chama dançou descontroladamente, mas não se apagou. – Mas não vamos encontrar nenhum desses dois grupos aqui embaixo. Esta área é completamente desconhecida. Estamos bem abaixo da cidade agora, em uma das primeiras pedreiras escavadas há muitos séculos atrás.

– Bem abaixo da cidade – repetiu Josh lentamente. Ele deu de ombros, imaginando que conseguia sentir o peso de Paris sobre sua cabeça, as muitas toneladas de terra, concreto e aço se pressionando sobre ele. A claustrofobia ameaçou dominá-lo, e sentiu como se as paredes estivessem latejando, pulsando. Sua garganta estava seca, seus lábios rachados e sua língua parecia muito grande para sua boca.

– Eu acho – sussurrou para Maquiavel –, acho que gostaria de voltar à superfície agora, se não for problema.

O italiano piscou, genuinamente surpreendido.

– Não, Josh, é um problema, sim. – Maquiavel estendeu a mão e apertou o ombro de Josh. O menino sentiu uma onda de calor fluir por seu corpo. Sua aura crepitou, e o ar ao seu redor no túnel manifestou um leve aroma de laranja e o odor rançoso de cobra. – É tarde demais para isso – disse Maquiavel gentilmente. Ele baixou sua voz para um sussurro. – Já estamos muito fundo... não há como voltar atrás. Você vai sair dessas catacumbas Despertado ou ...

– Ou o quê? – perguntou Josh, quando percebeu, com um crescente sentimento de horror, como o italiano terminaria aquela frase.

– Ou você não vai sair daqui – disse Maquiavel simplesmente.

Eles fizeram uma curva e começaram a descer um túnel reto. As paredes aqui eram ainda mais suntuosamente decoradas de ossos, mas com estranhos padrões quadrados que Josh quase reconhecia. Eles eram semelhantes aos desenhos que vira no estudo de seu pai e pareciam hieróglifos maias ou astecas, mas o que hieróglifos meso-americanos estavam fazendo nas catacumbas de Paris?

Dee esperava por eles no final do túnel. Seus olhos cinza brilhavam na luz refletida, que também dava a sua pele um brilho nada saudável. Quando falou, seu sotaque inglês havia engrossado, e as palavras saíram tão rapidamente que era difícil compreender o que dizia. Josh não sabia dizer se o Mago estava animado ou nervoso, o que o deixou com ainda mais medo.

– Agora, hoje será um dia memorável para você, menino... memorável. Pois não só seu poder será Despertado, mas você também vai conhecer um dos poucos Antigos ainda lembrados pela humanidade. É uma grande honra. – Ele juntou as mãos. Abaixando a cabeça, ergueu uma delas, levantando a bola de luz, e revelou duas altas colunas arqueadas de ossos, moldadas para formar um batente de porta. Além da abertura, havia a escuridão total. Andando para trás, ele falou:

– Você primeiro.

Josh hesitou e Maquiavel pegou seu braço e apertou com força. Quando falou, sua voz era baixa e urgente.

– Aconteça o que acontecer, você não deve demonstrar medo, nem entrar em pânico. Sua vida e sua sanidade dependem disso. Você entendeu?

– Sem medo, sem pânico – repetiu Josh. O garoto estava começando a hiperventilar. – Sem medo, sem pânico.

– Agora vá. – Maquiavel soltou o braço do garoto e o empurrou em direção ao portal de ossos e Dee. – Tenha seu poder Despertado – disse ele. – Espero que valha a pena.

Algo na voz de Maquiavel fez Josh olhar para trás. Havia um olhar quase de pena no rosto do italiano, e Josh parou. Dee olhou para o menino, seus olhos cinzentos cintilando, os lábios retorcidos num sorriso feio. O Mago ergueu as sobrancelhas.

– Você não quer ser Despertado?

E Josh realmente só tinha uma resposta para isso.

Olhando para Maquiavel de novo, levantou um pouco a mão em despedida, respirou fundo e entrou pela porta para o breu. A luz floresceu quando Dee o seguiu, e o rapaz se descobriu em uma vasta câmara circular que parecia ser esculpida inteiramente em um enorme osso – as paredes em curva suave, o teto amarelo polido até o chão com cor de pergaminho tinha o mesmo tom e textura das paredes de ossos do lado de fora.

Dee pôs a mão nas costas de Josh e o empurrou levemente para frente. Josh deu dois passos e parou. Os últimos dias lhe ensinaram a esperar surpresas, maravilhas, criaturas e monstros: mas isso, isso era... decepcionante.

A câmara estava vazia, exceto por um pedestal de pedra retangular erguido no centro da sala. A bola de luz de Dee voava lentamente sobre a plataforma, mal iluminando cada detalhe esculpido. Em cima de uma laje de pedra calcária estava uma enorme estátua de um homem com uma armadura de metal e couro de aparência antiga, mãos enormes envolvendo o grosso punho de uma espada de lâmina larga, com pelo menos seis metros de comprimento. Levantando-se na ponta dos pés, Josh conseguia ver que a cabeça da estátua estava coberta por um capacete que escondia seu rosto completamente.

Josh olhou em volta. Dee estava de pé à direita do portal e Maquiavel tinha entrado na câmara e se posicionado à esquerda. Ambos o observavam atentamente.

– O que ... o que acontece agora? – perguntou, sua voz abafada na câmara.

Nenhum dos homens respondeu. Maquiavel cruzou os braços e inclinou a cabeça ligeiramente para o lado, estreitando os olhos.

– Quem é esse? – perguntou Josh, sacudindo o polegar para a estátua. Ele não esperava receber uma resposta de Dee, mas quando se virou para o italiano, percebeu que Maquiavel não estava olhando para ele, mas para *além* dele. Josh virou-se... no momento em que duas criaturas saídas de pesadelo se materializaram nas sombras.

Tudo nelas era branco, de sua pele quase transparente até o cabelo longo e fino escorrendo em suas costas e se arrastando no chão atrás delas. Era impossível dizer se eram do sexo masculino ou feminino. Eram do tamanho de crianças pequenas, magras demais, com a cabeça bulbosa, testa larga e queixo pontudo. Orelhas enormes e minúsculas protuberâncias como chifres saíam do topo de seus crânios. Enormes olhos redondos sem pupilas se fixaram nele, e quando as criaturas avançaram, ele percebeu que havia algo errado com suas pernas. Suas coxas curvavam para trás, e depois as pernas se projetavam para a frente na altura do joelho e terminavam em cascos de cabras.

Eles se separaram quando alcançaram a laje, e o instinto de Josh era o de se afastar, mas então lembrou-se do conselho de Maquiavel e se manteve firme. Respirando fundo, olhou atentamente para a criatura mais perto e descobriu que não era tão aterrorizante quanto aparentara à primeira vista: era tão pequena que parecia quase frágil. Ele achava que sabia o que eram, tinha visto imagens delas em fragmentos de cerâmica grega e romana nas estantes no estudo de sua mãe. Eram faunos, ou talvez sátiros; não tinha certeza de qual era a diferença entre eles.

As criaturas circularam Josh lentamente, encostando nele com mãos de dedos longos e gelados com unhas pretas imundas, acariciando sua camiseta rasgada, beliscando o tecido de sua calça jeans. Os faunos falavam juntos, conversando em vozes agudas quase inaudíveis que o enervavam. Um dedo de congelar os ossos tocou a pele de sua barriga e sua aura soltou faíscas de ouro.

– Ei! – gritou. A criatura saltou para trás, mas aquele único toque tinha feito o coração de Josh acelerar. Ele foi tomado, abruptamente, por um medo indescritível e todos os pesadelos que mais o apavoravam vieram à tona, deixando-o ofegante e tremendo, banhado em suor amargo e gelado. O segundo fauno avançou rapidamente e pôs a mão fria no rosto de Josh. De repente, seu coração estava tropeçando loucamente, seu estômago se revirando com um pânico irracional.

As duas criaturas se abraçavam e pulavam sem parar, sacudindo-se com o que só poderiam ser risadas.

– Josh. – A voz imponente de Maquiavel rompeu o pânico crescente do menino e silenciou as criaturas. – Josh. Preste atenção. Ouça minha voz, concentre-se nela. Os sátiros são criaturas simples e se alimentam das mais básicas emoções humanas: um se farta com medo, o outro se delícia com pânico. Eles são Fobos e Deimos.

À menção de seus nomes, os dois sátiros recuaram, desaparecendo nas sombras, até que apenas seus grandes olhos continuaram visíveis, pretos e brilhando à luz do globo flutuante.

– Eles são os Guardiões do Deus Adormecido.

E, em seguida, com o ranger de pedra antiga, a estátua se sentou e girou a cabeça na direção de Josh. Dentro do capacete, dois olhos ardiam em vermelho-sangue.

Capítulo Quarenta e Nove

— Isso é um Reino de Sombras? – perguntou Sophie em um sussurro horrorizado, a respiração presa na garganta.

Ela estava diante da entrada de um longo túnel reto cujas paredes eram decoradas e alinhadas com o que pareciam ser ossos humanos. Uma única lâmpada de baixa voltagem iluminava o espaço com uma fraca luz amarela.

Joana apertou seu braço e riu gentilmente.

— Não. Nós ainda estamos no mundo real. Bem-vinda às catacumbas de Paris.

Os olhos de Sophie cintilaram prateados conforme a sabedoria da Bruxa fluía dentro dela. A Bruxa de Endor conhecia bem estas catacumbas. Sophie balançou para trás em seus calcanhares quando um súbito conjunto de imagens a engolfou: homens e mulheres usando pouco mais do que trapos escavando pedras de enormes fendas no chão, observados por guardas uniformizados como centuriões romanos.

— Eram pedreiras – sussurrou.

— Há muito tempo – disse Nicolau. – E agora é a tumba de milhões de parisienses e um outro...

– O Deus Adormecido – disse Sophie, sua voz falhando. Este era um Antigo a que a Bruxa tanto se opunha quanto sentia pena.

Saint-Germain e Joana estavam chocados com o conhecimento da garota. Até mesmo Flamel parecia perplexo.

Sophie começou a tremer. Envolveu seu corpo com os braços, tentando se manter de pé enquanto pensamentos sombrios invadiam sua mente. O Deus Adomercido já fora um Antigo...

...Em um campo de batalhas tomado por chamas, ela viu um guerreiro solitário, numa armadura de metal e couro, bradando uma espada quase do tamanho dele, enfrentando criaturas vindas da Era Jurássica.

...Nos portões de uma cidade antiga, o guerreiro em metal e couro postou-se sozinho contra uma vasta horda de homens-macacos bestiais enquanto uma coluna de refugiados escapava por outro portão.

...Nos degraus de uma pirâmide quase impossivelmente alta, o guerreiro defendia uma mulher e uma criança de criaturas que eram o cruzamento de serpentes e pássaros.

– Sophie...

Ela tremeu, fria como gelo agora, os dentes batendo uns contra os outros. As imagens mudaram; a armadura polida de metal e couro do guerreiro tornara-se imunda, incrustada de lama, toda arranhada e manchada. O guerreiro também estava diferente.

...O guerreiro correu por um vilarejo cercado por gelo, uivando como uma besta, enquanto humanos vestidos em pelos fugiam dele ou se curvavam de medo.

...O guerreiro cavalgava à frente de um vasto exército formado por uma mistura de bestas e homens rumando para uma cidade brilhante no coração de um deserto vazio.

...O guerreiro no meio de uma enorme biblioteca repleta de mapas, pergaminhos e livros de metal, tecido e cascas de árvore. A biblioteca queimava tão intensamente que os livros de metal se tornavam líquidos. Cortando com sua espada uma série de prateleiras, jogou mais livros nas chamas.

– Sophie!

A aura da garota cintilou e se rachou como celofane quando o Alquimista agarrou seus ombros e apertou com força.

– Sophie!

A voz de Flamel a despertou de seu transe.

– Eu vi... Eu vi... – começou ela com a voz rouca. A garganta arranhava, e ela mordera com tanta força a parte interna de sua bochecha que havia um desagradável gosto metálico de sangue em sua boca.

– Não posso nem sequer imaginar o que você viu – disse ele gentilmente. – Mas acho que sabe *quem* você viu...

– Quem era? – ofegou, sem ar. – Quem era o guerreiro na armadura de metal e couro? – Ela sabia que caso se concentrasse nele, as memórias da Bruxa trariam seu nome, mas isso também a levaria de volta ao mundo violento do guerreiro, e ela não queria isso.

– O Antigo Marte Ultor.

– O Deus da Guerra – acrescentou amargamente Joana d'Arc.

Sem olhar ou virar a cabeça, Sophie ergueu a mão esquerda e apontou para um corredor estreito.

– Ele está lá embaixo – disse placidamente.

– Como você sabe? – perguntou Saint-Germain.

– Posso senti-lo – disse a menina, dando de ombros. Ela esfregou furiosamente os braços. – É como se algo gelado e grudento percorresse minha pele. Vem de lá.

– Este túnel nos leva ao coração secreto das catacumbas – disse Saint-Germain –, a uma cidade perdida romana, Lutécia. – Esfregou as mãos uma na outra rapidamente, fazendo com que chovessem faíscas no chão, e então começou a andar para o túnel, seguido por Joana. Sophie ia segui-los, mas parou e olhou para o Alquimista.

– O que aconteceu com Marte? Quando o vi pela primeira vez, pensei que ele fosse o defensor da humanidade. O que o transformou?

Nicolau fez que não a cabeça.

– Ninguém sabe. Talvez a resposta esteja nas memórias da Bruxa – sugeriu. – Eles devem ter se conhecido.

Sophie balançou a cabeça.

– Não me faça pensar nele... – começou a dizer, mas era tarde demais. Mesmo enquanto o Alquimista sugeria, uma série de imagens terríveis passou diante dos olhos de Sophie. Ela viu um homem alto e bonito sozinho no topo de uma pirâmide com escadas perturbadoramente alta, os braços erguidos para o céu. Em seus ombros ele usava um manto espetacular de penas multicoloridas. Espalhada abaixo da pirâmide havia uma enorme cidade de pedra, cercada por uma mata fechada. A cidade celebrava, as ruas amplas tomadas por pessoas que usavam roupas claras e coloridas, joias ornadas e extravagantes mantos e enfeites para a cabeça de penas. A única ausência de cor estava na fila de homens e mulheres vestidos de branco que se estendia pelo centro de grande rua central. Olhando mais de perto, percebeu que estavam atados uns aos outros com cordas de couro e vinha em volta de seus pescoços. Guardas bradando chicotes e lanças os levavam em direção à pirâmide.

Sophie respirou fundo e piscou para afastar as imagens.

– Ela o conhecia – disse nebulosamente. Não contou ao Alquimista que agora sabia que a Bruxa de Endor certa vez amara Marte... mas acontecera há muito tempo, antes que ele mudasse, antes que ficasse conhecido como Marte Ultor. O Vingador.

Capítulo Cinquenta

— Salve, Marte, o Senhor da Guerra – disse Dee em voz alta.

Completamente entorpecido de medo, Josh observou o enorme capacete virar-se lentamente para olhar Dee. A aura do Mago acendeu imediatamente, crepitando em amarelo em torno dele. Dentro do capacete, uma luz vermelha brilhava. A cabeça virou-se novamente com o som do ranger de pedra, e olhos vermelhos em chamas encararam o menino. Os dois sátiros, pálidos como fantasmas, Fobos e Deimos, arrastaram-se das sombras e se agacharam atrás do pedestal de pedra, observando Josh atentamente. Até olhar para eles despertava ondas de pânico e medo pelo corpo inteiro, e ele teve certeza de que vira um deles lamber os lábios finos com uma língua da cor de uma lesão antiga. Deliberadamente desviando o olhar, concentrou-se no Antigo.

Você não deve mostrar medo, dissera Maquiavel, *e não entre em pânico*. Mais fácil falar do que fazer. Exatamente a sua frente, tão perto que poderia tocá-lo, estava o Antigo que os romanos veneravam, o Deus da Guerra. Josh nunca havia escutado sobre Hécate ou sobre a Bruxa de Endor; e como não sabia nada sobre elas, não lhe causaram o mesmo efeito. Este Antigo era diferente. Agora sabia o que Dee quis dizer quando afirmou que este era o Antigo lembrado pela humanidade. Este era o próprio Marte, o Antigo com um mês e um planeta em sua homenagem.

Josh tentou respirar fundo e acalmar seu coração acelerado, mas tremia tanto que mal conseguia respirar. Suas pernas pareciam gelatina e sentia como se pudesse desabar no chão a qualquer momento. Fechando bem a boca, obrigou-se a respirar pelo nariz, tentando lembrar-se de alguns dos exercícios de respiração que aprendera na aula de artes marciais. Fechou bem os olhos e passou os braços ao redor de seu corpo, abraçando apertado. Devia ser capaz de fazer isso: ele já tinha visto Antigos antes, enfrentara mortos-vivos e até lutara contra um monstro primitivo. Quão difícil poderia ser?

Josh se endireitou, abriu os olhos e encarou a estátua de Marte... que não era uma estátua. Era um ser vivo. Havia uma grossa crosta dura e cinza sobre sua pele e roupas. O único toque de cor no deus estava em seus olhos, que ardiam vermelhos por trás de uma máscara que escondia seu rosto completamente.

– Grande Marte, está quase na hora – disse Dee rapidamente –, a hora de os Antigos retornarem ao mundo dos humanídeos. – Ele respirou e anunciou dramaticamente: – Temos o Códex.

Josh sentiu o pergaminho sob sua camiseta. O que aconteceria a ele se descobrissem que estava com as duas páginas que faltavam? Será que ainda o Despertariam?

À menção do Códex, a cabeça do Antigo virou repentinamente na direção de Dee, olhos em chamas, nuvens de fumaça vermelha emanando das fendas no capacete.

– A profecia está quase cumprida – continuou Dee rapidamente. – Em breve faremos Apelo Final. Em breve libertaremos os Antigos Perdidos e os devolveremos a seu lugar de direito, como governantes do mundo. Logo, transformaremos o mundo no paraíso que foi um dia.

Com um som de ranger de pedra, Marte retirou as pernas do pedestal e virou para se sentar de frente para o garoto. Josh percebeu que todo movimento lançava ao chão pequenos flocos do que parecia ser uma pele de pedra.

O volume da voz de Dee aumentou, quase um grito.

– E a primeira profecia do Códex já aconteceu. Nós encontramos os dois que são um. Nós encontramos os gêmeos da lenda. – Ele acenou com a mão em direção a Josh. – Este humanídeo possui uma aura de ouro puro; a aura de sua irmã gêmea é prata imaculada.

Marte inclinou a cabeça para examinar Josh novamente e depois estendeu a mão enluvada. Ainda estava a cinco metros de distância do ombro do menino quando sua aura floresceu, em silêncio, em torno dele, seu brilho forte iluminando o interior da câmara, deixando as paredes de ossos polidos douradas, fazendo Fobos e Deimos fugirem para o abrigo mais profundo nas sombras. O ar seco foi subitamente tomado pelo aroma de laranja.

Apertando os olhos contra o brilho efluindo de sua própria pele, sentindo seus cabelos eriçados, crepitando com a estática, Josh assistia com admiração à crosta dura começar a cair da ponta dos dedos de Marte para revelar uma pele bronzeada e musculosa por baixo. A aura do próprio deus acendeu, delineando a estátua em uma espessa névoa vermelho-púrpura e sua pele saudável começou a brilhar um vermelho forte. Ao mesmo tempo, faíscas minúsculas emanavam da aura e se prendiam a sua carne, rapidamente resfriando e o revestindo em uma casca pétrea branco-acinzentada. Josh franziu a testa. Parecia que a aura do deus endurecia em uma couraça grossa em torno dele, lentamente, transformando-o em pedra novamente.

– Os poderes da menina foram Despertados – continuou Dee, sua voz ecoando na câmara. – Os do menino, não. Se quisermos o sucesso, se quisermos trazer de volta os Antigos, os poderes do menino devem ser Despertados. Marte, o Vingador, vai Despertar o menino?

O deus plantou sua longa espada no chão, a ponta afundando facilmente no assoalho de ossos, com ambas as mãos em torno do punho, e se inclinou para a frente, examinando Josh.

Não mostre medo e não entre em pânico. Josh endireitou-se, esticando as costas. Em seguida, olhou diretamente para a estreita abertura retangular na máscara de pedra. Por um segundo, pensou ter visto brevemente um par de brilhantes olhos azuis nas sombras, antes de se tornarem vermelhos novamente. A aura de Josh desvaneceu a um brilho opaco e os dois sátiros imediatamente rastejaram para a frente, subindo no pedestal para espiar o garoto por detrás do deus. A fome em seus olhos era evidente agora.

– Gêmeos.

Josh levou um momento para perceber que Marte tinha falado. A voz do deus era surpreendentemente suave e soava incrivelmente cansada.

– Gêmeos? – A pergunta em sua voz era inconfundível.
– S-sim – balbuciou Josh. – Eu tenho uma irmã gêmea, Sophie.
– Eu tive dois filhos gêmeos, uma vez... há muito tempo – disse Marte, sua voz perdida e distante. O brilho vermelho em seu capacete desapareceu e olhos azuis piscaram novamente. – Bons meninos, ótimos meninos – acrescentou, e Josh não tinha certeza do que ele estava falando. – Quem é o mais velho? – perguntou ele. – Você ou sua irmã?
– Sophie – disse Josh, lábios curvando em um sorriso repentino quando pensou em sua irmã. – Mas apenas por 28 segundos.
– E você ama sua irmã? – perguntou Marte.
Pego de surpresa, Josh disse:
– Sim... bem, quero dizer, sim, claro que amo. Ela é minha irmã gêmea.
Marte assentiu.
– Rômulo, meu menino mais novo, disse isso também. Ele jurou para mim que amava seu irmão, Remo. E então o matou.
A câmara de osso caiu em um silêncio mortal.
Olhando para o capacete, Josh viu os olhos de Marte, o Vingador, ficarem azuis e molhados, e o menino sentiu seus olhos se encherem de lágrimas em empatia. Então, as lágrimas do deus evaporaram quando seus olhos arderam vermelhos novamente.
– Eu Despertei as auras de meus filhos, dei-lhes acesso a poderes e habilidades além daquelas dos humanídeos. Todos seus sentidos e emoções foram intensificados... inclusive as emoções de medo, ódio e amor. – Fez uma pausa e depois acrescentou: – Eles eram tão próximos... tão próximos, até

que Despertei seus sentidos. Isso os destruiu. – Houve outra pausa, mais longa. – Talvez seja melhor que eu não o Desperte. Para seu próprio bem e pelo bem de sua irmã.

Josh piscou, surpreso, e olhou por cima do ombro para Dee e Maquiavel. O rosto do italiano estava impassível, mas Dee parecia tão surpreso quanto Josh. Marte estava se recusando a Despertá-lo?

– Grande Marte – começou o Mago –, o menino deve ser Despertado...

– Será escolha dele – disse Marte suavemente.

– Eu exijo...

O brilho na máscara do deus incandesceu.

– *Você* exige!

– Em nome de meu senhor, é claro – acrescentou Dee rapidamente. – Meu mestre exige...

– Seu mestre não pode fazer exigências a mim, Mago – sussurrou Marte. – E se você falar de novo – acrescentou –, vou soltar meus companheiros em você. – Fobos e Deimos subiram sobre os ombros do deus para espiar Dee. Ambos estavam babando. – É uma morte terrível. – Ele olhou de volta para Josh. – Essa escolha é sua, e somente sua. Eu posso Despertar seus poderes. Eu posso deixá-lo poderoso. Perigosamente poderoso. – Os olhos vermelhos brilhavam intensamente, queimando. – É isso que você quer?

– Sim – disse Josh, sem hesitação.

– Há um preço, pois para tudo há um preço.

– Pagarei – disse Josh imediatamente, embora ele não tivesse ideia do que pudesse ser esse pagamento.

Marte acenou com sua grande cabeça, a pedra estalando e rangendo.

– Uma boa resposta, a resposta correta. Perguntar qual o preço seria um erro.

Fobos e Deimos gargalharam, ao menos Josh presumiu que fosse uma risada, e ele imediatamente soube que outros pagaram o preço por tentar negociar com o Deus Adormecido.

– Chegará o tempo em que vou lembrá-lo de sua dívida comigo. – O deus olhou por cima da cabeça de Josh. – Quem será o mentor do garoto?

– Eu – disseram Dee e Maquiavel ao mesmo tempo.

Josh virou para olhar os dois imortais, surpreso com sua resposta. Dos dois, ele achou que preferiria ser orientado por Maquiavel.

– Mago, ele é seu – disse Marte após um momento de consideração. – Posso ler sua intenção e seus motivos claramente. Você pretende usar o menino para trazer de volta os Antigos, não tenho nenhuma dúvida disso. Mas você... – acrescentou o deus, girando a cabeça para olhar Maquiavel. – Eu não posso ler sua aura, não sei o que você quer. Talvez porque você ainda não decidiu.

Rochas estalaram e rangeram onde o deus estava. Ele tinha, pelo menos, sete metros de altura, sua cabeça e capacete quase se encostando no teto.

– Ajoelhe-se – disse a Josh, que caiu de joelhos. Marte puxou sua enorme espada do chão e a girou até que estivesse exatamente na frente do rosto do menino. Josh ficou vesgo olhando a lâmina. Estava tão perto que ele podia ver onde a borda tinha quebrado e arranhado e foi capaz de distinguir os finos traços de um padrão em espiral pelo centro da espada.

– Qual o nome de seu clã e os nomes de seus pais?

A boca de Josh estava tão seca que ele mal conseguia falar.

– O nome do clã? Ah, o nome de família é Newman. Meu pai é Richard e minha mãe é Sara. – Ele se recordou de que Hécate fizera as mesmas perguntas a Sophie. Acontecera havia apenas dois dias, e ainda assim parecia uma vida.

O timbre da voz do deus mudou, tornando-se mais forte, alta o suficiente para Josh sentir suas vibrações em seus ossos.

– Josh, filho de Richard e Sara, do clã Newman, da raça humanídea, eu lhe concederei o Despertar. Você reconhece que este não é um presente e haverá um preço a pagar. Se não pagar, vou destruí-lo e tudo pelo que você tiver apreço.

– Eu pagarei – disse Josh com dificuldade, o sangue pulsando em sua cabeça, a adrenalina percorrendo seu corpo.

– Eu sei que vai. – A grande espada se moveu, primeiro tocando o ombro direito de Josh, e então o esquerdo, antes de voltar ao direito. O menor esboço de sua aura piscou aparecendo em torno de seu corpo. Tufos de fumaça dourada começaram a emanar de seu cabelo louro, e o aroma cítrico tornou-se mais forte. – De agora em diante, você vai enxergar com acuidade...

Os brilhantes olhos azuis de Josh tornaram-se discos de ouro maciço. Imediatamente, lágrimas escorreram por seu rosto. Tinham a cor e a textura do ouro líquido.

– Você ouvirá com clareza...

Fumaça saiu das orelhas do menino.

– Você vai provar com pureza...

Josh abriu a boca e tossiu. Uma névoa de cor alaranjada apareceu, e pequenas faíscas âmbar dançaram entre sua língua e dentes.

– Você vai tocar com sensibilidade...

O menino levou as mãos até seu rosto. Elas brilhavam tão intensamente que estavam quase transparentes. Faíscas saltaram e se enrolaram por entre cada dedo, e suas unhas roídas viraram espelhos polidos.

– Você vai cheirar com intensidade...

A cabeça de Josh foi quase completamente envolta na fumaça de ouro. Escorria pelas narinas, dando a impressão de que o menino respirava fogo. Sua aura engrossara, solidificada em torno de seus ombros e seu peito, tornando-se brilhante e reluzente.

A espada de Marte moveu-se novamente, tocando levemente os ombros do menino.

– De fato, sua aura é uma das mais poderosas que já encontrei – disse Marte calmamente. – Há algo mais que eu posso lhe dar, um presente, e isso dou livremente. Você pode achar útil nos dias que virão. – Estendeu a mão esquerda, repousando-a sobre a cabeça do menino. Instantaneamente, a aura de Josh explodiu em uma luz incandescente. Fios e círculos de fogo amarelo emanavam de seu corpo e envolviam toda a câmara. Fobos e Deimos foram pegos pela explosão de luz e calor, saíram gritando e correndo para trás do pedestal de pedra, mas não antes de sua pele pálida avermelhar e as pontas de seus cabelos brancos de neve escurecerem e queimarem. A luz lancinante levou Dee aos joelhos, mãos enluvadas protegendo seus olhos. Ele rolou, enterrando seu rosto nas mãos enquanto as esferas de fogo ricocheteavam no chão e no teto, sujando as paredes, deixando marcas de queimadura no osso polido.

Somente Maquiavel escapou da força total da explosão de luz. Ele tinha se virado de costas e saído da câmara no último instante, quando Marte tocou no menino. Encolhendo-se completamente, escondeu-se nas sombras profundas do outro lado do portal, enquanto os fios de luz amarela ricocheteavam nas paredes e esferas de energia sólida brilhavam no corredor. Ele piscou com dificuldade, tentando limpar as imagens marcadas a ferro em suas retinas. Maquiavel tinha assistido a um Despertar antes, mas nada tão dramático. O que Marte estava fazendo com o menino? Que presente dera a ele?

Então, com a visão turva, enxergou uma suave forma prateada se materializar na outra extremidade do corredor.

E o aroma de baunilha perfumou as catacumbas.

Capítulo Cinquenta e Um

Empoleirada no topo da torre de água de Alcatraz, cercada por enormes corvos, a Morrigan cantava suavemente para si mesma. Era uma canção ouvida pela primeira vez pelos mais primitivos dos homens ancestrais, agora impressa profundamente no DNA da humanidade. Era lenta e delicada, perdida e lamentosa, linda... e totalmente assustadora. Era a Canção da Morrigan: um lamúrio criado para inspirar medo e terror. E nos campos de batalha ao redor do mundo e ao longo do tempo, frequentemente era o último som que um humano ouvia nesta vida.

A Morrigan esticou seu manto de asas negras sobre si e olhou a baía tomada por névoa na direção da cidade. Ela podia sentir o calor da massa de humanídeos, podia enxergar o brilho de quase um milhão de auras dentro dos limites de São Francisco. E cada aura envolvia um humanídeo, cada um cheio de medos e preocupações, repletos de emoções suculentas e saborosas. Pressionou uma mão contra a outra e trouxe as pontas dos dedos até seus finos lábios negros. Seus ancestrais se alimentaram da espécie humana, beberam suas memórias, saborearam suas emoções como vinhos sofisticados. Em breve... ah, muito em breve, ela estaria livre para fazer isso de novo.

Mas antes tinha um banquete para desfrutar.

Mais cedo, recebera uma ligação de Dee. Finalmente, ele e seus Antigos haviam sido forçados a concordar que agora era muito perigoso permitir que tanto Nicolau quanto Perenelle vivessem; ele dera a ela permissão para assassinar a Feiticeira.

A Morrigan tinha um refúgio de difícil acesso construído no alto das montanhas de São Bernardino. Levaria Perenelle para lá e pelos próximos dias drenaria cada memória e emoção que restasse na mulher. A Feiticeira vivera por quase setecentos anos: viajara pelo mundo todo e conhecera Reinos de Sombras, vira maravilhas e experimentara horrores. E tinha uma memória extraordinária; se lembraria de tudo, cada emoção, cada pensamento e temor. E a Morrigan apreciaria todos eles. Quando terminasse, a lendária Perenelle Flamel seria pouco mais do que um bebê de mente vazia. A Deusa dos Corvos jogou a cabeça para trás e abriu bem a boca, seus longos e brancos incisivos afiados contra os lábios negros, a língua fina e preta. Em breve.

A Morrigan sabia que a Feiticeira estava nos túneis sob a torre de água. A única outra entrada era por meio de um túnel acessível somente com a maré baixa. E embora a maré não fosse mudar por algumas horas, as rochas e o penhasco ao redor da boca da caverna estavam cobertos por corvos de bicos finos, longos e afiados.

Então as narinas da Morrigan se dilataram.

Sobre o odor de sal e iodo do mar, o fedor metálico de metal enferrujado, de pedra apodrecida e a essência bolorenta de incontáveis pássaros, subitamente sentiu o cheiro de algo mais... algo que não pertencia ao contexto, não nesse lugar, não nesse tempo. Algo antigo e amargo.

O vento mudou, e a névoa se espiralou. Bolhas de umidade salina de repente cintilaram em um fio prateado que se pendurava no ar diante dela. A Morrigan piscou seus olhos negros injetados. Outro fio balançou no ar, e então outro e outro, cruzando-se em uma série de círculos. Pareciam teias.

Eram teias.

Ela estava se levantando quando uma monstruosa aranha surgiu do poço abaixo dela e pousou diretamente na lateral da torre de água, suas enormes patas peludas agarrando-se ao metal. Movia-se na direção da Deusa dos Corvos.

A massa de pássaros que tomara a torre de água voou em espiral, gritando estridentemente... e foi instantaneamente aprisionada na enorme teia instalada logo acima. Caíram bem em cima de sua sombria senhora, enredando-a em um amontoado de penas e teias pegajosas. A Morrigan cortou as teias com suas unhas afiadas como lâminas, endireitou seu manto sobre si e estava prestes a levantar voo quando a aranha alcançou o topo da torre e a puxou para trás, imobilizando-a com uma enorme pata peluda.

Perenelle Flamel, escarranchada nas costas da aranha, uma lança flamejante na mão, inclinou-se para a frente e sorriu para a Morrigan.

– Você estava procurando por mim, creio.

Capítulo Cinquenta e Dois

Sophie correu.

Ela não sentia mais medo, não estava mais enjoada ou fraca. Só tinha de alcançar seu irmão. Josh estava bem à sua frente, em uma câmara no fim do túnel. Ela via o brilho dourado da aura dele iluminando a escuridão, sentia o cheiro delicioso de laranja.

Deixando para trás Nicolau, Joana e Saint-Germain, ignorando seus gritos para que parasse, Sophie correu para o portal iluminado. Sempre fora uma boa corredora e mantivera o recorde nos cem metros na maioria das escolas que frequentara, mas agora praticamente voava pelo corredor. E a cada passo sua aura – movida pela raiva e pela determinação – crescia ao seu redor, metálica, crepitando e soltando faíscas. Seus sentidos aprimorados entraram em ação, diminuindo suas pupilas e, em seguida, expandindo-as em discos de prata. Instantaneamente, as sombras desapareceram e ela pôde ver as catacumbas sombrias em todos os seus detalhes mais chocantes. Suas narinas foram agredidas com uma variedade de cheiros: cobre e enxofre, podridão e mofo; porém, mais forte do que todos os outros, era o perfume de laranja da aura de seu irmão.

E ela soube que era tarde demais: ele tinha sido Despertado.

Ignorando o homem agachado no chão fora da câmara, Sophie correu pela porta... e sua aura instantaneamente endureceu, formando uma concha metálica enquanto arcos em chamas douradas ricocheteavam nas paredes, respingando contra ela. Ela cambaleou, atingida pela energia. Agarrando a borda do portal, segurou-se para impedir que fosse empurrada de volta para o corredor.

– Josh – disse ela, impressionada pela visão à sua frente.

Josh estava ajoelhado no chão diante do que só poderia ser Marte. O Antigo segurava uma espada em sua mão esquerda, com a ponta tocando o teto, enquanto sua mão direita estava fixa sobre a cabeça de seu irmão. A aura de Josh estava em chamas, como um incêndio, envolvendo seu irmão completamente em luz dourada. Fogo amarelo girava em torno dele, lançando esferas e chicotes de energia. Batiam contra as paredes e o teto, cortando pedaços de ossos amarelados pelo tempo para revelar outros mais brancos embaixo.

– Josh! – gritou Sophie.

O deus lentamente virou a cabeça e fitou-a com olhos vermelhos brilhantes.

– Saia – ordenou Marte.

Sophie balançou a cabeça.

– Não sem meu irmão gêmeo – disse entre dentes. Ela não ia abandonar seu irmão, nunca faria isso.

– Ele não é mais seu gêmeo – disse Marte suavemente. – Vocês são diferentes agora.

– Ele sempre será meu irmão gêmeo – disse ela simplesmente.

Forçando seu avanço câmara adentro, enviou uma onda de nevoeiro de prata gelado, emanando de seu corpo para encobrir seu irmão e o Antigo. Ouviu o chiado onde o nevoeiro tocou a aura de Josh, e viu a fumaça cinzenta subindo em ondas ao teto. O nevoeiro cristalizou sobre a pele dura de Marte, e o gelo cintilou sob a luz âmbar.

Marte lentamente baixou a espada.

– Tem ideia de quem sou eu? – perguntou ele, sua voz suave, quase gentil. – Se tivesse, teria medo de mim.

– Você é Marte, o Vingador – disse Sophie lentamente, as memórias da Bruxa de Endor lhe informando. – E antes dos romanos o venerarem, os gregos lhe chamaram de Ares, e antes disso os babilônios o chamaram de Nergal.

– Quem é você? – A mão do Antigo caiu da cabeça de Josh e, instantaneamente, a aura do menino apagou e o fogo morreu.

Josh cambaleou e Sophie se jogou para pegá-lo antes que batesse no chão. No momento em que o tocou, sua própria aura desapareceu, deixando-a indefesa. Mas ela estava além do medo agora, não sentia nada, somente alívio por estar reunida com seu irmão gêmeo. Agachada no chão, segurando o irmão nos braços, Sophie olhou para o imponente deus da guerra.

– E antes de ser Nergal, foi o campeão da humanidade: você era Huitzilopochtli. Você levou os escravos humanos para um lugar seguro quando Danu Talis afundou sob as ondas.

O deus se afastou cambaleando. A parte traseira dos joelhos atingiu o pedestal e ele se sentou de repente, a enorme pedra rachando sob seu peso.

– Como você sabe disso? – admirou-se, algo que soava como medo invadindo sua voz.

– Você esteve com a Bruxa de Endor. – Ela se endireitou, fazendo Josh ficar de pé. Seus olhos estavam abertos, mas virados para cima, deixando apenas a parte branca à mostra. – A Bruxa de Endor me deu todas as memórias dela – disse Sophie. – Eu sei o que você fez... e por que ela o amaldiçoou. – Estendendo a mão, a menina tocou a pele do deus, dura como pedra, com a ponta do dedo. Uma faísca saiu. – Eu sei por que ela fez isso com sua aura.

Envolvendo o braço do irmão sobre seu ombro, virou as costas para o Deus da Guerra. Flamel, Saint-Germain e Joana já tinham chegado e se reuniam à porta. A espada de Joana apontava para Dee, que estava deitado, imóvel no chão. Ninguém falou.

– Se você tem a sabedoria da Bruxa dentro de você – disse Marte, com urgência em sua voz, quase suplicante –, então conhece seus encantamentos e truques. Sabe como remover essa maldição.

Nicolau se adiantou para levantar Josh dos braços de Sophie, mas ela se recusou a soltar o irmão. Olhando por cima do ombro para Marte, ela disse serenamente:

– Sim, eu sei como removê-la.

– Então, faça – comandou. – Faça isso e darei a você tudo que quiser. Posso dar qualquer coisa!

Sophie pensou por um momento.

– Pode remover os sentidos Despertos? Pode fazer com que eu e meu irmão sejamos normais novamente?

Houve um longo momento de silêncio antes que o deus falasse novamente:

– Não. Não posso fazer isso.

– Então, não há nada que possa fazer por nós. – Sophie virou-se e, com o auxílio de Saint-Germain, ajudou Josh a andar para o corredor. Joana saiu da câmara, deixando apenas Flamel parado à porta.

– Espere! – O deus levantou a voz e toda a câmara tremeu com o som. Fobos e Deimos saíram se esgueirando de trás do pedestal rachado, conversando ruidosamente. – Você vai reverter essa maldição, ou... – começou Marte.

Nicolau deu um passo adiante.

– Ou o quê?

– Nenhum de vocês vai deixar essas catacumbas vivo – rugiu Marte. – Não permitirei isso. Eu sou Marte, o Vingador! – Os olhos escondidos do deus ardiam vermelho-sangue e ele deu um passo à frente, balançando sua grande espada diante dele. – Quem é você para me negar isso?

– Eu sou Nicolau Flamel. E você – acrescentou – é um Antigo que cometeu o erro de acreditar-se um deus. – Ele estalou os dedos e partículas de pó de esmeralda cintilante caíram ao chão. Elas correram pela superfície suavemente polida, deixando minúsculos fios verdes no amarelo envelhecido do chão. – Eu sou o Alquimista... e deixe-me ensinar a você o maior segredo da alquimia: a transmutação. – E então, voltou para o corredor e desapareceu nas sombras.

– Não! – Marte deu um passo adiante e imediatamente afundou até o tornozelo no chão, que, de repente, estava macio e gelatinoso. O deus deu mais um passo, tremendo, e então perdeu o equilíbrio enquanto a terra derretia sob seu peso. Ele caiu com um baque para frente, batendo no chão, ainda duro o suficiente para lançar salpicos de osso gelatinoso nas paredes. Sua espada cortou um enorme pedaço de parede onde, um segundo antes, Flamel estivera parado. Marte lutou para recuperar o equilíbrio, mas o chão parecia uma areia movediça de ossos semilíquidos. Apoiando-se em suas mãos e joelhos, Marte esticou a cabeça para a frente para olhar Dee, que saía lentamente do líquido em direção à porta.

– Isso é sua culpa, Mago! – bradou agressivamente, a câmara inteira vibrando com sua raiva, fazendo chover pó de osso e lascas de pedra antiga. – Você é o responsável.

Dee levantou-se cambaleante e encostou no batente da porta, limpando as mãos da geleia glutinosa, removendo-a da calça, agora arruinada.

– Traga-me a menina e o menino – rosnou Marte – e lhe perdoarei. Traga-me os gêmeos. Ou então...

– Ou então, o quê? – perguntou Dee, suavemente.

– Vou destruir você: nem mesmo seu mestre Antigo será capaz de protegê-lo de minha ira.

– Não se atreva a me ameaçar! – disse Dee, rosnando. – E não preciso de meu Antigo para me proteger.

– Tenha medo de mim, Mago, pois fez de mim um inimigo.

– Você sabe o que faço com aqueles que me assustam? – perguntou Dee, seu sotaque mais proeminente. – Eu os destruo! – A câmara de repente se encheu do cheiro de enxofre e, em seguida, as paredes de osso começaram a escorrer e derreter como sorvete. – Flamel não é o único alquimista que conhece o segredo da transmutação – disse ele, enquanto o teto se transformava, escorrendo para o chão, cobrindo Marte com o líquido pegajoso. Então começou a chover osso em grandes gotas amareladas.

– Acabem com ele! – uivou Marte. Fobos e Deimos saltaram do pedestal para as costas do Antigo, dentes e garras estendidos, olhos enormes fixos em Dee.

O Mago falou uma única palavra de poder e estalou os dedos: o osso líquido instantaneamente endureceu.

Nicolau Maquiavel apareceu na porta. Ele cruzou os braços e olhou para a câmara. No centro da sala, preso enquanto tentava se levantar do chão, com os dois sátiros nas costas, estava Marte, o Vingador, congelado no osso.

– Então, as catacumbas de Paris possuem agora outra estátua de ossos misteriosa – disse o italiano suavemente. Dee se virou. – Primeiro você mata Hécate, e agora Marte – continuou Maquiavel. – E eu achei que estava do nosso lado. Você percebe – disse a Dee – que ambos somos homens mortos. Nós não conseguimos capturar Flamel e os gêmeos. Nossos mestres não nos perdoarão.

– Não falhamos ainda – respondeu Dee. Ele estava quase no final do corredor. – Eu sei onde este túnel termina. Sei como podemos capturá-los. – O Mago parou e olhou para trás, e quando falou, as palavras saíram lentamente, quase relutantes. – Mas... Nicolau... teremos de trabalhar juntos. Precisaremos unir nossos poderes.

– O que pretende fazer? – perguntou Maquiavel.

– Juntos, podemos libertar os Guardiões da Cidade.

Capítulo Cinquenta e Três

A Morrigan conseguiu mover com dificuldade seus pés, mas uma teia de aranha tão grossa quanto seu braço se enrolou em volta de sua cintura e se enredou por entre suas pernas, imobilizando-as, e ela caiu. Começou a escorregar pela lateral da torre, quando uma segunda e uma terceira teias a apanharam, enrolando-se em seu corpo, embalando-o do pescoço aos dedos do pé num casulo espesso como o de uma múmia. Perenelle saltou das costas de Areop-Enap e se abaixou ao lado da Deusa dos Corvos. A ponta de sua lança vibrou com a energia, e fumaça vermelha e branca saiu em anéis para o ar da noite.

– Você provavelmente está com vontade de gritar agora – disse Perenelle com um sorrisinho maldoso. – Vá em frente.

A Morrigan obedeceu. As mandíbulas abriram, os lábios separaram-se para revelar os dentes selvagens, e ela gritou.

O lamento enervante ecoou pela ilha. Cada vidraça inteira em Alcatraz se transformou em pó, e toda a torre de água balançou. Ao longo da baía, a cidade despertou conforme buzinas e alarmes de casa e de carros na orla dispararam em uma vida cacofônica. Todos os cães em um raio de cento e sessenta quilômetros da ilha começaram a latir lamentavelmente.

Mas o grito também atraiu o restante do enorme bando de pássaros reunidos, que surgiu no céu noturno em uma explosão trovejante de asas batendo e cantos estridentes. A maioria foi imediatamente emaranhada e jogada para baixo por uma espessa nuvem de teias de aranha penduradas no ar entre os prédios abandonados, cobrindo cada janela aberta, tecida de uma extremidade a outra. No momento em que os pássaros apanhados atingiam o chão, aranhas de todas as formas e tamanhos se enxameavam sobre eles, aprisionando-os em casulos de espessas teias prateadas. Em questão de momentos, a ilha ficou silenciosa novamente.

Um punhado de corvos enormes escapou. Seis dos enormes pássaros voaram baixo sobre a ilha, evitando os festões e redes das teias pegajosas. Os pássaros se espiralaram sobre a baía de São Francisco em direção à ponte, subiram e plainaram no alto e então voltaram para um novo ataque. Agora estavam acima das emaranhadas teias de aranhas. Circularam acima da torre de água. Doze olhos escuros como breu fixos em Perenelle, e bicos pontiagudos e garras afiadas como adagas se abriram conforme se arremessavam sobre a mulher.

Abaixada sobre a Morrigan, Perenelle percebeu o cintilante sinal de movimento refletido nos olhos negros de sua adversária. A Feiticeira trouxe a ponta de sua lança à vida com uma única palavra e a girou em sua mão, desenhando um triângulo vermelho queimando no ar enevoado. Os pássaros selvagens voaram através do fogo vermelho... e *mudaram*.

Seis ovos perfeitos caíram do céu e foram apanhados no meio do caminho até o chão pelos fios finos e pegajosos das teias de aranha.

– Café da manhã – disse deliciada Areop-Enap, descendo a lateral da torre.

Perenelle se sentou ao lado da resistente Deusa dos Corvos, que se debatia. Pousando a lança em seus joelhos, olhou ao longo da baía, na direção da cidade que chamara de lar por mais de uma década.

– O que você fará, Feiticeira? – exigiu saber a Morrigan.

– Não tenho ideia – respondeu sinceramente Perenelle. – Parece que Alcatraz é minha. – Ela soou quase perplexa com a ideia. – Bem, minha e de Areop-Enap.

– Ao menos que você consiga dominar a arte de voar, está presa aqui – rosnou a Morrigan. – Isto é propriedade de Dee. Nenhum turista vem aqui agora; não há visitas, nem barcos de pesca. Você ainda é tão prisioneira quanto quando estava na cela. E a esfinge patrulha os corredores lá embaixo. Ela virá atrás de você.

A Feiticeira sorriu.

– Ela pode tentar. – Ela girou a lança, que zuniu no ar. – Eu me pergunto no que isso te transformará: numa garotinha, um filhote de leão ou num ovo de pássaro.

– Você sabe que Dee voltará, e com reforços. Ele vai querer o exército de monstros dele.

– Estarei esperando por ele também – prometeu a Feiticeira.

– Você não pode ganhar – argumentou a Morrigan.

– As pessoas dizem isso a Nicolau e eu por séculos. E, mesmo assim, ainda estamos aqui.

– O que você fará comigo? – perguntou a Deusa dos Corvos em um tom casual. – A menos que me mate, sabe que não descansarei enquanto você não estiver morta.

Perenelle sorriu. Trouxe a ponta da lança para perto de seus lábios e soprou gentilmente até que se tornasse branco-quente.

– Eu me pergunto no que isto te transformaria... – refletiu, em voz alta, distraidamente. – Pássaro ou ovo?

– Eu nasci, não fui chocada – disse simplesmente a Morrigan. – Você não pode me ameaçar com a morte. Isso não me traz medo algum.

Perenelle se levantou e plantou a parte inferior da lança no chão.

– Eu não vou matá-la. Tenho uma punição muito mais adequada para você. – Ela olhou em direção ao céu, e o vento agitou seu longo cabelo, soprando-o para trás. – Com frequência me pergunto como seria ser capaz de voar, pairar silenciosamente pelos céus.

– Não há sensação melhor – disse honestamente a Morrigan.

O sorriso de Perenelle era frio.

– É o que pensei. Então vou tirar de você o que mais preza: sua liberdade e sua capacidade de voar. Tenho a mais maravilhosa cela preparada para você.

– Nenhuma prisão pode me deter – disse a Morrigan desdenhosamente.

– Essa foi criada para aprisionar Areop-Enap – disse Perenelle. – Nas profundezas do subsolo, você nunca mais verá a luz do sol ou voará pelos ares novamente.

A Morrigan gritou de novo e se revirou de um lado para o outro. A torre de água oscilou e tremeu, mas a teia da velha aranha era indestrutível. Então subitamente a Deusa dos Corvos caiu em silêncio profundo. O vento aumentou, e a névoa envolveu as duas mulheres. Elas podiam ouvir o disparar distante dos alarmes de São Francisco.

A Morrigan começou a ter um acesso de tosse seca, e Perenelle levou um momento para perceber que a Deusa dos

Corvos estava rindo. Embora imaginasse que não fosse gostar da resposta, Perenelle perguntou:

– E você quer me dizer o que considera tão hilário?

– Você pode ter me derrotado – arfou a Morrigan –, mas já está morrendo. Consigo ver a idade em seu rosto e suas mãos.

Perenelle ergueu a mão para o rosto e moveu a ponta da lança para que jogasse luz sobre sua carne. Descobriu, chocada, um salpico de pontos marrons nas costas de sua mão. Ela tocou seu rosto e pescoço, os dedos traçando as linhas de novas rugas.

– Quanto tempo até que o efeito da fórmula do alquimista passe, Feiticeira? Quanto tempo antes que murche e fique toda franzida como uma velha? O tempo que lhe resta é medido em dias ou semanas?

– Muita coisa pode acontecer em uns poucos dias.

– Feiticeira, ouça-me agora. Escute a verdade. O Mago está em Paris. Capturou o garoto e libertou o Nidhogg sobre seu marido e os outros. – Ela tossiu outra risada. – Fui enviada para matá-la porque você e seu marido não têm valor algum. Os gêmeos são a chave para o futuro.

Perenelle se inclinou para se aproximar da Morrigan. A ponta da lança banhou ambas as faces com um brilho carmim, fazendo com que os dois rostos parecessem máscaras hediondas.

– Você tem razão. Os gêmeos são a chave para o futuro, mas o futuro de quem? Dos Antigos Sombrios ou da humanidade?

Capítulo Cinquenta e Quatro

Nicolau Maquiavel deu um passo inseguro para a frente e olhou para baixo, para a cidade de Paris. Estava no telhado da grande catedral gótica de Notre Dame; abaixo estava o rio Sena e a Ponte au Double, e diante dele estava o amplo *parvis*, o quarteirão. Segurando-se firme ao ornamentado padrão de tijolos, respirou fundo e forçou seu coração a se acalmar. Acabara de subir mil e um degraus da catacumba para o telhado da catedral, seguindo uma rota secreta que Dee declarara ter usado antes. As pernas dele estavam trêmulas devido ao esforço e seus joelhos doíam. Maquiavel gostava de pensar que se mantinha em boa condição física – era um vegetariano convicto e se exercitava todos os dias –, mas a subida o exaurira. Estava também ligeiramente irritado com o fato de que a extenuante atividade não tinha afetado nem ligeiramente Dee.

– Quando você disse que veio aqui pela última vez? – perguntou.

– Eu não disse – respondeu agressivamente o Mago. Estava à esquerda de Maquiavel, na sombra da torre sul. – Mas se você quer saber, foi em 1575. – Ele apontou para um lado. – Conheci a Morrigan bem ali. Foi neste telhado que soube, pela primeira vez, quem realmente era Nicolau Flamel e da existência do Livro de Abraão. Então talvez seja adequado que tudo termine aqui também.

Maquiavel se inclinou e olhou para baixo. Estava bem em cima da janela oeste, com um vitral em forma de rosa estilizada. O quarteirão abaixo deveria estar abarrotado de turistas, mas estava sinistramente deserto.

– E como você sabe que Flamel e os outros virão para cá? – perguntou.

Os pequenos dentes de Dee apareceram em um feio sorrisinho.

– Sabemos que o garoto é claustrofóbico. Os sentidos dele acabaram de ser Despertados. Quando ele sair do transe em que Marte o deixou, ficará apavorado, e seus sentidos aguçados só aumentarão esse terror. Pelo bem de sua sanidade, Flamel terá que trazê-lo para a superfície o mais rápido possível. Eu sei que há uma passagem secreta que leva da cidade romana soterrada à catedral. – De repente apontou enquanto cinco figuras saíam aos tropeços da porta central diretamente abaixo deles. – Está vendo? – disse triunfantemente. – Eu nunca estou errado. – Ele olhou para Maquiavel. – Você sabe o que tem que fazer?

O italiano assentiu.

– Sei.

– Você não me parece feliz com isso.

– Depredar uma construção tão bonita é um crime.

– E matar pessoas não é? – perguntou Dee.

– Bem, pessoas podem sempre ser substituídas.

– Só me deixe sentar – engasgou Josh. Sem esperar por uma resposta, ele se soltou das mãos de sua irmã e de Saint-

Germain e se sentou um uma pedra circular lisa do quarteirão pavimentado. Trazendo os joelhos ao peito, repousou o queixo nas rótulas e envolveu as canelas com os braços. Tremia tanto que os calcanhares batiam na pedra.

– Nós realmente precisamos continuar andando – disse Flamel com urgência, olhando em volta.

– Dê-nos apenas um minuto – argumentou Sophie. Ajoelhando ao lado do irmão, esticou a mão para tocá-lo, mas uma fagulha estalou entre as pontas dos dedos dela e o braço dele, e ambos se sobressaltaram.

– Sei o que você está sentindo – disse ela gentilmente. – Tudo é tão... tão claro, tão alto, tão nítido. Suas roupas parecem tão pesadas e ásperas contra sua pele, seus sapatos, muito apertados. Mas você se acostuma. As sensações passam. – Ele estava passando o mesmo que ela dois dias antes.

– Minha cabeça está latejando – murmurou Josh. – É como se estivesse prestes a explodir, como se tivesse muita informação comprimida lá dentro. Fico pensando essas coisas estranhas...

A menina franziu o cenho. Isso não soava certo. Quando fora Despertada, seus sentidos foram aumentados em demasia, mas foi somente quando a Bruxa de Endor transferira conhecimento para dentro dela que sentira como se o cérebro fosse explodir. Um pensamento repentino se abateu sobre ela, e Sophie lembrou que, quando entrou na câmara, vira a enorme mão do Antigo pressionando a cabeça do irmão.

– Josh – disse mansamente –, quando Marte Despertou você, o que ele disse?

Seu irmão balançou miseravelmente a cabeça.

– Não sei.

– Pense – disse rapidamente, e viu o irmão se contrair ao som de sua voz. – Por favor, Josh – falou Sophie, baixando a voz. – Isso é importante.

– Você não manda em mim – murmurou ele com um indício de sorriso.

– Eu sei. – Ela deu um sorrisinho. – Mas ainda sou sua irmã mais velha. Agora me diga!

Josh franziu o cenho, mas o esforço fez com que sua testa doesse.

– Ele disse... disse que o Despertar não era um presente, mas algo pelo que eu teria que pagar mais tarde.

– O que mais?

– Ele disse... disse que minha aura era uma das mais poderosas que ele já encontrou. – Josh olhara para o deus enquanto ele dissera as palavras, vendo-o pela primeira vez com olhos Despertados, notando o intrincado detalhe em seu elmo e o ornado do peitoral de sua armadura, e ouvindo claramente a dor em sua voz. – Ele disse que me daria um presente, algo que eu poderia considerar útil nos dias que virão.

– E?

– Não faço ideia do que foi. Quando ele pôs a mão em minha cabeça, senti como se ele estivesse tentando me empurrar para dentro do chão. A pressão era inacreditável.

– Ele passou algo para você – disse Sophie, preocupada. – Nicolau – chamou.

Mas não houve resposta, e quando se virou para procurar o Alquimista percebeu que ele, Saint-Germain e Joana olhavam atentamente a grande catedral.

– Sophie – disse Nicolau calmamente, sem se virar –, ajude seu irmão a se levantar. Precisamos sair daqui agora mesmo. Antes que seja muito tarde.

Seu tom calmo e razoável a assustou mais do que se ele tivesse gritado. Pegando seu irmão com os dois braços, ignorando o estalo percussivo das auras deles, ela o levantou e se virou, segurando-o. Cara a cara com eles havia três monstros desproporcionais encurvados.

– Acho que já é tarde demais – disse ela.

Ao longo dos séculos, dr. John Dee aprendera como animar Golens e também conseguira criar e controlar simulacra e homunculus. Uma das primeiras habilidades que Maquiavel dominara foi a capacidade de controlar uma tulpa. O processo era surpreendentemente similar; tudo que realmente mudava eram as matérias-primas.

Ambos podiam dar vida a objetos inanimados.

Agora o Mago e o italiano estavam lado a lado no telhado de Notre Dame e concentravam sua vontade.

E um por um, as gárgulas e os grotescos de Notre Dame rangeram para a vida.

As gárgulas – as bicas de água – moveram-se primeiro.

Sozinhas e em pares, então em dúzias e subitamente às centenas, libertaram-se das paredes da catedral. Rastejando de lugares ocultos – as calhas fora de vista, as valetas esquecidas –, dragões e serpentes de pedra, cabras e macacos, gatos, cães, serpentes e monstros deslizaram pela frente do edifício abaixo.

Então as hediondas estátuas entalhadas desajeitadamente ganharam vida. Leões, tigres, macacos e ursos se libertaram das paredes entalhas de pedra e começaram a descer pelas paredes do prédio.

– Isso é mesmo muito, muito ruim – murmurou Saint-Germain.

Um leão grosseiramente entalhado pousou no chão diretamente em frente à porta da catedral e caminhou adiante, garras de pedra estalando e deslizando pelos pavimentos lisos.

Saint-Germain sacou a mão e o leão foi engolfado por uma bola de fogo... que não teve efeito algum sobre ele, além de queimar séculos de sujeira e fezes de pássaros. O leão continuou se aproximando. Saint-Germain tentou diferentes tipos de fogo – lanças e lâminas de chamas, bolas e açoites –, mas foi em vão.

Mais e mais gárgulas chegavam ao chão. Algumas se despedaçavam com o impacto, mas a maioria sobrevivia. Elas se espalharam, tomando o quarteirão, então começaram a fechar o cerco. Algumas das criaturas eram intrincada e lindamente esculpidas; outras, por causa da ação do clima, eram pouco mais do que um amontoado anônimo de massa. As maiores gárgulas caminhavam lentamente enquanto as menores disparavam. Mas todas se moviam em absoluto silêncio, exceto pelo estridor do atrito de pedra com pedra.

Uma criatura metade homem, metade cabra se destacou da multidão que se aproximava, ficou de quatro e trotou para a frente, chifres de pedra malevolamente curvados apontados para Saint-Germain. Joana se lançou para frente e investiu contra a criatura, sua espada causando faíscas no pescoço do monstro. O golpe sequer o fez diminuir a velocidade. Saint-Germain conseguiu se jogar para um lado no último minuto, então cometeu o erro de acertar a anca da besta a sua passagem. A mão dele ardeu. O homem-cabra tentou parar mas o pavimento fez com que escorregasse, espatifando-se no chão e partindo um de seus chifres.

Nicolau desembainhou Clarent e a girou, segurando a espada com ambas as mãos, imaginando qual criatura atacaria primeiro. Um urso com cabeça de mulher adiantou-se desajeitadamente, as garras estendidas. Nicolau deu um golpe com Clarent, mas a espada gritou inofensivamente ao impactar a pele de pedra da criatura. Rapidamente tentou produzir um corte na besta com a ponta da espada, mas a vibração deixou todo seu braço dormente, quase fazendo com que soltasse a espada. O urso deu uma pancada com a pesada mão que passou sussurrando acima da cabeça do Alquimista. A criatura perdeu o equilíbrio e Nicolau se lançou para a frente para jogar seu peso contra ele. O urso se chocou contra o chão. Suas garras bateram nas pedras do pavimento, transformando-se em poeira enquanto tentava se reerguer.

De pé na frente de seu irmão, desesperadamente tentando protegê-lo, Sophie lançou uma serie de pequenos redemoinhos. Eles quicaram inofensivamente na maioria das pedras e não fizeram nada além de levar jornais a voarem em espiral pelo céu.

– Nicolau – disse Saint-Germain em desespero conforme um círculo de criaturas de pedra se fechava cada vez mais perto. – Alguma magia ou alquimia seria bom agora.

Nicolau ergueu a mão direita. Uma minúscula esfera de vidro verde se formou nela. Então, rachou-se e um conteúdo líquido escorreu por sua pele.

– Não estou forte o bastante – respondeu tristemente o Alquimista. – O feitiço de transmutação nas catacumbas me exauriu.

As gárgulas chegaram mais perto, pedra rangendo, tinindo a cada passo. Pequenos grotescos eram pulverizados se ficassem embaixo dos pés das criaturas maiores.

– Eles vão vir direto para cima da gente – murmurou Saint-Germain.

– Dee deve estar controlando todos eles – disse Josh. Ele desmoronou sobre a irmã, as mãos pressionadas contra os ouvidos. Cada rangido de passo, cada estalo de pedra era uma agonia para sua audição Despertada.

– Há muitos aqui para um homem só – disse Joana. – Tem que ser coisa de Dee *e* Maquiavel.

– Mas eles devem estar por perto – disse Nicolau.

– Muito perto – concordou Joana.

– Um comandante sempre escolhe ter uma visão de cima – disse Josh subitamente, surpreendendo a si mesmo com tal conhecimento.

– O que significa que eles estão no telhado da catedral – concluiu Flamel.

Então Joana apontou.

– Estou vendo eles. Lá, entre as torres, diretamente acima do centro da janela rosa a oeste. – Ela arremessou sua espada ao marido, e então sua aura fluiu prateada ao redor de seu corpo e o ar foi preenchido pela essência de lavanda. Sua aura se materializou, tomando forma e substancia, e de repente um arco longo surgiu em sua mão esquerda enquanto uma flecha brilhante apareceu na direita. Trazendo o braço direito para trás, ela mirou e soltou a flecha, enviando-a em um arco alto pelo ar.

– Eles nos avistaram – disse Maquiavel. Enormes gotas de suor rolaram por seu rosto, e seus lábios estavam azuis devido ao esforço de controlar as criaturas de pedra.

– Isso não é problema – comentou Dee, olhando da beira do telhado. – Eles estão sem poderes. – No quarteirão abaixo, os cinco humanos estavam posicionados em um círculo enquanto as esmagadoras estátuas de pedra se aproximavam.

– Então vamos acabar com isso – disse Maquiavel, os dentes trincados. – Mas lembre-se de que precisamos dos jovens vivos. – Ele parou de falar subitamente quando algo fino e prateado cortou em arco o ar diante de sua face. – É uma flecha – começou a raciocinar, e então parou e grunhiu quando ela se enterrou profundamente em sua coxa. Toda a perna dele, do quadril aos dedos do pé, morreu. Ele cambaleou e caiu no telhado da catedral, a mãos pressionadas contra a perna. Surpreendentemente, não havia sangue, mas a dor era excruciante.

No chão abaixo e longínquo, pelo menos metade das criaturas de repente ficaram imóveis ou tombaram. Elas se espatifaram no chão, e aquelas atrás delas caíram em cima. Rocha se rachou, pedra gasta explodindo em pó. Mas o restante das criaturas continuou, apertando o cerco.

Flechas prateadas voaram em arco vindas de baixo. Elas silvaram e se despedaçaram inofensivamente contra o telhado de tijolos.

– Maquiavel – gritou Dee.

– Não consigo... – A dor em sua perna era indescritível, e lágrimas rolaram por suas bochechas. – Não consigo me concentrar...

– Então eu mesmo vou acabar com isso.

– O garoto e a garota – disse fracamente Maquiavel. – Precisamos deles vivos...

– Não necessariamente. Sou um necromante. Posso reanimar cadáveres.

– Não – gritou Maquiavel.

Dee o ignorou. Focando sua extraordinária vontade, o Mago emitiu um único comando às gárgulas.

– Matem-nos. Matem todos eles.
As criaturas prosseguiram mais intensamente.

– De novo, Joana! – Flamel gritou. – Dispare de novo.
– Não consigo. – A pequena francesa estava pálida de cansaço. – As flechas são feitas com minha aura. Não tenho mais nada.

As gárgulas pressionaram, mais e mais perto, pedra rangendo e se atritando conforme se arrastavam. O campo de movimento delas era limitado; algumas tinham garras e dentes, outras, chifres ou caudas farpadas, mas podiam simplesmente esmagar os humanos.

Josh apanhou um pequeno grotesco redondo que estava tão gasto que era pouco mais que um pedaço grosso de pedra e o atirou contra a massa de criaturas. Ele se contraiu com o som, mas também percebeu que eles podiam ser destruídos. Pressionando as mãos contra os ouvidos, ele observou a criatura partida com atenção, sua visão Despertada observando cada detalhe. As criaturas de pedra eram invulneráveis a ferro e magia... mas então percebeu que a pedra estava gasta e frágil. O que destruía pedra?

...Houve um lampejo de memória... exceto que não era uma memória dele... de uma cidade antiga, muros caindo, pulverizados a poeira...

– Tenho uma ideia – gritou.
– Que seja boa – respondeu Saint-Germain. – É mágica?
– É química básica. – Josh olhou para Saint-Germain. – Francis, o quão quente você pode fazer com que seu fogo se torne?
– Muito quente.

– Sophie, o quão frio é o vento que você pode criar?

– Muito frio – disse ela, assentindo. Subitamente soube o que seu irmão sugeria: fizera o mesmo experimento na aula de química.

– Façam agora – gritou Josh.

Um dragão esculpido com uma asa de morcego lascada moveu-se abruptamente para a frente. Saint-Germain liberou toda a força de sua magia do Fogo contra a cabeça da criatura, banhando-a em chamas, assando até ficar vermelho-cereja. E então Sophie lançou uma lufada de ar ártico.

A cabeça do dragão se rachou e explodiu até virar poeira.

– Calor e frio – gritou Josh –, calor e frio.

– Expansão e contração – disse Nicolau com uma risada trêmula. Olhou para cima, para onde apenas a cabeça de Dee estava visível no telhado. – Um dos princípios básicos da Alquimia.

Saint-Germain banhou um porco do mato que galopava na direção deles em um calor escaldante, e Sophie jogou ar gelado sobre ele. As pernas da criatura estalaram.

– Mais quente! – gritou Josh. – Precisa ser mais quente. E o seu precisa ser mais frio – disse para sua irmã.

– Vou tentar – sussurrou. Seus olhos já estavam embaçados de exaustão. – Não sei o quanto mais posso fazer. – Ela olhou para o irmão. – Me ajude – disse. – Deixe-me usar sua força.

Josh se posicionou atrás de Sophie e pousou ambas as mãos nos ombros dela. Auras dourada e prateada se iluminaram com faíscas, misturando-se, entrelaçando-se. Percebendo o que eles estavam fazendo, Joana imediatamente agarrou os ombros do marido e ambas as auras deles – vermelha e prateada – estalaram em volta deles. Quando Saint-Germain disparou uma coluna de fogo sobre as gárgulas que se aproximavam, foi de um branco-quente, poderosa o bastante para começar a derreter as pedras mesmo antes que os ventos subárticos congelantes e a névoa gelada saíssem das mãos de Sophie. Saint-Germain criou um pequeno círculo e Sophie fez a mesma coisa. Primeiro as pedras racharam, os tijolos antigos explodiram e a rocha derreteu quando submetidos ao intenso calor, mas os ventos gelados que se seguiram geraram um efeito dramático. A estatuas de pedra quente explodiram e se partiram em pedacinhos, despedaçando-se em poeira seca e ardente. A primeira fila caiu, e então a seguinte e a seguinte, até que uma parede de pedra despedaçada e rachada se formou em um círculo em volta dos humanos cercados.

E quando Saint-Germain e Joana desmoronaram, Sophie e Josh continuaram, lançando ar gelado sobre as poucas criaturas remanescentes. Como as gárgulas haviam passado séculos como bicas de água, a pedra estava mole e porosa. Usando a energia de seu irmão para aumentar suas forças, Sophie congelou a mistura contida dentro da pedra e as criaturas se despedaçaram.

– Os dois que são um – sussurrou Nicolau Flamel, agachando-se exausto na calçada. Olhou para Sophie e Josh, as auras brilhando livremente a seu redor, prata e ouro misturados, traços de antigas armaduras visíveis sobre sua pele. O poder deles era inacreditável – e aparentemente incansável. Ele sabia que uma força assim podia controlar, reformar ou até mesmo destruir o mundo.

E quando as últimas gárgulas monstruosas explodiram em poeira e as auras dos gêmeos se apagaram, o Alquimista se flagrou imaginando, pela primeira vez, se Despertá-los tinha sido a escolha certa.

No topo de Notre Dame, Dee e Maquiavel observaram enquanto Flamel e os outros abriam caminho em meio às fumacentas pilhas de alvenaria, seguindo em direção à ponte.

– Nós estamos muito encrencados – disse Maquiavel, trincando os dentes. A flecha desaparecera de sua coxa, mas sua perna ainda estava dormente.

– Nós? – disse suavemente Dee. – Isso, tudo isso, é inteiramente culpa sua, Nicolau. Ou pelo menos, é o que meu relatório dirá. E você sabe o que acontecerá então, não sabe?

Maquiavel se endireitou e se levantou, apoiando-se contra a parede de pedra, tirando o peso de cima de sua perna dormente.

– Meu relatório será diferente.

– Ninguém acreditará em você – disse confiantemente Dee, virando-se. – Todos sabem que você é o mestre das mentiras.

Maquiavel meteu a mão no bolso e tirou um pequeno gravador digital.

– Bem, então, que sorte a minha ter gravado tudo o que você disse. – Ele deu um tapinha no gravador. – Ativado por comando de voz. Gravou cada palavra que você dirigiu a mim.

Dee parou. Virou-se lentamente a fim de ficar de frente para o italiano e olhou para o fino gravador.

– Cada palavra? – perguntou.

– Cada palavra – disse Maquiavel com um sorrisinho. – Acho que os Antigos acreditarão em meu relato.

Dee encarou o italiano por um instante antes de assentir.

– O que você quer?

Maquiavel apontou com a cabeça a devastação abaixo. Seu sorriso era apavorante.

– Veja o que os gêmeos podem fazer... e eles mal foram Despertados, nem sequer estão completamente treinados.

– O que você está sugerindo?

– Cá entre nós, você e eu temos acesso a recursos extraordinários. Trabalhando juntos, em vez de um contra o outro, seremos capazes de encontrar, capturar e treinar os gêmeos.

– Treinar os gêmeos!

Os olhos de Maquiavel começaram a brilhar.

– Eles são os gêmeos da lenda. "Os dois que são um, o um que é tudo." Quando dominarem todas as magias elementares, será impossível detê-los. – O sorriso dele se tornou feroz. – Quem quer que os controle, dominará o mundo.

O Mago se virou para olhar com atenção no quarteirão o local em que Flamel estava visível em meio à prisão de poeira e brita.

– Você acha que o Alquimista sabe disso?

A risada de Maquiavel foi amarga.

– É claro que sabe. Por que mais você acha que ele está treinando os dois?

SEGUNDA-FEIRA, *4 de junho*

Capítulo Cinquenta e Cinco

Precisamente às 12h13, o trem Eurostar partiu da estação Gare du Nord e começou a jornada de duas horas e vinte minutos até a estação internacional London St. Pancras.

Nicolau Flamel sentou-se de frente para Sophie e Josh à mesa na primeira classe. Saint-Germain comprara as passagens usando um cartão de crédito irrastreável e providenciara para eles passaportes franceses que vieram completos com fotografias que em nada pareciam com os gêmeos, enquanto a fotografia no passaporte de Nicolau era a de um jovem homem com a cabeça cheia de cabelos bem escuros.

– Diga a eles que você envelheceu muito nos últimos anos – disse Saint-Germain com um sorrisinho. Joana d'Arc passara a manhã fazendo compras e presenteara Sophie e Josh com uma mochila repleta de roupas e produtos de higiene para cada um. Quando Josh abriu a dele, descobriu o pequeno laptop que Saint-Germain lhe dera no dia anterior. Tinha sido só ontem mesmo? Parecia ter acontecido havia um longo tempo.

Nicolau abriu os jornais conforme o trem deixava a estação e pôs um par de óculos de leitura baratos que comprara em uma farmácia. Ergueu o *Le Monde* para que os gêmeos pudessem ler a primeira página; trazia uma foto da devastação causada pelo Nidhogg.

– Aqui diz – leu Nicolau lentamente – que uma parte das catacumbas está destruída. – Ele virou a página. Havia uma foto de meia página de pilhas de pedra desmoronada no quarteirão isolado diante da catedral de Notre Dame. – Especialistas dizem que o colapso e a desintegração de algumas das mais famosas gárgulas e grotescos de Paris foram causados por chuva ácida que enfraqueceu as estruturas. Não há ligação entre os dois eventos – terminou de ler e fechou o jornal.

– Então você estava certo – disse Sophie, a exaustão estampada em seu rosto mesmo depois de ter dormido por quase dez horas. – Dee e Maquiavel conseguiram encobrir tudo. – Ela olhou pela janela enquanto o trem produzia cliques rápidos e ritmados ao longo do labirinto de linhas interconectadas. – Um monstro caminhou por Paris ontem, gárgulas desceram dos edifícios... e, ainda assim, não há nada sobre isso na imprensa. É como se nunca tivesse acontecido.

– Mas aconteceu – disse Flamel seriamente. – E você aprendeu a magia do Fogo e os poderes do Josh foram Despertados. E ontem vocês descobriram o quão poderosos são juntos.

– E Scathach morreu – disse Josh amargamente.

A indiferente expressão de surpresa no rosto de Flamel confundiu e irritou Josh. Ele olhou para a irmã, então de novo para Nicolau.

– Scatty – disse com raiva. – Lembra-se dela? Ela morreu afogada no Sena.

– Afogada? – sorriu Flamel, e as novas linhas nos cantos de seus olhos e ao longo de sua testa se aprofundaram. – Ela é uma vampira, Josh – disse ele gentilmente. – Não precisa respirar ar. Porém, aposto que ficou furiosa. Ela odeia se molhar – acrescentou ele. – Pobre Dagon: ele não tem sequer chance. – Ele se afundou no confortável assento e fechou os olhos. – Teremos uma rápida parada a fazer em Londres, então usamos o mapa de linhas invisíveis de poder para voltar para São Francisco e Perenelle.

– Por que vamos para a Inglaterra? – perguntou Josh.

– Vamos visitar o mais velho imortal humano no mundo – disse o Alquimista. – Vou tentar persuadi-lo a treinar vocês dois na Magia da Água.

– Quem é ele? – perguntou Josh, esticando a mão para pegar seu laptop. Os vagões de primeira classe tinham internet sem fio.

– Gilgamesh, o Rei.

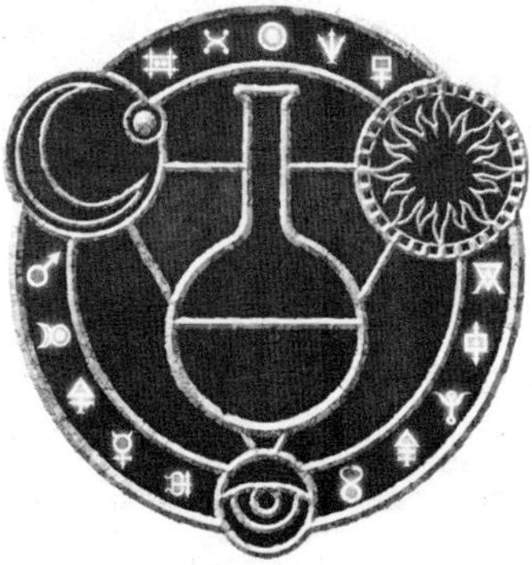

Nota do Autor

As Catacumbas de Paris que Sophie e Josh exploram realmente existem, assim como o extraordinário sistema de esgoto, que é todo sinalizado por placas de rua, como observa Maquiavel. Embora Paris receba milhões de visitantes por ano, muitos desconhecem a vasta rede de túneis embaixo da cidade. Oficialmente, elas são chamadas *"les carrières de Paris"*, as pedreiras de Paris, mas são comumente conhecidas por catacumbas, e são uma das maravilhas da cidade. Os ambientes que os gêmeos encontram nas catacumbas – as paredes de ossos, os espetaculares arranjos de crânios – são abertos ao público. Datam do século XVIII, quando todos os corpos e ossos no superlotado Cemitério dos Inocentes foram exumados e transportados para túneis de calcário e cavernas. Mais corpos dos outros cemitérios seguiram o mesmo destino, e hoje em dia estima-se que haja cerca de sete milhões de corpos nesse cemitério bizarro. Ninguém sabe quem criou os extraordinários e artísticos arranjos de corpos; talvez um operário tenha querido erguer um monumento aos mortos que não mais teriam lápides para marcar seus túmulos. As paredes, feitas inteiramente de ossos humanos, muitas adornadas com um padrão de crânios, são apropriadamente horripilantes, e, em alguns casos, foram iluminadas para criar um efeito dramático.

Os romanos foram provavelmente os primeiros a extrair calcário do solo para construir o que se tornaria Lutécia, o primeiro povoado romano na Ilha da Cidade. Onde agora se encontra a catedral de Notre Dame, ficava o monumento ao deus romano Júpiter. A partir do século X, calcário foi exaustivamente extraído das pedreiras para criar as muralhas da cidade e construir Notre Dame e o palácio original do Louvre. As catacumbas foram, durante muito tempo, usadas como depósito de contrabandistas e serviram de lar para muitos desabrigados. Mais recentemente, tanto o exército alemão quanto a resistência francesa tinham bases nos túneis durante a Segunda Guerra Mundial. Neste século, galerias de arte ilegais e mesmo um cinema foram encontrados nas profundezas do subsolo pelos *cataflics*, a unidade policial responsável pelo patrulhamento das catacumbas.

Oficialmente, as catacumbas são chamadas Ossuário Denfert Rochereau, e a entrada é bem em frente à estação de metrô Denfert Rochereau. Apenas uma pequena parte é aberta ao público; os túneis são traiçoeiros, estreitos, propensos a alagamentos e são repletos de buracos e poços.

E são o lugar perfeito para um Deus Adormecido se esconder.

Agradecimentos

A lista cresce mais e mais, mas *O mago* não teria acontecido sem o apoio de muitas pessoas...

Krista Marino, Beverly Horowitz, Jocelyn Lange e Christine Labov, da Delacorte Press. Sem sua ajuda, paciência, perseverança...

Barry Krost, da BKM, e Frank Weimann, do Literaty Group, pelo apoio ininterrupto e conselhos...

Uma menção particular deve ser feita a:

Libby Lavella, que deu uma voz a Perenelle...

Sarah Baczewski, que dá as melhores notas...

Jeromy Robert, que criou a imagem...

Michael Carroll, que sempre é o primeiro e o último a ler...

E finalmente a:

Claudette, Brooks, Robin, Mitch, Chris, Elaine, David, Judith, Trista, Cappy, Andrea, Ron e, é claro, Ahmet, por todo o resto!

Agora, sei que esqueci alguém...

Este livro foi impresso na Editora JPA Ltda.,
Av. Brasil, 10.600 – Rio de Janeiro – RJ